Sue Grafton

Américaine, originaire du Kentucky, Sue Grafton est diplômée de littérature anglaise. Elle a débuté sa carrière d'écrivain en 1967 en publiant un premier roman et a écrit des scénarios pour la télévision américaine, parmi lesquels deux adaptations de romans d'Agatha Christie.

C'est en 1982, avec *A comme Alibi*, suivi trois ans plus tard de *B comme Brûlé*, que Sue Grafton commence son étonnant abécédaire du crime, et qu'elle crée le personnage de Kinsey Millhone, détective privé que l'on retrouve dans les vingt volumes déjà parus. Traduite dans le monde entier, Sue Grafton est considérée comme l'une des figures les plus originales du roman noir américain.

R COMME RICOCHET

DU MÊME AUTEUR
CHEZ POCKET

**L'abécédaire du crime,
les enquêtes de Kinsey Millhone :**

A COMME ALIBI
B COMME BRÛLÉ
C COMME CADAVRE
D COMME DÉRAPAGE
E COMME EXPLOSIF
F COMME FUGITIF
G COMME GIBIER
H COMME HOMICIDE
I COMME INNOCENT
J COMME JUGEMENT
K COMME KILLER
L COMME LEQUEL
M COMME MACHINATION
N COMME NAUSÉE
O COMME OUBLI
P COMME PÉRIL
Q COMME QUERELLE

SUE GRAFTON

R COMME RICOCHET

Traduit de l'américain
pour Marie-France de Paloméra

ÉDITION DU SEUIL

Titre original :
« R » IS FOR RICOCHET
Éditeur original : G. P. Putnam's Sons, NY

ISBN : 978-2-266-16259-3

Ce roman est une œuvre de fiction. Noms, personnages, lieux et incidents, tout y sort de l'imagination de l'auteur ou y est utilisé pour cette fiction. Toute ressemblance avec des personnes ayant existé ou vivantes, avec des sociétés, des événements ou des lieux serait pure coïncidence.

Ce roman est une œuvre de fiction. Noms, personnages, lieux et incidents, sont le produit de l'imagination de l'auteur ou y est utilisé pour cette fiction. Toute ressemblance avec des personnes ayant existé ou vivantes, avec des actions, des événements ou des lieux serait pure coïncidence.

Pour ma petite-fille,
Taylor, avec un cœur plein d'amour

REMERCIEMENTS

L'auteur tient à remercier les personnes suivantes pour l'aide précieuse qu'elles lui ont apportée :

Steven Humphrey ; Boris Romanowski, contrôleur judiciaire de l'État de Californie ; Alice Sprague, procureur adjoint du comté d'Alameda, Californie ; Pat Callahan, responsable des relations publiques de la prison d'État pour femmes de La Vallée ; à la maison d'arrêt pour femmes de Californie (CIW), le directeur John Dovey, le lieutenant Larry J. Aaron, responsable de l'information du public, et Pam Clark, chargée des relations avec la communauté et le contrôle judiciaire ; Bruce Correll, chef adjoint (en retraite) du Bureau du shérif de Santa Barbara ; Lorrinda Lepore, enquêtrice 2e échelon au Bureau du procureur du comté de Ventura ; Bill Kracht, directeur général du Players Club ; Joan Francis, de la Francis Pacific Investigations ; Julianna Flynn et Kurt Albershardt ; et Gail et Harry Geles.

Et pour l'appui et la compétence qu'ils m'avaient généreusement offerts pour l'intrigue secondaire qui a fini dans la corbeille au montage, j'exprime toute ma gratitude au sergent-inspecteur Bill Turner (en retraite), du Bureau du shérif du comté de Santa Barbara ; à Dona Cohn, de la Cohn Law Firm ; à Joseph M. Devine, Lawrence Kerne et Philip Segal, avocats du cabinet

Kern Noda Devine & Segal ; à Daniel Trudelle, président d'Accident Reconstruction Specialists ; à James F. Lafferty, P.E., Ph.D., ingénierie mécanique et biomécanique ; à Anthony Sances, Jr., président du Biomechanics Institute ; et à Nancy Degger, présidente de Rudy Degger & Associates. À bientôt dans un prochain livre ?

CHAPITRE 1

La nature humaine étant ce qu'elle est, sommes-nous vraiment capables de changer ? Telle est la question. En règle générale, les erreurs d'autrui nous crèvent les yeux. Nous cernons plus difficilement les nôtres. Dans la plupart des cas, notre parcours révèle une vérité fondamentale sur ce que nous sommes à un moment précis de notre vie et depuis la naissance. Optimistes ou pessimistes, heureux de vivre ou dépressifs, crédules ou sceptiques, enclins à rechercher l'aventure ou à fuir le risque. La psychothérapie pourrait, certes, renforcer notre actif et gommer notre passif, mais dans l'ensemble nous agissons de telle ou telle façon parce que nous l'avons toujours fait, même quand l'affaire est mal engagée... peut-être même surtout quand elle l'est.

Il sera question d'amour ici – d'amour heureux, d'amour malheureux, et de choses et d'autres entre les deux.

Ce jour-là, je quittai le centre-ville de Santa Teresa à 13 h 15 et pris la direction de Montebello, à seize petits kilomètres de là au sud. La météo promettait des pointes à vingt et un degrés. Les nuages de la matinée avaient fait place au soleil, rompant agréablement avec le ciel bouché qui nous gâche régulièrement les mois de juin et de juillet. J'avais déjeuné à mon bureau, festoyant d'un sandwich de pain de mie au fromage, olives et piment coupé en quatre, mixture qui arrive en troisième position dans ce que je préfère au monde. Le problème ? Je n'en voyais aucun. La vie était sublime.

En consignant les faits par écrit, je vois maintenant ce qui aurait dû me sauter aux yeux, mais les événements semblaient se dérouler à un rythme si routinier qu'ils me surprirent, façon de parler s'entend, assoupie au volant. Je suis détective, de sexe féminin, âgée de trente-sept ans, et exerce ma profession dans la petite ville de Santa Teresa, en Californie. Mes activités sont diverses, pas toujours lucratives, mais suffisent à m'assurer le logis et le couvert, et me permettent de payer mes factures avant un premier rappel. Je vérifie les antécédents de candidats à un emploi, j'effectue des recherches dans l'intérêt des familles ou je localise des héritiers pouvant faire valoir leurs droits au règlement d'une succession. Il m'arrive aussi d'enquêter pour les services de contentieux en matière d'incendie criminel, de fraude à l'assurance ou de mort suspecte.

Sur le plan personnel, j'ai été mariée et divorcée à deux reprises, et les liaisons ultérieures se sont habituellement soldées par un échec. Plus je vieillis, moins je comprends les hommes, semble-t-il, aussi ai-je tendance à les tenir à distance. D'accord, je n'ai pas de vie sexuelle à proprement parler, mais je fais au moins l'économie de grossesses non désirées ou de maladies sexuelles transmissibles. J'ai appris à la dure qu'amour et vie professionnelle ne font pas bon ménage.

Je roulais sur une portion d'autoroute naguère appelée Montebello Parkway, construite en 1927 à la suite d'une campagne de collecte de fonds qui avait financé la création de contre-allées et de bandes de séparation paysagées encore visibles aujourd'hui. Les panneaux publicitaires et constructions commerciales en bordure de route ayant également fait l'objet d'une interdiction, cette section de la 101 a gardé tout son charme, hormis les bouchons aux heures de pointe.

Montebello elle-même a bénéficié d'une transformation similaire en 1948, quand l'Association de sauvegarde et de développement de la ville a multiplié, avec succès, les pétitions réclamant la suppression des terrasses et trottoirs en béton, affiches publicitaires et autres, susceptibles de nuire à son cachet rural. Montebello doit notamment sa réputation à ses deux cent et quelques propriétés luxueuses, dont beaucoup construites par des commerçants qui ont fait fortune en vendant des denrées ménagères courantes, à commencer par du sel et de la farine.

Je m'en allais faire la connaissance de Nord Lafferty, un homme distingué et d'âge respectable, dont la photographie figurait régulièrement dans la rubrique « société » du *Santa Teresa Dispatch* – habituellement à l'occasion d'une nouvelle contribution non négligeable à quelque fondation de bienfaisance. Deux bâtiments d'UCST[1] portent son nom, de même qu'une aile de l'hôpital de Santa Teresa et une collection spéciale de livres rares, dont il a fait don à la bibliothèque municipale. Il m'avait téléphoné l'avant-veille, en faisant allusion à une « petite mission » qu'il souhaitait me confier. J'étais curieuse de savoir comment il avait trouvé mon nom, et encore plus d'apprendre en quoi consistait la mission en question. Je travaille en qualité de détective à Santa Teresa depuis dix ans, mais mon agence est microscopique et, en règle générale, je ne retiens pas l'attention des gens fortunés, plus soucieux, semble-t-il, de faire appel à leurs cabinets d'avocats de New York, Chicago ou Los Angeles.

Je sortis à Saint Isadore et pris vers le nord, en direc-

1. University of California, campus de Santa Teresa. (Toutes les notes sont de la traductrice.)

tion des collines qui s'étendent entre Montebello et la forêt nationale de Los Padres. À une époque, ce secteur se distinguait par ses vénérables et magnifiques hôtels de villégiature, ses exploitations d'agrumes et d'avocats, ses bois d'olivier, un magasin de produits artisanaux, et par le dépôt ferroviaire de Montebello qui desservait le Southern Pacific Railroad. Je potasse sans relâche l'histoire locale, en essayant d'imaginer la région telle qu'elle se présentait il y a cent vingt-cinq ans. Les terres se vendaient alors un dollar cinquante l'hectare. Montebello a gardé son caractère champêtre, mais les bulldozers ont eu raison d'une grande partie de son charme. Ce qui s'est construit – les résidences en copropriété, ensembles d'habitations et manoirs massifs et tape-à-l'œil des nouveaux riches – ne compense guère ce qui a été perdu ou détruit.

Je pris à droite dans West Glen Road et suivis la route à deux voies et tout en virages jusqu'à Bella Sera Place. Bella Sera est bordée d'oliviers et de poivriers, étroite bande d'asphalte qui s'élève graduellement jusqu'à une mesa d'où le regard découvre la courbe majestueuse de la côte. L'odeur iodée de l'océan s'était atténuée au fil de la montée, remplacée par le parfum de la sauge et des lauriers-sauce. Un épais tapis d'achillées, de moutarde sauvage et de coquelicots de Californie recouvrait les flancs des premiers contreforts des collines. Le soleil de l'après-midi avait doré la roche, et un vent chaud et rude commençait à fustiger l'herbe sèche. La route montait toujours, serpentant entre une double rangée de chênes verts qui aboutissait à l'entrée du domaine des Lafferty. Un mur de pierre de deux mètres et demi de haut et constellé d'écriteaux « Défense d'entrer » entourait la propriété.

Je ralentis jusqu'au point mort en arrivant aux larges grilles en fer forgé. Me penchant à l'extérieur, j'appuyai sur le bouton d'appel d'un Digicode. Avec un temps de retard, j'avisai une caméra postée en haut d'un des deux piliers de pierre, son œil vide fixé sur moi. Je dus réussir l'examen, car les deux battants s'ouvrirent en grand, sans hâte excessive. Je mis en prise, fis une entrée majestueuse et roulai encore sur quatre cents mètres d'allée au pavage de brique.

Derrière un rideau de pins au garde-à-vous, j'entrevis une bâtisse en pierre grise. Quand le manoir apparut dans son entier, je retins mon souffle. Le passé affirmait encore ses droits. Quatre immenses eucalyptus déployaient leur ombrage moucheté sur l'herbe, une succession d'ombres en forme de nuages courant sur les toits de tuiles rouges sous l'effet d'un petit vent. Le manoir, haut d'un étage et pourvu de deux ailes de même style de part et d'autre du niveau inférieur, coiffées chacune de balustrades en pierre, dominait mon champ visuel. Une série de quatre arcades protégeait l'entrée et délimitait une véranda couverte, dans laquelle on avait disposé des meubles en rotin. Je dénombrai douze fenêtres à l'étage, séparées par des consoles en saillie, en grande partie ornementales et qui semblaient supporter la toiture.

Je me garai sur un terre-plein assez grand pour accueillir dix voitures, abandonnant ma Volkswagen bleu pâle, qui faisait le dos rond et semblait sortir d'un dessin animé, entre une Lincoln Continental racée et une opulente Mercedes. Je ne pris pas la peine de verrouiller la portière, posant l'hypothèse que le système de surveillance électronique ne nous quitterait pas des yeux, mon véhicule et moi-même, le temps que je rejoigne l'allée de devant.

Les pelouses étaient généreuses et bien entretenues, et le gazouillis des pinsons soulignait la quiétude des lieux. Je sonnai à la porte d'entrée, écoutant le timbre répercuter ses deux notes creuses avec la puissance d'un marteau sur l'enclume. La femme d'âge canonique qui vint m'ouvrir portait un uniforme noir et désuet, éclairé par un petit tablier blanc. Ses bas opaques avaient la couleur de la chair d'une poupée, ses souliers à semelles de crêpe crissant à peine pendant que je la suivais dans le couloir dallé de marbre. Elle ne m'avait pas demandé mon nom, mais peut-être n'attendait-on que moi ce jour-là. Le vestibule était lambrissé de chêne, le plafond en plâtre blanc estampé de chevrons et de fleurs de lis.

Elle me fit entrer dans la bibliothèque, également lambrissée de chêne. Des livres reliés en cuir terni par le temps s'alignaient sur les rayonnages qui montaient du sol au plafond ; un rail en cuivre et une échelle mobile donnaient accès aux étagères du haut. La pièce sentait le bois sec et la moisissure du papier. On aurait pu se tenir debout à l'intérieur du foyer de la cheminée en pierre, où s'attardaient une bûche de chêne partiellement calcinée et une faible odeur de fumée, vestiges d'une flambée récente. M. Lafferty occupait l'une des deux bergères à oreilles assorties.

Je lui donnai dans les quatre-vingts ans, âge qui m'aurait paru canonique en d'autres temps. Mais j'ai constaté depuis à quel point le processus de vieillissement peut varier. Mon propriétaire a quatre-vingt-sept ans, mais c'est le bébé de la famille, les autres enfants allant jusqu'à quatre-vingt-seize ans. Tous les cinq sont pleins d'allant, intelligents et toujours partants pour une nouvelle aventure ; ils rivalisent avec entrain et adorent se chamailler avec bonne humeur. M. Lafferty, lui, semblait être tombé en décrépitude depuis une bonne vingtaine d'années. D'une maigreur anormale, il avait les genoux aussi osseux que des coudes qu'on aurait placés là par erreur. Au moins le passage des ans avait-il adouci ses traits naguère incisifs. Deux fins tuyaux en plastique sortaient discrètement de ses narines et le reliaient à une bouteille d'oxygène verte et trapue, posée sur un petit chariot près de lui. Un côté de sa mâchoire pendait, une méchante estafilade rouge sur sa gorge disant une intervention chirurgicale lourde et de mauvais augure.

Ses yeux, aussi foncés et brillants que de la cire à cacheter marron, m'étudièrent.

— Je vous remercie d'être venue, mademoiselle Millhone. Je me présente : Nord Lafferty, me dit-il en me tendant une main aux veines apparentes.

Sa voix était voilée, à peine un souffle.

— Enchantée de vous connaître, marmonnai-je en me penchant pour lui serrer la main.

Livide, cette main ; on y discernait le tremblement de ses doigts, glacés quand je les effleurai.

Il me fit signe d'approcher.

— Ce sera plus facile pour vous. J'ai subi une opération de la thyroïde il y a un mois et on m'a retiré plus récemment quelques polypes des cordes vocales. Résultat, un grincement qui me tient lieu de voix. Pas douloureux mais agaçant. Pardonnez-moi si je suis difficile à comprendre.

— Je n'ai pas encore eu de problème.

— Bien. Aimeriez-vous une tasse de thé ? Ma gouvernante peut vous préparer une théière, mais je crains que vous ne deviez vous servir vous-même. Ces derniers temps, ses mains ne sont pas plus vaillantes que les miennes.

— Merci, mais je n'ai besoin de rien. (Je rapprochai la deuxième bergère et m'assis.) De quand cette maison date-t-elle ? Elle est vraiment belle.

— De 1893. Un certain Mueller avait acheté un terrain de deux cent cinquante hectares au comté de Santa Teresa. Il n'en reste que vingt-huit. Il a fallu six ans pour construire la maison, et la légende veut que Mueller ait rendu l'âme le jour où les ouvriers ont enfin posé leurs outils. Depuis, ses occupants ont plutôt tiré le diable par la queue... sauf moi, touchons du bois. J'ai acquis le domaine en 1929, juste après l'effondrement de la Bourse. Le brave homme qui possédait la maison avant moi a tout perdu. Il a pris sa voiture pour aller en ville, est monté dans le clocher et s'est jeté dans le vide. La veuve avait besoin d'argent et j'ai rappliqué. On a crié haro, naturellement. Les gens ont dit que je profitais de la situation, mais j'ai adoré cette maison à l'instant même où j'ai posé les yeux sur elle. D'autres la guignaient. Ils n'entendaient pas me la laisser. Seulement, moi, j'avais les fonds pour l'entretenir, à la différence de bien des malheureux à l'époque.

— Vous avez eu de la chance.

— Et comment ! J'ai fait fortune dans le papier, au cas où vous vous poseriez la question en étant trop polie pour la formuler.

Je souris.

— Polie, je ne sais pas. Curieuse, toujours.

— Heureusement, dirais-je, vu votre profession. Comme je présume que votre temps est précieux, j'en viens droit au fait. Votre nom m'a été donné par un de vos amis – quelqu'un que j'ai rencontré pendant ce récent séjour à l'hôpital.

— Stacey Oliphant, lui dis-je, le nom surgissant d'emblée à mon esprit.

J'avais travaillé sur une affaire avec Stacey, inspecteur en retraite de la brigade des homicides au Bureau du shérif, et avec mon vieux copain, le lieutenant Dolan (maintenant en retraite) de la police de Santa Teresa. Stacey luttait contre un cancer, mais, aux dernières nouvelles, il bénéficiait d'une rémission.

M. Lafferty hocha la tête.

— À propos... il m'a prié de vous dire qu'il était en forme. Il a subi toute une batterie d'examens, mais tous se sont révélés négatifs. Il s'est trouvé que nous arpentions tous deux les couloirs l'après-midi et la conversation est venue sur ma fille, Reba.

J'envisageai déjà une fugue, une héritière en perdition, voire la vérification des antécédents d'un coureur de dot si Reba vivait une histoire d'amour.

— C'est mon seul enfant, poursuivit-il, et je pense l'avoir gâtée au-delà de toute expression, bien qu'involontairement. Sa mère a pris le large alors que Reba n'était qu'une petite créature haute comme trois pommes. Mes affaires m'absorbaient et j'ai laissé à une succession de nurses le soin de l'élever. Si ç'avait été un garçon, je l'aurais mise en pension comme mes parents l'ont fait pour moi, mais elle, je la voulais à la maison. Avec le recul, je me rends compte que je me suis fourvoyé, mais je ne le voyais pas sous cet angle à l'époque. (Il s'interrompit, puis fit un geste agacé vers le sol, comme s'il engueulait un chien qui voulait lui sauter sur les genoux.) Aucune importance. L'heure n'est plus aux regrets. Inutiles de toute façon. Ce qui est fait est fait. (Il me lança un regard acéré du dessous de son arcade sourcilière osseuse.) Vous vous demandez sans doute où je veux en venir.

Je risquai un léger haussement d'épaules, attendant la suite.

— Reba va être mise en liberté conditionnelle le 20 juillet. Soit lundi prochain, au matin. J'ai besoin que quelqu'un la récupère et la ramène à la maison. Elle habitera avec moi jusqu'à ce qu'elle soit de nouveau sur pied.

— Quel établissement ? lui demandai-je en espérant ne pas trahir mon ahurissement.

— CIW, la maison d'arrêt pour femmes de Californie. Vous connaissez ?

— C'est à Corona, à trois cents kilomètres ou plus au sud. À vrai dire, je n'y ai jamais mis les pieds, mais je situe l'endroit.

— Parfait. J'espère que vous trouverez un créneau dans votre emploi du temps pour faire le trajet.

— La chose me paraît assez simple, mais pourquoi moi ? Je demande cinq cents dollars par jour. Vous n'avez pas besoin d'une détective privée pour ça. Elle n'a pas d'amis ?

— Personne à qui je puisse le demander. Ne vous inquiétez pas pour l'argent. C'est marginal. Ma fille est difficile. Têtue et rebelle. Je vous demande de vérifier qu'elle en réfère régulièrement à son contrôle judiciaire et qu'elle souscrit à toutes ses obligations une fois dehors. Je vous paie plein tarif, même si ce travail ne requiert qu'une partie de votre temps.

— Et si elle n'aime pas qu'on la surveille ?

— Ce n'est pas à elle d'en décider. Je lui ai dit que j'engageais quelqu'un pour l'aider et elle a accepté. Si vous lui plaisez, elle fera preuve d'esprit de coopération, au moins jusqu'à un certain point.

— Puis-je vous demander ce qu'elle a fait ?

— Vu le temps que vous allez passer en sa compagnie, vous avez le droit de le savoir. Elle a été condamnée pour avoir détourné des fonds de la société pour laquelle elle travaillait, Alan Beckwith et Associés. Gestion de biens, investissement et promotion d'immobilier, ce genre de choses. Vous connaissez le bonhomme ?

— J'ai vu son nom dans les journaux.

Nord Lafferty hocha la tête.

— Lui ne m'intéresse guère. Je connais la famille de sa femme depuis des années. Tracy est une fille adorable. Je ne comprends pas qu'elle se soit entichée d'un type de son acabit. Alan Beckwith est un arriviste. Il se targue d'être ce qu'on appelle un entrepreneur, mais je n'ai jamais su exactement en quoi consistaient ses entreprises. Nos chemins se sont souvent croisés en public et je ne peux pas dire qu'il m'ait fait grande impression. Reba semble en penser le plus grand bien. Je ne lui reconnais qu'une qualité : avoir témoigné en sa faveur avant qu'elle ne soit condamnée. Un geste généreux de sa part et que personne ne l'obligeait à faire.

— Combien de temps a-t-elle passé à CIW ?

— Elle a purgé vingt-deux mois d'une peine de quatre ans. Il n'y a pas eu de procès. À la lecture de l'acte d'accusation – je suis navré de ne pas avoir pu y assister –, elle a déclaré être indigente et on lui a commis d'office un avocat. Après l'avoir consulté, elle a renoncé à son droit à une audition préliminaire et décidé de plaider coupable.

— De but en blanc ?

— J'en ai bien peur.

— Et son avocat a accepté ?

— Il a tout fait pour l'en dissuader, mais Reba n'a rien voulu entendre.

— S'agissait-il d'une somme importante ?

— Trois cent cinquante mille dollars sur une période de deux ans.

— Comment a-t-on découvert le détournement ?

— Lors d'un audit de routine. Reba figurait parmi les quelques employés à avoir la signature. Naturellement, les soupçons se sont portés sur elle. Elle avait déjà eu des ennuis, mais rien de cette ampleur.

Je sentis monter en moi un mouvement de protestation, mais me mordis les lèvres.

Il se pencha vers moi.

— Vous voulez dire quelque chose. Sentez-vous absolument libre de le faire. D'après Stacey, vous êtes quelqu'un de direct, aussi n'hésitez pas sous prétexte de me ménager. Cela pour éviter tout malentendu entre nous.

— Je me demandais seulement pourquoi vous n'étiez pas intervenu. Un solide avocat aurait pu faire la différence.

Il abaissa les yeux sur ses mains.

— J'aurais dû l'aider... Je sais... mais il y avait si longtemps que je venais à sa rescousse, tant d'années que... toute sa vie, si vous voulez connaître la vérité. En tout cas, c'est ce que des amis m'ont dit. Elle devait assumer les conséquences de sa conduite, sinon elle n'apprendrait jamais. Ils ont ajouté qu'autrement je l'encouragerais et que la tirer d'ennui était la pire chose à faire, compte tenu des circonstances.

— Qui sont ces « ils » dont vous parlez ?

Pour la première fois, il perdit son assurance.

— J'avais une amie, Lucinda. Nous nous fréquentions depuis des années. Elle m'avait vu intercéder pour Reba dans d'innombrables occasions. Elle m'a convaincu de faire acte d'autorité, et j'ai suivi son conseil.

— Et maintenant ?

— Franchement, j'ai été atterré que Reba soit condamnée à quatre ans de détention dans une prison d'État. Jamais je n'aurais imaginé que la peine soit si sévère. Je pensais que le juge prononcerait le sursis ou accepterait une mise à l'épreuve, comme le suggérait l'avocat commis d'office. En tout cas, Lucinda et moi nous sommes querellés, et âprement, pourrais-je ajouter. J'ai rompu et coupé tout lien avec elle. Elle était beaucoup plus jeune que moi. J'ai compris après coup qu'elle veillait à ses propres intérêts et espérait que je l'épouse. Reba éprouvait une intense aversion à son égard. Lucinda le savait, bien sûr.

— Qu'est devenu l'argent ?

— Reba l'a dilapidé au jeu. Elle a toujours été attirée par les cartes. La roulette, les bandits manchots. Elle adore parier aux courses, mais elle n'est pas douée pour ça.

— Elle s'adonne aux jeux de hasard ?

— Son problème n'est pas de jouer, mais de perdre, me fit-il remarquer avec une ombre de sourire.

— Touche-t-elle à la drogue ? À l'alcool ?

— Force m'est de répondre que oui, les deux. Elle a tendance à faire les quatre cents coups. Il y a quelque chose d'excessif chez elle, comme chez sa mère. J'espère que l'expérience de la prison lui aura enseigné la retenue. Pour ce qui est de ce travail, nous aviserons selon les circonstances. Il s'agit de deux ou trois jours, une semaine tout au plus, le temps qu'elle se réacclimate. Votre mission étant limitée, je ne vous demanderai pas de compte rendu écrit. Présentez-moi une facture et je vous réglerai à votre tarif habituel, plus tous les frais nécessaires que vous aurez engagés.

— Cela ne me paraît pas poser de problème.

— Autre chose... Au moindre indice de récidive de sa part, je veux en être informé. Peut-être qu'en étant averti à temps, je pourrai parer à la catastrophe.

— C'est beaucoup demander.

— J'en suis conscient.

Je réfléchis brièvement à la proposition. En règle générale, je n'aime pas jouer les baby-sitters ni, éventuellement, les mouchardes, mais dans le cas présent ses inquiétudes ne me parurent pas déplacées.

— À quelle heure sort-elle ?

CHAPITRE 2

Sur le trajet du retour, je récupérai mes affaires chez le teinturier, puis je fis quelques achats au passage dans un supermarché voisin, avec l'idée de les déposer chez moi avant de retourner au travail. J'espérais dire un mot à mon propriétaire avant l'arrivée de la visiteuse qu'il attendait plus tard dans l'après-midi. Les courses me fourniraient un prétexte pour expliquer mon passage impromptu au milieu de l'après-midi. Henry et moi échangeons en toute confiance de nombreuses confidences, mais nous ne parlons jamais de sa vie amoureuse. Si je voulais pêcher des informations, le tact s'imposait.

Mon studio était à l'origine un garage à une place relié à la maison d'Henry par ce qui est à présent un passage couvert et vitré. En 1980, il avait transformé ce local en un studio douillettement agencé, que je loue depuis lors. Le carré classique de cinq mètres de côté constitue aujourd'hui la « grande pièce » ; celle-ci comprend une salle de séjour, une cuisine sans cloison comme on en trouve à bord des bateaux, un coin buanderie et des toilettes, auxquels s'ajoutent une mezzanine et une salle de bains en haut d'un escalier en colimaçon. L'espace est ramassé et exploite astucieusement le moindre centimètre carré. Avec ses patères et ses cagibis, ses murs en teck et chêne cirés et ses fenêtres en forme de hublot, le studio a l'échelle et le cachet d'un intérieur de bateau.

Je dénichai une place à deux portes de là et déchargeai mes vêtements et les deux sacs de provisions. J'avais on ne peut mieux calculer mon temps. Au moment où je poussai mon petit portail métallique grinçant et m'engageai dans la petite allée qui contourne la maison, Henry pénétrait dans son garage double. Son coupé Chevrolet cinq vitres, jaune vif, revenait de sa révision annuelle, lustré à mort. L'intérieur devait non seulement être impeccable, mais embaumer le faux pin. Il avait acheté le véhicule en 1932, neuf, et en avait si bien pris soin qu'on l'aurait encore juré sous garantie, à supposer que les garanties automobiles aient existé à l'époque. Henry possède un deuxième véhicule, un break, qu'il utilise pour les courses ordinaires et, à l'occasion, pour aller à l'aéroport de Los Angeles, à cent cinquante kilomètres au sud. Le coupé, il le réserve pour les grandes occasions, ce jour-là étant du nombre.

J'ai toujours du mal à me rappeler qu'il a quatre-vingt-sept ans. Et tout autant à le décrire en des termes qui ne soient pas trop élogieux – et gênants, compte tenu de nos cinquante ans de différence d'âge. Il est intelligent, adorable, sexy, mince, beau, vigoureux et a un cœur d'or. Du temps où il travaillait, il gagnait sa vie comme artisan boulanger et, bien que retraité depuis vingt-cinq ans, il continue de confectionner les petits pains à la cannelle les plus délicieux que j'aie jamais mangés. S'il fallait lui concéder un défaut, je mentionnerais sans doute sa pusillanimité dès qu'on en vient aux affaires de cœur. La seule fois où je l'ai vu vraiment mordu, il n'avait pas été seulement trompé, mais dépouillé presque jusqu'au dernier cent. Après quoi, il avait mené sa barque avec une extrême prudence. Soit qu'il n'eût rencontré personne digne d'intérêt, soit qu'il eût regardé ailleurs. Enfin... jusqu'à l'entrée en scène de Mattie Halstead.

Mattie était l'artiste invitée d'une croisière aux Caraïbes qu'il avait faite avec ses frères et sœur en avril. Peu après, elle était venue le voir en allant livrer des tableaux à une galerie de Los Angeles. Un mois plus tard, il s'était rendu, fait sans précédent, à San Francisco, où il avait passé une soirée en sa compagnie. Il n'avait pas soufflé mot de leurs rapports, mais je m'étais aperçue qu'il se souciait de l'élégance de sa garde-robe et soulevait de la fonte. Chez les Pins (au moins du côté de la mère d'Henry), on vit jusqu'à un âge avancé et toute la tribu jouit d'une remarquable santé. William souffre d'un brin d'hypocondrie et Charlie est sourd comme un pot, mais sinon tous donnent l'impression d'avoir la vie devant eux. Lewis, Charlie et Nell vivent dans le Michigan, mais il y a des visites dans les deux sens, tantôt annoncées, tantôt à l'improviste. William et mon amie Rosie, patronne du restaurant sis à un demi-pâté de maisons, célébreront leur deuxième anniversaire de mariage le 28 novembre prochain. Or il semblait maintenant qu'Henry y songeait aussi... du moins l'espérais-je. Les histoires d'amour des autres sont tellement moins risquées que les nôtres ! J'attendais avec impatience tous les plaisirs de l'amour authentique, sans en braver les périls.

Henry s'arrêta en m'apercevant et me laissa le rattraper avant de continuer vers la maison. Il sortait visiblement de chez le coiffeur, et portait une chemise de travail en denim bleu et un pantalon de toile au pli impeccable. Il avait même troqué ses tongs habituelles contre des chaussures de bateau et des chaussettes foncées.

— Une seconde, je pose ça, lui dis-je.

Il attendit que j'ouvre ma porte, me déleste de ce qui m'encombrait les bras et pose tout par terre. Aucune de mes courses ne risquait d'empester dans la demi-heure suivante.

— Tu t'es fait couper les cheveux ! m'exclamai-je en le rejoignant. Superbe !

Il se passa la main sur la tête d'un geste très peu naturel.

— En passant devant chez le coiffeur, je me suis rendu compte que cela devenait urgent. Ça te paraît trop court ?

— Pas du tout ! Ça te rajeunit, lui répondis-je en pensant que Mattie serait une sombre gourde si elle ne comprenait pas quel trésor elle avait là.

Je lui tins la porte-moustiquaire ouverte pendant qu'il sortait ses clés et ouvrait sa porte de derrière. Je le suivis à l'intérieur et le regardai poser ses courses sur le plan de travail de la cuisine.

— Sympa que Mattie vienne, repris-je. Je parie que tu es impatient de la voir.

— C'est juste pour un soir.

— Pourquoi descend-elle ?

— Elle a peint un tableau que lui avait commandé une femme de La Jolla. Elle le lui apporte, plus deux autres au cas où le premier ne lui plairait pas.

— En tout cas, c'est gentil de trouver le temps de venir. Quand arrive-t-elle ?

— Elle espérait être là à 4 heures ; tout dépendra de la circulation. Elle m'a dit qu'elle passerait d'abord à l'hôtel et qu'elle appellerait dès qu'elle aurait eu le temps de se refaire une beauté. Elle a accepté de dîner à condition de ne surtout pas me déranger. Je l'ai assurée que ce serait à la fortune du pot, mais tu me connais !

Il commença à vider son sac : un paquet emballé dans du papier boucher blanc, des pommes de terre, un chou, des ciboules et un grand pot de mayonnaise. Sous mon regard attentif, il ouvrit la porte du four et jeta un coup d'œil à un plat en terre, où des haricots blancs mijotaient à petit bouillon avec de la mélasse, de la moutarde et un morceau de lard salé. J'avisai deux pains faits maison sur une grille posée sur le comptoir. Un gâteau fourré au chocolat trônait sous une cloche de verre, au milieu de la table de cuisine. Il y avait aussi un bouquet de fleurs de son jardin – une composition de roses et de lavande dans une théière en porcelaine.

— Le gâteau m'a l'air fabuleux !

— C'est une génoise à douze étages. J'ai suivi la recette de Nell, qui la tenait de notre mère. Nous nous y sommes tous essayés des années durant, mais sans jamais retrouver son tour de main. Nell a fini par y arriver, mais elle dit que c'est une vraie galère. J'ai jeté une demi-douzaine d'étages à la poubelle avant de maîtriser la chose.

— Et le reste du menu ?

Henry sortit un poêlon qu'il plaça sur la cuisinière.

— Poulet frit, salade de pommes de terre, chou blanc émincé à la vinaigrette et ragoût de haricots. Je prévois un petit pique-nique dans le patio, sauf si la température chute.

Il ouvrit son placard à épices, fouilla dans ses réserves et porta son choix sur un flacon de fenouil séché.

— Si tu te joignais à nous ? Elle serait ravie de te voir.

— Oh, je t'en prie. Comme si elle avait besoin de mondanités ! Après six heures de route ! Sers à boire à cette dame et laisse-la souffler.

— Inutile de s'inquiéter pour elle, elle a de l'énergie à revendre. Elle serait vraiment ravie, j'en suis certain.

— Attendons de voir. Je repars au bureau, mais je te ferai signe dès mon retour.

J'avais déjà décidé de décliner l'invitation, mais je ne voulais pas paraître discourtoise. D'après moi, ils avaient besoin de temps à eux. Je passerais une tête, histoire de dire bonjour, surtout pour satisfaire ma curiosité. Elle était veuve ou divorcée, je ne savais pas au juste, mais lors de sa dernière visite, j'avais remarqué qu'elle avait fait plusieurs fois allusion à son mari. À un moment donné, alors qu'Henry soignait un genou meurtri, elle était partie seule en randonnée, emportant sa boîte d'aquarelle pour peindre un coin de montagne où son mari et elle étaient revenus régulièrement pendant des années. Se protégeait-elle encore sur le plan affectif ? Mort ou vif, ce conjoint ne me disait rien qui vaille. Et pendant ce temps-là, Henry s'appliquait à jouer le bel indifférent, peut-être pour nier ses sentiments ou alors... pour faire pièce aux signaux discrets qu'elle lui envoyait ? Encore fallait-il savoir si je ne cédais pas à mon imagination, mais, franchement, je ne le croyais pas. En tout cas, j'avais bien l'intention de dîner au Rosie's et me résignais à la ration hebdomadaire de semonces et de sévices que m'inflige habituellement sa propriétaire.

Je laissai Henry à ses fourneaux et regagnai mon bureau, où je passai un coup de fil à Priscilla Holloway, le contrôleur judiciaire de Reba Lafferty. Nord Lafferty m'avait donné son nom et son numéro de téléphone à la fin de notre entrevue. J'ouvrais la portière de ma voiture quand l'antique gouvernante m'avait appelée de la véranda et avait descendu l'allée à petits pas pressés, une photo à la main.

— M. Lafferty a oublié de vous donner ceci, m'avait-elle dit, essoufflée. C'est une photographie de Reba.

— Merci. J'apprécie cette attention. Je la lui rendrai dès notre retour.

— Oh, c'est inutile. Il a dit que vous pouviez la garder si vous voulez.

Je l'avais encore remerciée et avais rangé la photo

dans mon sac. Maintenant que j'attendais que le contrôleur Holloway veuille bien prendre la communication, je récupérai la photo et l'étudiai une fois de plus. J'aurais préféré un cliché plus récent. Celui-ci avait été pris quand l'intéressée avait dans les vingt-cinq-trente ans et ressemblait à un lutin. Ses grands yeux noirs fixaient intensément l'objectif et ses lèvres pleines étaient entrouvertes comme si elle s'apprêtait à parler. Elle avait des cheveux mi-longs, décolorés en blond mais visiblement à grands frais. Une touche de blush aux pommettes rehaussait son teint clair. En deux ans de régime carcéral, elle avait dû prendre quelques kilos, mais je pensais pouvoir la reconnaître.

— Holloway à l'appareil, dit une femme à l'autre bout du fil.

— Bonjour, madame Holloway. Ici, Kinsey Millhone. Je suis détective privée à...

— Je sais qui vous êtes. Nord Lafferty m'a téléphoné pour me dire qu'il avait fait appel à vous pour passer prendre sa fille.

— C'est la raison de mon appel. Je voulais en discuter avec vous.

— Parfait. Puisque vous vous en chargez, cela m'évitera de me déplacer. Si vous êtes de retour avant 3 heures, amenez-la au bureau. Vous avez mes coordonnées ?

Je ne les avais pas, elle me donna l'adresse.

— À lundi, lui dis-je.

Je passai le reste de l'après-midi à m'occuper de la paperasse – pour l'essentiel trier et classer ce qui encombrait mon bureau, mais sans grand succès. Je potassai aussi le règlement de la liberté conditionnelle dans une brochure publiée par la Direction des établissements pénitentiaires de Californie.

En regagnant mon appartement pour la deuxième fois de la journée, je n'aperçus aucun article de pique-nique sur la table du patio. Peut-être Henry avait-il jugé que le repas se prêtait mieux à être servi à l'intérieur. J'allai jusqu'à sa porte de derrière et jetai un regard indiscret. Il s'avéra que la présence de William dans la cuisine tordit le cou à mes espoirs d'intermède romantique. L'air chagrin, Henry occupait son rocking-chair avec son Jack Daniel's habituel, tandis que Mattie faisait traîner un verre de vin blanc.

William, de deux ans l'aîné d'Henry, lui avait toujours assez ressemblé pour avoir l'air d'être son jumeau. Sa crinière blanche s'éclaircissait alors que celle d'Henry gardait toute son épaisseur, mais il avait les yeux du même bleu intense et comme lui, il arborait un port militaire. Il était vêtu d'un sémillant costume trois-pièces, sa chaîne de montre bien en évidence sur le devant du gilet. Je frappai au carreau, Henry me fit signe d'entrer. William bondit sur ses pieds en me voyant et je savais qu'il resterait au garde-à-vous si je ne lui enjoignais pas de se rasseoir. Mattie se leva pour m'accueillir et, sans nous jeter dans les bras l'une de l'autre à proprement parler, nous joignîmes chaleureusement nos mains avant d'échanger quelques baisers dans le vide.

Un peu plus de soixante-dix ans, grande et mince, elle avait de fins cheveux argentés qu'elle ramenait négligemment en chignon au-dessus de sa tête. Ses boucles d'oreilles accrochaient la lumière – en argent, énormes, de confection artisanale.

— Mattie ! m'écriai-je. Comment allez-vous ? Vous êtes arrivée à point nommé, à ce que je vois !

— Comme c'est bon de vous voir ! (Elle portait une blouse en soie corail et une longue jupe gitane sur des bottes cavalières en daim.) Vous allez boire un verre avec nous ?

— Non, je ne pense pas, mais merci. J'ai à faire et je cours.

— Prends donc un verre avec nous, lança Henry d'un ton morose. Pourquoi pas ? Reste à dîner aussi. William s'est invité, cela ne change pas grand-chose. Rosie ne supportait pas de l'avoir dans ses pieds et nous l'a envoyé.

— Elle a piqué une crise sans aucune raison, m'expliqua William. Je rentrais de chez le médecin et je savais qu'elle voulait connaître les résultats de ma prise de sang, en particulier ma vitesse de sédimentation. Cela t'intéresse peut-être ? (Il me tendit le feuillet, pointant d'un doigt expert la longue colonne de chiffres au bas du côté droit de la page. Mon regard effleura ses taux de glucose, sodium, potassium et chlorures, avant d'enregistrer l'expression d'Henry. C'est simple : il louchait tellement que ses yeux se seraient presque court-circuités de part et d'autre de son nez.) Comme tu le vois, poursuivait William, mon taux de risque LDH-HDL est de 1,3.

— Oh, désolée. C'est grave ?

— Non, pas du tout. Le médecin m'a dit que c'était excellent... vu mon état général.

Un soupçon d'abattement dans la voix de William suggérait l'existence de carences généralisées.

— Alors tant mieux. C'est génial !

— Merci. J'ai appelé notre frère Lewis et l'ai prévenu. Son taux de cholestérol est de 2,14, ce qui est, à mon avis, inquiétant. Il dit qu'il fait de son mieux, mais sans grand succès. Tu peux passer les résultats à Mattie une fois que tu les auras examinés.

— William, dit Henry, si tu te rasseyais ? Tu me donnes le torticolis.

Il abandonna son rocking-chair et sortit un autre verre du placard de cuisine. Il me le remplit à ras bord et renversa un peu de son contenu sur ma main en me le tendant.

William refusa d'obtempérer avant de m'avoir avancé une chaise. Je me posai en marmonnant « Merci », puis je parcourus du doigt et avec un intérêt ostensible la colonne de références et d'unités de ses résultats d'analyse.

— Tu me parais en excellente forme, lui fis-je remarquer en faisant passer le papier à Mattie.

— Bof, j'ai encore des palpitations, mais le médecin adapte les médicaments qu'il m'a prescrits. Il dit que je suis étonnant pour un homme de mon âge.

— Si tu jouis d'une santé si éclatante, comment se fait-il que tu passes un jour sur deux aux urgences ? lui lança sèchement Henry.

William adressa un clin d'œil placide à Mattie.

— Mon frère se moque de sa santé et refuse d'admettre que certains d'entre nous sont favorables à la prévention.

Henry eut un ricanement moqueur.

— Bon, embraya William après s'être raclé la gorge, passons à un autre sujet puisque Henry n'est manifestement pas capable de dominer celui-ci. J'espère ne pas être indiscret, mais mon frère a mentionné que votre mari était décédé. Puis-je vous demander ce qui l'a emporté ?

Henry ne cacha pas son exaspération.

— Tu appelles ça changer de sujet ? C'est du pareil au même ! La maladie, la mort... Tu ne peux penser à rien d'autre ?

— Je ne m'adressais pas à toi, lui renvoya William avant de reporter son attention sur Mattie. J'espère qu'en parler ne vous est pas trop pénible.

— Plus maintenant. Barry est mort il y a six ans d'une crise cardiaque. Je crois qu'on m'a parlé d'ischémie. Il enseignait la création de bijoux à l'Art Institute de San Francisco. C'était un être très doué, encore que légèrement excentrique.

William hocha la tête.

— Ischémie cardiaque. Je connais bien le terme. Du grec *ischaimos*, signifiant « qui arrête le sang ». C'est un professeur de pathologie allemand qui l'a introduit pour la première fois au milieu des années 1800. Rudolf Virchow. Un homme remarquable. Quel âge avait votre mari ?

— William, lança Henry sur un ton d'avertissement désinvolte.

Mattie sourit.

— Je vous assure, Henry... Cela ne me gêne absolument pas. Il est mort deux jours avant son soixante-dixième anniversaire.

William tiqua.

— Quel dommage de mourir dans la fleur de l'âge ! J'ai moi-même souffert de plusieurs épisodes d'angine de poitrine, dont j'ai miraculeusement réchappé. Je parlais justement de mon cœur à Lewis avant-hier au téléphone. Vous vous souvenez sûrement de notre frère ?

— Bien entendu. J'espère que Nell, Charles et lui sont tous en bonne santé.

— Excellente, répondit William. (Il se tourna sur sa chaise et baissa la voix.) Votre mari a-t-il eu des signes précurseurs avant la crise fatale ?

— Il éprouvait des douleurs dans la poitrine, mais il refusait de consulter. Barry était fataliste. Il était convaincu qu'on doit partir une fois l'heure venue, quelles que soient les précautions qu'on prenne. Il comparait la longévité à un réveille-matin dont Dieu fixe l'alarme le jour même de notre naissance. Nul ne sait quand il sonnera, mais il ne voyait pas l'intérêt d'essayer de le deviner. Il jouissait immensément de la vie, c'est ainsi que je le décrirais. La plupart des gens de ma famille ne dépassent guère la soixantaine et se rendent la vie impossible en craignant l'inévitable à chaque instant.

— La soixantaine ! Vraiment ? C'est ahurissant. Est-ce dû à un facteur génétique ?

— Je ne crois pas. Il y a un peu de tout. Cancer, diabète, insuffisance rénale, affection pulmonaire chronique...

William porta la main à sa poitrine. Je ne l'avais pas vu si heureux depuis qu'il avait eu la grippe.

— OPC. Obstruction pulmonaire chronique. Cette terminologie me rappelle de vieux souvenirs. J'ai souffert d'une affection pulmonaire quand j'étais jeune...

Henry tapa dans ses mains.

— Bon, d'accord. Assez sur ce sujet. Si nous passions à table ?

Il gagna le réfrigérateur et en sortit un saladier de verre rempli de chou en vinaigrette qu'il posa sur la table avec plus de force qu'il n'était nécessaire. Le poulet qu'il avait fait frire s'empilait dans un grand plat sur le plan de travail, sans doute encore chaud. Il le plaça au milieu de la table, avec des pinces pour se servir. Le petit plat trapu en terre trônait maintenant à l'arrière de la cuisinière, diffusant l'arôme des haricots fondants et du laurier. Henry prit des couverts de service dans un pot en céramique, puis quatre grandes assiettes qu'il tendit à William en espérant ainsi lui changer les idées pendant qu'il apportait le reste du dîner à la table. William posa une assiette à chaque place tout en interrogeant longuement Mattie sur la mort de sa mère, emportée par une méningite virale aiguë.

Pendant le dîner, Henry orienta la conversation sur un terrain neutre. Nous épuisâmes les questions rituelles sur les conditions dans lesquelles Mattie avait effectué le trajet depuis San Francisco, la circulation, l'état de la route et autres détails de la même veine, ce qui me laissa largement le temps d'étudier la dame. Elle avait des yeux gris clair et était très peu maquillée. Ses traits étaient affirmés, le nez, les pommettes et la mâchoire aussi prononcés et bien proportionnés que ceux d'un mannequin. Sa peau ne trahissait aucune atteinte du soleil, ce qui donnait à son teint une coloration éclatante. Je l'imaginai assise dans les champs des heures durant, avec sa boîte de peintures et son chevalet.

William envisageait déjà d'aborder les maladies incurables pendant que je calculais dans combien de temps je pourrais m'éclipser en me confondant en excuses. Mon intention était d'entraîner William pour permettre à Henry et Mattie de se retrouver un peu seuls. Un œil sur la pendule, j'enchaînai poulet frit, salade de pommes de terre, chou en vinaigrette, ragoût de haricots et gâteau. Naturellement, tout était délicieux et je mangeai avec ma célérité et mon entrain coutumiers. À 20 h 35, au moment précis où je formulais un mensonge plausible, Mattie plia sa serviette et la posa sur la table à côté de son assiette.

— Il faut que j'y aille, dit-elle. J'ai des coups de téléphone à passer dès que j'aurai regagné l'hôtel.

— Vous partez ? m'exclamai-je en essayant de dissimuler ma déception.

— Elle a eu une longue journée, dit Henry en se levant pour débarrasser l'assiette de Mattie.

Il la porta jusqu'à l'évier, la rinça et la rangea dans le lave-vaisselle sans cesser de parler à son amie.

— Je peux vous emballer un peu de poulet pour plus tard, dit-il.

— Ne me tentez pas. Je suis rassasiée mais pas repue, exactement comme j'aime. C'était merveilleux, Henry. Je ne peux pas assez vous remercier pour le travail qu'a exigé ce repas.

— Ravi qu'il vous ait plu. Je vais chercher vos affaires dans la pièce à côté.

Il s'essuya les mains à un torchon et s'éloigna en direction de la chambre.

William plia sa serviette et recula sa chaise.

— Je devrais sans doute y aller, moi aussi. Le médecin m'a enjoint de respecter mon régime – huit heures de sommeil. Peut-être ferai-je un peu de gymnastique avant de me coucher pour aider la digestion. Sans forcer, bien sûr.

Je me tournai vers Mattie.

— Vous avez des projets pour demain ?

— Je dois malheureusement repartir à la première heure, mais je repasserai dans quelques jours.

Henry revint avec un châle de cachemire souple qu'il lui posa sur les épaules. Elle lui tapota la main avec affection et saisit un grand sac de cuir qu'elle avait posé près de sa chaise.

— J'espère vous revoir bientôt, me dit-elle.

— Moi aussi.

Henry lui effleura le coude.

— Je vous raccompagne.

William rectifia l'aplomb de sa veste.

— Inutile. Je ne serai que trop heureux de le faire.

Il offrit son bras à Mattie, qui le prit en se retournant pour jeter un bref regard à Henry tandis que tous deux sortaient.

CHAPITRE 3

Ce samedi matin-là, je dormis jusqu'à 8 heures, pris une douche, m'habillai, me fis un pichet de café et m'assis à mon comptoir de cuisine, où j'avalai mon bol de céréales rituel. Après avoir lavé bol et cuiller, je me rassis sur mon tabouret et inspectai les lieux. Je suis maniaque de l'ordre et avais fait le ménage en grand au début de la semaine. Aucune sortie mondaine ne ternissait mon agenda et je savais que je passerais seule le samedi et le dimanche, comme presque tous les week-ends. D'habitude, cela ne me dérange pas, mais ce jour-là, j'éprouvai un sentiment qui ne manqua pas de m'inquiéter : je m'ennuyais. Je me sentais si désœuvrée que je faillis retourner au bureau pour ouvrir le dossier d'une autre affaire que j'avais acceptée. Malheureusement, le bungalow qui abrite mon local professionnel est déprimant et rien ne m'incitait à m'asseoir, ne fût-ce qu'une minute, à mon bureau. Conclusion ? Du diable si je le savais ! Dans une seconde de panique je m'aperçus que je n'avais même pas de livre sous la main. Comme je m'apprêtais à filer chez le libraire pour m'approvisionner en livres de poche, mon téléphone sonna.

— Kinsey ? Ici Vera. Bonjour. Tu as une minute ?

— Bien sûr. J'allais justement sortir, mais rien d'urgent, l'assurai-je.

Vera Lipton était une ancienne collègue de la California Fidelity Insurance, où j'avais passé six ans à enquêter sur des incendies criminels et des déclarations de décès suspectes. Elle dirigeait le service du contentieux et je travaillais pour eux en indépendante. Depuis, Vera avait quitté la société, épousé un médecin et entamé une vie de mère à temps plein. Je l'avais entrevue en avril avec son mari, le Dr Neil Hess. Elle était également accompagnée d'un chiot, un golden retriever, et de son fils de dix-huit mois, dont j'avais oublié de lui demander le prénom. Enceinte jusqu'aux yeux, elle semblait prête à accoucher de son numéro deux.

— Parle-moi du bébé, lui dis-je. Tu semblais prête à le lâcher le jour où je vous ai croisés à la plage.

— Tu m'étonnes ! J'étais aussi cambrée qu'une mule ! J'avais des élancements atroces dans les jambes, plus des fuites à cause de la tête du bébé qui m'appuyait sur la vessie ! J'ai eu les premières douleurs dans la nuit et Meg est née le lendemain après-midi. Dis-moi..., je t'appelle parce que nous serions ravis de t'avoir à la maison. Il y a une éternité qu'on ne t'a pas vue.

— Excellente idée. Passe-moi un coup de fil et on fixe une date.

Il y eut un silence.

— C'est précisément ce que je suis en train de faire. Je viens t'inviter à prendre un verre avec nous à la maison. Nous réunissons quelques personnes pour un barbecue cet après-midi.

— Ah bon ? À quelle heure ?

— À 4 heures. Je sais que je m'y prends à la dernière minute, mais j'espère que tu es libre.

— Il se trouve que oui. Vous fêtez quoi ?

Elle se mit à rire.

— Rien de spécial. J'ai juste pensé que ce serait sympa. Nous avons invité quelques voisins. Décontracté et sans chichis. Si tu as de quoi écrire sous la main, je te donne l'adresse. Pourquoi ne viendrais-tu pas un peu plus tôt, qu'on puisse se raconter notre vie ?

Je notai l'adresse, pas autrement convaincue. Pourquoi m'appeler comme ça, subitement ?

— Vera, tu es sûre que tu ne mijotes rien ? Je ne veux pas être impolie, mais nous avons bavardé cinq minutes en avril. Et avant, rien pendant quatre ans. Ne le prends pas mal. Je serais ravie de te voir, mais ça me paraît bizarre.

— Mmm...

— Quoi, lui lançai-je sans même prendre la peine d'en faire une question.

— D'accord, je serai franche. Tu me promets de ne pas pousser de hurlements ?

— Je t'écoute, mais mon estomac se noue déjà.

— Le frère cadet de Neil, Owen, est de passage pour le week-end. Nous avons pensé que tu devrais faire sa connaissance.

— Pourquoi ça ?

— Kinsey, il arrive que des hommes et des femmes soient présentés les uns aux autres, tu n'es pas au courant ?

— Tu parles de rencontre arrangée ?

— Il ne s'agit pas de « rencontre ». Mais de boire un verre en grignotant. Il y aura des tonnes d'autres gens et tu ne te retrouveras pas coincée avec lui en tête à tête. On s'installera sur la terrasse de derrière. Cheez Whiz et crackers. Si Owen te plaît, c'est génial. Sinon, tant pis.

— La dernière fois que tu m'as fait le coup, c'était avec Neil, lui rappelai-je.

— Justement ! Tu vois comme ça a fini.

Je restai un instant sans rien dire.

— À quoi ressemble-t-il ?

— Ma foi, hormis le fait que quand il marche ses phalanges touchent le sol, il semble normal. Écoute...

je lui demande de remplir une fiche. Comme ça, tu pourras faire une recherche. Je t'attends à 3 heures. Côté tenue, je mets le seul jean qui ne m'ait pas éclaté aux fesses.

— Mais...

Elle avait déjà raccroché.

J'écoutai la sonnerie « occupé », anéantie. J'avais joué les tire-au-flanc, j'étais punie. J'aurais dû aller travailler. L'Univers comptabilise nos fautes et nous inflige des sanctions perverses et ignobles, ainsi des rendez-vous avec de parfaits inconnus. Je montai l'escalier en colimaçon et ouvris ma penderie pour contempler ma garde-robe. Voici ce que j'y vis : ma petite robe noire passe-partout – la seule robe que je possède, idéale pour les enterrements et autres tristes circonstances, déplacée pour rencontrer des mecs, sauf s'ils sont déjà morts ; trois jeans, un blouson en jean, une jupe courte et le nouveau blazer en tweed que j'avais acheté pour un déjeuner avec ma cousine Tasha, il y avait un an et demi de cela. Et aussi une robe de cocktail vert olive que j'avais complètement oubliée, cadeau d'une femme qui avait été déchiquetée par la suite. À quoi s'ajoutaient des rebuts de Vera, parmi lesquels un pantalon de soie noir trop long que je devais rouler à la taille. Si je le mettais, elle voudrait le récupérer, m'obligeant à faire le trajet de retour nue au-dessous de la ceinture. Et puis, on ne met pas un pantalon d'odalisque pour un barbecue. J'ai quand même quelques notions. Haussant les épaules, j'optai pour mon jean-col roulé habituel.

À 15 h 30, je sonnais à la porte de Vera. L'adresse qu'elle m'avait donnée se trouvait dans le haut du secteur est de la ville, dans un quartier de maisons anciennes. La leur donnait dans le victorien délabré avec peintures gris foncé, parements blancs et véranda en bois en forme de « L » et enjolivée de l'inévitable balustrade tarabiscotée. La porte d'entrée s'agrémentait d'une rosace en verre vitrail au milieu ; elle projeta un éclat rose vif sur la figure de Vera quand celle-ci regarda qui était là. Derrière elle, le chien aboyait avec excitation, impatient de sauter sur une nouvelle connaissance et de la couvrir de grands coups de langue. Vera ouvrit la porte en retenant l'animal par le collier afin de prévenir toute tentative d'évasion.

— Ne fais pas cette tête ! s'exclama-t-elle. Tu bénéficies d'un sursis. Je viens d'envoyer les garçons acheter des Pampers et des bières, du coup nous avons vingt minutes rien que pour nous. Entre donc.

Ses cheveux étaient coupés court, éclairés par des mèches blondes. Elle restait fidèle à ses lunettes à monture de métal et énormes verres bleutés. Vera est le genre de femme qui s'attire immanquablement des regards admiratifs où qu'elle aille. Elle gardait une silhouette généreuse, encore qu'elle eût déjà perdu une bonne partie des kilos pris avec Meg. Elle était pieds nus, vêtue d'un jean moulant et d'une tunique surdimensionnée à manches courtes et découpe compliquée à l'encolure. À force de porter le bambin et le bébé, ses biceps s'étaient affermis.

Elle me tint la porte ouverte, interposant son corps pour empêcher le chien de me sauter au cou. Il avait doublé de volume depuis que je l'avais vu à la plage. Il n'avait rien d'un sale roquet, mais manifestait une folle exubérance. Elle se pencha près de sa gueule, le musela d'une main et lui dit « Non ! » d'un ton qui ne parut guère le démonter. Il semblait aimer qu'on s'occupe de lui et expédia à sa patronne un grand coup de langue sur la bouche dès qu'il en eut l'occasion.

— Je te présente Chase. Ne fais pas attention à lui. Il va se calmer.

Je fis un effort pour ignorer le toutou qui gambadait comme un fou en aboyant avec allégresse ; puis il attrapa l'ourlet de mon pantalon et se mit à tirer dessus. Il lâcha un grondement de jeunot, ses pattes arquées sur le tapis de l'entrée pour mieux réduire mon jean en lambeaux. Prisonnière, je ne bougeai pas.

— Bigre, on aime jouer, Vera ! Je ne regrette pas d'être venue.

Elle m'expédia un regard qui en disait long, mais ne releva pas l'ironie. Saisissant le chien par le collier, elle le traîna jusqu'à la cuisine, où je la suivis. Le vestibule était haut de plafond ; un escalier partait à droite, le séjour s'ouvrant à gauche. Un petit couloir conduisait directement à la cuisine, au fond. Ce passage déployait le champ de mines habituel, truffé de cubes en bois, pièces détachées de jouets en plastique et os à chien-chien abandonnés. Vera fourra Chase dans une niche de la dimension d'une malle de paquebot. Le chien n'en parut pas autrement dolent, mais je ne m'en sentis pas moins coupable. Il plaça un œil torve à un trou d'aération de la niche et me regarda avec espoir.

C'était une grande cuisine, avec une double porte qui donnait sur une terrasse en bois. Les placards étaient en merisier foncé, les plans de travail en marbre vert, également foncé, une plaque de cuisson à six feux s'encastrant dans un îlot central. Le bébé et le fils de Vera, qu'elle me présenta sous le nom de Peter, étaient déjà baignés et en tenue de nuit. Près de l'évier, une femme en uniforme bleu clair pressait une étoile de garniture jaune à l'intérieur d'une douzaine d'œufs durs coupés en deux.

— Voici Mavis, me dit Vera. Dirk et elle sont venus en extra pour m'aider à tenir le coup, et j'attends la baby-sitter.

Je marmonnai des salutations auxquelles Mavis répondit par un sourire, s'arrêtant à peine de presser la poche à douille. Un buisson de persil ornait le bord du plateau. Sur le plan de travail voisin, deux plaques d'amuse-bouches attendaient de passer au four, à côté de deux autres plateaux de service, l'un garni de légumes crus artistement disposés, l'autre d'un assortiment de fromages importés séparés par des grappillons de raisin. Autant faire mon deuil de Cheez Whiz – dont personnellement, femme aux goûts peu raffinés, je raffolais. De toute évidence, la réception se préparait depuis des semaines. Je subodorai maintenant que l'heureuse élue de la rencontre était au lit avec la grippe et que j'avais été choisie pour la remplacer... cochez votre second choix.

Dirk, en pantalon noir et spencer blanc, s'affairait près de l'office contigu qu'il avait pour l'occasion transformé en bar équipé de verres divers et variés, d'un seau à glace et d'un alignement impressionnant de bouteilles de vin et spiritueux.

— Tu attends combien de personnes ?

— Vingt-cinq environ. Ça s'est décidé à la dernière minute et beaucoup de gens n'ont pas pu venir.

— J'imagine.

— Je suis au régime sec à cause de mes deux lutins.

Le bébé, Meg, était ligoté dans un Relax posé au milieu de la table de cuisine et regardait autour de lui avec une vague expression de satisfaction. On avait arrimé Peter, vingt et un mois, sur une chaise haute. Le plateau était jonché de Cheerios et de petits pois qu'il avait saisis au passage et avalait tout rond, quand il ne s'occupait pas de les écraser.

— Ce n'est pas son dîner, m'expliqua Vera. C'est juste pour l'occuper en attendant l'arrivée de la babysitter. À ce propos... Dirk peut te servir quelque chose, le temps que j'emmène Peter au premier. (Elle releva le plateau de la chaise haute, puis retira le bambin et le cala sur sa hanche.) Je reviens tout de suite. Si Meg pleure, c'est sans doute qu'elle veut qu'on la prenne dans les bras.

Vera disparut dans le couloir avec Peter, en direction de l'escalier.

— Que puis-je vous servir ? me demanda Dirk.

— Un chardonnay sera parfait. Merci.

Je le regardai prendre une bouteille dans un seau à glace placé derrière lui. Il me remplit un verre et ajouta une serviette à cocktail en me passant le vin au-dessus du comptoir improvisé.

— Merci.

Vera avait prévu du brie et de la baguette coupée en tranches fines, et des raviers d'arachides et d'olives vertes. J'en pris une en veillant à ne pas me casser une dent sur le noyau. J'aurais volontiers exploré le reste des pièces du rez-de-chaussée, mais je n'osais pas laisser Meg. Je n'avais pas la moindre idée de ce dont était capable un bébé de son âge ficelé dans un Relax. Sauter comme un hanneton dans ce truc-là ?

Un angle de la cuisine abritait deux canapés recouverts d'un tissu à fleurs, des chaises assorties, une table basse et une télévision encastrée dans un long panneau destiné au matériel hi-fi posé le long du mur. Verre en main, je fis le tour du périmètre, étudiant sans intérêt particulier les photos de la famille et des amis dans des cadres d'argent. Je ne pus m'empêcher de me demander si le frère de Neil, Owen, faisait partie du lot. Je l'imaginais du même style que Neil, pas très grand et sans doute brun aussi.

Derrière moi, Meg laissa entendre un couinement d'impatience qui promettait de doubler de volume. Soucieuse de la mission qui m'avait été confiée, je posai mon verre pour libérer le nourrisson de son siège. Je la pris dans les bras, si peu préparée à son poids plume qu'elle faillit voler en l'air. Elle avait des cheveux noirs et fins et des yeux d'un bleu étincelant ombragés de cils aussi délicats que du duvet. Elle sentait le talc pour bébé, et peut-être aussi quelque chose de marron et de récent dans ses couches. À ma grande surprise, après m'avoir dévisagée brièvement, elle posa son visage contre mon épaule et entreprit de sucer son poing. Elle gigota, et les petits grognements qu'elle laissa échapper suggérèrent un besoin de s'alimenter qui, je l'espérai, attendrait le retour de sa mère pour s'exprimer à pleine voix. Je la secouai un peu, ce qui parut la satisfaire momentanément.

Là, j'avais épuisé mon ample réserve de stratégies de puéricultrice.

Un bruit de pas masculins résonna dehors, sur la terrasse en bois. Neil ouvrit la porte de derrière, les bras encombrés d'un sac de courses volumineux, rempli de couches à jeter. Le type qui le suivait portait deux packs de six bouteilles de bière. J'échangeai des salutations avec Neil, qui se tourna ensuite vers son frère.

— Kinsey Millhone... mon frère, Owen.

— Bonjour, dis-je.

Le bébé dans mes bras annula tout ce qui s'apparentait de près ou de loin à une poignée de main.

Owen me retourna les congratulations d'usage, me parlant par-dessus son épaule pendant qu'il confiait les packs aux mains expertes de Dirk.

Neil posa le sac en papier sur un tabouret et retira le paquet de couches.

— Juste le temps de les monter. Vous voulez que je la prenne ? me demanda-t-il avec un signe en direction de Meg.

— Non, non, ça va, lui répondis-je, et, curieusement, c'était vrai.

Après le départ de Neil, je jetai un regard en biais à la petite et constatai qu'elle s'était endormie. « Oh ! » laissai-je échapper, osant à peine respirer. J'étais incapable de dire si j'entendais le tic-tac de mon horloge biologique ou celui du dispositif de retardement d'une bombe.

Dirk préparait une margarita pour Owen et la glace cliquetait dans le mixeur. Comme Owen le regardait, j'en profitai pour l'examiner. Il était grand, par rapport à son frère, plus d'un mètre quatre-vingts alors que Neil se rapprochait de ma taille, culminant à un mètre soixante-dix. Cheveux blond-roux, parsemés de mèches grises. Mince et ectomorphe, alors que Neil était râblé. Yeux bleus, cils délavés, nez affirmé. Il me jeta un coup d'œil en coin et j'abaissai modestement mon regard sur Meg. Il portait un pantalon de toile et une chemisette bleu marine, qui révélait le léger duvet de ses avant-bras. Il avait des dents régulières et son sourire paraissait sincère. Sur une échelle de 10 – 10 étant Harrison Ford –, je le situai à 8, voire 8++.

Il s'approcha du plan de travail où je me tenais et s'installa sur un canapé. Nous bavardâmes de tout et de rien, échangeant le type de questions-réponses banales qui sont la norme entre inconnus. Il me dit arriver de New York, où il exerçait la profession d'architecte et concevait des espaces résidentiels et commerciaux. Je lui dis ce que je faisais, et depuis quand. Il feignit plus d'intérêt qu'il n'en éprouvait probablement. Il me confia que Neil et lui avaient trois autres frères, lui étant l'avant-dernier de la smala. La plus grande partie d'entre eux, ajouta-t-il, étaient éparpillés sur la côte Est, au nord et au sud, Neil ayant fait bande à part en s'installant en Californie. Je lui précisai que j'étais fille unique et m'en tins là.

Neil et Vera redescendirent enfin. Elle prit le bébé et s'installa sur le canapé. Tripotant sa tunique, elle fit jaillir un sein et commença à le nourrir, cependant qu'Owen et moi mettions un point d'honneur à regarder ailleurs. Plusieurs autres couples arrivèrent. Chacun s'intégra après une tournée de présentations. La cuisine se remplit peu à peu d'invités, des groupes se créèrent, certains débordant dans le couloir, d'autres sur la terrasse. Quand la baby-sitter arriva, Vera emporta Meg au premier et revint en arborant une nouvelle chemise. Le bruit monta. Owen et moi fûmes séparés par la foule, mais je ne m'en plaignis pas, étant à court d'inspiration.

Je me mis en frais, échangeant des propos oiseux avec le premier venu. Tous ces gens semblaient plutôt sympathiques, mais les réunions mondaines sont harassantes pour un individu aussi introverti que moi. J'endurai l'épreuve le plus longtemps que je le pus, puis je me faufilai vers l'entrée où j'avais laissé mon sac. Les bonnes manières auraient exigé que je dise merci et au revoir à l'hôte et à l'hôtesse, mais aucun des deux n'étant en vue, je jugeai plus simple de m'éclipser sur la pointe des pieds sans attirer l'attention.

Comme je refermais la porte d'entrée et descendais les marches de la véranda, j'aperçus Cheney Phillips qui remontait l'allée en chemise de soie rouge foncé, pantalon de soie crème et mocassins italiens cirés à mort. Cheney était un policier du coin, affecté aux Mœurs aux dernières nouvelles que j'en avais eues. Je le croisais régulièrement dans un bar dénommé le Caliente Café – ou CC – au-delà de Cabana Boulevard, non loin du refuge ornithologique. D'après la rumeur, il avait rencontré une fille au CC et les tourtereaux avaient filé à Las Vegas pour se marier six petites semaines plus tard. Je me rappelai le pincement de déception avec lequel j'avais accueilli la nouvelle. Cela remontait à trois mois.

— Tu pars déjà ? me lança-t-il.

— Tiens ! Comment vas-tu ? Quel bon vent t'amène ?

— J'habite à côté, m'expliqua-t-il avec un signe de tête.

Je suivis son regard jusqu'à la maison voisine, une autre bâtisse de style victorien d'un étage, qui ressemblait comme deux gouttes d'eau à celle que je venais de quitter. Peu de policiers peuvent s'offrir le luxe d'une résidence de cette dimension et de ce cru à Santa Teresa.

— Je croyais que tu habitais à Perdido.

— Avant. C'est là-bas que j'ai grandi. Comme mon oncle est mort en me laissant un joli paquet, j'ai décidé d'investir dans l'immobilier.

Il avait dans les trente-quatre ans, soit trois de moins que moi, un visage maigre et une masse de cheveux bruns et bouclés ; un mètre soixante-quinze environ, mince. Il m'avait dit que sa mère vendait de l'immobilier haut de gamme et que son père était X. Phillips, qui possédait la banque du même nom à Perdido, une petite ville à une cinquantaine de kilomètres au sud. Il avait manifestement grandi dans un cadre privilégié.

— Jolie maison, lui dis-je.

— Merci. Je n'ai pas fini d'emménager, sinon je t'aurais proposé de visiter.

— Une autre fois peut-être, lui répondis-je en songeant à sa femme.

— Sur quoi es-tu en ce moment ?

— Rien d'important. Des bricoles, ici et là.

— Si tu retournais à la réception boire un verre avec moi ? On devrait parler un peu.

— Impossible. J'ai un rendez-vous et je suis en retard.

— Partie remise ?

— Naturellement.

Je lui adressai un signe de la main et fis quelques pas à reculons avant de me retourner et de regagner ma voiture. Pourquoi diable lui avoir dit ça ? J'aurais pu rester le temps de boire un verre, mais je ne supportais pas l'idée de passer une minute de plus au milieu de tous ces gens. Trop de monde et trop de bavardages futiles.

À 18 h 15, j'avais regagné mes pénates, soulagée d'être seule, mais me sentant laissée pour compte malgré tout. N'ayant pas voulu rencontrer le beau-frère de Vera, j'éprouvais un sentiment de déception : la rencontre arrangée avait tourné court. Un garçon sympa, mais le courant n'était pas passé, ce qui était sans doute aussi bien. En quelque sorte. Il était fort possible que ces regrets fussent liés à la personne de Cheney Phillips et non à celle d'Owen Hess, mais inutile d'épiloguer. À quoi bon ?

CHAPITRE 4

Je partis pour la prison à 6 heures, le lundi matin. Le trajet fut d'un ennui mortel – et très chaud. J'avais prévu de prendre la 101 à Santa Teresa pour rejoindre l'A 126, qui coupe par l'intérieur jusqu'à Perdido. La route file entre la Santa Clara River, à droite, et une série continue de lignes à haute tension, à gauche, longeant la lisière sud de la forêt nationale de Los Padres. J'avais vu des cartes d'état-major de la région, donnant le détail des nombreux chemins de randonnée qui traversent cette zone morne et montagneuse. Des dizaines de petits cours d'eau se faufilent au fond des canyons. On relève, par ailleurs, un nombre ahurissant de campings publics disséminés sur les quatre-vingt-neuf mille hectares de nature sauvage. Si je n'éprouvais pas une prodigieuse aversion à l'endroit des insectes, des ours noirs, des serpents à sonnette, des coyotes, de la chaleur de fournaise, des orties urticantes et de la poussière, j'aurais peut-être pris plaisir au spectacle des falaises de grès tant vantées et des pins poussant à des angles impossibles le long des montagnes jonchées de rochers. Ces dernières années, même depuis l'autoroute, il m'est arrivé d'apercevoir le dernier condor de Californie décrire des cercles dans le ciel, ses ailes de trois mètres soixante d'envergure déployées avec autant de grâce qu'un cerf-volant.

Je longeai d'innombrables vergers d'avocatiers et de bosquets d'agrumes chargés d'oranges bientôt mûres – ponctués par des petits points de vente tous les trois ou quatre kilomètres. J'eus droit au feu rouge dans trois villages de lotissements neufs et de centres commerciaux opulents. Au bout d'une demi-heure, j'arrivai à l'intersection de la 125 et de l'A 5, que je pris vers le sud. Il me fallut une heure de plus pour atteindre Corona. Les détenus n'avaient que l'embarras du choix pour purger leur peine ; ce secteur regroupe en effet l'Autorité de protection des mineurs, la Maison d'arrêt pour hommes et la Maison d'arrêt pour femmes de Californie, tous à portée de fusil les uns des autres. Le terrain était plat et poussiéreux, entrecoupé de lignes à haute tension et de châteaux d'eau ; des clôtures basses de barbelés séparaient les différentes parcelles. Une mince ligne d'arbres surgissait çà et là, mais on ne voyait guère pour quelle raison. Ils ne procuraient pas un brin d'ombre et n'interposaient qu'un semblant de rideau aux voitures qui filaient sur la route. Les maisons aux toits plats ne payaient pas de mine et leurs dépendances tombaient en ruine. De gros arbres noueux exhibaient des moignons de branches dénudés, sinon morts. Comme pour la grande majorité des terrains non construits en Californie, des lotissements prenaient racine comme des touffes de chiendent.

À 8 h 30, je m'occupais à tuer le temps dans ma voiture garée sur le parking contigu au service d'écrou de la Maison d'arrêt pour femmes. Depuis des années, la prison a été rebaptisée la Frontera, par allusion à l'ultime frontière des détenues. Étalé sur une cinquantaine d'hectares, le « campus » (comme on disait à l'époque) avait été ouvert en 1952, et, jusqu'en cette année 1987, il restait le seul établissement de Californie à accueillir des criminelles. J'avais pénétré un peu plus tôt dans le bâtiment, où j'avais présenté mes papiers d'identité au responsable en lui disant que je venais chercher Reba Lafferty – dont le numéro d'écrou correspondait, coïncidence amusante, à ma date d'anniversaire. Le responsable avait consulté ses registres, trouvé son nom, puis téléphoné à l'écrou.

Il m'avait suggéré de l'attendre au parking et j'avais réintégré ma Volkswagen. Pour l'instant, la communauté de Corona manquait un peu de charme à mon goût. Une traînée de smog jaune s'accrochait à l'horizon, tel le sillage d'un avion de pulvérisation de pesticides. La touffeur de la mi-juillet avait la densité du lait tourné et une odeur de lisier. Un petit vent opiniâtre souffletait l'endroit et les mouches étaient omniprésentes. Mon tee-shirt me collait au dos et je me sentais le visage humide et luisant de la moiteur poisseuse qui vous tire d'un sommeil profond quand vous êtes au lit avec la grippe.

La vue, de l'autre côté du grillage haut de trois mètres, était déjà plus réjouissante. Je distinguai des pelouses vertes, des allées et des buissons d'hibiscus aux fleurs rouge vif et jaunes. Les bâtiments construits au ras du sol se signalaient par un brun grisâtre presque uniforme. J'avais lu qu'on venait d'achever le chantier d'un quartier spécial de cent dix lits. Le personnel se montait à cinq cents agents, à peu de choses près, pour une population carcérale qui oscillait entre neuf cents et douze cents détenues. Dans une tranche d'âge comprise massivement entre trente et quarante ans, les Blanches primaient. La prison fournissait des programmes de formation universitaire et professionnelle, entre autres de programmation informatique. Les ateliers, textiles pour l'essentiel, produisaient des chemises, shorts, blouses de travail, tabliers, mouchoirs et bandanas, ainsi que des vêtements destinés à la lutte contre les incendies. La Frontera était aussi un centre névralgique de sélection et de formation de combattants du feu, affectés aux quelques quarante sites de stations de protection disséminés dans tout l'État.

Pour la énième fois, j'étudiai la photo de Reba Lafferty prise avant ses ennuis avec la justice et sa mise à l'écart pour délinquance. Si elle avait tâté de l'alcool et de la drogue, ces excès ne se voyaient pas. Incapable de rester tranquille, je rangeai la photo dans mon sac et tripotai le bouton de la radio. Les informations du matin apportaient leur lot habituel et décourageant de meurtres, tripatouillages politiques et prévisions économiques désastreuses. Le temps que le présentateur cède la place à la pause publicitaire de la station, j'étais prête à me trancher la gorge.

À 9 heures, je levai les yeux et surpris un signe d'activité près de la porte principale réservée aux véhicules. Les battants s'étaient ouverts et un minibus du Bureau du shérif en partance attendait au point mort pendant que le conducteur présentait sa paperasse au garde. Tous deux échangeaient des plaisanteries. Je descendis de voiture. Le minibus franchit la porte, décrivit un grand arc de cercle à droite, puis s'immobilisa. Il y avait plusieurs femmes à bord – des conditionnelles qui mettaient le cap sur le monde réel, le visage tourné vers la vitre comme une rangée de plantes en quête de lumière. Les portières s'ouvrirent et se refermèrent dans un chuintement, puis le véhicule s'éloigna.

Reba Lafferty resta plantée sur la chaussée en tennis, blue-jean et tee-shirt blanc laissant deviner l'absence de soutien-gorge, le tout fourni par la prison. Toutes les détenues sont obligées de se défaire de leurs effets personnels à l'arrivée, mais je fus étonnée que son père ne lui en ait pas envoyé pour rentrer. Je savais qu'elle avait été forcée d'acheter cette tenue, car les articles étaient considérés comme propriété de l'État. Elle semblait avoir refusé le soutien-gorge maison, sans doute aussi flatteur qu'une prothèse orthopédique. On exige aussi des détenues qu'elles quittent la prison sans rien d'autre en main que leurs deux cents dollars en liquide. J'eus un choc en constatant qu'elle ressemblait exactement à sa photo. Vu l'âge avancé de Nord Lafferty, je m'étais imaginé une quinquagénaire. Cette fille avait à peine trente ans.

Ses cheveux maintenant coupés court donnaient l'impression qu'elle sortait de la douche. Pendant sa détention, ils avaient eu le temps de reprendre leur couleur naturelle et les mèches brunes formaient des piques, comme fixées à la mousse coiffante. Je m'étais attendue à une femme empâtée, mais elle était mince comme un fil, presque frêle. Les salières de la clavicule se dessinaient sous le jersey de mauvaise qualité du tee-shirt. Elle avait le teint clair mais légèrement jaunâtre et des cernes lui salissaient les yeux. Il se dégageait d'elle quelque chose de sensuel ; du défi dans la posture, un léger déhanchement dans sa façon de marcher.

Je lui fis signe de la main, elle traversa la route et vint dans ma direction.

— Vous êtes là pour moi ?

— Tout juste. Je m'appelle Kinsey Millhone, lui dis-je.

— Génial. Je suis Reba Lafferty. On met les voiles, ajouta-t-elle en me donnant une poignée de main.

Nous rejoignîmes la voiture et durant l'heure qui suivit notre conversation s'en tint là.

Comme je préfère le silence au papotage, cette absence de menus propos n'avait rien d'emprunté. Je changeai d'itinéraire, prenant l'A 5 jusqu'à son intersection avec la 101. Une ou deux fois, j'eus envie de poser une question à ma passagère, mais je me ravisai, jugeant que celles qui me venaient à l'esprit ne me regardaient pas. Pourquoi avez-vous volé de l'argent ?

Pourquoi cela a-t-il foiré et vous êtes-vous fait prendre ? arrivaient en tête de liste.

Ce fut Reba qui finit par rompre le silence.

— Papa vous a dit pourquoi j'étais en taule ?

— Il m'a dit que vous aviez pris de l'argent, mais c'est tout, lui répondis-je.

Je m'aperçus que j'avais omis de parler de « détournement de fonds », comme s'il eût été malpoli de nommer l'infraction qui lui avait valu sa peine.

Elle appuya la tête au dossier du siège.

— C'est un amour. Il mérite infiniment mieux que moi.

— Puis-je vous demander votre âge ?

— Trente-deux ans.

— Ne m'en veuillez pas, mais vous en faites douze ! Quel âge avait votre père quand vous êtes née ?

— Cinquante-six. Ma mère, vingt et un. Le couple parfait. Inutile de préciser la suite. Elle m'a laissée choir comme une portée de chatons et s'est barrée.

— Êtes-vous restées en contact ?

— Oh que non ! Je l'ai vue une fois, quand j'avais huit ans. On a passé une journée ensemble, enfin... une demie. Elle m'a emmenée à Ludlow Beach et m'a regardée barboter dans les vagues jusqu'à ce que je sois bleue de froid. Nous avons déjeuné dans la petite gargote, vous savez, pas loin de High Ridge Road ?

— Je vois très bien.

— J'ai eu droit à un milk-shake et à des palourdes frites, je n'en ai jamais remangé depuis. Je devais être surexcitée. Je me souviens que j'avais commencé à avoir mal au ventre à l'instant où je m'étais réveillée, sachant qu'elle devait venir. Nous allions au zoo, mais j'ai eu mal au cœur dans la voiture et elle a fini par me ramener à la maison.

— Que voulait-elle ?

— Allez savoir ! En tout cas, elle n'a rien voulu

depuis. Mais papa a été génial. De ce côté-là, j'ai de la chance.

— Il se sent coupable à votre sujet.

Elle se tourna pour me regarder.

— Comment ça ? Rien n'est de sa faute !

— Il pense qu'il ne s'est pas assez occupé de vous quand vous étiez plus jeune.

— Oh... C'est exact, mais quel rapport ? Il a fait ses choix, j'ai fait les miens.

— Oui, mais en général mieux vaut éviter ceux qui vous mènent en prison.

Elle sourit.

— Vous ne m'avez pas connue à l'époque. J'étais ou pétée ou défoncée, et quelquefois les deux.

— Comment avez-vous réussi à garder un emploi ?

— Je réservais l'alcool pour le soir et le week-end. Je fumais avant et après le travail. Je n'ai jamais donné dans les drogues dures, héroïne, crack ou amphétamines. Elles risquent de salement vous amocher.

— Personne n'a jamais remarqué que vous étiez défoncée ?

— Si, mon patron.

— Comment vous êtes-vous débrouillée pour taper dans la caisse ? J'aurais cru qu'il fallait avoir la tête claire.

— Faites-moi confiance, je l'ai toujours eue dans certains domaines. Vous avez déjà fait de la prison ?

— Deux jours, lui dis-je, du même ton dont je lui aurais parlé d'une sortie avec ma troupe de guides.

— Pour quelle raison ?

— Voies de fait sur agent des forces de l'ordre et rébellion.

Elle éclata de rire.

— Dites donc ! Qui l'aurait cru ? Vous avez l'air plutôt conformiste. Je parie que vous traversez quand le petit bonhomme est vert et que vous ne tripatouillez jamais votre déclaration de revenus.

— Je l'avoue. Est-ce répréhensible ?

— Non, ça n'est pas répréhensible. Mais ennuyeux à mourir, me renvoya-t-elle. Vous n'avez jamais envie de ruer dans les brancards ? Prendre des risques et péter les plombs ?

— Ma vie me plaît.

— Elle est mortelle, oui ! Moi, ça me rendrait dingue.

— Ce qui me rend dingue, c'est de ne pas maîtriser la situation.

— Vous faites quoi, pour vous détendre ?

— Je ne sais pas... Je lis beaucoup, je cours.

Elle me regarda, attendant la chute.

— C'est tout ? Vous lisez beaucoup et vous courez ?

Je me mis à rire.

— Lamentable quand on y réfléchit, non ?

— Où traînez-vous d'habitude ?

— Je ne « traîne » pas tellement, à vrai dire ; mais si je veux dîner dehors ou boire un verre de vin, je vais dans une cantine du quartier, le Rosie's. La patronne est une maman ourse qui veille au grain. En clair, je peux manger sans me faire draguer.

— Vous avez un copain ?

— Pas vos oignons, rétorquai-je en retrouvant le langage vernaculaire.

Mieux valait ne pas la laisser s'aventurer trop loin sur cette voie. Je lui lançai un regard en biais.

— Si je peux vous demander... vous aviez déjà eu des ennuis avant ?

Elle se détourna pour regarder par la vitre.

— Tout dépend de ce que vous entendez par là. Je suis allée deux fois en désintox. J'ai fait six mois à la prison du comté pour chèque sans provision. Le temps que je sorte, mes finances étaient à zéro et je me suis déclarée en faillite. Et c'est bien l'absurdité du système. Je fais ma déclaration et puis quoi ? Je reçois une tonne d'offres de cartes de crédit au courrier, toutes avec autorisation préalable ! Comment résister ? Naturellement, je les ai vidées elles aussi. Trente mille dollars dans le rouge avant que les vannes se ferment aussi sec.

— Dépensés à quoi ?

— Oh ! vous savez, la routine, le jeu, la drogue. J'ai perdu un paquet aux courses, ensuite, je suis allée à Reno où j'ai tripoté les bandits manchots. Je me suis assise à une table de poker où on jouait gros, mais les cartes sont restées sourdes. Mais ne croyez pas que ç'ait suffi à me dissuader ! J'ai cru que je pouvais perdre autant que je voulais et que la chance tournerait, que je me referais. Malheureusement, je n'ai pas eu le temps de tenir jusque-là. Je me suis retrouvée complètement à sec et à la rue. C'était en 1982. Papa m'a prise chez lui et a payé mes dettes. Et vous, vos vices ? Vous en avez forcément un.

— Je bois du vin blanc et du Martini de temps en temps. Je fumais du tabac, mais j'ai arrêté.

— Tiens, moi aussi. Ça fait un an. On n'en dit pas du bien.

— Il n'y a pas pire. Qu'est-ce qui vous a convaincu de lâcher ?

— Juste pour me prouver que j'en étais capable, me répondit-elle. Et sinon ? Jamais de coke ?

— Jamais.

— Pas de Ludes, de Vicodan, de Percocet ?

Je me tournai et la regardai bien en face.

— Simple question, me dit-elle aussitôt.

— J'ai fumé des joints au lycée, mais je me suis amendée.

Elle pencha la tête de côté, l'air effondré.

— Je ronfle.

Je me mis à rire.

— Pourquoi ?

— Une vraie bonne sœur ! Et la joie de vivre ? Vous ne vous éclatez jamais ?

— Mais si, parfaitement. Souvent.

— Oh ! ne vous coincez pas. Je ne portais pas de jugement.

— À d'autres.

— Bon, d'accord, peut-être un petit peu. C'est surtout la curiosité.

— À quel sujet ?

— Comment tenir dans ce monde si on ne vit pas dangereusement ?

— Vous le découvrirez peut-être.

— Je ne miserais pas là-dessus, mais on peut toujours espérer.

Comme nous approchions de Santa Teresa, un voile de brouillard vint s'enrouler sur le paysage, aérien et blafard. Je suivis la plage, dont les palmiers se détachaient en ombres chinoises sur la blancheur moelleuse du Pacifique. Reba n'avait pas quitté l'océan des yeux depuis qu'il était apparu au sud de Perdido. Quand nous dépassâmes la bretelle de sortie de Perdido Avenue, elle tourna la tête pour le regarder s'estomper dans la brume.

— Jamais entendu parler du Double Down ?

— De quoi s'agit-il ?

— La seule salle de poker de Perdido – théâtre de ma chute. J'y ai connu des moments glorieux, mais cela appartient au passé. Du moins, je l'espère.

L'autoroute faisant un coude dans les terres, elle tourna son attention sur le moutonnement des bosquets d'agrumes de part et d'autre de la route. Les habitations et entreprises se multiplièrent, jusqu'au moment où la ville proprement dite apparut – des constructions d'un ou deux étages en stuc blanc à toitures de tuile rouge, des conifères, une architecture dictée par l'influence hispanique.

— Qu'est-ce qui vous a le plus manqué ? lui demandai-je.

— Mon chat. Un tigré roux que j'ai eu quand il avait six semaines. On aurait dit une houppette ! Il a dix-sept ans maintenant et c'est un gros vieux matou.

En prenant la bretelle de sortie de Milagro, je jetai un coup d'œil à ma montre. 12 h 36.

— Vous avez faim ? Nous avons le temps de déjeuner si vous voulez vous sustenter avant de rencontrer votre contrôleur judiciaire.

— Ce serait génial ! J'ai faim depuis que nous avons commencé à rouler.

— Il fallait le dire ! Avez-vous une préférence ?

— Un McDo. Je tuerais pour un Royal Cheese.

— Moi aussi !

En déjeunant, je lui demandai :

— Vingt-deux mois. Qu'avez-vous fait pour vous occuper ?

— J'ai appris la programmation d'ordinateur. Palpitant. Et j'ai aussi mis en fichiers les statistiques pénitentiaires.

— Amusant ?

Elle commença à tremper ses frites dans un lac de ketchup, les happant comme des vers de terre.

— Ma foi, oui. J'ai passé une masse de temps à la bibliothèque à lire toutes les études qu'on a faites sur les détenues. Avant, quand je tombais sur ce genre d'articles, je ne me sentais pas concernée. Maintenant, si. Prenez 1976. On recensait onze mille détenues dans les prisons fédérales et d'État. L'année dernière, le chiffre a fait un bond, passant à vingt-six mille, et vous voulez savoir pourquoi ? Le Mouvement de libération des femmes. Jusque-là, les juges avaient pitié des femmes, surtout celles chargées de gamins. Aujourd'hui, c'est l'égalité des chances en matière de détention. Merci, Gloria Stanheim ! Seulement quelque trois pour cent des criminels condamnés à une peine font de la prison. Et ce n'est pas tout. Il y a cinq ans, la moitié des meurtriers libérés avaient fait moins de six ans. Ça ne vous paraît pas incroyable ? Assassinez quelqu'un, vous ressortez au bout de six ans de taule. Violez la conditionnelle, dans la majorité des cas, c'est reparti pour un tour, ce qui fait beaucoup, si on compare. Je suis reconnue positive à un contrôle de drogue ? Je rempile !

— Un tour ?

— Un an. Croyez-moi, le système est vraiment faussé. Je veux dire... à quoi rime la conditionnelle, à votre avis ? Vous effectuez votre peine dans la rue. Vous parlez d'une sanction ! Vous n'imaginez pas le nombre de dévoyés qui arpentent le secteur. (Elle sourit.) N'importe, allons faire la connaissance de mon contrôle et qu'on en finisse.

CHAPITRE 5

Les bureaux de la libération conditionnelle occupaient un bâtiment bas en brique jaune construit dans un style très en vogue pendant les années soixante : des tonnes de verre et d'aluminium et de longues horizontales. Des cèdres vert foncé poussaient sous un avant-toit qui faisait toute la longueur de la façade. Le parking offrant un espace généreux, je trouvai une place sans difficulté. Je coupai le moteur.

— Vous voulez que je vous accompagne ?

— J'aimerais autant, me répondit-elle.

Nous traversâmes le parking et prîmes à droite, en direction de l'entrée. Nous franchîmes les portes vitrées et nous retrouvâmes devant un grand couloir peu engageant, avec des bureaux des deux côtés. Je ne vis aucune aire d'accueil, hormis, à l'autre bout du couloir, quelques types assis sur des chaises pliantes. Comme nous entrions, une grande femme rousse qui tenait un épais dossier à la main sortit d'un bureau, jeta un regard inquisiteur alentour et appela un des hommes qui tuaient le temps, adossés au mur. L'homme, la soixantaine et le visage triste, s'avança ; il portait une veste et un pantalon élimés et d'une propreté très relative. Le genre de type qui dort sous les porches et récupère des mégots dans les cendriers pleins de sable des halls d'hôtel.

Elle jeta un coup d'œil vers nous et aperçut Reba.
— C'est vous, Reba ?
— Elle-même.
— Je suis Priscilla Holloway. On s'est parlé au téléphone. Je suis à vous dans une seconde.
— Super. (Reba la regarda disparaître.) Mon contrôle.
— Je l'avais deviné.
Priscilla Holloway était une femme d'une quarantaine d'années aux traits affirmés, solidement charpentée et bronzée. Ses cheveux roux, tirant sur l'auburn, étaient attachés sur la nuque par une barrette et lui arrivaient au milieu du dos. La position assise avait froissé son pantalon noir. Elle portait sa chemise blanche au-dessus du pantalon, et la fermeture Éclair de sa veste en jersey rouge, ouverte en bas, dissimulait discrètement son arme rangée dans un étui de hanche. Elle avait le corps musclé des adeptes des sports rapides qui mettent en nage : squash, foot, basket et tennis. Quand j'étais à l'école primaire, les filles de son gabarit me terrifiaient, mais j'avais compris qu'en cultivant leur amitié je bénéficiais éternellement de leur protection sur le terrain de jeux.
Reba et moi fîmes valoir nos droits sur une petite parcelle de couloir où, alternativement, nous nous appuyâmes au mur ou nous nous avachîmes en essayant de trouver une position confortable pour attendre. Un Taxiphone était fixé au mur non loin de là et je vis le regard de Reba s'aviver quand elle l'aperçut.
— Vous avez de la monnaie ? J'aimerais passer un coup de fil. Un appel local.
J'ouvris mon sac et en explorai rapidement le fond à la recherche de pièces en perdition. Je lui tendis une poignée de monnaie et la regardai aller vers l'appareil et décrocher le combiné. Elle inséra les pièces, composa un numéro, puis se tourna de façon à m'empêcher de

lire sur ses lèvres pendant qu'elle parlait. Elle resta trois minutes au bout du fil et quand elle se décida à reposer le combiné sur son support, elle paraissait plus heureuse et plus détendue que je ne l'avais encore vue jusque-là.

— Tout va bien ?

— Très bien. Je reprenais contact avec un ami.

Elle se laissa glisser le long du mur et s'assit par terre.

Dix minutes après, Priscilla Holloway fit son apparition, escortant son client à la mine chagrine jusqu'à l'entrée. Elle le chapitra, puis se tourna vers Reba.

— Si vous veniez dans mon bureau ?

Reba se releva.

— Et elle ?

— Elle pourra nous rejoindre tout à l'heure. Nous avons une ou deux choses à régler avant. Je reviens vous chercher dans une minute, ajouta-t-elle à mon intention.

Elles s'éloignèrent dans le couloir sans joie, Reba paraissant deux fois plus petite que l'agent Holloway. Je me résignai à une nouvelle attente, appuyée au mur, mon sac posé par terre. Les portes vitrées s'ouvrirent et Cheney Phillips entra, se dirigeant vers le fond du couloir sans me voir. Je le vis frapper à la porte ouverte de Priscilla Holloway et passer la tête à l'intérieur. Il échangea quelques mots avec elle, puis se tourna et vint vers moi. Il ne m'avait toujours pas reconnue, ce qui me donna le temps de l'étudier.

Je connaissais Cheney depuis des années, mais nous n'avions jamais eu l'occasion de travailler ensemble avant une enquête pour meurtre deux ans avant. Au fil de plusieurs conversations, il m'avait confié avoir grandi quasi livré à lui-même et visé très tôt une carrière dans la police. La dernière fois que nos chemins s'étaient croisés, il travaillait aux Mœurs en infiltration, mais maintenant son visage était probablement trop connu pour ce genre de missions. Cheney était tiré à quatre épingles, comme toujours : pantalon foncé et veste de sport à fines rayures, épaules carrées, taille cintrée. Sa chemise habillée bleu nuit s'accompagnait d'une cravate elle aussi bleu nuit, mais d'un ton un peu plus clair. Ses cheveux foncés bouclaient et ses yeux sombres révélaient un curieux mélange de rigueur policière et de séduction consciente. En apprenant qu'il s'était marié, j'avais déplacé son nom sur mon Rolodex mental, le rétrogradant des fiches du tout devant à la rubrique que j'intitule « éliminé sous toutes réserves », proche du tout derrière.

Son regard accrocha brièvement le mien ; découvrant que c'était moi, il s'arrêta net.

— Kinsey ! Je n'en crois pas mes yeux ! Je pensais justement à toi.

— Que fabriques-tu ici ?

— Je cherche des tuyaux sur un conditionnel. Et toi ?

— Je baby-sitte une nana le temps qu'elle se réacclimate.

— B.A. de missionnaire.

— Pas du tout. On me paie, lui renvoyai-je.

— Quand je suis tombé sur toi samedi, je voulais te demander pourquoi je ne t'avais pas vue au CC. Dolan m'a dit que vous travailliez tous deux sur un dossier. Je pensais t'y trouver.

— Je ne « fais » pas les bars à mon âge, à part le Rosie's. Mais toi ? La dernière fois qu'on m'a parlé de toi, tu convolais à Las Vegas.

— Bigre, les nouvelles vont vite. Que t'a-t-on raconté d'autre ?

— Que tu l'avais rencontrée au CC et qu'il ne vous a pas fallu six semaines pour fuguer.

Cheney eut un sourire chagriné.

— Présenté comme ça, ça manque de romantisme.

— Qu'est-il arrivé à ton autre petite amie ? Je croyais que tu voyais quelqu'un depuis des années ?

— Une histoire sans lendemain. Elle s'en est rendu compte avant que je le comprenne et me tire, l'oreille basse.

— Et comme ça, tu te maries aussi sec ?

— On peut voir les choses sous cet angle, je suppose. Et toi ? Comment va ton copain Dietz ?

— Kinsey, aimeriez-vous nous rejoindre ?

Je levai les yeux et vis approcher Priscilla Holloway. Cheney tourna la tête, suivant mon regard.

— Il vaut mieux que je te laisse.

— J'ai été ravie de te revoir, lui dis-je.

— Je vous passe un coup de fil dès que je suis libre, lui lança Priscilla au moment où il tournait les talons.

Je jetai un coup d'œil par-dessus mon épaule, le regardant pousser les portes vitrées et obliquer en direction du parking.

— Comment connaissez-vous Cheney ? me demanda-t-elle.

— Nous avons travaillé ensemble sur une affaire. Un homme sympathique.

— Efficace. Le trajet s'est bien passé ?

— Comme sur des roulettes. Mais on cuisait, là-bas.

— Et il y a bien trop de mouches, ajouta-t-elle. On peut à peine ouvrir la bouche sans en avaler une.

Elle occupait un local exigu et meublé avec sobriété. Une fenêtre donnait sur le parking, la vue coupée en lamelles par un store vénitien. Un Polaroid était posé sur le rebord de la fenêtre et deux instantanés de Reba coiffaient une pile de dossiers épais. J'en déduisis que Priscilla gardait des photos récentes dans le dossier, au cas où Reba prendrait le large sans prévenir. Des classeurs de rangement se dressaient derrière son bureau, deux chaises de métal lui faisant face. Reba occupait celle qui se trouvait le plus près de la fenêtre. Priscilla prit place dans son fauteuil pivotant et me regarda.

— Reba me dit que vous allez la chaperonner.

— Juste un jour ou deux, le temps qu'elle s'installe.

Priscilla se pencha en avant.

— J'en ai parlé avec elle, mais je ne crois pas inutile de le répéter afin que vous sachiez à quoi vous en tenir. Pas de drogue, pas d'alcool, pas d'arme à feu. Pas de couteau avec une lame de plus de sept centimètres, sauf ceux de son lieu de résidence ou de travail. Aucun lanceur de projectiles d'aucune sorte. (Elle s'interrompit pour sourire, adressant le reste de ses remarques à Reba comme pour mieux les souligner.) Pas de contacts avec des délinquants avérés. Tout changement de domicile doit être communiqué dans les soixante-douze heures. Pas de déplacement de plus de quatre-vingts kilomètres sans autorisation. Vous ne devez pas rester absente de Santa Teresa plus de quarante-huit heures ni sortir de Californie sans mon accord écrit. Si la police vous interpelle et que vous n'avez pas ce bout de papier magique, vous retournez au placard.

— Ne vous inquiétez pas, dit Reba.

— Un point que j'ai oublié de mentionner... Si vous cherchez du travail, une clause de votre conditionnelle s'oppose à toute position de confiance : pas de traitement de feuilles de paie, d'imposition, pas d'accès à la signature de chèques...

— Et si l'employeur connaît mon casier ?

Priscilla Holloway marqua un temps.

— Dans ce cas, peut-être, mais vous m'en parlez d'abord. (Elle se tourna vers moi.) Des questions ?

— Aucune. Je suis juste là pour l'accompagner.

— J'ai donné mon numéro à Reba au cas où elle aurait besoin de moi. Si je suis absente, laissez un message sur mon répondeur. Je le consulte quatre à cinq fois par jour.

— Bien.

— Pour l'instant, deux choses m'occupent. La première est la sécurité publique, la seconde la réussite de sa réinsertion. On ne gâche ni l'une ni l'autre, d'accord ?

— Comptez sur moi, lui dis-je.

Priscilla se leva et se pencha par-dessus son bureau pour serrer d'abord la main de Reba, puis la mienne.

— Bonne chance. J'ai été ravie de faire votre connaissance, mademoiselle Millhone.

— Appelez-moi Kinsey, lui dis-je.

— Faites-moi savoir si je peux vous être utile en quoi que ce soit.

Nous réintégrâmes la voiture.

— J'aime bien Holloway, dis-je. Elle semble sympathique.

— Moi aussi. Elle m'a dit que j'étais la seule femme dont elle s'occupait. Les autres conditionnelles qu'elle contrôle sont des 288A ou des 290.

— En clair ?

— Des délinquants sexuels avérés. 288A signifie pédophile. Deux d'entre eux sont considérés comme des prédateurs sexuels violents. Jolie compagnie. On ne le croirait jamais, à les voir. (Elle sortit une brochure pliée en accordéon, avec la mention « Direction des établissements pénitentiaires » imprimée sur le devant. Elle parcourut les informations et tourna la page.) Au moins je ne suis pas dans la catégorie « Haute surveillance ». Pour ceux-là, c'est un vrai parcours du combattant. Je la vois une fois par semaine au début, mais elle dit que si je me conduis bien, elle passera à une fois par mois. Je dois continuer les réunions des Alcooliques anonymes et je serai soumise à des contrôles antidrogue hebdomadaires, mais il s'agit juste de faire pipi dans un verre, rien de dramatique.

— Et le travail ? lui demandai-je. Vous allez chercher un emploi ?

— Papa ne veut pas que je travaille. D'après lui, c'est trop de stress. En plus, ce n'est pas une clause de ma conditionnelle et Holloway s'en fiche du moment que je ne renifle rien.

— Je vous ramène chez vous.

À 14 h 30, je déposai Reba à la propriété paternelle en m'assurant qu'elle avait bien les numéros de téléphone de mon domicile et de mon bureau. Je lui suggérai de prendre quelques jours pour se poser, à quoi elle me répondit qu'elle était restée cloîtrée à ne rien faire et à s'ennuyer à mourir pendant deux ans et voulait sortir. Je lui proposai de m'appeler le lendemain matin et que nous déciderions de l'heure à laquelle je passerais la prendre.

— Merci, me dit-elle en ouvrant sa portière.

La vieille gouvernante était déjà en faction dans la véranda de devant et guettait son arrivée. Elle avait à ses pieds un gros chat jaune roux à poils longs. Comme Reba claquait la portière, le matou descendit les marches et s'avança vers elle d'un pas digne et mesuré. Reba se pencha et prit le chat dans ses bras. Elle le berça, son visage enfoui dans sa fourrure, manifestation d'adoration que l'animal parut accepter comme son dû. Reba porta l'animal jusqu'à la véranda. J'attendis qu'elle ait embrassé la gouvernante et disparu à l'intérieur, le chat sous le bras, puis je mis le contact et repris la direction de la ville.

Je fis halte au bureau et pris le temps de répondre aux appels téléphoniques et d'ouvrir le courrier. À 17 heures, ayant réglé tous ces points, je fermai et récupérai mon véhicule pour effectuer le court trajet jusqu'à la maison. Une fois arrivée, j'ouvris ma boîte aux lettres et en sortis le fatras habituel de publicités et de factures. Je franchis le portail grinçant sans lever les yeux d'une proposition de services émanant d'un tailleur de Hong Kong qui souhaitait me compter dans sa clientèle. J'avais une autre offre, une société de prêts hypothécaires qui me proposait des liquidités sur simple appel. N'étais-je pas vernie ?

Henry se trouvait dans le jardin et lavait le patio. Le jet, aussi large qu'une balayette, propulsait en continu les feuilles et le sable des dalles jusqu'à l'herbe. Un soleil de fin d'après-midi avait percé dans le ciel bas, nous donnant enfin un avant-goût d'été. Henry était en tee-shirt et bermuda, ses pieds longs et élégants dans une paire de tongs fatiguées. William, en costume trois-pièces impeccable comme à l'ordinaire, se tenait juste derrière lui, évitant avec soin toute éclaboussure. Il s'appuyait sur une canne de marche en rotin de Malacca noir, ornée d'un pommeau d'ivoire sculpté. Tous deux se chamaillaient, mais ils s'interrompirent le temps de m'accueillir avec civilité.

— William, qu'est-ce que tu as fait à ton pied ? Je ne t'ai jamais vu avec une canne !

— Le médecin a jugé que ça m'aiderait à garder l'équilibre.

— C'est pour se donner un genre, ricana Henry.

William ignora la remarque.

— Désolée de vous déranger, dis-je. J'ai l'impression de vous interrompre en pleine conversation.

— Henry se pose des questions sur Mattie, m'expliqua William.

— Je ne me pose pas de questions ! Je fais preuve de bon sens. J'ai quatre-vingt-sept ans. Combien de temps me reste-t-il à vivre ?

— Ne dis pas d'absurdités, lui renvoya William. De notre côté, dans la famille, on a toujours vécu jusqu'à au moins cent trois ans. Et la sienne, tu as entendu ce qu'elle en a dit ? J'ai cru qu'elle récitait le dictionnaire médical ! Cancer, diabète et affections cardiaques ! Sa mère est morte d'une méningite. Comme si ça ne suffisait pas ! Crois-moi, Mattie Halstead partira bien avant toi.

— Et alors ? Aucun de nous ne va « partir » d'ici peu ! lança Henry en s'énervant.

— Tu es idiot. Ce serait une bénédiction pour elle de t'avoir.

— Et pourquoi donc, au nom du ciel ?

— Elle aura besoin de quelqu'un pour l'aider dans ses vieux jours. Personne n'a envie d'être malade et seul, surtout vers la fin.

— Mais elle va très bien ! Elle est solide comme un cheval. Elle me survivra de vingt bonnes années. Je n'en dirais pas autant de toi !

William se tourna vers moi.

— Si Lewis n'était pas têtu comme une mule...

— Qu'est-ce que Lewis vient faire là-dedans ? dit Henry en l'interrompant.

— Il l'admire beaucoup. Souviens-toi de l'attention qu'il lui a portée pendant la croisière.

— Cela remonte à des mois.

— Parlez-lui, Kinsey. Peut-être que vous, il vous écoutera.

J'eus un petit frisson d'inquiétude.

— Je ne sais pas quoi dire, William. Je suis la dernière personne à pouvoir donner des conseils en matière d'amour.

— Taratata. Vous vous êtes mariée deux fois.

— Mais aucun n'a marché.

— Au moins, vous n'avez pas eu peur de vous engager. Henry est un lâche...

— Pas du tout ! (La colère d'Henry montait. Je crus qu'il allait diriger le jet sur son frère, mais il s'approcha du robinet et coupa l'eau dans un grincement.) L'idée est absurde. D'abord, Mattie est retranchée à San Francisco, moi, mes racines sont ici. Je suis d'un naturel casanier, et regarde sa façon de vivre : toujours à partir en croisière, à faire le tour du monde pour un oui ou un non.

— Comme elle s'en tient aux Caraïbes, cela ne pose pas de problème, lui fit remarquer William.

— Elle reste partie des semaines d'affilée. Elle n'y renoncera pour rien au monde.

— Qu'est-ce qui l'y obligerait ? rétorqua William, exaspéré. Laisse-la vivre à sa guise ! Tu habiterais six mois là-haut, et les autres six mois ici. Nous pouvons tous tirer profit d'un changement de décor – toi plus que n'importe qui. Et ne me sors pas cette histoire de « racines ». Elle peut garder sa maison, toi la tienne, et tu fais la navette.

— Je ne veux aller nulle part. Je veux rester ici.

— Je vais te dire où est ton problème. Tu ne veux rien faire qui comporte l'ombre d'un risque, lâcha William.

— Et toi donc !

— Pas du tout ! Non, monsieur ! C'est archifaux ! Bon sang, je me suis marié, tu m'entends, marié à quatre-vingt-six ans, et si tu ne crois pas que j'ai pris un risque, alors pose-lui la question à elle ! lui lança-t-il en me désignant.

— Oui, c'est vrai, marmonnai-je docilement, la main en l'air comme si je prêtais serment. Mais les garçons... si je peux me permettre... (Ils se tournèrent d'un même mouvement pour me dévisager.) Ne pensez-vous pas que les sentiments de Mattie comptent ? Peut-être ne s'intéresse-t-elle pas plus à lui que lui à elle...

— Je n'ai pas dit qu'elle ne m'intéressait pas. J'analyse la situation de son point de vue.

— Tu l'intéresses, andouille ! s'énerva William. Regarde un peu. Elle repasse dans un jour. Elle l'a dit elle-même. Tu l'as entendue, non ?

— Parce que c'est sur son chemin, un point c'est tout. Elle ne s'arrête pas pour me voir.

— Bien sûr que si ! Sinon pourquoi ne se contenterait-elle pas de continuer tout droit ?

— Parce qu'elle a besoin de faire le plein et de se dégourdir les jambes.

— Ce qu'elle pourrait faire sans prendre le temps de passer te voir.

— Quinze pour William, dis-je. Je suis d'accord avec lui.

Henry se mit à enrouler le tuyau, ses mains se salissant sur la terre et les brins d'herbe coupée.

— C'est quelqu'un de merveilleux et j'apprécie notre amitié. On laisse tomber, j'en ai ma dose.

William se tourna vers moi.

— Et voilà, tout est parti de là. J'ai seulement montré ce qui sautait aux yeux, que c'est une femme merveilleuse et qu'il ferait mieux de se bouger et de ne pas la laisser filer.

— Va te faire !... lui lança Henry en le congédiant d'un geste de la main.

Il ouvrit la porte-moustiquaire et la claqua derrière lui.

William hocha la tête en signe d'impuissance et s'appuya sur sa canne.

— Il a été comme ça toute sa vie. Toujours à refuser d'entendre raison. Buté. Piquant un coup de sang à la moindre contradiction.

— Je ne sais pas, William. Si j'étais toi, je resterais en retrait et les laisserais se débrouiller tout seuls.

— J'essayais seulement de l'aider.

— Henry déteste ça.

— Parce que c'est une tête de mule.

— Nous le sommes tous quand on en vient à ce genre de problème.

— En tout cas, il faut faire quelque chose. C'est peut-être sa dernière chance en amour. Je ne supporte pas de le voir la bousiller. (Il y eut un léger cliquetis. William mit la main dans la poche de son gilet et consulta sa montre de gousset.) L'heure de mon en-cas, dit-il en sortant un sachet en Cellophane rempli de cachous, qu'il déchira avec ses dents. (Il en mit deux dans sa bouche, les mastiquant comme des boules de gomme.) Comme tu le sais, je souffre d'hypoglycémie. D'après le médecin, je ne dois pas rester plus de deux heures sans manger. Sinon, je suis sujet aux évanouissements, fatigue, moiteurs et palpitations. Ainsi qu'aux tremblements, comme tu l'auras sûrement observé.

— Ah bon ? Je n'avais rien remarqué.

— Justement ! Le médecin m'a conseillé vivement d'apprendre à mes amis et à ma famille à reconnaître les symptômes, car il est impératif de prendre immédiatement les mesures voulues. Un verre de jus de fruits, quelques cacahuètes. Ça peut tout changer. Naturellement, il a prescrit des examens, mais en attendant, un régime hyper-protéiné, et le tour est joué, me confia-t-il. Tu sais, quand on manque de glucose, une crise peut être déclenchée par l'alcool, les salicylates ou, dans des cas rares, par l'ingestion de noix vomique, qui entraîne ce qu'on appelle communément la nausée jamaïcaine...

Je portai une main en cornet à mon oreille.

— Je crois que c'est mon téléphone. Il faut que j'y aille.

— Bien sûr. Je pourrai te donner de plus amples explications au dîner puisque ça t'intéresse.

— Génial, lui répondis-je en obliquant vers ma porte.

Il brandit sa canne dans ma direction.

— Quant à cette histoire avec Henry... ne vaut-il pas mieux céder à des émotions quitte à risquer d'être blessé ?

— Je te le ressortirai ! lui lançai-je en pointant un doigt sur lui.

CHAPITRE 6

J'eus un court débat avec moi-même sur la nécessité d'aller faire cinq kilomètres en courant. J'avais dû faire l'impasse sur mon jogging du matin pour me présenter à la Maison d'arrêt pour femmes à 9 heures. D'habitude, je cours à 6 heures, quand je dors encore à moitié et ne suis pas en état de discuter. J'ai constaté que ma vertu et ma détermination fondent comme neige au soleil au fil de la journée. La plupart du temps, au moment où je rentre du travail, la dernière chose qui me tente est d'enfiler ma tenue de jogging et de me traîner dehors. Je ne suis pas assez mordue d'exercice pour ne pas m'autoriser à lever le pied ; j'ai observé chez moi une tendance croissante à sauter sur le moindre prétexte pour poser mes fesses quelque part au lieu de faire de la gymnastique. Avant de trop réfléchir, je montai mon petit escalier pour me changer.

J'envoyai valser mes mocassins, m'extirpai de mon jean et ôtai mon tee-shirt d'un geste, enfilant mon survêtement et chaussant mes Saucony. Dans ce genre de circonstances, je passe un petit marché avec moi-même. Si je cours pendant dix minutes et que cela me paraît intenable, je m'autorise à faire demi-tour et à rentrer. Sans honte ni reproches. D'ordinaire, les dix premières minutes écoulées, je suis lancée et j'y prends plaisir. J'attachai les clés de la maison aux lacets d'une chaussure, refermai la porte derrière moi et partis en marche rapide.

Maintenant que la nappe de brume marine s'était dissipée, les voisins vaquaient dans leurs jardins, tondant les pelouses, arrosant, taillant les têtes mortes des rosiers qui se pressaient le long des clôtures. Je respirai le parfum salé de l'océan, auquel se mêlait l'odeur de l'herbe fraîchement coupée. La portion d'Albanil Street où j'habite est étroite. Le stationnement est autorisé des deux côtés et deux voitures ont tout juste la place de s'y croiser. Les eucalyptus et les pins dispensent de l'ombre aux maisons en stuc à charpente de bois, toutes construites sur le même modèle, petites pour la plupart et datant du début des années quarante.

Le temps d'arriver à la piste de jogging, j'avais les muscles suffisamment échauffés pour passer à une petite foulée. Je dus ensuite apprivoiser les diverses parties de mon corps qui protestaient mais se fondirent vite dans le rythme coulant de la course. Vingt minutes plus tard, j'étais de retour, essoufflée, suante, mais en paix avec ma conscience. Je me glissai dans l'appartement, quittai mon survêtement et m'offris une courte douche brûlante. Comme je me séchais, le téléphone sonna. Je pris l'appel, tout en transformant ma serviette en sarong de fortune.

— Kinsey ? C'est Reba. Je vous dérange au mauvais moment ?

— Je suis trempée, mais j'ai une minute avant de geler. Qu'est-ce qui se passe ?

— Pas grand-chose. Comme il ne se sentait pas bien, papa est allé se coucher. La gouvernante part tout juste et l'infirmière à domicile a appelé pour prévenir qu'elle serait un peu en retard. Je me demandais si vous seriez libre pour dîner ?

— Tout à fait. Je n'ai rien de prévu. Vous avez une idée ?

— Vous ne m'aviez pas parlé d'un restaurant près de chez vous ?

— Le Rosie's. Justement, j'y allais. Il n'est pas d'un chic ébouriffant, il a l'avantage d'être à côté.

— C'est juste histoire de sortir. Je serais ravie d'y aller avec vous, mais seulement si cela ne contrarie pas vos projets.

— Quels projets ? Vous ne me dérangez pas le moins du monde. Vous avez un moyen de transport ?

— Ne vous inquiétez pas. Dès que l'infirmière sera arrivée, je vous retrouve là-bas. Vers 7 heures ?

— Ça devrait marcher.

— Génial. J'arrive dès que je peux.

— Je nous choisis une bonne table et on se rejoint là-bas.

Après qu'elle eut raccroché, j'achevai mon rituel, enfilant un jean fraîchement lavé, un tee-shirt noir propre et une paire de baskets. Je descendis et consacrai quelques minutes à mettre de l'ordre dans ma cuisine déjà rangée. Puis, j'allumai et m'installai dans le séjour avec le journal local, histoire de rattraper mon retard en matière de nécrologie et autres actualités.

À 18 h 56, dans la lumière du jour qui s'attardait, je parcourus le demi-pâté de maisons qui me sépare du Rosie's. Deux groupes de voisins buvaient un verre dehors, échangeant des propos enjoués d'une véranda à l'autre. Un chat traversa la rue et, tout mince, se glissa entre les planches d'une palissade. Un parfum de jasmin flottait dans l'air.

Le Rosie's est un des quatre petits commerces de cette portion de rue, les autres étant un Lavomatic, un atelier de réparation de petit électroménager et un mécanicien qui a toujours de vieilles guimbardes garées dans son allée. Depuis sept ans, je dîne trois ou quatre soirs par semaine au Rosie's. L'extérieur ne paie pas de mine, peut-être le marché du coin en d'autres temps.

Les vitres sont en verre ordinaire, mais le clignotement saccadé d'enseignes de bière au néon, des affiches, des avis divers et des placards décolorés du ministère de la Santé y tamisent la lumière. Aussi loin que remontent mes souvenirs, le Rosie's n'a jamais eu droit à la moindre étoile.

À l'intérieur, l'espace est exigu et tout en longueur, doté d'un haut plafond badigeonné de peinture sombre et qu'on dirait en tôle compressée. Des boxes en contreplaqué de facture rudimentaire forment un « L » à droite. À gauche, un long bar en acajou s'étire jusqu'à une double porte battante donnant sur les cuisines et un petit couloir qui conduit aux toilettes, au fond. Plusieurs petites tables en Formica, de style coin repas, occupent l'espace restant. Les chaises ont des pieds chromés et des assises rembourrées recouvertes de plastique gris marbré, diversement fendues et dûment rafistolées avec du papier gommé. Une odeur de bière renversée, de pop-corn, de tabac froid et de détergent flotte en permanence dans les lieux.

En général, le lundi soir le calme règne, ce qui permet aux buveurs impénitents de la journée et aux habituels supporters qui se sont époumonés dans les stades de se remettre de leurs excès du week-end. Mon box préféré était vide, comme la plupart des autres, d'ailleurs. Je me glissai sur la banquette, d'où je pouvais voir l'entrée et guetter l'arrivée de Reba. Je consultai le menu – une feuille ronéotée insérée dans une chemise en plastique. Rosie les tire sur une machine à l'arrière du restaurant, et les caractères violets qui bavent sont à peine lisibles. Deux mois auparavant, elle avait institué un nouveau style de menu, calqué sur celui d'un portfolio relié en maroquin et présentant, en écriture manuscrite, une liste des « Spécialités hongroises du jour d'aujourd'hui », comme elle les appelait. Certains de ces menus avaient été volés, d'autres avaient servi de projectiles au vol aléatoire quand des équipes de football adverses décortiquaient avec passion le dernier match du siècle. Rosie semblait avoir abandonné toute ambition de *haute cuisine*[1], et ses antiques feuilles ronéotées avaient repris du service. J'examinai la liste des plats sans trop savoir pourquoi je me donnais cette peine. Rosie décide d'autorité de mes choix gastronomiques, m'obligeant à avaler la première douceur hongroise qui lui vient à l'esprit quand elle prend ma commande.

William s'affairait au bar. Je le vis s'interrompre pour se tâter le pouls, deux doigts d'une main pressant sa carotide, l'autre main tenant en l'air sa fidèle montre de gousset. Henry entra et lui jeta un coup d'œil rapide. Il choisit une table proche du devant, veillant à tourner le dos au bar. Pendant que j'observais son manège, Rosie sortit de derrière le bar avec un verre d'un vin blanc qui vous met la bouche en cul-de-poule et qu'elle fait passer pour du chardonnay. Deux bons centimètres de racines grises étaient visibles de part et d'autre de la raie qui partageait ses cheveux. Il fut un temps où elle affirmait avoir la soixantaine, mais en ce moment, sa discrétion en la matière me donne à penser qu'elle a franchi la barrière des soixante-dix. C'est une femme de petite taille à la poitrine en jabot, et la portion carotte de ses cheveux de rousse doit à la teinture une nuance mi-cannelle, mi-ocre brûlé.

Elle posa le verre de vin devant moi.

— C'est nouveau. Très bon. Tu sirotes et tu dis ton avis. J'économise deux dollars par bouteille sur l'autre marque.

Je sirotai et hochai la tête.

— Intéressant, dis-je. (En attendant, l'émail de mes dents s'écaillait.) À ce que je vois, William et Henry ne se parlent pas.

1. En français dans le texte.

— Je dis à William de s'occuper de ses oignons, mais il n'écoute rien de moi. Je suis scandalisée de voir une femme glisser entre deux frères.

— Ça se tassera, la rassurai-je. Comment sens-tu les choses ? Tu crois que Mattie a des vues sur Henry ?

— Va savoir. Henry, c'est une bonne prise. Tu aurais dû voir les petites vieilles dames flirter avec lui sur le bateau de croisière. Comique, c'était. D'autre côté, son mari mort. Peut-être elle veut pas contacter un garçon. Peut-être elle veut la liberté pour elle toute seule et Henry comme ami.

— C'est bien ce qui m'inquiète, mais William est convaincu qu'il y a anguille sous roche.

— William est convaincu qu'elle a pas deux ans à vivre. Il veut qu'Henry se dépêche au cas où elle tombe déjà morte.

— C'est ridicule ! Elle a à peine soixante-dix ans.

— Très jeune, marmonna Rosie. J'espère avoir aussi bon air quand j'arrive à son âge.

— J'en suis certaine. (Je saisis le menu et feignis de l'étudier.) Comme j'attends quelqu'un, je ne commande pas tout de suite. Tout cela me paraît plutôt appétissant. Que me recommandes-tu ?

— Une chance que tu demandes. Pour vous deux, je prépare *Krumpli Paprika*. C'est ragoût fait avec pommes de terre bouillies, oignon et ce que tu appelles Francfort coupées en morceaux. Toujours servi avec pain de seigle, et sur le côté tu choisis salade de concombre ou cornichon aigre-doux. Tu veux quoi ? Je pense cornichon, décréta-t-elle en griffonnant quelque chose sur son bloc-notes.

— Cornichon aigre-doux, ce que je préfère au monde ! Ça va bien avec le vin.

— Je t'apporte la nourriture dès qu'il arrive.

— C'est « elle », pas « il ».

— Dommage, dit-elle en hochant la tête d'un air réprobateur.

Elle ajouta un point d'exclamation sur son bloc-notes, puis repartit vers le bar.

Reba fit son apparition à 19 h 15, s'arrêtant à la porte pour inspecter la salle. Elle me vit lui faire signe de la main dans le box et se dirigea vers le fond. Elle avait troqué son jean pour un pantalon, un sweater en coton rouge et des sandales. Son teint s'était avivé et ses yeux paraissaient énormes dans l'ovale parfait de son visage. Elle n'avait plus les cheveux hérissés de piques et avait ramené des mèches derrière ses oreilles, ce qui les mettait en évidence comme celles d'un elfe. Arrivée au box, elle se glissa sur l'autre banquette.

— Désolée d'être en retard, mais j'ai fini par venir en taxi. Il s'avère que mon permis a expiré pendant que j'étais en taule. J'ai eu peur de me faire prendre si je conduisais sans rien. J'aurais pu le faire renouveler en prison, mais je ne m'en suis jamais souciée. On pourrait peut-être aller au DMV[1] demain.

— Bien sûr, pas de problème. Si je passais vous prendre à 9 heures ? Nous pourrions régler cette histoire de permis, puis faire toutes les courses qui vous viendront à l'idée.

— Peut-être des fringues. Ce ne sera pas du luxe. (Elle tendit le cou et se livra à un examen rapide de la salle, où les clients commençaient à arriver au compte-gouttes.) Ça vous ennuierait qu'on change de place ? Je déteste être assise le dos à la salle.

Je me glissai hors de la banquette et nous changeâmes de côté. Je ne suis guère plus à l'aise qu'elle quand je ne sais pas ce qui se passe dans mon dos.

— Comment vous en êtes-vous tirée en prison ?

1. *Department of Motor Vehicules, l'équivalent de notre Service des mines.*

— C'est là que j'ai appris à surveiller mes arrières. Je fais confiance à ce que je vois. Le reste est trop inquiétant pour mon goût.

Elle prit un menu et le parcourut rapidement.

— Avez-vous eu peur ?

Elle leva ses énormes yeux sombres vers moi, esquissant un léger sourire.

— Au début. Au bout d'un moment, j'ai été moins craintive, mais sur mes gardes. Je me fichais des surveillantes. En deux secondes, j'ai su comment les prendre.

— C'est-à-dire ?

— La docilité. J'étais gentille. Polie. Je faisais ce qu'on me disait et je me pliais à toutes les règles. Ce n'était pas très compliqué et cela me rendait la vie plus facile.

— Et les autres détenues ?

— OK pour la plupart, mais pas toutes. Certaines étaient franchement méchantes et on n'avait pas intérêt à se montrer faible. Au moindre recul, elles vous fonçaient dessus comme des mouches. Je vais vous dire ce que j'ai appris. Une de ces garces me cherche ? Je lui réponds du tac au tac. Elle en rajoute ? J'en fais autant et je continue à hausser la barre jusqu'à ce qu'elle comprenne qu'elle a intérêt à me foutre la paix. Là où ça se complique, c'est qu'il ne faut pas se faire repérer, surtout s'il y a voies de fait. On vous le fait payer cher et donc on est obligée de ne pas faiblir mais sans attirer l'attention.

— Comment vous êtes-vous débrouillée ?

Elle sourit.

— Oh, j'avais mes petites combines. Sincèrement, je n'ai jamais été la première à semer la pagaille. Mon objectif était la paix et la tranquillité. Tu vis ta vie, je vis la mienne. On avait parfois des surprises et il fallait changer de registre. (Elle abaissa les yeux sur le menu.) C'est quoi, ces trucs-là ?

— Des spécialités hongroises, mais inutile de vous poser des questions : Rosie a déjà décidé pour nous. Rien ne vous empêche de discuter avec elle, mais elle aura le dernier mot.

— Dites donc, c'est comme en prison ! La joie.

Je vis Rosie qui approchait, un autre verre de piquette à la main. Je l'interceptai avant qu'elle ait eu le temps de le poser devant Reba.

— Merci, je remets ça. Et vous, Reba ? Qu'aimeriez-vous boire ?

— Un thé glacé.

Rosie en prit bonne note en son for intérieur, telle une journaliste confirmée.

— Sucré ou non ?

— Je préfère nature.

— J'apporte citron à côté dans petite serviette pour le presser sans faire sortir pépins.

— Merci.

Rosie s'éloigna.

— J'aurais refusé, m'affirma Reba. Ça ne me gêne pas du tout de vous voir boire.

— Je n'en étais pas sûre. Je ne veux pas avoir une mauvaise influence.

— Vous ? Impossible ! Ne vous faites pas de souci. (Elle écarta le menu et croisa les mains devant elle sur la table.) Vous avez d'autres questions, je le sens.

— En effet. Pourquoi étaient-elles là, ces garces ?

— Meurtre, homicide involontaire. Beaucoup pour vente de drogue. Les perpètes étaient les pires car elles n'avaient pas grand-chose à craindre, pas vrai ? Le trou ? Bof. Pas de quoi en faire un plat.

— Je n'aurais pas supporté d'avoir des femmes pareilles autour de moi. Ça ne vous a pas rendue dingue ?

— C'était terrible. L'horreur. Les femmes qui vivent en contact étroit finissent toujours par avoir leurs règles en même temps. Avantage préhistorique à la survie de l'espèce, j'imagine : les femmes toutes fécondes au même moment. Parlez-moi de la préménopause ! Et avec la pleine lune par-dessus le marché, ça tournait à l'asile de fous ! Humeur instable, querelles, crises de larmes, tentatives de suicide.

— Vous croyez que le fait de vous trouver parmi des criminelles endurcies a déteint sur vous ?

— Déteint ! ? Comme quoi ?

— Vous n'avez pas appris de nouvelles et meilleures méthodes d'enfreindre la loi ?

Elle se mit à rire.

— Vous plaisantez ? Nous étions toutes là parce que nous nous étions fait prendre. Pourquoi serais-je allée m'instruire auprès d'une bande de tarées ? D'autant que les femmes ne sont pas là à faire un cours aux autres sur la façon de braquer une banque ou de fourguer la camelote. Elles parlent de l'incompétente de leurs avocats et de leurs dossiers qui passent en appel. De leurs gamins et de leurs jules et de ce qu'elles veulent faire quand elles sortiront, ce qui a trait en général à la bouffe et au sexe – et pas forcément dans cet ordre.

— Y avait-il de bons côtés ?

— Oh, bien sûr. Je ne me drogue pas, je ne bois plus. Les poivrotes et les camées sont celles qui rempilent. Elles sortent en conditionnelle et on n'a pas le temps de dire ouf ! que le minibus les ramène à l'accueil. La moitié du temps, elles ne se rappellent même pas ce qu'elles ont fait pendant qu'elles étaient dehors.

— Comment avez-vous survécu ?

— Je faisais les cent pas dans la cour ou je lisais, jusqu'à cinq livres par semaine. Certaines filles savaient à peine lire. Elles n'étaient pas idiotes ; simplement, on ne le leur avait jamais appris. Je les coiffais et je regardais les photos de leurs enfants. C'était dur de voir le mal qu'elles se donnaient pour garder le contact. Les téléphones étaient une source de conflit. Quand on voulait passer un coup de fil l'après-midi, on devait s'inscrire sur une liste le matin à la première heure. Ensuite, quand votre tour venait, vous aviez vingt minutes au maximum. Les grandes gouines baraquées prenaient tout leur temps et si vous aviez des objections, elles vous calottaient. Je n'étais pas plus grosse qu'une crevette à côté de la plupart d'entre elles. Un mètre cinquante-sept, quarante-sept kilos. Du coup, j'ai appris à ruser. Rien de plus doux que la vengeance, mais inutile de laisser ses empreintes sur ses méfaits. Croyez-en mon conseil : ne faites jamais rien qui mène directement à vous.

— Je m'en souviendrai, lui dis-je.

Rosie revint avec un plateau chargé du thé glacé de Reba, du citron emmailloté dans un bout d'étamine et d'un *Krumpli Paprika* pour chacune. Elle posa sur la table du pain de seigle, du beurre et des cornichons à l'aigre-doux et disparut à nouveau.

Reba se pencha sur son bol.

— Oh... des graines de carvi. L'espace d'une seconde, j'ai cru voir quelque chose qui bougeait.

Le ragoût de pommes de terre était succulent, servi dans de grands bols de porcelaine et saupoudré de carvi. J'utilisais mon dernier morceau de pain de seigle beurré pour éponger les ultimes traces de sauce quand je vis Reba jeter un regard par-dessus mon épaule en direction de l'entrée du restaurant. Ses yeux s'écarquillèrent.

— Seigneur ! Regardez-moi qui est là !

Je me penchai à gauche pour jeter un œil hors du box et suivre son regard. La porte venait de s'ouvrir, livrant passage à un homme.

— Vous le connaissez ?

— C'est Beck, me glissa-t-elle comme si cela expliquait tout.

Elle se glissa hors du box.

— Je reviens tout de suite.

CHAPITRE 7

Je laissai s'écouler un intervalle décent, puis jetai un regard subreptice vers eux toujours debout près de la porte. L'homme était grand, élancé et sans un gramme de graisse, vêtu d'un jean et d'un blouson souple en daim noir. Il avait les mains dans ses poches de blouson et le col relevé, ce qui ne lui donnait pas pour autant l'air d'un voyou, comme on pourrait le croire. Ses cheveux étaient un mélange fauve de blond et de châtain, et son demi-sourire creusait un pli profond de part et d'autre de sa bouche. À côté de lui, Reba paraissait minuscule, avec une bonne tête de moins, ce qui le forçait à se pencher vers elle avec attention tandis qu'ils discutaient. Je finis de saucer mon bol – la nourriture prenant le pas, en l'occurrence, sur les hypothèses oiseuses.

Une seconde plus tard, ils s'approchaient.

— Alan Beckwith, me dit Reba en le désignant d'un geste. Je travaillais pour lui. Alan, Kinsey Millhone.

Il sortit la main de sa poche et me la tendit – attaches fines, doigts longs et effilés.

— Ravi de vous connaître. Appelez-moi Beck.

Je lui donnai la trentaine – de fines rides sur le visage, mais aucun affaissement nulle part.

— Moi de même, lui dis-je en lui serrant la main. Vous joignez-vous à nous ?

— Si vous êtes d'accord. Je ne veux pas vous déranger.

— Nous bavardions, lui dis-je. Asseyez-vous donc.

Reba se glissa la première de leur côté du box, en se hâtant de lui faire de la place. Il s'assit, à demi avachi, étendant ses jambes interminables. Il était rasé de frais, mais je devinai l'ombre d'une barbe. Ses yeux avaient la couleur foncée, marron chocolat, des Hershey's Kisses. Je perçus une odeur d'eau de Cologne – épicée, légère. Je l'avais déjà rencontré... pas là, mais quelque part en ville, même si je voyais mal où nos chemins auraient pu se croiser.

Il tapota la main de Reba.

— Alors ? Comment ça s'est passé ?

— Très bien. C'est bon d'être de retour.

Je cessai de les écouter, me contentant de les observer pendant qu'ils échangeaient des plaisanteries. Pour des gens qui avaient travaillé ensemble, tous deux paraissaient empruntés ; mais peut-être était-ce parce qu'il l'avait livrée à la police, geste propre à doucher les sentiments.

— Tu m'as l'air en forme, lui dit-il.

— Merci. Une coupe de cheveux correcte ne me ferait pas de mal. Je me suis débrouillée avec les moyens du bord. Et toi ? Qu'est-ce qui t'a occupé ?

— Pas grand-chose. Une foule de voyages d'affaires. Je suis rentré du Panamá la semaine dernière et il est possible que j'y reparte. Nous sommes installés dans le nouvel immeuble, dans la partie du centre commercial qui a été achevée au printemps dernier. Des restaurants et des boutiques. Très chic.

— Elle était encore en chantier quand je suis partie et ça fichait un bordel pas possible. Félicitations.

— Tu l'as vue ?

— Pas encore. C'est sûrement bon pour les affaires, d'être en plein centre-ville.

— Du tonnerre.

Elle sourit.

— Comment va le bureau ? J'ai appris qu'Onni m'avait remplacée. Elle s'en tire ?

— Elle est bien. Il lui a fallu un peu de temps pour comprendre le système, mais elle se débrouille comme un chef. Sinon, tout le monde est pareil.

Des ondes me parvenaient. Je tâtai l'air avec mes petites antennes, cherchant à identifier la tension que je sentais entre eux.

J'écoutai machinalement Beck qui poursuivait.

— J'ai un nouveau contrat à l'horizon. Une surface commerciale pas loin de Merced. Je viens de rencontrer des types qui ont des capitaux à investir et on va peut-être monter un truc ensemble. Je me suis arrêté au passage pour te souhaiter bonne chance. (Il détourna d'elle son attention pour m'inclure dans la conversation. Un peu trop ostensiblement, à mon avis. Il agita un doigt entre Reba et moi avec l'obstination d'un essuie-glace.) Vous vous connaissez depuis longtemps, toutes les deux ?

J'ouvris la bouche pour parler, mais Reba me devança.

— Pas du tout. Nous avons fait connaissance ce matin, quand elle est venue me chercher pour me ramener. Je devenais dingue, à rester coincée à la maison. Papa s'est couché tôt et j'étais trop excitée pour tenir en place. Le silence me fichait vraiment la trouille, du coup je lui ai téléphoné.

Le regard de Beck accrocha le mien.

— Vous habitez par ici ?

— Un demi-pâté de maisons plus bas. Je loue un studio. D'ailleurs, mon propriétaire est là, dis-je en montrant Henry, près de l'entrée. Le barman, William, est son frère aîné en même temps que le mari de Rosie, la propriétaire des lieux. Voilà, vous savez tout.

Beck sourit.

— Une affaire de famille.

Il faisait partie de ces gens conscients du pouvoir que leur donne le fait d'accorder toute leur attention à leur interlocuteur. Pas de coups d'œil à peine déguisés à sa montre, pas de regards se détournant subrepticement pour voir qui franchit la porte. Là, il semblait aussi patient qu'un chat fixant une fente de rocher dans laquelle un lézard a disparu.

— Vous habitez le quartier ? lui demandai-je.

Il hocha la tête.

— Non, dit-il. J'habite à Montebello, exactement à l'intersection d'East Glen et de Cypress Lane.

J'appuyai mon menton sur ma main.

— Je vous ai déjà vu quelque part.

— Je suis un indigène, né et élevé à Santa Teresa. Mes parents avaient une maison à Horton Ravine, mais il y a des années qu'ils ne sont plus de ce monde. Mon père possédait le Clements, précisa-t-il.

Il faisait allusion à un hôtel de luxe de deux étages qui avait fermé à la fin des années soixante-dix. Les propriétaires qui s'étaient succédé ayant fait faillite, le bâtiment avait été reconverti en maison de retraite. Si ma mémoire était bonne, son père avait eu des participations dans de nombreuses entreprises de la ville. Beck jouait dans la cour des grands.

J'avisai Rosie qui se dirigeait droit vers nous, un plateau vide à la main, le regard fixé sur Beck, aussi directe et imperturbable dans son approche qu'un missile thermoguidé. Arrivée à notre table, elle s'adressa ostensiblement à moi. C'est une de ses excentricités bénignes. Elle regarde rarement un inconnu dans les yeux. De sexe masculin ou féminin, elle s'en moque : tout nouvel individu que je fréquente se voit traité comme un curieux appendice de ma personne. Ce qui crée, en l'occurrence, un effet de coquetterie déplacé chez une femme de son âge.

— Ton ami aime quelque chose à boire ?

— Beck ? demandai-je à celui-ci.

— Vous avez un single malt ?

Elle frétilla carrément de plaisir, lui jetant du coin de l'œil un regard approbateur.

— Spécial pour lui, j'ai MaCallum's. Vingt-quatre ans. Vous voulez pur ou avec glace ?

— Glace. Un double, avec un verre d'eau. Merci.

— Pas de problème. (Elle débarrassa la table, chargeant nos assiettes et couverts sur son plateau.) Il veut dîner peut-être ?

Il sourit.

— Non merci. Cela sent terriblement bon, mais je viens de manger. Une autre fois peut-être. Rosie, c'est vous ?

— Oui.

Il se leva et lui tendit la main.

— Très honoré de vous connaître. Alan Beckwith. Un restaurant de qualité.

Au lieu d'une vraie poignée de main, Rosie l'autorisa à s'emparer momentanément du bout de ses doigts.

— Une autre fois, je prépare spécialité pour vous. Hongroise comme vous n'avez jamais eue avant que je donne.

— Marché conclu. J'adore la cuisine hongroise.

— Vous êtes allé en Hongrie ?

— Une fois, à Budapest. Il y a six ans.

J'observai en douce leur jeu à tous deux. Rosie devenait de plus en plus gamine à chaque phrase. Beck était trop lisse à mon goût, mais je dois lui accorder qu'il se donnait du mal. La plupart des gens trouvent Rosie d'un abord revêche, ce qui est exact.

Dès qu'elle fut repartie lui chercher son verre, Beck reporta son attention sur Reba.

— Comment va ton père ? Quand je l'ai vu il y a deux mois, il ne m'a pas paru en forme.

— Pas bien. Je ne m'en doutais vraiment pas. Ça m'a fait un choc de le trouver si amaigri. Tu sais qu'il s'était fait opérer d'une tumeur à la thyroïde. On a découvert ensuite qu'il avait des polypes sur les cordes vocales et il a dû se les faire enlever. Il n'est pas encore solide sur ses jambes.

— Je suis désolé de l'apprendre. Il m'a toujours paru une force de la nature !

— Oui, mais il a quatre-vingt-sept ans. Il y aura forcément un moment où il ralentira.

Rosie revint avec un solide whisky, des glaçons et une petite carafe d'eau. Elle posa le verre sur un dessous de verre en carton et lui tendit une exquise serviette à cocktail en papier. Je remarquai qu'elle avait déniché un napperon pour son plateau. Si le type avait été avec moi, elle lui aurait pris la mesure de la couture intérieure de sa manche pour lui faire son costume de marié.

Il saisit son verre et but une petite gorgée en lui adressant un sourire d'approbation.

— C'est parfait. Merci.

Rosie s'éloigna à contrecœur, en mal de nouvelle commande.

Beck s'intéressa de nouveau à ma personne.

— Vous êtes du coin, vous aussi ?

— Oui.

— À quel lycée étiez-vous ?

— S.T.

— Moi aussi. C'est peut-être là que nous nous sommes croisés. Vous êtes de quelle promo ?

— 1967. Et vous ?

— Je vous bats d'un an : 1966. Curieux que je ne me souvienne pas de vous. D'habitude, j'ai une bonne mémoire des visages.

Du coup, je révisai ma première impression et le fis grimper à trente-huit ans.

— Je traînais sur le mur.

Signalant par là mon appartenance aux mauvais éléments qui se regroupaient sur le muret à l'arrière du périmètre du lycée, là où la pente de la colline rejoignait la rue. Nous y fumions des cigarettes et des joints et ajoutions à l'occasion de la vodka dans nos bouteilles de jus d'orange. Rien de très méchant au vu des normes actuelles, mais jugé pernicieux à notre époque.

— Tiens donc, dit-il. (Il me jeta un bref regard inquisiteur, puis saisit le menu.) C'est bon ?

— Pas mauvais. Vous aimez vraiment la cuisine hongroise ou était-ce une pure invention ?

— Pourquoi irais-je mentir pour une broutille pareille ? (Il lança cette remarque d'un ton léger, mais toutes les interprétations restaient ouvertes – peut-être se fichait-il royalement de mentir pour des futilités et autres détails mineurs de l'existence.) Pourquoi cette question ?

— Je suis étonnée que vous ne soyez jamais entré.

— J'ai vu l'endroit en passant, mais franchement, ça m'a toujours fait l'impression d'être un bouge et je n'ai jamais eu le courage de m'y aventurer. Comme j'avais une réunion avec quelques bonshommes, je me suis dit que je tenterais ma chance puisque j'étais dans les parages. Honnêtement, c'est plus sympa à l'intérieur que vu de l'extérieur.

Mon antenne se déploya avec un léger couinement. Pour la deuxième fois, il m'expliquait ce qui l'avait incité à entrer. Je saisis mon verre et bus une gorgée de piquette. Sans mentir, elle avait un goût de dissolvant, le produit avec lequel on enlève le goudron de ses pieds après une journée de plage. Reba taquinait son thé glacé avec sa paille.

Je reportai mon regard sur lui et mesurai l'étendue de ma crédulité. Elle avait tout combiné. Dîner en ma compagnie lui avait juste servi d'alibi pour le voir, mais pourquoi un tel subterfuge ? Je me repositionnai de façon à avoir le dos appuyé au mur de côté et, mes pieds sur la banquette, gardai une allure décontractée tout en observant le déroulement du scénario.

— Vous êtes dans l'immobilier ? lui demandai-je.

Il but la moitié du whisky encore dans son verre et noya le reste avec de l'eau. Puis, il fit tourner le verre dans un cliquetis de glaçons.

— C'est exact. J'ai une société de placement. Promotion immobilière pour l'essentiel. Je m'occupe de gestion de biens à l'occasion, encore que peu ces temps-ci. Et vous ?

— Je suis détective privée.

Il sourit, stupéfait.

— Pas mal pour quelqu'un qui a commencé sa carrière en tuant le temps derrière le lycée !

— Hé, c'était une bonne formation. À force de traîner avec une bande de filous en herbe, on finit par connaître leur mode de pensée. (Je consultai ostensiblement ma montre.) Ah... J'ignore quels sont vos projets, Reba, mais moi, je dois filer. Ma voiture est garée à une centaine de mètres d'ici. Laissez-moi le temps d'aller la chercher et je vous reconduis chez vous.

Beck dévisagea Reba en feignant la surprise.

— Tu n'as pas de moyen de locomotion ?

— J'ai une voiture, mais pas de permis. Le mien a expiré.

— Si je te raccompagnais pour lui éviter de faire le trajet ?

— Ça ne me dérange pas du tout, dis-je. J'ai mes clés de voiture dans la main.

— Non, non. Je me ferai un plaisir de la raccompagner. Inutile de prendre cette peine.

— C'est plus facile pour lui que pour vous, ajouta Reba.

— Vous êtes sûre ?

— Absolument, s'écria Beck. C'est sur mon chemin.

— Parfait pour moi. Restez si vous en avez envie, je règle l'addition. Vous êtes mes invités, leur dis-je en m'extirpant du box.

— Merci. Je m'occupe du pourboire.

— Ravie de vous connaître. (Je serrai de nouveau la main de Beck, puis jetai un regard à Reba.) Je vous vois demain à 9 heures. Voulez-vous que je vous appelle d'abord ?

— Inutile. Venez à la maison quand vous voudrez, me répondit-elle. D'ailleurs, je devrais rentrer, moi aussi. La journée a été longue et je suis vannée. Tu veux bien ?

— À ta disposition.

Beck vida son verre, avalant le whisky allongé d'eau qui s'attardait au fond.

Je m'approchai du bar et réglai mon dû. En jetant un coup d'œil par-dessus mon épaule, je vis que Beck était déjà debout et sortait son porte-billets de sa poche. Il en retira deux coupures, probablement de cinq dollars puisqu'il tenait tant à en jeter. Ils attendirent que je les aie rejoints et nous sortîmes ensemble. Henry avait disparu, mais les soiffards du début de soirée arrivaient par petits groupes.

Dehors, il faisait nuit et la lune était encore invisible. L'air était transparent et silencieux, hormis le chant des grillons. Même le bruit du ressac semblait assourdi. Nous partîmes tous trois en direction du carrefour, bavardant de tout et de rien.

— Je suis garé là-bas, dit Beck en montrant le côté ombreux de la rue à notre droite.

— Vous avez quoi, comme voiture ?

— Une Mercedes 87. La berline. Et vous ?

— Une Volkswagen 74. La coccinelle. À bientôt !

Je leur fis un geste de la main et continuai ma route, tandis qu'ils obliquaient. Quinze secondes après, j'entendis la double détonation de leurs portières respectives. Je m'arrêtai, guettant le bruit d'un moteur qu'on lance. Rien. Ils avaient peut-être décidé de rester là, à parler. Une fois à bon port, je poussai mon portail, attentive au grincement familier de ses gonds. Je pris l'allée et contournai la maison. Arrivée à ma porte d'entrée, j'hésitai, m'interrogeant sur Reba et Beck. Et si je m'étais trompée à leur sujet ? La curiosité l'emporta. J'abandonnai mon sac sur le perron et coupai à travers l'herbe, traversant le patio d'Henry jusqu'à la clôture grillagée qui marquait la limite arrière du terrain. Je la suivis à tâtons de poteau en poteau sur toute la longueur, jusqu'à son garage. Puis je m'arrêtai, écartai le grillage et me faufilai à travers l'ouverture ainsi pratiquée.

Mon cœur battait gaiement et je sentis mes intérieurs se contracter d'impatience. J'adore ces aventures nocturnes, et traverser à pas de loup des jardins obscurs me plaît. Par bonheur, aucun corniaud du voisinage ne me flaira et je pus achever mon périple sans être accompagnée d'un chœur d'aboiements aigus. Au bout de la ruelle, je tournai à droite et entrai dans la rue latérale. Je m'avançai, inspectant la forme et le gabarit des voitures garées de l'autre côté. Un lampadaire esseulé projetait une lumière avare, mais une fois que mes yeux eurent accommodé, je n'eus aucun mal à repérer la Mercedes de Beck. Tous les autres véhicules étaient des compactes, des monospaces ou des pick-up.

Je distinguais son profil à l'endroit où il s'était avachi dans le siège du conducteur, à demi tourné de façon à faire face à Reba. J'attendis une dizaine de minutes et, voyant qu'il ne se passait rien, je battis en retraite sur la pointe des pieds et refis le chemin en sens inverse.

En entrant chez moi, je posai mon sac sur un tabouret de cuisine. Il était 20 h 05. J'allumai la télévision et regardai le début d'un film qui semblait vraiment distrayant malgré les interruptions publicitaires exaspérantes. Je pris des notes, avec le souci de ne surtout rien acheter de ce qu'on me vantait. À 21 heures, je coupai le son et gagnai ma kitchenette, où j'ouvris une bouteille de chardonnay et me servis un verre. Prise d'une impulsion, je sortis une casserole, le couvercle et une bouteille d'huile de maïs. J'allumai le brûleur de devant, posai la casserole dessus et versai une petite mare d'huile au fond. Puis je farfouillai dans mon placard à la recherche du sac de pop-corn que j'avais acheté des mois avant. Je savais qu'il serait éventé, mais plus difficile à mastiquer de ce fait. Je mesurai une dose de grains et les jetai dans la casserole, gardant un œil sur l'écran de télévision pendant que la pétarade du pop-corn s'accélérait comme un bouquet de feu d'artifice. Heureusement pour moi, la dimension de mon studio me permet de cuisiner, regarder la télé, démarrer une machine de linge ou utiliser les toilettes sans me déplacer de plus de deux ou trois mètres.

Je regagnai le canapé avec mon verre de vin et le bol de pop-corn brûlant, posai les pieds sur la table basse et regardai la fin du film. À 23 heures, quand les informations du soir s'affichèrent, je quittai l'appartement et suivis le même parcours détourné jusqu'à la rue obscure où j'avais fait le guet un peu avant. La Mercedes de Beck était toujours visible, garée le long du trottoir. Une buée de condensation blanchâtre – on aurait dit de la gaze – voilait la vitre arrière. Au lieu de la silhouette de Beck, j'aperçus les jambes de Reba. Sa tête devait être renversée près du volant, un pied calé sur le tableau de bord, l'autre sur la portière du côté du passager, ce qui lui donnait un point d'appui tandis que Beck s'escrimait dans les confins du siège en cuir. Je rentrai à la maison et quand je vérifiai une fois de plus, à minuit, la voiture avait disparu.

CHAPITRE 8

La grille du manoir Lafferty était ouverte et, en arrivant en haut de l'allée, j'aperçus Reba sur la première marche de la véranda, le chat à ses pieds. Une brosse à la main, elle pomponnait le matou qui ondulait et se rengorgeait, arquant le dos sous la rude caresse des poils durs. Lorsqu'elle m'aperçut, elle l'embrassa et posa la brosse. Elle gagna l'entrée, ouvrit la porte-moustiquaire et se pencha à l'intérieur pour prévenir son père ou la gouvernante qu'elle sortait. Je ne pus m'empêcher de sourire en la voyant descendre l'allée d'un pas bondissant. Elle était heureuse, le moral au beau fixe, et je me rappelle avoir pensé, « Voilà ce qu'un grand câlin te vaudrait, fillette ». Elle portait des rangers, un jean et un pull bleu foncé à torsades et à gros col boule. Une gamine insouciante ! Son père m'avait dit qu'elle était difficile – qu'elle avait « tendance à faire les quatre cents coups », pour reprendre sa phrase –, mais il ne m'en était rien apparu dans mes contacts avec elle. Elle possédait une exubérance naturelle et on l'imaginait mal ivre ou défoncée. Elle ouvrit la portière de la voiture et se glissa sur le siège du passager, souriante et essoufflée.

— Comment s'appelle le chat ?

— Chiffon. Un amour ! Dix-sept ans et huit bons kilos. Le veto veut le mettre au régime, mais berk !

(Elle rejeta la tête en arrière.) Vous ne pouvez pas savoir comme c'est bon d'être libre ! Une vraie résurrection !

Je m'éloignai de la maison, passant les vitesses tandis que je descendais l'allée et franchissais les grilles.

— Avez-vous bien dormi ?

— Oh oui, un vrai délice ! Les matelas de la prison ne sont pas plus épais que ça, de vraies galettes de sièges de jardin, et tous les draps sont rêches. L'oreiller était tellement plat que je devais le rouler et le mettre sous ma tête comme une serviette de toilette. Quand je me couchais le soir, la chaleur corporelle réveillait l'odeur indéfinissable de la literie.

Elle fronça le nez de dégoût.

— Et la nourriture ?

— Pas si mauvaise. Je dirais qu'elle allait de passable à infecte. Ce qui nous sauvait, c'est qu'on nous permettait d'avoir des résistances dans nos cellules. Vous savez, ces trucs dont on se sert pour chauffer une tasse de thé. Nous les utilisions pour un tas de choses : soupes chinoises, tomates en boîte. Je détestais les tomates cuites jusqu'à ce que je me retrouve là-bas. Certains jours, les cellules empestent le café brûlé ou les haricots qui ont attaché au fond de la casserole. En général, je me déconnectais et me fermais à toute sensation de l'extérieur. Je créais un champ de force invisible qui m'isolait du reste du monde. Sinon, je serais devenue cinglée.

— Vous vous êtes fait des amies ?

— Deux, et ça m'a aidée. Ma meilleure amie s'appelait Misty Raine, avec un *e* au bout. Elle était strip-teaseuse – pas étonnant avec un nom pareil[1] – mais marrante comme tout. Avant la Californie, elle vivait

1. *Misty Rain* sans *e* au bout, signifiant « Pluie vaporeuse ».

à Las Vegas, mais après être sortie et avoir fini sa conditionnelle, elle s'est installée à Reno. D'après elle, ça bouge plus là-bas qu'à Las Vegas. Elle est toujours restée en contact avec moi. Seigneur, elle me manque !

— Pourquoi l'avait-on bouclée ?

— Elle avait un copain qui lui avait appris à prendre les empreintes des cartes de crédit et à faire de faux chèques – de la « boulange », comme on appelle ça. Ils allaient dans des endroits où on dépense sans compter, descendaient dans des palaces et ne se refusaient rien. Après quoi, ils jetaient la carte, en volaient une autre et repartaient en virée. Après, ils ont donné dans les faux papiers d'identité. Elle est douée pour le dessin et une vraie championne pour contrefaire des passeports et des permis de conduire, ce genre de saletés. Ils se sont fait tellement de fric qu'elle s'est offert une nouvelle paire de nichons ! Avant le copain, elle travaillait dans une boîte de personnel de ménage pour un salaire de misère. Elle disait qu'elle ne serait jamais arrivée à rien avec ce qu'elle gagnait, même si elle bossait sa vie durant.

« Mon autre amie, Vivian, sortait avec un fourgueur. Vous n'imaginez pas combien de fois j'ai entendu cette histoire. Il se faisait mille dollars par jour et tous deux vivaient comme des rois jusqu'au jour où la police a rappliqué. C'était sa première infraction, et elle jure que c'est la dernière. Il lui reste six mois à purger et j'espère qu'ensuite elle viendra ici. Son copain s'est fait coffrer cinq fois et il n'est pas près de sortir, ce qui est aussi bien. Elle est toujours folle de ce mec.

— Ça prouve qu'elle l'aime.

— Vous croyez vraiment ?

— Non. Je le disais au deuxième degré, la rassurai-je. Si je comprends bien, vous n'avez pas d'amis ici.

— Juste Onni, la femme avec qui je travaillais. Je

l'ai appelée tout à l'heure en espérant que je pourrais la voir cet après-midi, mais elle était prise.

— Ce n'est pas elle qui a repris votre ancien poste ?

— Si. Elle se sent coupable, mais je lui ai dit de pas être idiote. Elle s'occupait de la réception, mais c'était une occasion à ne pas rater. Pourquoi lui en voudrais-je d'avoir saisi sa chance ? Elle m'a dit qu'elle m'aurait servi de chauffeur aujourd'hui si elle avait eu moins de travail.

Je tournai et m'engageai dans le parking du DMV.

— Si vous voulez, vous pouvez aller chercher une brochure en vitesse et l'étudier dans la voiture avant l'épreuve de conduite.

— Non. Il y a des années que je conduis, je saurai me débrouiller, vous ne croyez pas ?

— Comme vous voulez. Personnellement, je préfère potasser avant. Pour ne pas transpirer de trac.

— J'aime avoir peur. Ça m'empêche de m'endormir !

J'attendis dans la voiture pendant qu'elle entrait dans le bâtiment. Elle resta absente quarante minutes, temps dont j'utilisai une bonne partie pliée en deux au-dessus du siège à essayer de mettre un peu d'ordre dans tout le bric-à-brac que j'entasse à l'arrière. Je me déplace en général avec un nécessaire de voyage équipé d'objets de toilette et de petites culottes propres. Cela, au cas où je devrais, pour une raison pressante, sauter dans un avion. À quoi s'ajoute un assortiment d'articles vestimentaires qu'il m'arrive de porter quand je me fais passer pour une fonctionnaire de l'État. J'imite de manière très crédible une employée des postes ou de la compagnie du gaz et de l'électricité chargée de relever les compteurs. Mieux vaut donner l'impression d'effectuer une tâche officielle quand on reste planté devant une porte d'entrée à inspecter en douce le courrier d'autrui. Je garde aussi plusieurs ouvrages de référence sur le siège arrière – un précis d'enquête sur la scène de crime, le *Deering's California Penal Code*, un dictionnaire d'espagnol rescapé d'un cours que j'ai suivi il y a des années –, une canette de soda vide, un décapsuleur, une vieille paire de chaussures de jogging, une paire de collants amplement filés et un coupe-vent. Alors que rien ne traîne dans mon appartement, je suis une vraie souillon dès qu'il s'agit de ma voiture.

Je levai les yeux juste à temps pour voir Reba ressortir des bureaux du DMV. Elle traversa le parking presque en gambadant, agitant un bout de papier qui se révéla être son permis temporaire.

— Haut la main ! me précisa-t-elle en se glissant dans la voiture.

— Bravo, lui dis-je. (Je mis le contact, passai en marche arrière et sortis du parking.) Et maintenant ?

— Je sais qu'il n'est que 11 heures moins le quart, mais je ne dirais pas non à un autre Royal Cheese.

Après avoir passé notre commande directement au guichet extérieur, nous trouvâmes une place sur le parking et nous nous restaurâmes dans la voiture. Notre choix s'était porté sur deux grands Coca et deux Royal Cheese chacune et une grande portion de frites que nous inondâmes de ketchup. Et nous avalâmes le tout le plus vite possible.

— Un de mes amis a recouvré la santé en se gavant de saletés de ce genre.

— Ça ne m'étonne pas. J'aime bien que les cornichons soient à plat, perdus dans la masse. Papa a une cuisinière qui est vraiment géniale, mais elle n'a jamais été capable d'attraper le coup de main. Je n'arrive pas à savoir comment ils font. Où qu'on soit, un Royal Cheese a exactement le même goût, et tout le reste aussi. Les Big Mac, les frites.

— C'est réconfortant de pouvoir compter sur quelque chose, reconnus-je.

Après le déjeuner, nous prîmes la direction de la galerie marchande de La Cuesta, où Reba écuma systématiquement les boutiques, brandissant la carte de crédit paternelle et essayant des vêtements. Comme d'autres femmes que j'ai connues, elle semblait avoir un sens inné de ce qui lui irait. Dans la plupart des boutiques, je me posai ostensiblement sur le siège le plus proche, d'où je la couvais d'un œil maternel pendant qu'elle allait d'un portant à l'autre. Elle sortait un vêtement, l'étudiait d'un œil critique et le remettait en place. Ou alors elle plaçait l'article sur ceux qui reposaient déjà sur son avant-bras. À intervalles réguliers, elle fonçait vers la cabine et en ressortait au bout de vingt minutes, son choix fait. Elle abandonnait quelques articles et empilait le reste sur le comptoir tout en cherchant autre chose du regard. En l'espace de deux heures, elle acheta des pantalons, des jupes, des vestes, des sous-vêtements, des hauts en jersey, deux robes et six paires de chaussures.

De retour dans la voiture, elle appuya la tête en arrière contre le dossier du siège et ferma les yeux.

— Moi qui prenais tant de choses pour acquises, c'est bien fini. Où va-t-on ?

— C'est vous qui décidez. Qu'est-ce qui vous ferait plaisir ?

— La plage. On enlève nos chaussures et on marche dans le sable.

Nous atterrîmes à Ludlow Beach, non loin de chez moi. L'université de premier cycle de Santa Teresa nous dominait du haut des falaises. Le ciel était gris aussi loin que portait le regard et le vent fouettait les vagues, poussant une brume d'eau vers la plage. Nous laissâmes nos chaussures dans la voiture dûment verrouillée, ainsi que mon sac et les achats de Reba. Les tables de pique-nique de la partie herbeuse avaient été abandonnées, sauf par un quatuor de mouettes qui se disputaient un sachet d'emballage solidement noué qu'on avait laissé sur le rebord d'une poubelle. Reba s'empara du sac, déchira la Cellophane et jeta les miettes dans l'herbe. Les mouettes commencèrent à tournoyer en criant et arrivant de partout.

Nous marchâmes sur une centaine de mètres de sable meuble entre l'aire de stationnement et le rivage. À la limite de l'eau, des vagues glaciales déferlaient dangereusement près de nos pieds nus, mais le sable humide et dur rendait la marche plus facile.

— Alors, c'est quoi, ce truc avec Beck ?

Elle me décocha un grand sourire.

— Ça m'a sidérée... tomber sur lui comme ça !

— Tiens donc. C'est bizarre. J'avais l'impression que vous aviez tout combiné d'avance.

Elle se mit à rire.

— Pas du tout ! Pourquoi j'aurais fait une chose pareille ?

— Reba.

J'eus droit à un regard de ses grands yeux marron.

— Sincèrement ! C'est la dernière personne au monde que je m'attendais à voir !

Je hochai la tête.

— Non. Sincèrement, non. Vous mentez comme un arracheur de dents. C'est pour ça que vous avez pris la place au bord de la banquette dans le box ; pour pouvoir guetter son arrivée.

— Ce n'est pas vrai ! Je ne savais absolument pas qu'il viendrait ! Ça a été une surprise totale.

— Attendez. Juste une seconde, que je remette les pendules à l'heure. Je mens depuis des années et, croyez-moi, je sais quand quelqu'un trafique la vérité. J'ai un détecteur intérieur qui réagit au quart de tour et vingt-quatre heures sur vingt-quatre. Je vous ai observés tous les deux hier soir et il sonnait comme un fou. J'étais là pour la galerie, celle qu'on appelait en d'autres temps un « chaperon ». Vous lui avez téléphoné du bureau de mise en liberté conditionnelle pour lui dire où vous retrouver.

Elle resta silencieuse un instant.

— Admettons. Mais je n'étais pas sûre qu'il viendrait.

— Il est venu, non ? Pour preuve, son comportement dans la voiture.

Elle tourna vivement la tête et me fixa d'un air incrédule.

— Vous nous avez espionnés ?!!!

— C'est pour ça qu'on me paie. Si vous ne voulez pas qu'on vous voie, ne le faites pas en public.

— Espèce de garce !

— Reba, votre père s'inquiète de votre bien-être. Il ne veut pas que vous vous retrouviez dans la merde encore une fois.

Elle m'agrippa le bras en me jetant un regard suppliant.

— Ne le lui dites pas. Je vous en prie. Ça servirait à quoi ?

— Je n'ai pas encore pris de décision. Ça pourrait m'aider si vous me racontiez ce qui s'est passé.

— Je ne veux pas en parler.

— Essayez quand même. Si vous voulez que je la boucle, vous avez intérêt à me mettre au courant.

Je vis qu'elle était tentée. Comment résister à l'envie de parler d'un type dont on est tellement entichée ?

— Je ne sais pas comment vous expliquer. J'ai travaillé pour lui pendant des années et il m'a toujours soutenue...

— Pas la version longue, ma belle, juste les points marquants. Vous avez une liaison, exact ?

— C'est beaucoup plus que cela ! Je suis folle de lui et il est fou de moi.

— Va pour l'amour fou. Depuis quand ?

— Deux ans. Enfin... quatre, si on compte les deux où je n'ai pas été là. On s'est régulièrement écrit et téléphoné. Nous avions prévu de passer la soirée ensemble, mais je suis censée assister à une réunion des AA. Je me suis dit que j'avais intérêt à me montrer au cas où Holloway vérifierait. Beck m'a appelée chez papa et m'a dit qu'il ne supportait plus d'attendre. J'ai pensé au Rosie's parce que c'est tellement à l'écart que je n'imaginais pas tomber sur une tête connue. J'aurais dû vous le dire franchement, mais je n'étais pas sûre que vous seriez d'accord, et j'ai quand même tenté ma chance.

— Pourquoi aviez-vous besoin de moi ? Vous êtes grands, tous les deux, non ? Pourquoi ne pas être allés dans un motel pour résoudre la question ?

— J'étais terrifiée. On n'avait pas été ensemble depuis si longtemps, je craignais que le courant ne passe plus.

— Je ne comprends pas. La synchro m'échappe. Vous vous envoyiez le gars alors que vous l'arnaquiez ?

— Je ne me « l'envoie » pas. Nous faisons l'amour.

— Oh, désolée. Vous lui « faisiez l'amour » en même temps que vous lui faisiez la caisse et piquiez le fric qu'il avait gagné à la sueur de son front ?

— On peut voir ça comme ça. Écoutez, je savais que c'était mal, mais c'était plus fort que moi. Je me sentais vraiment moche. Et encore maintenant. Il sait que je ne lui ferais jamais de mal.

— Perdre autant d'argent ne lui était pas douloureux ? Moi, j'aurais été blessée au vif.

— Ce n'était pas lui. C'était l'argent de la société...

— Qu'il possède.

— Je sais, mais cet argent ne me faisait pas cette impression. Il était là, à portée de main, et personne ne semblait le remarquer. Je n'arrêtais pas de penser que je miserais sur le bon numéro et rembourserais tout.

Jamais je n'ai songé à le garder, et je ne suis pas du genre à voler.

— Reba, c'est ça, voler. Empocher l'argent des autres à leur insu ou sans leur accord. Quand on utilise une arme, cela s'appelle du vol à main armée. Ce n'est pas le genre de comportement propre à s'attirer l'amour des gens.

Elle haussa les épaules, mal à l'aise.

— J'ai vu ça comme un prêt. Un truc provisoire.

— Ce bonhomme doit avoir un cœur gros comme ça !

— Parfaitement ! Il a essayé de m'aider. Il a fait tout ce qu'il a pu. Je sais qu'il m'a pardonné. Il me l'a répété hier soir.

— Si vous le dites... N'empêche que ce n'est pas net. Je veux dire, pardonner, d'accord, mais poursuivre cette liaison ? Comment l'explique-t-il ? Il n'a pas l'impression d'avoir été utilisé ?

— Il comprend qu'il y a en moi une tendance à l'autodestruction. Pas qu'il ferme les yeux, non, mais il ne m'en veut pas.

— C'est pour ça que vous ne vous êtes pas défendue ? À cause de lui ?

— En partie. Quand on m'a arrêtée, je savais que j'avais touché le fond. J'étais coupable à chier. Je voulais juste qu'on ferme le dossier et qu'on n'en parle plus. Un procès aurait mis papa dans une situation gênante. Je ne voulais pas qu'il soit de nouveau exposé sur la place publique. Je lui avais déjà causé assez d'ennuis.

— Votre père m'a dit que Beck était marié. Sa femme ne figure nulle part dans l'équation ?

— C'est un mariage de convenance. Ils n'ont plus de rapports intimes depuis des années.

— Oh, allez ! Tous les types mariés disent ça !

— Je sais, mais dans son cas à lui, c'est vrai.

— Des boniments, oui ! Vous croyez qu'il la laissera pour vous ? Ça ne marche pas comme ça.

— Faux. Vous avez tout faux ! me renvoya-t-elle. Il a tout réglé.

— Par exemple ?

— Tout fait partie de sa stratégie, mais il doit attendre le bon moment. Si elle apprend que j'existe, elle lui piquera tout.

— À sa place, je ne m'en priverais pas !

— Il m'a dit hier soir qu'il était à deux doigts de réussir.

— Réussir quoi ?

J'eus droit au double envoûtement : les grands yeux implorants, plus la main sur le bras attestant la ferveur de ses intentions.

— Promettez-moi de ne rien dire.

— Je ne peux pas vous promettre une chose pareille ! Et s'il projette de braquer une banque ?

— Ne faites pas l'idiote. Il s'occupe d'assurer ses avoirs. Une fois qu'il les aura protégés, il attaquera le sujet du divorce. À ce moment-là, les dés seront jetés et que pourra-t-elle faire ? Rien, sinon se rendre à l'évidence et l'accepter.

— Non mais, écoutez-vous ! Vous me dites qu'il a élaboré un plan pour escroquer sa femme. C'est quoi, ce type ? Il commence par lui courir après, et ensuite il l'arnaque ? Oh, attendez... Non, j'ai rien dit. Je viens juste de comprendre que c'est vous qui l'avez arnaqué la première et que vous formez peut-être le couple idéal.

— Vous ne savez même pas ce qu'est l'amour. Vous n'avez jamais été amoureuse de votre vie.

— Ne changez pas de sujet.

— Mais c'est vrai, non ?

Je levai les yeux au ciel et hochai la tête d'impuissance.

— Ce n'est pas possible d'être aussi gourde !

— Et alors ? Je ne fais de mal à personne.

— D'accord. Et sa femme ?

— Elle finira par s'habituer, une fois qu'elle saura à quoi s'en tenir.

— Il y a des enfants ?

— Elle n'a jamais voulu en avoir.

— Au moins, c'est une bénédiction. Écoutez, ma mignonne. Je connais la chanson. J'ai eu moi-même une histoire avec un homme marié. À ce moment-là, ils étaient séparés, mais mariés quand même. Et vous savez ce que j'ai appris ? On ne sait rien de ce qui se passe entre un mari et sa femme. Je me contrefiche de la façon dont ils présentent leurs rapports, mais vous ne devriez pas piétiner leurs plates-bandes. Elles sont sacrées. Même si vous avez la foi, vous allez vous brûler les pieds.

— Pas de pot. C'est trop tard. C'est comme jouer à la passe. Le dé jeté, vous ne pouvez que le regarder rouler.

— Au moins cessez de le voir jusqu'à ce qu'il soit libre, lui dis-je.

— Je ne peux pas. Je l'aime. Il est tout pour moi.

— Assez de conneries, Reba. Allez voir un psy et remettez-vous les idées en place.

Je vis son visage se fermer. Elle se retourna d'un mouvement brusque et commença à s'éloigner en m'adressant ses remarques par-dessus son épaule à mesure que l'écart entre nous se creusait.

— Vous ne savez strictement pas de quoi vous parlez ! Vous l'avez vu juste une fois, alors gardez vos conneries de conseils pour vous ! Ça ne vous regarde pas et ça ne regarde pas papa !

Elle se dirigea vers le parking. Force me fut de la suivre docilement.

Nous parlâmes à peine sur le chemin du retour. En la déposant chez elle, j'estimai avoir rempli ma mission. Elle avait quitté la prison, elle était de retour chez elle, elle avait récupéré son permis de conduire, plus un vestiaire au grand complet. Aucun de ses agissements – en clair, baiser – n'enfreignait les termes de sa liberté conditionnelle ; donc, ses actes et son comportement ne me concernaient plus.

Elle descendit de voiture et prit ses paquets sur la banquette arrière.

— Je sais que vous vouliez bien faire et je vous en remercie, mais j'ai payé pour mes fautes et maintenant ma vie m'appartient. Si j'ai fait de mauvais choix, c'est à cause de ma mauvaise étoile. Vous n'y êtes pour rien.

— Ne vous inquiétez pas. Mes vœux vous accompagnent, lui dis-je.

Elle referma la portière. Elle s'immobilisa et se pencha un court instant à l'intérieur. Je crus qu'elle voulait ajouter quelque chose, mais elle préféra laisser courir. Je l'observai jusqu'à ce que la porte d'entrée se referme sur elle, puis je pris la direction de mon bureau. Là, je dactylographiai ma note d'honoraires, facturant à Nord Lafferty les cinq cents dollars par jour convenus pour mes deux journées de travail. Je mis la facture dans une enveloppe, que je fermai et libellai. En rentrant à la maison, je passai près de la poste, où je ralentis et glissai l'enveloppe dans la boîte près du trottoir.

CHAPITRE 9

Pour le dîner, je me fis un sandwich d'œuf dur tartiné de mayonnaise et amplement salé, me faisant la promesse vague et très peu sincère d'amender mon alimentation cruellement dépourvue de fruits, légumes, fibres, céréales et éléments nutritifs divers et variés. J'avais résolu de me coucher tôt, mais à 7 heures je me sentais toujours incapable de tenir en place pour des raisons qui m'échappaient. Je décidai de faire un saut au Rosie's, moins pour la piquette que pour changer de décor.

À ma grande surprise, la première personne que j'y aperçus fut Lewis, le frère aîné d'Henry qui vit dans le Michigan. Debout derrière le bar en bras de chemise, les manches retroussées jusqu'au coude et les avant-bras immergés dans l'eau savonneuse, il lavait un assortiment de verres et de chopes. Je m'approchai du bar.

— En voilà une surprise ! D'où arrivez-vous ?

Il leva les yeux en souriant.

— J'ai atterri cet après-midi. William est venu me chercher à l'aéroport et m'a tout de suite embauché.

— Quel bon vent vous amène ?

— Rien de spécial. J'avais besoin de changement. L'idée m'est venue sur un coup de tête. Comme Charlie était pris et que Nell n'avait pas envie de bouger, j'ai fait une réservation et effectué le voyage tout seul. Voyager revigore. Je pète le feu ! me confia-t-il.

— Tant mieux. C'est génial. Vous restez quelque temps ?

— Jusqu'à dimanche. William et Rosie m'hébergent. C'est pourquoi il m'apprend à tenir le bar, pour que je gagne mon gîte et mon couvert.

— Henry sait-il que vous êtes là ?

— Pas encore, mais je l'appellerai dès que William me laissera souffler.

Il rinça la dernière chope et la mit à sécher sur un égouttoir, puis il s'essuya les mains au torchon blanc coincé dans sa ceinture. Ensuite il plaça une serviette à cocktail devant moi et passa au mode barman.

— Que buvez-vous ? Si j'ai bonne mémoire, votre préférence va au chardonnay.

— Plutôt un Coca. Rosie a changé de « caviste », encore que le terme ne convienne guère. Le vin qu'elle sert maintenant a toute la subtilité du dissolvant.

Il remplit un verre au robinet de Coca et le posa devant moi. Pour un gentleman de quatre-vingt-neuf ans, il était l'image même de l'efficacité, le geste vif et décontracté. À le voir, on aurait cru qu'il avait tenu le bar toute sa vie.

— Merci.

— De rien. C'est moi qui régale.

— Trop gentil ! Je suis sensible à cette attention.

Je le regardai partir sans hâte excessive à l'autre extrémité du bar et y servir un client. Que se passait-il ? Tel que je le connaissais, Lewis n'était pas homme à débarquer à l'improviste. William lui en avait-il glissé l'idée ? Cette initiative ne me disait rien qui vaille. Je me retournai et jetai un regard à la clientèle clairsemée. Mon box préféré était occupé, mais il y avait beaucoup d'autres sièges disponibles. Mon Coca à la main, je traversai la salle jusqu'à une table proche de l'entrée. Une bouffée d'air pur m'arrivait chaque fois que la porte s'ouvrait et se refermait, dispersant un peu de la fumée de cigarettes qui s'était accumulée et flottait dans l'air comme un brouillard. Il n'empêche : je savais que je rentrerais à la maison en empestant la suie et serais obligée d'accrocher mes vêtements à la barre de la douche pour éliminer l'odeur fétide. Sûr que mes cheveux puaient déjà, bien que je les porte trop court pour renifler une mèche. Les fumeurs écoutent les doléances des esprits bégueules comme si elles n'étaient émises que pour enquiquiner et insulter le peuple.

J'étais à peine installée que je sentis le courant d'air béni qui signalait l'arrivée d'un nouveau client. Cheney Phillips se tenait dans l'entrée. J'éprouvai le même creux au ventre qu'en avion lorsqu'on se demande si le vol qu'on a pris va être le dernier de son existence. Il inspecta les personnes présentes, cherchant, semblait-il, quelqu'un qui n'était pas encore là. Sa tenue alliait comme à l'ordinaire tissus de prix et coupe de bon faiseur. Il avait un faible pour les chemises blanches à col dur, ou alors en soie à col souple crème ou vanille. Il jouait parfois du ton sur ton, habituellement dans des coloris sourds qui lui donnaient un air vaguement inquiétant. Ce soir-là, il portait une veste de sport en agneau velours cannelle sur un pull à col roulé en cachemire rouille. Je lui fis signe de la main en me demandant si le pull-over était aussi doux qu'il en donnait l'impression. Il s'approcha de ma table d'un pas nonchalant et tira une chaise.

— Tiens donc, ça va ? Je peux m'asseoir ?

Je lui fis signe que oui.

— Nos chemins se croisent à nouveau, lui dis-je. Je ne t'ai pas vu depuis des mois et là, je te rencontre trois fois en quatre jours !

— Pas tout à fait par hasard. (Il montra mon verre.) C'est quoi, ce truc-là ?

— Du Coca. Une boisson non alcoolisée. Depuis des années en circulation.

— Tu as besoin de quelque chose de plus fort. Il faut qu'on parle.

Sans attendre ma réponse, il attira l'attention de Lewis et lui fit signe qu'on requérait ses services.

Je me tournai juste à temps pour voir Lewis sortir vivement de derrière le bar et se diriger vers notre table.

— Oui, monsieur ?

— Deux vodka-martinis, sans glace. Stoli si vous en avez, sinon, Absolut. Et des olives. (Il me coula un coup d'œil.) Tu veux de l'eau glacée ?

— Ma foi, pourquoi pas ? lui répondis-je, incorrigible « bon vivant » que je suis. Je te présente Lewis Pitts, le frère de mon propriétaire. Tu connais Henry, n'est-ce pas ?

— Naturellement. Cheney Phillips, dit-il.

Il se leva et échangea une poignée de main avec Lewis, qui lui renvoya quelques ravi de vous connaître et autres douceurs assorties des plaisanteries de rigueur. Je me surpris à étudier la texture des cheveux de Cheney, des boucles brun foncé et souples qui paraissaient aussi douces qu'une fourrure de caniche. Je ne suis pas une mère chien. Les toutous ont tendance à me souffler leur mauvaise haleine au visage avant de sauter comme des fous et de poser leurs pattes envahissantes sur ma poitrine. Malgré des rappels à l'ordre nombreux et comminatoires, les chiens n'en font habituellement qu'à leur tête. D'accord, il y a des exceptions. La semaine précédente, dans un rare accès de bonne volonté, je m'étais arrêtée pour bavarder avec une femme qui promenait un animal d'une race inconnue, pour moi s'entend. Elle m'avait présentée à Chandler, chien d'eau portugais qui se tenait assis quand on le lui ordonnait et vous proposait gravement de vous serrer la main. L'animal était calme et bien élevé, pourvu d'un pelage si bouclé et si soyeux que pour un peu je l'aurais caressé. Pourquoi diable y repensais-je à ce moment précis ? Ayant raté le plus gros de la conversation, je me rebranchai au moment où Lewis disait : « Je reviens tout de suite. » C'était comme se réveiller au milieu d'un film à la télévision. Je ne savais plus trop ce qui se passait.

Dès qu'il fut reparti, je me tournai vers Cheney.

— Si je comprends bien, tu attends quelqu'un.

Son attention restait fixée sur des visages à peu près au milieu de la salle, son regard se déplaçant à intervalles réguliers comme une caméra d'angle. Il était dans la police depuis des années et guettait les prostituées et les dealers avec la concupiscence des types qui font une fixation sur les gros nichons. Ses yeux revinrent rapidement sur les miens. Je parle de mes yeux.

— À dire vrai, c'est toi que je cherchais. Je suis passé à ton appartement et comme tu n'y étais pas, j'ai pensé que je te trouverais ici.

— Je ne me savais pas aussi prévisible.

— Ta plus grande qualité, me lança-t-il.

Son regard s'empara à nouveau du mien, avec un effet troublant. Je m'intéressai au bar, à la porte d'entrée, à tout sauf à lui. Qu'est-ce que fichait Lewis, pourquoi lui fallait-il tout ce temps ?

— Tu ne veux pas savoir pourquoi je suis là ? me demanda Cheney.

— Si, bien sûr.

— Nous avons un intérêt en commun.

— Ah, bon. Et quoi ?

— Reba Lafferty.

La réponse me prit de court et je sentis ma tête se pencher avec curiosité.

— Quel lien as-tu avec elle ? lui demandai-je.

— C'est elle qui motivait ma visite à Priscilla Holloway. J'ai appris que quelqu'un allait à CIW pour ramener Reba. C'est seulement en te voyant ce jour-là que j'ai su qu'il s'agissait de toi.

Il leva les yeux vers Lewis, qui avait fait son apparition avec nos martinis sur un plateau. Il les posa avec beaucoup de soin sans détacher ses yeux du liquide qui tremblait. Le verre à cocktail était si froid que des copeaux de glace glissaient le long de la paroi extérieure. La vodka, sortie tout juste du freezer, prenait un aspect huileux à la lumière. Je n'avais pas bu de martini depuis une éternité et je gardais le souvenir de sa saveur aiguë, presque chimique.

Je n'arrive jamais à savoir ce qui rend le visage de Cheney si attirant – il a une grande bouche, des sourcils noirs et des yeux aussi marron que de vieux pennies. Il a aussi de grandes mains et on dirait qu'il s'est abîmé les phalanges en malmenant la mâchoire d'un enquiquineur. J'étudiai ses traits, puis me repris. Franchement, j'étais à gifler. Je venais de chapitrer Reba sur la folie qu'il y a à badiner avec un homme marié et voilà que je caressais moi-même cette idée !

— Merci, Lewis, dit Cheney. Vous nous donnerez l'addition ?

— Bien sûr. Faites-moi signe si vous avez besoin d'autre chose.

Lorsqu'il fut reparti, Cheney leva son verre et le frappa contre le mien.

— À ta santé !

Je bus une petite gorgée de mon cocktail. La vodka était lisse et forma une colonne de chaleur intense qui descendit tout le long de ma colonne vertébrale et jusque dans mes chaussures.

— Tu ne me dis pas qu'elle a des ennuis, j'espère.

— Je dirais qu'elle flirte avec.

— Oh, non !

— Tu la connais bien ?

— Tu peux en parler au passé. J'ai fait le travail qu'on m'avait confié, maintenant j'ai transmis le flambeau.

— Depuis quand ?

— Nous nous sommes séparées cet après-midi. Qu'a-t-elle fait ?

— Rien jusqu'ici, mais elle est à deux doigts de faire quelque chose.

— Tu l'as déjà dit. En clair ?

— Elle voit Alan Beckwith, le type que tu as rencontré ici lundi soir.

— Je sais quand je l'ai rencontré, mais en quoi cela te concerne-t-il ?

Je fus consciente de l'hostilité qui s'était glissée dans ma voix en comprenant ce qu'il laissait entendre : apparemment, quelqu'un me surveillait le soir où moi-même je surveillais le comportement de Reba avec Beck.

— Inutile de te hérisser.

— Désolée. Je ne voulais pas le dire sur ce ton. (J'inspirai un grand coup, m'obligeant à paraître plus amène.) Je ne vois pas ce que tu viens faire là-dedans. Et ne joue pas aux devinettes. J'ai horreur de ce genre d'idioties.

Cheney sourit.

— Je suis en rapport avec quelques types qui s'intéressent à lui. Et à elle, par la même occasion. Tu dois bien comprendre que tout cela est hautement confidentiel.

— Croix de bois, croix de fer, dis-je en traçant un X sur ma poitrine.

— Que sais-tu de Beck ? me demanda-t-il.

— Rien, monsieur le juge. Attends... Ce n'est pas tout à fait vrai. Je sais que son père possédait le Clements, donc qu'il était une grosse pointure à son époque.

— « La » grosse pointure. Alan Beckwith père s'est fait une masse de fric dans plusieurs concessions octroyées par l'État, essentiellement dans l'immobilier. Le fils a bien tiré son épingle du jeu, mais il a travaillé toute sa vie dans l'ombre du papa. Sans jamais lui arriver à la cheville. À ce qu'on m'a dit, son père ne portait pas de jugement sur lui, mais Beck était conscient de l'écart entre leurs réussites respectives. Son vieux était passé par Harvard et sorti cinquième de sa promo. Beck, en revanche, n'a pas fait d'étincelles à l'université. Un second cycle correct, mais en se maintenant strictement dans la moyenne. Il a fini avec un MBA, mais côté rang de sortie, il ne figurait même pas dans les vingt-cinq premiers. Et tout le reste à l'avenant. Comparée à celle de son père, sa réussite restait modeste, et je suppose qu'avec l'âge il l'a supporté de plus en plus mal. C'était le genre de type à jurer qu'il serait milliardaire à quarante ans. Or à trente, il faisait du surplace et cherchait désespérément à percer. Tu connais le proverbe, « L'argent est juste une façon de tenir la marque » ? Eh bien, Beck le prenait à la lettre. Il y a cinq ou six ans, il a décidé que son principal objectif était de se faire plus d'argent que son père. Comme il n'y arrivait pas en jouant franc-jeu, il a faussé les règles. Il s'est rendu compte qu'il pouvait gagner beaucoup plus d'argent en offrant ses services à des gens qui avaient besoin de laver le leur.

— Blanchiment ?

— Exact. Il s'avère que Beck est doué pour les magouilles financières. Comme il travaille dans l'immobilier haut de gamme, l'infrastructure de base était déjà en place. Il existe une demi-douzaine de façons de traficoter des capitaux quand on achète et vend des biens, mais la machine est lente et exige trop de paperasse. Quand tu blanchis de l'argent, tu cherches en général à réduire au minimum la trace papier et à placer autant de coupe-feu possible entre la source et toi. Il a accumulé les maladresses au début, mais il commence à devenir bon. En ce moment, il crée une société offshore – une compagnie bidon au Panamá, la Clements Unlimited. Dans des endroits comme Panamá, on peut dissimuler une masse énorme de capitaux car la législation sur le secret bancaire y a été très rigoureuse dès le premier jour. En 1941, ils se sont inspirés de la Suisse et ont institué des comptes à numéros. Malheureusement pour la pègre, ces comptes ne sont plus ce qu'ils étaient. Les banques suisses n'offrent plus le même degré de protection, à force de se faire éreinter parce qu'elles fournissaient une couverture aux truands. Elles ont fini par admettre la nécessité de s'aligner sur la communauté bancaire internationale et ont signé des traités avec une quantité de pays. Et elles ont accepté de coopérer là où il y a preuve d'activité délictueuse. Le Panamá renâcle plus à se mettre aux normes. Ils ont là-bas des avocats qui créent des sociétés clés en main et les revendent aux clients désireux de court-circuiter le fisc.

— C'est bien de sociétés écran que tu parles, non ?

Il acquiesça.

— Tu peux créer une société bidon qui réponde à tes spécifications ou en acheter une clé en main. Une fois la société fictive en place, tu achemines les capitaux depuis les États-Unis pour financer ce qui te chante. Ou tu peux créer une société de gestion offshore. Ou encore faire comme Beck, qui s'est acheté une banque prête à l'emploi et a commencé à accepter des dépôts.

— De qui ?

— Il s'applique à ne pas trop chercher, mais son principal client est un gros revendeur de drogue de Los Angeles qui travaille ostensiblement dans la récupération de métaux précieux. Beck blanchit aussi de l'argent pour une grosse boîte de porno et un consortium qui dirige un réseau de prostituées et de bordels dans le comté de San Diego. Le marché du vice accumule des millions en cash. Le problème est de savoir où les mettre. Tu vis en nabab, tes voisins commencent à se demander d'où tu tires ta fortune. L'IRS [1] aussi, et la DEA [2], et une demi-douzaine d'institutions gouvernementales. Il n'y a jamais pénurie de gens qui ont besoin de passer l'argent sale à la lessiveuse et de le récupérer blanc comme neige. Du point de vue Beck, et jusqu'à une période récente, ce qu'il faisait n'avait rien d'illégal et allait de soi.

— Tu plaisantes ?

— Pas du tout. L'année dernière, le Congrès a voté la loi sur la répression du blanchiment d'argent. Avant, les mêmes transactions de base pouvaient faire l'objet d'enquête ou de poursuites à un titre ou un autre, mais le blanchiment en soi n'était pas un délit. Désolé pour ce long discours, mais je te demande encore un peu de patience.

— Ne t'inquiète pas. Je suis quasiment ignare dans ce domaine.

— Et moi donc ! Si j'ai bien compris, le vote de la loi sur le secret bancaire de 1970 avait préparé le terrain. Elle réglementait la communication de l'information de la part des institutions financières – banques, maisons de courtage, cabinets d'agents de change, toute personne émettant des chèques de voyage, ordres bancaires, mandats de virement postaux et tout le bazar. Elles sont tenues de signaler certaines transactions au secrétaire du Trésor dans les quinze jours sur un formulaire appelé le CTR [3] – bordereau de transaction de monnaie fiduciaire – pour tout mouvement de capitaux supérieur à dix mille dollars. Tu me suis ?

— Plus ou moins. D'où tires-tu tes connaissances ?

— Je me suis instruit pour l'essentiel auprès de mon

1. *Internal Revenue Service :* direction générale des impôts.

2. *Drug Enforcement Administration :* agence de répression du trafic illicite des stupéfiants.

3. *Currency Transaction Report.*

copain de l'IRS ces deux derniers mois. Il dit qu'en plus du CTR, il y a un truc qui s'appelle un CMIR[1], un formulaire correspondant à l'obligation déclarative. C'est pour les gens qui reçoivent ou transportent des espèces – sur eux, par la poste, par bateau – et, là encore, pour tout montant supérieur à dix mille dollars. Il existe un autre formulaire pour les casinos, mais nous n'avons pas à nous en occuper ici. Pour autant que nous sachions, Beck n'est pas en rapport avec le milieu du jeu, encore que ce soit une autre façon sympathique de nettoyer de grandes quantités de cash qui ressortent de là nickel.

« Le gouvernement s'appuie sur les institutions financières pour suivre à la trace les mouvements de capitaux. Manifestement, il n'y a rien d'illégal à manipuler de grosses sommes du moment que les documents voulus sont remplis. Si on essaie de contourner la loi, on est soumis à de sévères pénalités – si on se fait prendre, s'entend. Beck s'est débrouillé pour cultiver un groupe de copains banquiers, et pendant une période, il a filé des dessous-de-table à l'un d'eux pour qu'il regarde ailleurs. L'individu en question établissait le CTR en bonne et due forme et en rangeait un exemplaire dans les dossiers ; seulement, au lieu d'adresser l'original à l'IRS, il le passait à la déchiqueteuse. Le problème est que les banques ont tendance à faire bouger leurs cadres d'une succursale à l'autre et que Beck a perdu son complice. C'est comme ça qu'il a attiré l'attention de l'IRS. Un administrateur fraîchement nommé à la Société d'épargne et de crédit a remarqué l'existence de petits dépôts qui avaient visiblement tous un lien avec Beck ou avec sa société. Beck fractionnait les gros dépôts en une série de transactions plus modestes dans l'espoir de contourner la clause des dix

1. *Currency and Monetary Instrument Report.*

mille dollars pour toute transaction soumise au contrôle du gouvernement. Il s'agit de la manœuvre de base de toute opération de blanchiment. C'est ce qu'on appelle le portage. Beck employait une équipe de passeurs qui allaient d'une banque à l'autre, quelquefois d'une ville à l'autre, en achetant des bons de caisse ou des mandats postaux pour de petites sommes : deux mille dollars, cinq mille, quelquefois neuf, mais jamais plus de dix mille. Ce mécanisme de goutte-à-goutte convergeait vers un compte unique, ensuite Beck utilisait un système de virements interbancaires pour transférer le tout dans deux banques offshore. Après quoi, il le rapatriait sous une forme plus respectable pour ses clients.

« Seulement, pendant tout ce petit jeu, la DEA suivait l'argent depuis l'autre bout et gardait la trace des capitaux dans la filière depuis un cartel qui importait de la marijuana et de la cocaïne à Los Angeles. À un moment donné, les trajectoires se sont croisées et ça leur a mis la puce à l'oreille. J'avais rencontré l'enquêteur de l'IRS à une conférence à Washington, il y a quatre ans environ. Peu après, il a été nommé au bureau de Los Angeles pour coordonner le groupe d'action interservices. Une fois que le nom de Beck a fait surface, l'attention s'est reportée sur lui. L'agent de la DEA, Vince Turner, m'a demandé d'être leur liaison sur place. Ses gars restent discrets car les agents fédéraux essaient de constituer un dossier sans attirer l'attention de Beck.

— Ici ? Je leur souhaite bonne chance !

— Nous en sommes bien conscients. Jusqu'à maintenant, ils surveillent son courrier et ses poubelles, ils ne le perdent pas de vue et couvrent tous ses déplacements dans le pays et à l'étranger. Ce qu'il nous faut, c'est un informateur, et c'est là que Reba Lafferty entre en scène.

J'eus un geste d'impatience.

— Tu plaisantes. Elle est amoureuse de ce type. Elle ne le balancerait jamais.

— N'en sois pas si sûre...

— Sûre et certaine. Elle est folle de lui. C'est ce qui lui a permis de ne pas sombrer pendant ces deux dernières années. Ils se sont écrit et téléphoné une ou deux fois par semaine. C'est comme ça qu'elle a survécu. Je le tiens directement d'elle.

— Écoute-moi plutôt, me dit-il. Tu connais le dossier.

— Naturellement. Elle a largement puisé dans la caisse de la société de Beck pendant deux ans...

— Pendant qu'ils avaient une liaison, ajouta-t-il.

— Je sais. Et alors ?

— Vu les circonstances, ça ne te paraît pas bizarre qu'il renoue avec elle à la seconde où elle sort ?

— Le fait est que je me suis posé la question, moi aussi. Elle affirme qu'il lui a pardonné. À l'entendre, il savait qu'elle avait tendance à l'autodestruction et que c'était plus fort qu'elle, ou quelque chose du genre.

Je le vis hocher la tête.

— Non. Je ne marche pas. Ça sonne faux.

— Je ne la défends pas, je te rapporte simplement ce qu'elle m'a dit. Et je suis d'accord avec toi : on a du mal à croire que Beck tende l'autre joue. Bon alors, de quoi s'agit-il ? À ce que je comprends, tu sais quelque chose que j'ignore.

Il se pencha en avant et baissa la voix. Je m'approchai en tendant l'oreille et sentis le souffle léger de sa respiration contre ma joue tandis qu'il parlait.

— Elle a écopé à sa place. Il lui avait demandé d'ouvrir des comptes pour deux sociétés bidon. Elle établissait des factures pour des marchandises et des services fictifs, puis elle tirait des chèques sur les comptes clients. Il les signait et elle les envoyait à une boîte postale. Ensuite elle les récupérait et déposait l'argent dans un compte fictif. Des fois, il virait l'argent à une société offshore, ou bien elle retirait elle-même les espèces et les lui remettait.

— Je ne saisis pas. Pourquoi se volait-il lui-même ?

— Il a des gens qui le remboursent et c'est comme ça qu'il protège ses arrières. Il ne peut pas détourner de grosses sommes en liquide sans explication. Si jamais il a un audit, l'IRS voudra savoir où l'argent est allé. Il s'est dit qu'il camouflerait le fait qu'il écoulait l'argent en l'imputant à des frais généraux légitimes.

— Pourquoi ne pas utiliser l'argent d'un de ses comptes offshore ?

— Sa logique m'échappe. Toujours est-il qu'à ce moment-là, il avait déjà concocté une ou deux nouvelles combines et qu'il était impatient de passer à la vitesse supérieure. Il a persuadé Reba de se laisser coffrer pour trois cent cinquante mille dollars et s'en est sorti en sentant la rose. Comme elle soutenait avoir perdu tout l'argent au jeu, qui pouvait prouver le contraire ? En fait, elle avait toujours eu tendance à flamber et faisait déjà des virées à Las Vegas et à Reno, ce qui lui allait, à lui, comme un gant.

— Mais... comment s'y est-il pris pour la convaincre ?

— Comme les hommes s'y prennent toujours pour amener les femmes à faire n'importe quoi. Il lui a promis la lune.

— Je n'arrive pas à croire qu'elle ait fait de la prison pour lui. Quelle gourde !

Il haussa les épaules.

— D'après mon pote de l'IRS, ils songeaient à gagner ses services en lui proposant une transaction, mais à l'époque, ils posaient tout juste la nasse et ne pouvaient pas se permettre de prendre le risque. Maintenant, c'est l'instant critique. Ils ont besoin de la piste interne, et c'est elle.

— Beck a sûrement un directeur financier et des comptables. Pourquoi pas l'un d'eux ?

— Ils étudient cette possibilité comme plan de secours.

— Tu ferais mieux de leur dire de bûcher. Si Reba a fait deux ans de prison pour Beck, pourquoi irait-elle le balancer maintenant ?

— Tu sais qu'il est marié...

Je sentais monter mon agacement.

— Évidemment. Et Reba le sait aussi. D'après lui, c'est un mariage de convenance. Moi, je crois que c'est un escroc et je l'ai dit à Reba, mais impossible de lui faire entendre raison.

— Dans ce cas précis, elle se fait des illusions. Si tu vois Beck et sa femme ensemble – elle s'appelle Tracy –, jamais tu ne croiras qu'il s'en désintéresse. Peut-être qu'il simule, mais ça n'en donne pas l'impression.

— Tu connais les hommes...

— Oh, et les femmes donc... En proportion, les femmes couchent à droite et à gauche plus souvent que les hommes.

— Non, mais écoute-nous ! Lamentable. Pourquoi ce cynisme ?

Cheney sourit.

— Expérience professionnelle.

— Tu crois que Tracy connaît l'existence de Reba ?

— Difficile de dire. Beck est plein aux as et la traite comme une reine. Peut-être qu'elle juge préférable de regarder ailleurs. Ou alors elle est au courant mais s'en contrefiche.

— N'importe, Reba est convaincue qu'il n'en a pas soufflé mot à sa femme et qu'en plus, si Tracy le découvre, non seulement elle réclamera le divorce, mais lui prendra jusqu'au dernier cent.

— Comment ferait-elle ? Il a de l'argent planqué dans le monde entier. Y compris dans des banques qu'il possède. Elle buterait sur le même problème que nous : retrouver la trace de ses avoirs. Reba n'est pas née de la dernière pluie. Elle sait où les cadavres sont enterrés... si nous arrivons à la contacter.

— Qu'est-ce qui te fait croire qu'il n'a pas tout remanié pendant son absence ?

— Pourquoi l'aurait-il fait ? Il peut apporter des variantes aux règles du jeu, mais les comptes sont en place depuis des années. Créer une banque offshore est une entreprise coûteuse. Il ne va pas recommencer à zéro, sauf s'il y est forcé.

— Qu'attendent-ils d'elle ?

— Des faits et des chiffres, des banques, des numéros de compte : tout ce qu'elle pourra trouver. Ils ont une partie de l'information, mais il leur faut une confirmation, plus tout ce qu'elle sait et qu'ils n'ont pas encore mis au jour.

— Mais pour quelle raison le ferait-elle ? Vous n'avez pas de monnaie d'échange. Elle a sa liberté de pensée et d'action. Si on requiert sa collaboration, elle s'empressera de le prévenir.

Cheney glissa la main dans sa poche intérieure de veste et en sortit une enveloppe en papier Kraft qu'il poussa vers moi sur la table.

— C'est quoi ?

— Jette un œil.

Je défis l'agrafe. À l'intérieur, je trouvai une série de photos de Beck en noir et blanc – grain apparent, prises probablement au téléobjectif. Sur deux d'entre elles, le visage de sa compagne était flou, mais cela semblait être la même femme. Les photos avaient été prises à cinq occasions différentes, à en juger par la date et l'heure notées dans le coin supérieur gauche de chaque cliché. Toutes au cours du mois précédent. La dernière prise de vue les montrait sortant d'un motel d'Upper State Street que je reconnus. Je remis les photos dans l'enveloppe.

— Qui est la femme ?

— Une certaine Onni. La meilleure amie de Reba.

Il couche avec elle depuis que Reba a atterri à la maison d'arrêt.

— Quel fumier ! Et je suis censée lui montrer ça en espérant la convaincre de se venger ?

— Oui.

Je jetai l'enveloppe sur la table ; les photos s'éparpillèrent vers lui.

— Tu as tout le gouvernement des États-Unis à ta disposition. Trouve quelqu'un d'autre pour faire ton sale boulot.

— Écoute, je comprends ta réaction, mais il ne s'agit pas de l'incriminer. Ce que fait Beck est...

— Je sais ce qu'il fait. Ne me ressors pas : « Ce n'est pas bien de blanchir de l'argent », j'ai pigé. Je ne vois pas pourquoi ce serait moi qui devrais convaincre Reba de retourner sa veste.

— Nous sommes des mecs. Nous ne la connaissons pas aussi bien que toi. Appelle-la et bavarde gentiment. Elle a confiance en toi.

— Absolument pas ! Et elle n'éprouve même aucune affection à mon égard. Je te garantis qu'elle était furieuse quand j'ai essayé de lui ouvrir les yeux. Tu m'imagines la rappeler comme ça, de but en blanc ? Elle saurait que ce ne serait pas gratuit. Elle est peut-être gourde, mais on ne la lui fait pas.

— Je te demande de réfléchir avant de prendre ta décision.

Je me levai et repoussai ma chaise.

— C'est ça. Je vais réfléchir. En attendant, j'ai besoin de rentrer et de prendre un bain.

CHAPITRE 10

Je dormis mal. Mon escarmouche avec Cheney Phillips avait fait naître une morosité qui semblait déteindre sur mes rêves. Je me réveillai souvent, les yeux fixés sur le ciel nocturne. Sa proposition lui avait au moins ôté de sa séduction. Reba était vulnérable par nature et d'une stabilité précaire, prête à sortir du droit chemin si l'intensité de ses émotions l'exigeait. Jusque-là, elle m'avait paru calmée (enfin... si on veut), et je ne voulais pas l'entraîner dans un tourbillon qui l'emporterait par le fond au moment précis où elle venait de toucher la terre ferme. Son élargissement datait de deux jours. Que ferait-elle si on lui parlait de cette histoire ? Elle sombrerait. Par ailleurs, elle avait mis tous ses espoirs dans une fripouille. Qu'y pouvais-je ? Tôt ou tard, elle apprendrait la vérité. Valait-il mieux la lui dire maintenant, alors qu'elle avait encore une chance de se racheter ?

À 5 h 59 du matin, j'arrêtai la sonnerie du réveil et enfilai mon survêtement avec l'intention d'aller courir. J'accomplis les rituels de la salle de bains – je me brossai les dents, m'aspergeai la figure, déplorai l'état de mes cheveux qui partaient dans tous les sens. J'attachai l'anneau de ma clé à mon lacet de chaussure, fermai l'appartement et partis en marche rapide vers la piste cyclable qui longe la plage.

Je passai progressivement à une petite foulée malgré les protestations de mes muscles. Mes pieds semblaient lestés de plomb, à croire qu'on avait fixé des poids de dix livres à chaque semelle. Le soleil était déjà levé et, pour une fois, il n'y avait pas trace de brouillard. La journée s'annonçait belle, limpide et ensoleillée. L'aboiement d'un morse domina le grondement des vagues, sans doute un vieux solitaire blanchi par l'âge qui avait marqué son territoire sur une bouée de signalisation. Dans l'espoir de dissiper mon manque de tonus, je maintins le rythme, visant les bains publics où j'effectuai mon demi-tour. Quand je repris ma course en sens inverse, je n'avais pas exactement le cœur léger, mais je me sentais un peu plus de ressort.

J'arrêtai de courir et fis les deux derniers pâtés de maisons à un rythme normal pour assurer la transition. En arrivant chez moi, j'aperçus la voiture de Mattie garée dans l'allée d'Henry. Chouette-chouette-chouette. J'entrai dans mon studio, pris une douche, m'habillai et avalai un bol de céréales. En partant au bureau, je humai une irrésistible odeur d'œufs au bacon qui dérivait dans le patio. La porte de la cuisine d'Henry était ouverte et un bruit de rires et de conversation me parvint à travers la porte-moustiquaire. Je souris et les imaginai tous les deux devant leur petit déjeuner. Pas question de penser qu'ils avaient passé la nuit ensemble. Henry est infiniment trop délicat pour compromettre la réputation de Mattie, mais un tête-à-tête si matinal cadrait avec le code des bonnes manières d'Emily Post[1].

Je traversai le jardin et frappai au chambranle de la porte. Henry me répondit et m'invita à entrer, quoique d'un ton moins guilleret que je l'espérais. J'obtempérai, pensant en moi-même hou là là... Henry était revenu à ses habitudes vestimentaires : tongs, tee-shirt blanc,

1. Célèbre chroniqueuse américaine, arbitre du savoir-vivre.

short beige. La cuisine affichait tous les stigmates d'un repas récent – poêlons et bols sales, assortiment d'épices près de la cuisinière. Des plats et des ustensiles s'empilaient dans l'évier, et des miettes de tartines grillées maculaient le plan de travail. Debout devant l'évier, il faisait couler de l'eau pour refaire un pichet de café frais, cependant que Mattie, assise à table, était absorbée dans une conversation avec William et Lewis.

Je saisis en un éclair la dynamique de la scène et me sentis grimacer. C'était un coup de William. L'attitude d'Henry au sujet de Mattie l'avait ulcéré. Lewis, lui, n'éprouvait pas ce genre de scrupules. Je savais que William l'avait eu au téléphone, mais ne m'en étais pas autrement inquiétée. Maintenant, je l'imaginais en train de manigancer l'entrée en scène dudit Lewis, avec l'idée de réveiller l'instinct de compétition d'Henry. Au lieu de quoi Henry réagissait comme un potache, replié sur lui-même et déstabilisé par le culot de son frère. William se fichait peut-être éperdument duquel des deux obtiendrait les faveurs de Mattie, du moment que l'un gagnait.

À ce que je savais de la saga familiale, Lewis – de deux ans l'aîné d'Henry – avait toujours affirmé sa supériorité dans les histoires de cœur. Ni lui ni Henry ne s'étaient mariés et, même si je n'avais pas posé de questions à ce sujet, je me souvenais d'une allusion à ce propos. En 1926, Henry avait piqué sa petite amie à Lewis. À l'entendre, Lewis ne s'était jamais remis de cet affront. Là, selon toutes les apparences, Lewis organisait enfin une opération de représailles. Il avait soigné son élégance : chemise blanche amidonnée, gilet, complet veston, souliers astiqués, pli de pantalon impeccable. Comme ses deux cadets, Lewis avait tous ses cheveux et quasiment toutes ses dents. Je le vis avec les yeux de Mattie : beau, attentionné, sans rien du quant-à-soi d'Henry. Les deux frères l'avaient rencontrée lors d'une croisière aux Caraïbes, où Lewis lui avait fait une cour assidue. Il s'était inscrit au cours d'aquarelle de Mattie et, malgré son manque de talent flagrant, avait fait son admiration par sa ferveur et sa persévérance obstinée. Henry soutenait qu'il s'agissait d'un simple flirt, mais Mattie ne l'avait pas vu sous ce jour. Or voilà qu'il était de retour, s'immisçant sur la scène au moment précis où Henry prenait son élan.

— Un café ? me demanda celui-ci.

Même sa voix semblait endolorie malgré les efforts qu'il faisait pour le cacher de son mieux.

— Avec plaisir. Merci.

— Mattie ? Du café tout frais.

— Volontiers, lança-t-elle, absorbée par l'anecdote que lui racontait Lewis.

Henry n'écoutait pas. Il devait l'avoir déjà entendue et en connaissait la fin. J'étais si concentrée sur lui que je ne la saisis guère non plus. Lewis arriva à la chute et William et Mattie s'esclaffèrent.

Je m'assis à la table et, quand la joie se fut un peu calmée, je lançai un coup d'œil à Mattie.

— Que faites-vous aujourd'hui ? lui demandai-je. Vous avez des projets tous les deux ?

— Hélas, non. Je ne peux pas m'attarder. J'ai à faire à la maison.

Lewis assena un coup sur la table.

— Mais c'est absurde ! Il y a une exposition au musée. J'ai lu ça dans le journal, je suis sûr que vous adoreriez.

— Sur quel thème ?

— Le verre soufflé. Extraordinaire. C'est une exposition itinérante. « À ne pas manquer », d'après la critique. Prenez au moins le temps de la voir ! Ensuite, nous pourrons manger quelque chose au restaurant mexicain de la galerie marchande. Il y a une galerie d'art en face du palais de justice que vous ne pouvez pas manquer. Pourquoi ne pas parler de votre travail à la galeriste ? Elle accepterait peut-être de vous prendre à son catalogue.

William se mit de la partie.

— C'est une idée géniale ! Inutile de repartir aussi vite. Accordez-vous un peu de temps libre.

Ma tête pivota d'elle-même : William rayonnait. Une mère au récital de danse de sa gamine !

— Henry ? Pourrais-je te voir une minute ? lui demandai-je. J'ai un problème chez moi.

— De quel genre ?

— Juste un truc que je voudrais te montrer. Rien de très long.

— Je regarderai plus tard. Ça ne peut pas attendre ?

— Pas vraiment, l'assurai-je en espérant me faire comprendre au ton de ma voix.

Il eut une expression résignée ou excédée, je n'aurais su dire exactement, et se tourna vers Mattie.

— Vous ne m'en voulez pas si je m'éclipse une minute ?

— Pas du tout. Je peux débarrasser pendant ce temps-là.

— Ce n'est pas nécessaire, dit Henry. Je m'occuperai de la vaisselle en revenant.

— Prends ton temps, lui lança Lewis d'un ton désinvolte. On te range tout au carré et on part faire un tour sur la plage. Mattie a besoin de s'aérer. C'est un vrai four, ici.

Henry lui lança un regard torve.

— Si ça ne te fait rien, je préfère ranger la cuisine moi-même.

Lewis lui adressa une grimace.

— Oh, détends-toi un peu, pour l'amour du ciel ! On croirait une petite vieille ! Nous n'allons pas casser tes bibelots. Je te promets qu'on rangera toutes les épices par ordre alphabétique ! Bon, allez, on sort. Tout le monde est prêt.

Les joues d'Henry s'enflammèrent. Je fourrai mon bras sous le sien et l'entraînai vers la porte. Je le sentais pris entre le désir de se défendre et celui d'échapper à son tourment. Je ne pense pas que Mattie ait joué les coquettes. Elle portait manifestement une affection sincère aux deux frères. Simplement, elle ne voulait pas entrer dans leurs rivalités.

La porte-moustiquaire claqua derrière nous et nous traversâmes le jardin. Dès qu'il fut chez moi, Henry inspecta les lieux d'un air revêche en cherchant ce qu'il fallait réparer.

— J'espère que ce n'est pas un problème de plomberie, dit-il. Je ne suis pas d'humeur à ramper sous la maison.

— Il n'y a rien. Il fallait que je te sorte de là. Tu as besoin de décompresser. Tu ne vas quand même pas laisser Lewis te taper sur les nerfs !

Il me jeta un regard glacé.

— Je ne vois pas de quoi tu parles.

Était-il borné à ce point ou feignait-il l'ignorance pour éviter d'aborder le sujet, j'étais incapable de le dire.

— Bien sûr que si. Lewis flirte, mais il le fait avec toutes les femmes qu'il voit. Ça ne veut rien dire. Tu as deux fois plus de charme que lui et tu es deux fois plus beau. En plus, c'est toi qu'elle est venue voir. Tu ne peux pas le laisser fondre en piqué et te la subtiliser !

— En piqué et me la subtiliser ?

— Tu sais très bien de quoi je parle. Elle ne veut pas créer la zizanie, mais ça ne veut pas dire qu'elle l'aime plus que toi.

— Je n'en jurerais pas. Mattie n'avait pas de temps à me consacrer. Il lui propose une sortie et, brusquement, elle a la journée devant elle !

— Mais tu aurais pu lui proposer toi-même quelque chose.

— Je l'ai fait. Je lui ai proposé un petit déjeuner.

— Et elle a accepté. La seule chose qui m'échappe, c'est pourquoi Lewis et William ont débarqué eux aussi.

— Par une remarquable coïncidence. Ils faisaient leur promenade de santé du matin et se sont trouvés passer « par hasard » au moment précis où elle s'engageait dans l'allée ! Ils se sont arrêtés pour bavarder et, naturellement, elle les a invités à se joindre à nous. Et maintenant, elle a l'intention de passer le reste de la journée avec lui.

— Elle n'a jamais dit ça ! Quelle mouche te pique ? Lewis est arrivé avec une idée derrière la tête. Vraiment pas de quoi en fairc une histoire. Trouve quelque chosc de mieux et défends ton territoire !

— Ce n'est pas à moi de le faire. La balle est dans le camp de Mattie. Lewis est du genre à se mettre en avant : il a l'esprit de compétition et veut gagner son attention. Il se comporte comme un gamin de huit ans.

— C'est vrai, reconnus-je. Il se pose en rival par rapport à toi.

— Précisément. Et c'est écœurant... Des adultes qui se la disputent comme deux chiens après un os. Un gentleman ne doit pas s'imposer quand la dame a fait son choix, comme elle en a le droit.

— Mattie ne choisit personne. Elle fait seulement preuve de gentillesse.

— Parfois. Qu'elle soit gentille si le cœur lui en dit. Loin de moi l'idée de jouer les trouble-fête.

— Oh, allons, Henry ! Ne sois pas comme ça.

— Sauf que je le suis. Exactement.

— Têtu et orgueilleux.

— C'est ma nature et on ne me refera pas.

— Alors ne change pas ta nature, mais ton attitude.

— Certainement pas. Si elle cède si facilement à ce que tu appelles « flirter », c'est que je me serai mépris sur elle. J'ai cru que c'était une femme honnête et douée de bon sens. Il est vaniteux et superficiel, elle trouve ça attirant : libre à elle.

— Si tu descendais un peu de tes grands chevaux ? Tu n'adoptes cette position que pour éviter de te battre. Tu penses que si tu t'expliquais franchement avec lui, tu perdrais, mais c'est faux.

— Comme si tu savais ce que je pense.

— D'accord, tu as raison. Je ne peux pas parler à ta place. Dis-moi plutôt comment tu te sens.

— Je ne « sens » rien. Toute cette histoire est absurde. Mattie a ses préférences, j'ai les miennes.

— Des préférences ?

— Exactement. Je préfère qu'on m'accepte tel que je suis. Ne pas dicter leur comportement aux autres ni qu'eux me dictent le mien.

— Quel rapport avec Lewis ?

— Elle le trouve amusant. Moi pas. De plus, son apparition soudaine me paraît des plus suspectes.

— Ah bon ?

J'hésitais à lui confier mes propres doutes sur William, tant qu'il ne les aurait pas exprimés lui-même.

— Je crois qu'elle l'a eu au téléphone et qu'il a sauté dans un avion.

— Pourquoi cette idée ?

— Il n'a pas paru étonné le moins du monde en la trouvant ici. Or comment l'aurait-il su si elle ne le lui avait pas dit elle-même ?

— Il aurait pu l'apprendre par quelqu'un d'autre.

— Qui ?

— Rosie.

— Rosie n'est pas du genre à faire la causette avec Lewis. Pourquoi lui aurait-elle téléphoné ? C'est à peine si elle me parle.

— Alors William. Il pourrait l'avoir mentionnée au passage.

— Tu es vraiment décidée à prendre sa défense.

— Je me contente d'apporter une note de réalisme. Personne ne complote dans le dos de personne. Lewis, peut-être, mais certainement pas Mattie. Tu le sais très bien.

— Tu sous-entends que je suis parano, mais je n'invente rien. Mattie avait décidé de venir pour le petit déjeuner et de rentrer directement chez elle après. Lewis a émis une suggestion en tout bien tout honneur et elle a décidé de retarder son départ. Oui ou non ?

— Non.

— Si.

— On ne va pas se disputer. Moi, je ne pense pas qu'il y ait anguille sous roche ; toi si. Autant laisser tomber le sujet. Je voulais seulement souligner que... ma foi, je ne sais même pas quoi. En tout cas, te dire de ne pas baisser les bras. Et je n'ai rien à ajouter.

— Parfait. Maintenant si tu veux bien m'excuser, je repars vers ma cuisine et mes manies de petite vieille.

Je partis au bureau et m'y claquemurai. Franchement, c'était plus reposant de méditer sur des crimes et délits que sur des êtres humains transis d'amour. Dire que je m'escrimais à entraîner Henry dans les micmacs dont je tentais précisément de sortir Reba et que ni l'un ni l'autre ne voulait entendre quoi que ce fût ! D'ailleurs, là encore, pourquoi m'auraient-ils écoutée ? J'ai saboté toutes mes histoires de couple, je suis mal placée pour donner des conseils.

J'ouvris la fenêtre en espérant créer un soupçon de courant d'air. Le thermomètre extérieur fixé au châssis de la fenêtre indiquait 23 degrés. Moi, j'aurais dit plus. Je m'assis, posai les pieds sur mon bureau et basculai en arrière dans mon fauteuil pivotant. J'examinai ce qui m'entourait avec un sentiment de contrariété. Les fenêtres étaient si sales que je ne voyais presque pas au travers. Il y avait de la crasse sur les rebords. De la poussière sur mes plantes artificielles. Mon bureau était encombré de cochonneries et ma corbeille débordait. J'avais encore des cartons à vider depuis que j'avais emménagé et cela datait de cinq mois. Une vraie souillon !

Je me levai et gagnai ma cuisine minuscule, où je récupérai tant bien que mal sous l'évier un seau, une éponge et un litre d'un liquide jaune qui ressemblait à des déchets toxiques. Je passai la matinée à récurer les surfaces, passer l'aspirateur, astiquer, faire briller, vider les cartons et ranger. À midi, j'étais écarlate, fatiguée et en nage, mais de meilleure humeur. Elle ne dura pas.

On frappa à la porte. J'ouvris et trouvai un coursier sur mon paillasson, une enveloppe à la main. Après avoir signé, je la décachetai et en retirai un chèque de douze cent cinquante dollars de Nord en réponse à la note d'honoraires que je lui avais adressée la veille. Le mot manuscrit qui accompagnait le règlement signalait une prime de deux cent cinquante dollars pour l'excellence du travail effectué.

Cela restait à voir. Sur le plan psychologique, la prime me rendait débitrice et déclenchait une nouvelle série de bips inquiets de ma conscience que je croyais avoir apaisée par ce ménage en grand. Je replongeai au cœur de mon débat intérieur. Devais-je informer Reba ou garder le silence ? Et surtout, devais-je introduire le père dans le circuit ? Il ne m'avait donné qu'une consigne – et j'avais accepté : le tenir au courant de toute récidive de sa fille. Il n'y en avait pas encore eu (à ma connaissance), mais si je parlais de Beck et d'Onni à la chère enfant, comment réagirait-elle ? Elle allait tout casser et tout gâcher. En revanche, si je ne le lui en parlais pas et qu'elle l'apprenait d'une manière ou d'une autre – ce qui n'était pas impossible dans une ville de cette dimension –, le gâchis ne s'en trouverait que différé. Reba m'avait suppliée de ne pas parler de Beck à son père, mais ce n'était pas elle qui réglait mes factures. Pour preuve, ce chèque.

J'essayai de réfléchir à un principe supérieur et dérogatoire, une sorte d'injonction morale susceptible de guider ma décision. Rien, strictement rien, ne me vint à l'esprit. Puis je me demandai si j'avais un quelconque sens moral, ce qui n'arrangea rien, bien au contraire.

Le téléphone sonna. Je saisis le combiné en éructant un « Oui ? » plus discourtois que je n'en avais l'intention.

Cheney éclata de rire.

— Tu me parais crispée.

— Je le suis ! Imagines-tu le cas de conscience que tu me poses ?

— Je suis désolé. Je sais que c'est difficile. Veux-tu qu'on en parle ?

— Parler de quoi ? De trahir cette malheureuse ? De lui annoncer qu'il s'en tape une autre ?

— Je t'ai dit que c'est un type immonde.

— Et il n'est pas plus immonde de s'acharner sur elle de cette façon ?

— Tu as d'autres suggestions ? Nous sommes ouverts à quasiment tout. Dieu sait que nous ne tenons pas à sortir la grosse artillerie, sauf à y être obligés. La fille est assez fantasque comme ça.

— Là, d'accord. J'ai remarqué que tu disais « nous », j'en déduis donc que tu fais cause commune avec l'IRS.

— C'est un problème d'infraction à la loi. Je suis flic.

— Eh bien, pas moi.

— Accepterais-tu, au moins, de bavarder avec mon copain du fisc ?

— Pour qu'il ajoute son tas de conneries à ce que tu m'as déjà sorti ? J'ai vraiment l'impression de crouler !

— Écoute, je suis à deux pas de ton bureau. On déjeune ? Il arrive de Los Angeles et a dit qu'il nous retrouverait. On n'essaiera pas de te persuader à tout prix. Promis-juré. Simplement, tu l'écoutes.

— Pour en arriver à quoi ?

— Tu connais le Jay's ? Sandwichs au pastrami épicé et les meilleurs martinis de la ville.

— Je ne veux pas boire au déjeuner.

— Moi non plus, mais nous pouvons manger ensemble, non ?

— Ne quitte pas, lui dis-je. On frappe à la porte. Je te mets en attente. Juste une seconde.

— Marché conclu. J'attends.

Je pressai le bouton « Mise en attente » et posai le combiné sur mon bureau. Je me levai et fis les cent pas entre la pièce principale et la réception. Qu'est-ce qui ne tournait pas rond chez moi ? Dieu sait que je mourais d'envie de le voir. Et Reba Lafferty n'était pas en cause. J'essayais juste de camoufler mes contradictions. Je gagnai le cabinet de toilette et m'inspectai dans la glace : je n'étais vraiment pas à mon avantage. Ridicule. Je repris le téléphone, appuyai sur la touche « Mise en attente » et repris la ligne.

— Donne-moi dix minutes, je te rejoins là-bas.

— Ne sois pas bête. Je fais un saut. Inutile de prendre deux voitures quand une peut suffire. C'est mieux pour l'environnement.

— Ça marche !

Je verrouillai les lieux et l'attendis dans la rue. Inutile de me tourmenter parce que mon jean était sale et mes tennis dans un état minable. Mes mains sentaient l'eau de Javel et mon col roulé bâillait et ne ressemblait plus à rien. J'avais besoin d'une réfection complète, mais y remédier en trois ou quatre minutes tenait de la mission impossible. Oh, et puis zut ! On parlerait boulot. Qu'est-ce que ça changerait si j'étais fraîche comme une rose, en talons hauts et collant ? Il y avait un problème plus immédiat : le contact IRS de Cheney. J'éprouvais déjà un sentiment de terreur larvée à l'idée de le rencontrer. « On n'essaiera pas de te persuader. » Mon œil ! Ce type allait me pulvériser.

Cheney tourna au coin de la rue dans une petite Mercedes cabriolet rouge et pimpante. Il se rangea contre le trottoir, se pencha et ouvrit la portière du côté du passager. Je me glissai à l'intérieur.

— Je croyais que tu roulais en Mazda, lui fis-je remarquer d'un ton légèrement accusateur.

— Je l'ai laissée à la maison. J'ai aussi un vieux pick-up Ford que j'utilise pour les surveillances. J'ai pris livraison de la mignonne à Los Angeles la semaine dernière.

— Très chic.

Il tourna à droite au carrefour et s'enfonça dans la ville. Sa façon de conduire me plaisait. Sans accélérations inutiles, sans frime et en souplesse. Le regardant à la dérobée, je notai la finition mate du coupe-vent en soie rouge – attention, rien de tape-à-l'œil ni de vulgaire –, la chemise blanche, le pantalon de toile beige, les élégantes chaussures italiennes, dont le prix excédait probablement mon loyer mensuel. Même dans une voiture découverte, son après-rasage avait un parfum d'épices, l'odeur de fleurs délicates ou de quelque belle-de-nuit. Quel gâchis ! Je mourais d'envie de me pencher et de respirer profondément le côté de son visage. Il me lança un coup d'œil en souriant comme s'il savait ce qui me trottait dans la tête. Cela n'augurait rien de bon.

CHAPITRE 11

Santa Teresa n'a jamais été réputée pour l'effervescence de ses clubs ni pour sa vie nocturne trépidante. La plupart des restaurants s'empressent de fermer une fois la dernière commande posée sur le plateau et servie. Les bars restent ouverts jusqu'à 2 heures du matin, mais n'offrent dans leur grande majorité ni piste de danse ni orchestre. Le Jay's Cocktail Lounge, situé dans le centre-ville, est un des rares endroits à proposer les deux. De plus, de 23 h 30 à 2 heures du matin, un buffet froid est mis à la disposition d'une clientèle réduite, qui préfère l'intimité et le calme pour des rendez-vous d'affaires plus confidentiels et des liaisons discrètes. Les murs sont tapissés de suédine grise, assortie à une épaisse moquette qui vous donne l'impression de marcher sur un matelas. Même de jour, l'endroit est si sombre qu'on doit marquer un arrêt à l'entrée, le temps que les yeux accommodent. Les box sont spacieux et capitonnés de cuir noir, amortissant tout bruit ambiant. Cheney donna son nom à l'hôtesse : Phillips, trois personnes.

Il avait réservé.

— Tu ne manques pas d'aplomb. Qu'est-ce qui te rendait si sûr que j'accepterais ?

— Je ne t'ai jamais vue refuser quelque chose à te mettre sous la dent, surtout si quelqu'un d'autre règle l'addition. Je dois éprouver un sentiment maternel à ton égard.

— Ça y ressemble, non ?

— À propos... Vince a appelé pour prévenir qu'il serait en retard. Il a dit qu'on commande sans l'attendre.

Nous passâmes la première partie du repas à parler de sujets étrangers à Reba Lafferty. Nous bûmes du thé glacé et picorâmes nos sandwichs, ce qui ne me ressemble guère quand la nourriture est en jeu. J'ai l'habitude de manger vite et de gémir de plaisir tout haut, mais Cheney paraissait aimer prendre son temps. On parla de sa carrière et de la mienne, des coupes sombres affectant le budget de la police et de leurs conséquences. Nous y avions plusieurs connaissances communes, notamment Jonah Robb, l'homme marié avec qui j'étais « sortie » pendant une de ses séparations à répétition d'avec sa femme, Camilla.

— Que devient Jonah ces temps-ci ? lui demandai-je. C'est une période en couple ou en célibataire ?

Je fis tourner le dernier glaçon de mon verre vide et, comme s'il y voyait une invite, le serveur apparut pour regarnir mes réserves.

— En célibataire, à ce qui m'est revenu. Ils ont fait un petit. Enfin... Camilla. D'après la rumeur, le garçon n'est pas de lui.

— Ce qui ne l'empêche pas d'être fou du bébé, lui dis-je. Je l'ai croisé il y a deux mois et il faisait péter ses boutons de gilet tant il était fier.

— Et les deux filles ? Va savoir comment elles le prennent.

— Ça n'a pas l'air de troubler Camilla. Je souhaite qu'ils se remettent ensemble une bonne fois pour toutes. Combien de fois se sont-ils séparés ?

Cheney fit signe qu'il l'ignorait.

Je l'étudiai.

— Et toi ? Comment va ta vie d'homme marié ?

— C'est fini.

— Fini ?

— Tu sais ce que ça veut dire, non ? Fini, comme dans terminé.

— Je suis désolée de l'apprendre. Ça remonte à quand ?

— À la mi-mai. C'est gênant de l'admettre, mais nous ne sommes restés mariés que cinq semaines, soit une de moins que le temps où on s'est connus avant de convoler.

— Où est-elle maintenant ?

— Elle est repartie à Los Angeles.

— Rapide, dis-moi.

— Aussi rapide que d'arracher un sparadrap. Autant le faire d'un coup.

— Ça t'a appris quelque chose ?

— Probable que non. J'en avais assez du calme plat. Dans notre métier, on prend des risques dans le monde réel, mais là, pas tellement, me dit-il en se frappant la poitrine. Or qu'est-ce que l'amour sinon une entreprise risquée ?

J'étudiai mon assiette saupoudrée de fragments de chips. En léchant mon doigt, j'en récupérai un petit tas que je déposai sur ma langue.

— Tu débordes de ma zone de compétence. Ces jours-ci, j'ai l'impression d'être entourée de gens qui ont fait fausse route, Reba Lafferty étant du nombre.

Il se pencha en avant, les coudes sur la table, tenant son verre par le bord.

— Si on parlait d'elle ?

— Pour en dire quoi ? Elle est fragile. Ça ne me paraît pas honnête de la harceler.

Une lueur d'irritation traversa son visage.

— Fragile, mon œil. C'est elle qui a choisi de s'amouracher de lui. Or il s'avère que c'est une ordure, et à plus d'un titre. Elle était forcément au courant.

— Tu ne fais pas ça pour elle. Mais pour toi.

— Et alors, ça change quoi ? Elle a besoin qu'on lui ouvre les yeux. Tu n'es pas de cet avis ?

— Et si cette révélation la fait basculer dans le vide ?

— Si elle pète les plombs, nous veillerons au grain.

Son regard s'intéressa à un point juste au-dessus de mon épaule. Tournant la tête, j'aperçus un homme – Vince Turner, sans doute –, qui arrivait par ma gauche. Cheney se glissa hors du box et tous deux échangèrent une poignée de main.

Vince Turner était un homme corpulent, la soixantaine, le visage poupin, la calvitie amorcée, vêtu d'un imperméable moutarde. Les branches en métal de ses verres à monture invisible s'étaient déformées, plaçant ses lunettes légèrement de guingois. Il avait à la main une sacoche de cuir qui l'aurait mis définitivement hors circuit en cours moyen seconde année. Cela dit, la poignée fatiguée et les attaches des deux poches extérieures disaient un individu sûr de lui.

Cheney fit les présentations. Turner ôta son imperméable et l'expédia au fond de la banquette avant de s'asseoir. Son costume était d'un marron boueux et sa veste froissée à l'arrière. Les plis en accordéon de son pantalon, qui rayonnaient depuis l'entrejambe, trahissaient une position assise trop prolongée. Il desserra sa cravate et en fourra les pans dans sa poche de chemise, peut-être pour les empêcher de tremper dans la nourriture.

— Tu as mangé ? lui demanda Cheney.

— J'ai pris un hamburger en route, mais je boirais bien quelque chose.

Cheney fit signe au serveur, qui arriva quelques instants après, un menu à la main.

Turner l'écarta d'un geste.

— Un Maker's avec des glaçons. Double.

— Souhaitez-vous autre chose ?
— C'est parfait. Toi, Cheney ?
— Non, c'est bon.
— Moi de même, ajoutai-je.

Dès que le serveur eut disparu, Turner saisit ses couverts entourés d'une serviette en papier, libéra les ustensiles et s'installa. Il portait à la main droite une grosse chevalière en or ornée d'un grenat, mais impossible de lire ce qui était gravé autour de la pierre. Son visage luisait de sueur, mais ses yeux délavés avaient un regard glacé. Il aligna parallèlement son couteau, sa cuillère et deux fourchettes, puis il consulta sa montre.

— Je ne sais pas au juste ce que le lieutenant Phillips vous a dit à mon sujet mais il est maintenant 1 heure et quart et à 3 heures moins 20 je dois prendre un vol pour LAX [1], puis Washington, où j'ai une réunion avec un groupe d'enquêteurs de l'IRS et la DEA. Ce qui nous laisse à peu près une heure pour discuter, j'en viendrai donc directement à ce qui nous occupe. Si vous avez des questions ou des remarques, n'hésitez pas à lever la main. Sinon, j'irai jusqu'au bout sans m'interrompre. Cela vous convient-il ?

Il apporta une autre rectification minime à l'alignement de l'argenterie.

— Parfait pour moi, dis-je.

Observer ses mains m'était plus facile que le regarder dans les yeux.

— J'ai soixante-six ans. Je travaille depuis 1972 à la division d'enquête criminelle de l'IRS. Pour ma première mission, j'ai été l'assistant de l'agent qui a diligenté une enquête contre Braniff Airlines pour blanchiment des contributions illégales d'une campagne d'entreprise. Braniff, comme American Airlines, avait besoin de l'aide occasionnelle du gouvernement à l'époque et a

1. L'aéroport international de Los Angeles.

commencé à acheminer des fonds au comité pour la réélection de Nixon *via* Maurice Stans. Vous vous souvenez de lui ?

Il leva les yeux vers moi assez longtemps pour me voir hocher la tête.

— M'étant fait les dents sur le Watergate, j'ai acquis le goût des chicanes financières. Je n'ai jamais eu la bénédiction d'avoir une femme ou des enfants. Mon travail est toute ma vie. (Il abaissa les yeux sur sa veste et en ôta une minuscule salissure.) Il y a un an, en mai 1986, le Congrès, dans un de ses rares moments de bon sens, a voté la loi 99-570 sur le contrôle du blanchiment d'argent, qui nous a fourni l'arme nécessaire pour faire rendre gorge à ceux qui violaient la loi sur le secret bancaire. La communauté bancaire en ressent déjà les effets. Pendant longtemps, les banques de ce pays ont traité l'obligation déclarative comme une futilité, mais les choses ont changé. Beaucoup d'infractions considérées jusque-là comme des délits punis d'une peine de simple police ont désormais la qualification d'infractions majeures et donnent lieu à de lourdes peines correctionnelles d'emprisonnement, amendes et pénalisations. La Crocker National Bank a écopé d'une amende de 2 250 000 dollars, la Bank of America de 4 750 000 dollars, et la Texas Commerce Bankshares de 1 900 000 dollars. Vous n'imaginez pas la satisfaction que j'ai eue à obliger tous ces lascars à rentrer dans le rang. Et ce n'est qu'un début.

Il s'interrompit et leva les yeux avec un sourire qui réchauffa son visage de l'intérieur. Son regard bleu glacier pétilla soudain d'une allégresse irrésistible. Je pense qu'à ce moment précis ma position bascula. Je ferais tout mon possible pour Reba, mais si elle se heurtait à ce bonhomme, elle était en plus mauvaise posture qu'elle ne l'imaginait.

Le serveur arriva avec son Maker's Mark, de la même couleur que du thé glacé fort. Vince Turner en but la moitié sans hésiter, puis il posa le verre devant lui avec soin. Il croisa les mains et son regard accrocha le mien.

— Ce qui nous amène à M. Beckwith, reprit-il. Je viens de passer un an à constituer un dossier détaillé sur lui. Comme vous le savez sûrement, son style de vie paraît irréprochable et sa surface sociale solide, en grande partie à cause de la position de son père, aujourd'hui décédé, dans la communauté. La majorité des gens le considèrent comme un honnête citoyen, respectueux des lois et qui n'aurait jamais songé à se mêler de trafic de drogue, de matériel pornographique ou de réseaux de prostitution.

« Il est ce que nous appelons un contrevenant opérant sur le marché. Il prend les bénéfices des activités illégales précitées, camoufle leur origine et les réintroduit dans le système sous forme de gains légitimes. Depuis ces cinq dernières années, il "blanchit" des fonds pour un certain Salustio Castillo, un grossiste en bijoux qui s'intéresse aussi à la récupération des métaux précieux. L'entreprise sert simplement de couverture à ses véritables activités, à savoir l'importation de cocaïne provenant d'Amérique du Sud. Castillo a acquis une grande propriété à Montebello en passant par la société immobilière de M. Beckwith, lequel a servi d'intermédiaire dans la transaction, et c'est ainsi qu'ils sont entrés en rapport. M. Castillo avait besoin de quelqu'un ayant la réputation professionnelle de M. Beckwith. Sa société est diversifiée et ses transactions financières suffisamment importantes pour camoufler les capitaux que Castillo tenait tant à placer. Les possibilités ainsi ouvertes n'ont pas échappé à M. Beckwith, qui a accepté de lui apporter son concours.

« Au début, il a eu recours aux techniques de blanchiment classiques – structurant les transactions, consolidant les dépôts et utilisant les virements par mandat pour sortir l'argent. Le temps que les fonds reviennent à Castillo *via* sa société, leur origine semblait légitime. Au bout de six mois, M. Beckwith s'est lassé de payer ses passeurs, voire de conserver la trace des innombrables comptes qu'il avait ouverts aux quatre coins du comté de Santa Teresa. Il a commencé à faire de gros dépôts – deux ou trois mille dollars à la fois, alléguant qu'ils provenaient d'activités immobilières en capital-risque. Là, il a montré un souci exemplaire de conformité avec la loi, veillant à ce que tous les CTR – les déclarations de transfert – soient remplis en bonne et due forme. En réalité, il comptait sur le fait que l'IRS devait traiter tellement de millions de CTR que les siens risquaient peu ou pas du tout de faire l'objet d'un examen attentif. Il a bientôt fait circuler un million par semaine dans la filière, prélevant un pour cent au passage en paiement de ses services.

« Les dépôts ont fini par atteindre un niveau où les risques prenaient le pas sur l'avantage de mener ses affaires si près de chez lui. Pris d'inquiétude, M. Beckwith a alors décidé de court-circuiter les banques locales et de supprimer la trace papier. Il a acquis une banque panaméenne et une licence bancaire à Antigua, et a déposé le million de dollars US requis à titre de capital. Il a investi cinq cent mille dollars de plus dans une seconde licence bancaire internationale aux Antilles néerlandaises, lesquelles n'ont toujours pas de conventions fiscales avec les États-Unis.

Je levai la main.

— Un million et demi ? Il estime que ça en vaut le prix ?

— Absolument. Avec ses banques offshore, il a la possibilité d'effectuer des dépôts. Il peut rédiger ses propres références, émettre des lettres de crédit dont il est le bénéficiaire, le tout entièrement protégé par un secret total et avec très peu d'ingérence des pays hôtes. Il n'a même pas besoin d'être sur place pour assurer la gestion. N'oubliez pas non plus que les gens, lorsqu'ils apprennent que vous possédez une banque, sont en général favorablement impressionnés.

— J'imagine.

Cheney croisa fugitivement mon regard, pensant probablement, comme moi, à la banque paternelle.

Vince Turner marqua un temps d'arrêt, posant les yeux sur Cheney, puis sur moi.

— Pardon, lui dis-je. Continuez.

Il haussa les épaules et reprit le fil de son exposé comme s'il l'avait préenregistré.

— Aux termes de la loi, tout citoyen américain est tenu de déclarer les plus-values annuelles de tous ses comptes à l'étranger, mais ces types ne s'embarrassent pas plus de scrupules sur ce point que sur les autres. M. Beckwith, sous les auspices de la banque qu'il a acquise, a créé une IBC – une société d'affaires internationale – au Panamá, avec des parts détenues dans une fondation d'entreprise panaméenne, ce qui le soustrait à la fiscalité au Panamá comme aux États-Unis. Au moyen de la société écran en place, il a procédé alors au transfert matériel d'espèces entre les États-Unis et ses paradis offshore. Si vous déplacez des liquidités, les Douanes vous demandent un CMIR – un formulaire correspondant à l'obligation déclarative –, mais M. Beckwith a d'autres soucis que celui de remplir ces paperasses. Pas de formulaire, donc pas d'infractions, du moins dans sa logique biaisée. Une fois déposé dans une de ses banques offshore, l'argent est restitué à M. Castillo sous la forme de prêts d'entreprise en billets de vingt dollars.

« Naturellement, le transport de monnaie entraîne

des difficultés d'une autre sorte. Les billets ne sont pas seulement encombrants, ils pèsent plus lourd qu'on ne le croirait. Les marchés étrangers préfèrent les petites coupures, de vingt et de cinquante. Un million de dollars en billets de vingt fait plus de soixante-cinq kilos. Essayez de trimbaler ça dans un aéroport. Mais notre garçon a réponse à tout. Avec son ingéniosité coutumière, M. Beckwith a loué à bail un Learjet et expédie aujourd'hui au Panamá, par voie aérienne, des valises bourrées de cash tous les deux mois. Comme la monnaie du Panamá est le dollar US, il n'a pas à se soucier du taux de change. Entre les voyages en avion, il a emmené sa femme dans une succession de croisières de luxe, déplaçant l'argent dans une malle qu'il garde dans sa cabine, elle aussi de luxe.

Turner fit un sort à son bourbon et signala au serveur de lui resservir la même chose.

— Vous a-t-on jamais dit à combien se montait le blanchiment d'argent sale chaque année dans le monde entier ?

Je lui fis signe que non.

— Un milliard et demi de dollars – soit un virgule cinq suivi de onze zéros. Juste pour vous donner une idée. Aux États-Unis, le chiffre avoisine les cinquante milliards, et encore il s'agit des revenus échappant au fisc, vous imaginez donc la gravité du problème.

Cheney prit la parole.

— Que peux-tu lui dire sur l'enquête à ce stade ?

— Un tableau sommaire ? Il y a quatre ans, l'IRS, la DEA, le FBI, les Douanes, la Justice et le Trésor ont mis sur pied un groupe d'action interservices pour enquêter sur des négociants d'or et de métaux précieux basés à Los Angeles, Detroit et Miami, tous soupçonnés de blanchir de l'argent sale pour un cartel de la drogue colombien. Jusqu'à maintenant, ils ont réussi à placer, stratifier et intégrer seize millions de dollars, en faisant circuler les liquidités au travers de quatre entreprises et en utilisant une multiplicité de comptes dans dix banques différentes, dont l'une a une succursale ici. Il incombe à Alan Beckwith de traiter une fraction substantielle de ce montant.

« Nous effectuons un travail de fourmi. Nous en sommes encore à cerner les mécanismes en accumulant le maximum de preuves irréfutables avant de bouger. Le tout étant de ne pas lui mettre la puce à l'oreille avant d'avoir aligné tous nos pions. Un juge de la cour fédérale de Los Angeles et un autre de Miami ont approuvé récemment la surveillance électronique. Cette décision nous a permis de surveiller les conversations téléphoniques de M. Beckwith. Nous avons aussi obtenu l'autorisation de saisir le contenu de ses poubelles, à son domicile et dans ses bureaux. Au moment où je vous parle, une joyeuse équipe de gens de chez nous passe ses ordures au peigne fin. Ils ont découvert des factures adressées à toute une liste d'entreprises fictives, plus des notes manuscrites, des chèques annulés, des rubans de machine à écrire usés et des bandes de machines à calculer. M. Beckwith effectue des transactions légitimes avec des institutions financières dans plusieurs secteurs et il mêle avec beaucoup de compétence les profits qu'il tire de ses activités illégales et les opérations de routine qu'il effectue quotidiennement. Il semble néanmoins lui échapper que les institutions financières sont tenues de garder les cartons de signatures, déclarations de compte et copies des chèques d'un montant de plus de cent dollars. La banque conserve aussi un registre des virements effectués par mandat, cela afin de pouvoir justifier les mouvements de capitaux. Toute l'information est codée, mais il est possible d'utiliser la suite de chiffres pour identifier la banque source, la banque cible et les dates et heures des transferts. Nous n'avons pas encore accès à ces documents, mais nous réunissons la paperasse nécessaire pour demander les archives bancaires.

Le serveur revint et déposa le second verre de Turner. Le silence régna jusqu'à ce qu'il se fût éloigné de la table, hors de portée d'oreille. Turner saisit son verre de bourbon. Cette fois, il but à petites gorgées, savourant visiblement le breuvage.

— Qu'attendez-vous de Reba ? Sûrement pas d'arriver comme une fleur et de subtiliser tous les dossiers qui vous intéressent ?

— Pas du tout. À vrai dire, nous ne pouvons rien lui demander qui enfreigne la loi pour la bonne raison que, précisément, la loi ne nous permet pas de le faire nous-mêmes. Même si elle dérobait les dossiers sans que nous en ayons connaissance ou sans notre accord, nous ne pourrions même pas les ouvrir sous peine de compromettre notre propre dossier. En revanche, nous pouvons lui demander un descriptif fouillé des archives de Beckwith – leur nature et leur emplacement –, ce qui nous permettra d'établir les mandats de perquisition financiers et documentaires. À ce que je comprends, vous souhaitez protéger Mlle Lafferty, mais nous avons besoin de sa coopération.

— Il n'y a personne d'autre ? Le directeur financier de la société ?

— Le directeur en question est un certain Marty Blumberg. Nous y avons songé. Mais il est si profondément impliqué qu'il risque de paniquer et de s'enfuir ou, pire, de paniquer et de prévenir M. Beckwith. Maintenant qu'elle ne travaille plus pour eux, Reba n'est plus dans la ligne de mire et elle pourrait coopérer plus volontiers. Le lieutenant Phillips vous a montré les photographies ?

— Mon Dieu, oui, mais je ne vois pas ce qu'elles vous apporteront. Si elle découvre qu'il a des ennuis,

Reba fera n'importe quoi pour lui rapporter tout ce que vous lui aurez dit.

— C'est ce que j'ai compris. Voyez-vous comment on pourrait l'en dissuader ?

— Non. Pour moi, cela équivaut à activer le détonateur d'un engin nucléaire. On risque de subir autant de destructions qu'on espère en déchaîner.

Turner rectifia une infime dissymétrie dans l'ordre de ses couverts.

— Argument retenu. Malheureusement, nous n'avons guère de temps devant nous. M. Beckwith possède un instinct de survie peu ordinaire. Nous sommes restés discrets, mais d'après les renseignements qui nous sont parvenus, il est très possible qu'il soupçonne quelque chose. En ce moment, il regroupe ses avoirs à un rythme accéléré, ce que nous jugeons inquiétant.

— Reba m'en a parlé, mais elle est persuadée qu'il le fait pour elle. Il dit qu'une fois que ses avoirs seront en sécurité, il lâchera sa femme et que tous deux pourront prendre le large. En tout cas, c'est ce qu'elle entend. Quant à savoir si c'est vrai...

— Il ne fait aucun doute qu'il se prépare à filer. Dans une semaine il pourrait avoir réussi à se mettre hors d'atteinte, lui et l'argent.

— À qui appartient l'argent, à lui ou à Salustio Castillo ?

— À lui pour l'essentiel. S'il est intelligent, il ne touchera pas au liquide de Salustio. Le dernier bonhomme qui a tenté de doubler Castillo a fini en esquimau de béton dans une poubelle de cent litres.

Quand il fut clair que Vince en avait terminé, Cheney prit la parole.

— Bon. Qui parle à Reba ? Toi, moi ou elle ?

Il y eut un silence pendant lequel nous fixâmes tous trois notre attention sur la nappe. Finalement, je levai la main.

— C'est moi qui ai le meilleur angle de tir.

— Parfait. Donnez-nous deux jours. Dès mon retour de Washington, j'organise une réunion avec notre contact du FBI et le département de la Justice. Les Douanes voudront être de la partie, elles aussi. Une fois que nous aurons décidé de la marche à suivre, nous vous contacterons pour un briefing, sans doute au début de la semaine prochaine. Après quoi, nous espérons pouvoir lui parler.

— Ça vaudrait mieux. Je ne suis pas très chaude pour annoncer la nouvelle.

— Ne vous faites pas de souci. Nous vous préviendrons.

Cheney me déposa à mon bureau à 14 heures. La température de l'après-midi montait, en totale contradiction avec le bulletin de la météo du matin qui avait promis un vingt-quatre degrés très acceptable. Vince Turner avait appelé un taxi pour le conduire à l'aéroport. J'espérais que Cheney aurait la bonté de me lâcher sans parler de Reba Lafferty ou de Beck, mais comme je descendais de voiture, il me tendit une enveloppe en papier Kraft.

— J'ai demandé des doubles pour toi.

— Et je suis censée en faire quoi ?

— Ce que tu veux. Je me suis dit qu'il t'en fallait un jeu.

— Grand merci.

Je pris l'enveloppe.

— Appelle-moi en cas de besoin.

— Fais-moi confiance, je n'y manquerai pas.

J'attendis qu'il ait tourné le coin de la rue et que le vrombissement de sa petite Mercedes s'estompe dans la touffeur de l'après-midi. J'entrai dans le local, où il régnait une atmosphère oppressante et un calme plat. Puis je traversai l'accueil et gagnai mon bureau. Je jetai mon sac sur le siège réservé aux clients et m'assis, l'enveloppe toujours à la main. Je l'utilisai pour m'éventer, puis je défis les attaches et sortis les tirages. Les photographies correspondaient au souvenir que j'en gardais – Beck et Onni sortant de divers motels, lui son bras autour d'elle, les deux se tenant par la main, Onni la tête sur son épaule, son bras à elle autour de sa taille à lui, les deux hanche contre hanche et marchant du même pas. Pauvre Reba. Un dur réveil l'attendait. J'ouvris mon tiroir et expédiai l'enveloppe à l'intérieur. Je refusais même de penser à la tâche ingrate qui consisterait à lui dévoiler le pot aux roses. Dans l'espoir de me changer les idées, je fis ce que je m'étais interdit depuis une éternité. Je parcourus à pied les quatre pâtés de maisons qui séparent mon bureau du centre-ville et vis deux films d'affilée, dont l'un deux fois de suite. Je réussis ainsi à fuir la chaleur et la réalité dans la même foulée.

CHAPITRE 12

En arrivant à mon appartement, je constatai que la voiture de Mattie avait disparu et que la cuisine d'Henry était plongée dans l'obscurité. Que fallait-il en déduire ? La température flirtait avec les vingt-huit degrés, un record presquc inédit à cette heure-là. Il faisait encore jour et les trottoirs miroitaient sous l'effet de la chaleur accumulée. L'air semblait apathique, immobile, avec un taux d'hygrométrie proche des quatre-vingt-quinze pour cent. On aurait cru qu'il allait pleuvoir, mais nous étions à la mi-juillet et la sécheresse nous collerait à la peau jusqu'à la fin novembre – à condition de bénéficier d'une météo clémente. Dans mon appartement, on étouffait. Je m'assis sur la marche de l'entrée et m'expédiai un souffle d'air sur la figure avec le journal plié. La plupart des habitations californiennes sont équipées d'extincteurs automatiques, mais rares sont celles qui disposent de l'air conditionné. J'allais devoir extraire un ventilateur du placard et l'installer dans la mezzanine avant d'aller me coucher.

Les nuits comme celle-là, les petits enfants abandonnent chemises de nuit et pyjamas et dorment en petite culotte. Ma tante Gin me jurait toujours que j'aurais moins chaud si je virais de cent quatre-vingts degrés sur mon lit, les couvertures repliées au pied me servant d'oreiller. Elle se montrait d'une remarquable tolérance, cette femme qui m'avait élevée sans avoir jamais mis au monde d'enfant à elle. Dans ces rares nuits californiennes où il faisait trop chaud pour dormir, elle m'autorisait à rester éveillée jusqu'à pas d'heure, même si j'avais école le lendemain. Nous les passions à lire dans nos chambres respectives, la caravane tellement silencieuse que je l'entendais tourner les pages. Ce que j'aimais surtout, c'était le sentiment enivrant de contrevenir aux règles. Je savais que mes « vrais » parents n'auraient probablement pas accepté une telle liberté, mais j'y voyais une compensation à ma condition d'orpheline. Je finissais inévitablement par m'endormir. Tante Gin entrait alors sur la pointe des pieds, m'ôtait doucement le livre des mains et éteignait la lumière. Je me réveillais plus tard dans l'obscurité, le drap tiré sur moi. Étrange que les souvenirs s'attardent si longtemps après qu'une vie s'est éteinte.

Au moment précis où l'éclairage public s'allumait, j'entendis la sonnerie du téléphone. Je me relevai et rentrai en coup de vent pour décrocher.

— 'lô ?

— Cheney à l'appareil.

— Ah, bonsoir. Je ne m'attendais pas à ton coup de fil. Que se passe-t-il ?

Le bruit qui venait de la rue m'obligea à presser une main sur mon oreille pour entendre ce qu'il disait.

— Quoi ?

— Tu as déjà dîné ?

J'avais avalé une boîte de pop-corn au cinéma, mais à mon avis, ça ne comptait pas.

— Pas vraiment.

— Parfait. J'arrive dans deux minutes et on sort se mettre quelque chose sous la dent.

— Mais... où es-tu ?

— Au Rosie's. Je pensais t'y trouver, mais là encore je me suis trompé.

— Je ne suis peut-être pas aussi prévisible que tu le croyais.

— Ça m'étonnerait. Tu as une robe à dos nu ?

— Ah, non. Mais j'ai une jupe.

— Mets-la. J'en ai assez de te voir en jean.

Il raccrocha, me laissant ahurie devant le combiné. Les événements prenaient un tour curieux. Ce dîner avait de faux airs de rendez-vous galant, à moins que Cheney n'ait eu des nouvelles de Vince Turner sur le briefing de la semaine suivante. Et pourquoi fallait-il que je me mette en jupe pour recevoir une information de ce genre ?

Je pris tout mon temps pour gravir l'escalier en colimaçon et cherchai ce que je pourrais mettre. Je m'assis sur le lit, enlevai mes tennis et ôtai mes vêtements humides de transpiration. Je me douchai et m'enveloppai d'une serviette. Quand j'ouvris ma penderie du haut, bien entendu ma jupe en popeline moutarde m'apparut, bien en vue. Je la décrochai du cintre et la tapotai pour effacer les faux plis. Je passai des sous-vêtements propres, puis je me glissai dans la jupe, notant au passage qu'elle m'arrivait juste au-dessus des genoux. Puis j'allai jusqu'à la commode, où je farfouillai dans une pile de tee-shirts et me décidai pour un débardeur rouge, que je rentrai dans ma ceinture. Après avoir enfilé une paire de sandales, je repartis vers la salle de bains et me lavai les dents. Le tout pour retarder l'instant de vérité.

Debout devant le lavabo, j'étudiai mon reflet. D'où me venait cette manie de foncer vers la glace chaque fois que Cheney téléphonait pour me prévenir qu'il arrivait ? Je me mouillai les mains et ébouriffai mes cheveux. Me maquiller les yeux ? Non. Du rouge à lèvres ? Pas vraiment utile. Cela ferait prétentieux s'il s'agissait vraiment d'une enquête fiscale. Je me penchai plus près. Bon, d'accord, juste une touche de couleur. Personne n'irait me le reprocher. J'optai pour un coup de compact, un voile d'ombre à paupières, du mascara et un rouge à lèvres corail que j'appliquai, puis essuyai de façon à laisser un soupçon de rose sur mes lèvres. Vous voyez ? C'est l'inconvénient des relations avec les hommes : on devient narcissique, obsédée par des problèmes de « beauté » dont on se moquerait éperdument en temps normal.

J'éteignis, descendis d'un pas léger et attrapai mon sac. Je laissai une lampe allumée dans le séjour, refermai la porte à clé derrière moi et sortis dans la rue. Cheney m'y attendait déjà, sa petite Mercedes rouge tournant au ralenti le long du trottoir. Il se pencha sur le siège pour m'ouvrir la portière. Cet homme était une gravure de mode. Il s'était encore changé : mocassins italiens foncés, pantalon de soie lavée marron anthracite et une chemise de lin blanche aux manches retroussées. Il me jeta un coup d'œil appréciateur.

— Tu es en beauté.

— Merci. Toi aussi.

Il eut un léger sourire.

— Ravi que ce point soit réglé.

— Moi aussi.

Il tourna juste à l'angle et prit la direction de Cabana Boulevard, où il tourna à gauche. La capote étant baissée, mes cheveux volaient dans tous les sens, mais au moins je goûtai la fraîcheur de l'air. Je supposai que nous allions au Caliente Café. C'est un point de chute de la police en même temps qu'une boîte du tout-venant : fumée de cigarette, relents de bière, l'incessant bruit de crécelle et le mugissement des mixers pilant la glace des margaritas, une cuisine faussement mexicaine mais savoureuse, et pas de décor à proprement parler, sauf si on prend en compte trois chapeaux mexicains cloués au mur et dont la paille s'effiloche.

Au refuge ornithologique, au lieu de tourner à gauche comme je m'y attendais, nous continuâmes tout droit et passâmes sous l'autoroute pour ressortir de l'autre côté. Nous traversions maintenant ce qu'on appelle le « village d'en bas » de Montebello. Les quatre voies de la route se rejoignent pour n'en plus former que deux, bordées d'élégantes boutiques de vêtements et de bijouteries, de bureaux d'immobilier et de l'assortiment de commerces habituel, parmi lesquels des salons de coiffure, une boutique d'articles de tennis et une galerie d'art hors de prix. Il faisait nuit maintenant, et la plupart des magasins, bien que fermés, ruisselaient de lumière. Des guirlandes de petites ampoules italiennes couraient dans les arbres, dont le tronc et les branches étincelaient comme sous l'effet du givre.

Nous suivîmes la contre-allée jusqu'à Saint Isadore. Cheney prit à gauche. Nous traversâmes le « district des haies », où des buissons de pittosporums et d'eugenias de trois à quatre mètres de haut protégeaient les propriétés de la route. Jusque-là, tout en m'adressant des reproches sanglants, je n'avais pas trouvé un mot à dire et j'étais restée bouche cousue. Cheney ne semblait pas s'en formaliser, et j'espérais qu'il détestait autant que moi se mettre en frais. Par ailleurs, nous ne pouvions pas passer la soirée entière sans parler. C'eût été étrange au-delà de toute expression, si j'ose dire.

Nous suivîmes des avenues obscures et sinueuses dans le bourdonnement de la petite Mercedes rouge, Cheney rétrogradant jusqu'au moment où nous arrivâmes à l'Hôtel Saint Isadore. Cette ancienne exploitation agricole de la fin du XIXe siècle offre aujourd'hui un complexe hôtelier haut de gamme, dont les luxueux cottages s'éparpillent sur six hectares de plates-bandes, massifs de fleurs, chênes verts et orangers. Les animaux de compagnie y étaient acceptés. Pour cinquante petits dollars par bestiole, les chiens avaient droit à un panier, de l'eau minérale enrichie, des gamelles à eau personnalisées et peintes à la main, et un « room service » à la demande. Il m'était arrivé d'y dîner, mais jamais en hôte payant.

Cheney s'arrêta devant le bâtiment principal et descendit du cabriolet. Un voiturier s'avança et m'aida à m'en extraire, puis subtilisa le véhicule. Nous contournâmes le restaurant élégant du premier étage pour plonger dans la Herse et le Séraphin, un bar au plafond bas situé au rez-de-chaussée. La porte était ouverte. Cheney s'effaça pour me laisser passer, puis il m'emboîta le pas.

Les murs en pierre apparente et badigeonnés à la chaux dégageaient une impression de fraîcheur. Il y avait moins de vingt tables, dont beaucoup étaient vides à cette heure-là. Un petit bar longeait le mur du fond. Une cheminée en pierre se dressait à gauche, foyer éteint vu la saison. Des sièges-banquettes s'appuyaient contre le mur à droite, le reste des tables s'espaçant entre les deux. L'éclairage était tamisé, mais pas au point de vous obliger à sortir une lampe électrique pour lire le menu. Cheney me guida jusqu'à une banquette rembourrée et pourvue de coussins si rebondis que je dus les écarter. Il s'assit en face de moi, puis se ravisa.

— On ne parle pas boutique, me dit-il en se glissant à côté de moi. Je ne suis pas de service, toi non plus.

— Je croyais que tu voulais qu'on discute de Reba.

— Pas du tout. Pas un mot sur elle.

La chaleur de sa cuisse au voisinage de la mienne distrayait – modérément – mon attention. C'est le problème, avec la popeline : elle est conductrice de chaleur corporelle. Le serveur s'approcha et Cheney commanda deux vodka-martinis sans glace, accompagnées d'une coupelle d'olives.

— Ne t'inquiète pas, reprit-il dès que le serveur fut

reparti. Nous ne passerons pas notre temps à boire. C'est juste pour nous délier la langue.

Je me mis à rire.

— Merci de me rassurer. Cette crainte m'avait en effet traversé l'esprit.

Je laissai mon regard s'égarer brièvement – la bouche, le menton, les épaules. Il avait des dents magnifiques, blanches et régulières – le genre pour lequel j'ai toujours eu des faiblesses. Des poils foncés ombraient la ligne de ses avant-bras.

Il m'étudia, son coude droit appuyé sur la table, le menton sur la paume.

— Tu n'as jamais répondu à ma question.

— Laquelle ?

— Au déjeuner. Je t'ai demandé où tu en étais avec Dietz.

— Ah... Voyons si je peux te répondre en toute honnêteté. Il a tendance à disparaître du paysage. La dernière fois que je l'ai vu, c'était il y a un an, en mars. Où est-il passé depuis, je n'en ai aucune idée. Il n'est pas de nature à s'expliquer. Côté relations de couple, je pense qu'il entre dans la catégorie « c'est à prendre ou à laisser ». Moi, j'ai laissé des messages sur son répondeur, mais il ne m'a pas rappelée. Peut-être m'a-t-il plaquée, mais comment savoir ?

— Ça t'ennuierait ?

— Je ne crois pas. Je me sentirais ulcérée, mais je survivrais. Je trouve discourtois de me laisser dans le doute, mais c'est la vie.

— Je te croyais folle de ce bonhomme.

— Je l'étais, mais je savais aussi à quoi m'en tenir sur lui.

— C'est-à-dire ?

— Légèrement instable dans ses affections. N'empêche que si je l'ai choisi, c'est que j'y trouvais plus ou moins mon compte. Les choses ont changé. Je ne peux pas revenir en arrière. C'est fini.

Ce qui revenait à peu de choses près, maintenant que j'y repense, à la description que Cheney m'avait faite de son mariage.

Il parut soupeser ce que je venais de dire.

— Tu as déjà été mariée ?

Je levai deux doigts.

— Les deux se sont terminés par un divorce.

— Parle-moi de ces types.

— Le premier était dans la police.

— Mickey Magruder. J'ai entendu parler de lui. C'est toi qui l'as quitté ou c'est lui ?

— C'est moi qui ai décroché. Je m'étais trompée sur son compte. Je l'ai quitté parce que je le croyais coupable de quelque chose. Or il s'est avéré qu'il ne l'était pas. J'ai encore mauvaise conscience.

— Pourquoi ?

— Je n'ai pas eu le temps de lui dire avant sa mort que je regrettais. J'aurais aimé que tout soit clair. L'époux numéro deux était musicien, un pianiste, très doué. Mais aussi infidèle chronique et menteur pathologique, bien qu'au visage d'ange. Ç'a été un coup quand il est parti. J'avais vingt-quatre ans et j'aurais sans doute dû le voir venir. J'ai découvert par la suite qu'il s'était toujours plus intéressé aux hommes qu'à moi.

— Mais comment se fait-il que je ne te voie jamais avec quelqu'un ? Tu as renoncé aux hommes ?

Je faillis lui renvoyer une vanne, mais me retins à temps. Au lieu de quoi je lâchai :

— Je t'attendais, Cheney. Je croyais que tu le savais.

Il me regarda, attendant de voir si je me moquais de lui. Je lui rendis son regard, attendant de voir, quant à moi, comment il traitait l'information. Incapable d'imaginer ce qui s'ensuivrait. Il y avait tant de possibilités d'erreurs, tant de bêtises qui pouvaient sortir de sa bouche. Je pensais : Ne gâche pas tout... s'il te plaît, je t'en prie, ne fiche pas tout par terre... même si je ne sais pas quoi...

Il y a deux choses que je ne supporte pas de la part d'un homme :

1. Qu'il me dise que je suis belle, ce qui est de la manipulation éhontée et n'a rien à voir avec moi ;

2. Qu'il me regarde dans les yeux et me parle de « confiance » parce qu'il sait que j'ai été « blessée ».

Voici ce que fit Cheney : il posa son bras sur le dossier de la banquette et saisit une mèche sur le haut de ma tête. Il l'examina avec attention, l'air grave. Dans la fraction de seconde qui s'écoula avant qu'il parle, j'entendis comme un souffle, le bruit que fait le gaz des brûleurs quand on approche l'allumette. La chaleur remonta le long de ma colonne vertébrale et la tension de ma nuque se relâcha.

— Je vais te faire une coupe correcte, me dit-il. Tu savais que je coupe les cheveux ?

Je me surpris à fixer sa bouche avec ahurissement.

— Non, je l'ignorais. Que fais-tu d'autre ?

Il sourit.

— Je danse. Et toi ?

— Pas très bien.

— Aucune importance. Je peux t'apprendre. Tu feras des progrès.

— J'aimerais bien. Quoi encore ?

— Je fais de la gymnastique. Un peu de boxe. Et je soulève de la fonte.

— Tu cuisines ?

— Non. Et toi ?

— Sandwichs au beurre de cacahuètes et cornichons.

— Les sandwichs ne comptent pas, sauf les croque-monsieur.

— D'autres talents que je devrais connaître ? lui demandai-je.

Il m'effleura la joue du dos de la main.

— Je suis spécialement bon en orthographe. Au cours moyen, j'ai été deuxième au concours de l'école.

Je sentis une vibration se former dans ma gorge, le mécanisme qui fait qu'un chat ronronne.

— Sur quoi as-tu trébuché ?

— « Zinzinuler ». On le dit de la mésange quand elle pousse son cri. Cela s'écrit z-i-n-z-i-n-u-l-e-r. J'ai rajouté un « l ».

— Mais tu n'as plus trébuché depuis. Cela t'a servi de leçon.

— Comme tu dis. Et toi ? Des spécialités que tu voudrais me signaler d'avance ?

— Je sais lire à l'envers. J'interroge un type qui a un document sur son bureau ? Je suis capable de lire tous les mots tout en discutant avec lui.

— Bravo. Quoi d'autre ?

— Tu connais le jeu de Kim ? Le jeu de société auquel on joue aux goûters d'enfants quand on est à l'école élémentaire ? La maman apporte un plateau avec vingt-cinq objets cachés sous une serviette. Elle retire la serviette et les enfants étudient les objets pendant trente secondes avant qu'elle les cache à nouveau. Je peux les citer sans en rater un seul, sauf quelquefois les Coton-tige. J'ai tendance à buter sur eux.

— Je ne suis pas bon aux jeux de société.

— Ni moi, sauf à celui-là. J'ai gagné toutes sortes de prix. Des flacons de bulles de savon et des raquettes en bois avec une balle qui rebondit au bout d'un élastique.

Le serveur apporta nos boissons. Son arrivée coupa la communication, mais à la seconde où il s'éloigna, je la sentis se rétablir. Il posa sa main sur ma nuque. Je me penchai vers lui, tournant ma tête jusqu'à ce que mes lèvres soient près de son oreille.

— On va vers les ennuis, non ?

— Plus que tu ne l'imagines, murmura-t-il en guise de réponse. Tu sais pourquoi je t'ai amenée ici ?

— Aucune idée, lui dis-je.

— Pour leurs macaronis au fromage.

— Tu vas me materner ?

— Te séduire.

— Tu réussis assez bien jusqu'ici.

— T'as encore rien vu, bébé, me dit-il, et il me sourit.

Puis il m'embrassa, mais une fois seulement, et pas longtemps.

— Tu es un homme très réservé, lui dis-je quand j'eus retrouvé ma voix.

— Et très maître de lui. J'aurais sans doute dû le mentionner plus tôt.

— J'aime les surprises. Les bonnes, ajoutai-je.

— Compte sur moi.

Le serveur s'approcha et sortit son bloc. Nous nous écartâmes l'un de l'autre, tous deux avec un sourire poli, comme si la cuisse de Cheney n'était pas collée contre la mienne sous la nappe. Je n'avais pas avalé une gorgée de mon verre, mais je me sentais le regard flou, engourdie par la chaleur qui se diffusait dans mes membres. Je jetai un regard aux autres tables, mais personne ne paraissait remarquer les particules chargées d'énergie qui ondulaient entre nous.

Cheney commanda une salade pour chacun et dit au serveur que nous partagerions les macaronis au fromage, apparemment servis dans un ramequin de la dimension d'une assiette à pain et beurre. Je n'y attachais aucune importance. Cheney m'avait purement et simplement déstabilisée, m'éloignant de mon moi habituel, chamailleur et arbitraire. J'étais déjà accrochée.

Mes frontières se désintégraient, j'éprouvais le désir d'opérer une brèche dans la barricade que j'avais érigée pour tenir les hordes mongoles en respect. Qui s'en inquiétait ? Qu'elles déferlent !

Dès que le serveur fut reparti, Cheney posa sa main, paume offerte, sur la table et nos doigts se nouèrent. Son regard fixait la salle, passant d'un visage à l'autre pendant qu'il examinait les autres clients. Je sentis qu'il se détachait, mais je savais qu'il reviendrait. J'étudiai son profil, son épaisse chevelure brune et bouclée, me sentant libre de la toucher si je le souhaitais. Je vis le battement du sang dans sa gorge. Il se tourna et me regarda. Ses yeux quittèrent les miens pour descendre sur les contours de ma bouche. Il se pencha pour un nouveau baiser. Si le premier avait été délicat, celui-ci s'annonçait plein de promesses.

Je faillis ronronner tout haut.

— Il faut que nous dînions, d'accord ?

— En guise de préliminaires.

— Je meurs de faim.

— Je ne te décevrai pas.

— Je sais.

Je ne sais pas vraiment comment nous arrivâmes au bout de notre repas. Nous mangeâmes une salade qui était fraîche et croquante, assaisonnée d'une vinaigrette odorante. Il me nourrit de macaronis au fromage, brûlants et fondants, relevés de prociutto, et puis il embrassa le goût salé de ma bouche. Comment étions-nous arrivés dans cet endroit ? Je repensais aux nombreuses occasions où je l'avais croisé, aux conversations que nous avions échangées. Je n'avais jamais vraiment pris la mesure de cet homme, mais il se trouvait à mes côtés.

Il régla l'addition. Pendant que nous attendions la voiture, il m'attira contre lui, les mains sur mes fesses. J'avais envie d'enlacer mes jambes autour de lui, de me plaquer contre son corps, de grimper sur lui comme un singe en haut d'un palmier. Le voiturier détourna les yeux, m'aidant à monter en voiture avec la même indifférence. Cheney lui donna un pourboire, ferma sa portière et passa en première. Pendant que nous filions dans la nuit, je caressai sa cuisse.

Le temps d'arriver dans son allée, je ne savais même plus exactement où j'étais. Chez lui, probablement. Dans le brouillard, je le regardai descendre de voiture de son côté et s'approcher du mien. Il me fit sortir du siège et me tourner jusqu'à ce que mon corps soit contre le sien, moi devant lui, ses lèvres parcourant ma nuque. Il écarta la bretelle de mon débardeur et embrassa mon épaule ; ses dents m'effleurèrent.

— On ralentit, me dit-il. D'accord ? Nous pouvons prendre tout notre temps. À moins que tu ne doives partir ?

— Non.

— Bien. Alors autant aller là-haut.

— D'accord. (Je tendis le bras en arrière et glissai mes doigts dans ses cheveux, les agrippant à pleine main tandis que je tournais mon visage vers le sien.) Je t'en prie, dis-moi que tu n'es pas sûr d'avoir changé les draps avant de sortir ce soir.

— Je ne les ai pas changés. Je ne t'aurais pas fait ça. J'en ai acheté des neufs.

CHAPITRE 13

Cheney me raccompagna chez moi à 5 h 45 dans la lumière du petit matin. Il partait ensuite à sa séance de musculation et arriverait à son bureau juste à temps pour le briefing de 7 heures. Moi, j'avais l'intention de me recoucher aussitôt. Nous avions fini par nous dénouer l'un de l'autre à l'aube, au moment où les traînées saumon qui rayaient le ciel viraient au rose intense. Il m'avait fallu moins d'une minute pour enfiler mes vêtements, après quoi je l'avais regardé s'habiller. Il était plus musclé que je ne l'avais imaginé, le corps longiligne et bien dessiné. Pectoraux, biceps, abdos : irréprochables. Quand j'avais épousé Mickey, j'avais vingt et un ans, lui trente-sept, soit seize ans de différence. Daniel avait été plus proche de mon âge, mais peu athlétique, avec un corps juvénile, mince et les épaules étroites. Dietz, comme Mickey, avait seize ans de plus que moi. Je n'avais jamais fait le rapprochement. Intéressant, et qui méritait qu'on y réfléchisse, plus tard. Mes pensées ne s'étaient jamais attardées sur le corps masculin, mais, là encore, je n'avais jamais fait la connaissance d'un individu comme Cheney. Il était superbement bâti – une peau aussi souple que le cuir le plus fin, tendue sur une armature d'acier.

Dans la rue, devant chez moi, nous nous embrassâmes une dernière fois avant que je descende de voiture et le regarde s'éloigner dans un vrombissement. Avec un autre homme, j'aurais peut-être commencé à me poser toutes les questions idiotes qui tourmentent les femmes – m'appellerait-il, le reverrais-je, pensait-il sincèrement ne serait-ce qu'une infime fraction ce qu'il m'avait dit ? Avec Cheney, je m'en moquais. Quel que fût le sens de cette rencontre et quoi qu'il en advienne, je ne demandais rien. Si cette relation en restait aux heures que nous venions de passer, ma foi, au moins je pourrais me féliciter de ma chance, non ?

Je dormis jusqu'à 10 heures, fis l'impasse sur mon jogging, traînai dans la maison sans rien faire de particulier et me rendis paresseusement à mon bureau peu avant midi, juste à temps pour la pause du déjeuner. Comme je m'apprêtais à déballer mon sandwich au fromage et cornichons, j'entendis qu'on ouvrait la porte d'entrée avant de la rabattre sèchement. Reba apparut dans l'encadrement, la rage au visage, une enveloppe en papier Kraft à la main.

— C'est vous qui les avez prises ?

J'éprouvai un sursaut de peur à la vue de l'enveloppe, étant donné que j'avais sa sœur jumelle dans mon tiroir.

Elle se pencha sur mon bureau, rayant l'air devant ma figure avec le coin de l'enveloppe. Pour un peu, elle m'aurait éborgnée.

— C'est vous ?

— Qui ai pris quoi ? Je ne sais même pas de quoi vous parlez.

Un mensonge de classe internationale, moi au mieux de ma forme, répondant au défi, stoïque au cœur de la bataille.

Elle défit l'attache, sortit les photos d'un geste furieux et les posa violemment devant moi. De nouveau elle se pencha, s'appuyant cette fois à deux mains.

— Une saleté de fumier est passé à la maison en

demandant à me parler. J'ai cru que c'était un contrôleur effectuant une visite domiciliaire, du coup je l'ai emmené dans le séjour et l'ai fait asseoir pour qu'on bavarde tranquillement, gaie comme un pinson pour lui montrer quelle bonne citoyenne je suis. Et voilà qu'il me tend ça et me sort une série de conneries à ne pas croire ! C'est Beck, à propos, au cas où le grain serait trop gros.

Je saisis les tirages en noir et blanc et les étudiai ostensiblement en prenant tout mon temps. Comment jouer le coup ? Je les reposai sur le bureau et la regardai enfin.

— Bon, il a levé une pute. Et alors ?

— Pute, mon œil ! (Elle prit une photo par le bord et posa le doigt sur la femme avec une telle brutalité que son ongle faillit déchirer le papier.) Vous savez qui c'est ?

Je fis signe que non, mon cœur battant la chamade. Bien sûr que je le savais. Simplement, je ne voulais pas le lui confirmer.

— C'est Onni. Ma meilleure amie !

— Ah bon ?

Elle fit la grimace.

— Je me fous qu'il baise, mais elle !

— Voyez-le comme une courtoisie de sa part. Il aurait pu coucher avec sa femme et non avec votre meilleure amie, lui dis-je.

— Justement ! Je ne m'attendais pas à ce qu'il vive en célibataire. Moi non plus, je ne le faisais pas.

Oh oh, qu'entendait-elle par là ? Avec qui avait-elle fait quoi ? En prison, les options étaient limitées, du moins à première vue.

— Vous savez ce qui me rend folle de rage ? Je suis censée dîner avec Onni. Ce soir. Non mais, vous imaginez ? Moi en train de bavarder gaiement, heureuse d'être avec elle parce qu'elle m'a tellement manqué !

Et elle, assise là pendant tout ce temps, à se bidonner ! La garce ! Elle sait que je suis amoureuse de lui. Elle le sait ! (Son visage se pinça soudain, la grimace qui précède les larmes. Elle s'assit brusquement.) Bon Dieu, mais qu'est-ce que je vais faire ?

J'attendis un peu, écoutant les hoquets contenus, pressés, de ses pleurs. Cela dura un moment.

— Ça va ? lui demandai-je une fois que les sanglots se furent calmés.

— Non, ça ne va pas. J'ai l'air d'aller ? Je deviens folle. J'aurais pu me passer de ça.

Avec une sollicitude de psy, je saisis la boîte de Kleenex sur le coin de mon bureau et la glissai devant elle. Elle en prit un et se moucha.

— Lamentable. Je ne voulais pas, mais je n'ai vraiment pas pu me retenir.

Elle ouvrit son sac et en sortit un paquet de cigarettes pas encore ouvert. Tirant la petite bande rouge, elle ôta le haut de l'enveloppe en Cellophane. Elle déchira la moitié du papier d'aluminium et tapa le paquet dans sa main pour libérer une cigarette. Puis elle chercha son Dunhill en or et l'alluma, se penchant vers la flamme avec une expression d'extase. Elle aspira une bouffée, emplissant ses poumons de fumée avec la même volupté que si elle avalait du protoxyde d'azote, avant de la souffler doucement en un ruban continu. Puis elle se renversa contre le dossier et ferma les yeux. C'était comme de regarder quelqu'un se shooter. Je vis l'effet sédatif de la nicotine se diffuser dans son organisme. Elle rouvrit les yeux.

— Ça va mieux. Hallucinant. J'espère que vous avez un cendrier.

— Jetez la cendre par terre. La moquette est déjà esquintée.

Elle se sentait probablement étourdie, mais, au

moins, l'indignation s'était dissipée, remplacée par un calme artificiel. Elle se permit un sourire moqueur.

— J'aurais dû savoir en achetant le paquet que je ne tiendrais pas un jour avant de l'ouvrir.

— Simplement, ne buvez pas.

— D'accord, je m'abstiendrai. Un vice à la fois. (Elle aspira une nouvelle bouffée de cigarette, évacuant la tension de son visage.) Ça fait un an que je n'ai pas fumé. Quelle connerie ! Dire que j'avais vraiment arrêté.

— Et vous aviez vraiment réussi.

Je continuai de m'aventurer au jugé dans ce qui me faisait l'effet d'un champ de mines. Pouvais-je lui dire la vérité sans déclencher un tir nourri contre mes propres positions ?

— Le plus écœurant, c'est que cette saleté vous fasse tant de bien, me fit-elle remarquer.

Elle était rechargée, on ne parlait plus de Beck.

— Et maintenant ? lui demandai-je.

— Aucune idée.

— Peut-être qu'à nous deux on peut trouver.

— Pourquoi pas. Mais trouver quoi ? Je me suis fait rouler.

— Je suis intriguée par le type qui a débarqué chez vous. Je ne comprends pas. Qui était-ce ?

Elle haussa les épaules.

— Il m'a dit qu'il était du FBI.

— Vraiment ? Le FBI ?

— C'est ce qu'il a prétendu, tout bouffi de sa supériorité. Dès que j'ai vu la première photo, je lui ai dit de dégager, mais il n'a rien voulu entendre et m'a mis les points sur les *i*, comme si j'étais trop gourde pour comprendre. J'ai décroché le téléphone et lui ai dit que j'appelais la police s'il ne passait pas la porte dans les cinq secondes. Du coup, il l'a bouclé.

— Il vous a montré ses papiers ? Sa plaque, sa carte professionnelle ? Quelque chose ?

— Il a sorti une plaque quand je lui ai ouvert, mais je n'ai pas fait attention. Comme je n'avais pas le choix, je l'ai laissé entrer. Quand il a sorti l'enveloppe, j'ai cru qu'il avait des formulaires à remplir, comme pour un dossier. Le temps que je comprenne où il voulait en venir, j'étais si folle de rage que je me moquais bien de qui il était.

— Qu'allez-vous faire ?

— Annuler mon dîner, ça, j'en suis sûre. Pas question de m'asseoir à la même table qu'Onni, même le revolver sur la tempe.

— Vous ne croyez pas que c'est contre Beck que vous devriez être folle de rage ? Vous êtes allée en prison à la place de ce type et c'est comme ça qu'il vous remercie !

— Pas du tout ! Qui vous a dit ça ?

— Cela change quoi ? C'est le bruit qui court.

— Eh bien, c'est faux.

— Allez, Reba. Autant vider l'abcès. Je suis la seule amie que vous ayez. Donc, vous êtes folle de ce type, vous écopez pour lui. Ce ne serait pas la première fois. Il vous aura embobinée à force de cajoleries.

— Il ne m'a pas embobinée ! Je savais ce que je faisais.

— J'ai du mal à le croire.

— Vous voulez discuter ? Vous me demandez d'être honnête et ensuite vous portez des jugements ? C'est quoi, ces conneries ?

Je levai une main apaisante.

— D'accord. Vous avez raison. Je vous fais mes excuses. Ce n'est pas ce que je cherchais.

Elle me dévisagea, évaluant ma sincérité. Je dus lui paraître une honnête femme.

— OK, dit-elle enfin.

— N'empêche, quel que soit le mobile, vous dites que vous ne l'avez pas escroqué ?

— Bien sûr que non ! J'ai de l'argent à moi, du moins en avais-je à l'époque.

— Dans ce cas, comment avez-vous fini sous les verrous ?

— Les contradictions sont apparues lors d'un contrôle fiscal et il devait, lui, expliquer où était passé l'argent manquant. Il a cru qu'ils fermeraient les yeux. Condamnation avec sursis, mise à l'épreuve – vous savez bien, quelque chose du genre.

— C'est un peu pousser, non ? Vous aviez déjà fait de la prison pour un chèque en bois. Du point de vue du juge, vous étiez simplement allée un cran plus loin.

— Ma foi, oui, je suppose qu'on pouvait le voir sous cet angle. Beck a fait tout son possible pour atténuer le coup. Il a dit au procureur qu'il ne portait pas plainte, mais ça doit être comme les violences conjugales : une fois qu'on est pris dans le système, on n'a guère le choix. Il y avait un grand trou de trois cent cinquante mille dollars et il ne pouvait pas l'expliquer.

— Qu'est devenu l'argent ?

— Rien. Il le mettait à l'abri, il transférait ses avoirs dans un compte à l'étranger pour empêcher sa femme de mettre la main dessus. Comment se serait-il douté que le juge serait une telle peau de vache ? Quatre ans ? Mon Dieu... Il était encore plus anéanti que moi !

— Vraiment.

— Sans blague. Il se sentait un salaud fini. Il a eu une empoignade ignoble avec l'avocat général. Mais ça n'a rien donné. Après, il a écrit au juge en implorant son indulgence, mais c'était trop demander. Il m'a promis que son avocat ferait appel...

— Appel ? De quoi parlez-vous ? Beck n'était pas qualifié pour interjeter un appel. Le droit ne fonctionne pas comme ça.

— Ah... j'ai dû mal comprendre. Ça y ressemblait. Il a dit que c'était lui le responsable et qu'il fallait le condamner, mais à ce moment-là, c'était trop tard. Il avait plus à perdre que moi. Telles que je voyais les choses, du moment qu'il était libre, il pouvait mettre le reste de l'argent en lieu sûr. En plus, il prenait tous les risques. Si quelqu'un devait payer, autant que ce soit moi.

— Et c'est vous qui en avez eu l'idée ? dis-je en tentant de ne pas trahir mon scepticisme.

— Évidemment ! Je veux dire... Je ne me rappelle pas exactement qui en a parlé le premier, mais c'est moi qui ai insisté.

— Reba... Je n'émets pas de jugement, alors ne vous mettez pas en colère... Mais on dirait un coup monté de sa part.

Elle me fixa avec ahurissement.

— Vous pensez qu'il aurait fait un truc pareil ? !

— Il a bien fait ça, lui renvoyai-je en montrant les photographies. C'est vous qui avez vécu à la dure là-bas, jour après jour, vingt-deux mois durant. Pendant qu'ici, lui, il couchait avec la première venue. Ça ne vous agace pas ? Moi, si.

— Bien sûr que ça m'agace, mais c'est pas franchement nouveau. C'est un coureur. Je l'ai toujours su. Ça ne veut rien dire. Il est comme ça, c'est tout. Elle, je lui en veux à mort parce qu'elle aurait dû faire preuve de loyauté, d'intégrité, quelque chose !

— Vous ne savez même pas quand ils ont commencé. Qui vous dit qu'il n'était pas déjà avec elle quand le détournement de fonds a été mis au jour ?

— Merci ! Sympa. Une fois que je l'aurai étranglée, je l'obligerai à vérifier les dates et heures.

— J'espère que c'est de l'hyperbole.

— Espérez ce que vous voulez, me dit-elle. Ce que je n'arrive pas à saisir, c'est le rapport avec le FBI.

Pourquoi ce type se balade-t-il dans le coin en montrant des photos de Beck ? Et pourquoi à moi ? S'il voulait créer des ennuis, pourquoi ne pas les montrer à Tracy ?

— Je peux vous éclairer, lui dis-je en maudissant ce connard d'agent fédéral trop zélé qui nous avait coupé l'herbe sous le pied.

Je marquai une pause avant de sauter. Il était encore temps de faire marche arrière. J'avais l'impression d'être sur un plongeoir à dix mètres de haut, à jauger la profondeur de l'eau au-dessous. Si on doit plonger, on saute et on n'en parle plus. Plus on attend, plus c'est difficile. Je sentis une mince buée d'angoisse se diffuser sur mon épiderme.

— Les fédéraux s'intéressent aux relations de Beck avec Salustio Castillo.

Elle m'étudia.

— D'où tenez-vous ça ?

— Reba, vous avez travaillé pour ce bonhomme. Vous êtes forcément au courant.

Elle détourna le sujet.

— C'est papa qui a lancé cette idée ?

— Ne soyez pas ridicule. Je ne lui ai pas parlé depuis le jour où il a fait appel à mes services. En plus, c'est un homme honorable. Il ne s'abaisserait jamais à utiliser des photos sordides. Il a bien trop de classe.

Elle inspira une autre bouffée et souffla la fumée d'un coup.

— Quelle est votre source alors ?

— J'ai des copains dans la police.

— Et le FBI est dans le coup ?

— L'IRS s'y intéresse aussi. Plus les Douanes, plus la Justice, plus la répression des fraudes, pour autant que je sache. Le lieutenant Phillips est la liaison locale, au cas où vous souhaiteriez lui parler.

— Je ne comprends pas. Pourquoi moi ? Que veulent-ils ?

— Ils ont besoin d'aide. Ils établissent un dossier et il leur faut des informations internes. Les photos avaient sans doute pour objet de vous mettre dans l'état d'esprit voulu.

— Il me baise, donc je retourne ma veste et je le baise ?

— Pourquoi pas ?

— Qu'avez-vous appris d'autre ?

— Sur Beck ? Rien que vous ne sachiez déjà. Il prend des bénéfices illégaux et les fait transiter par sa société pour qu'ils paraissent légitimes. Il perçoit un pourcentage au passage, puis il rend l'argent blanchi aux truands pour lesquels il travaille. Exact ? (Elle garda le silence. Son regard dévia à peine.) Vous avez forcément été au courant tout du long. Vous teniez sa comptabilité, effectuiez les dépôts bancaires, ce genre d'opérations, non ?

— Le directeur financier de la société s'en occupait pour l'essentiel, mais... bon, d'accord, peut-être une chose ou deux.

— Le FBI peut utiliser l'information si vous acceptez de jouer le jeu.

Elle ne dit rien, suivant du regard les grains de poussière en suspens dans l'air comme de la poudre magique.

— Je vais y réfléchir.

— Pendant que vous y êtes, pensez à ceci, ajoutai-je. Onni a repris vos anciennes fonctions ; autrement dit, elle en sait autant que vous sur sa société, sauf que ses informations à elle sont d'actualité. S'il envisage de filer, qui va-t-il emmener avec lui ? Et surtout, qui va-t-il laisser derrière ? Onni ? Je ne crois pas. Pas si elle est en position de tirer la sonnette d'alarme.

— Je le suis aussi, se rebiffa-t-elle, comme mise au défi d'avoir les éléments nécessaires pour vendre la mèche. (Elle brandit les deux derniers centimètres de sa cigarette.) Je vais jeter ce mégot dehors.

— Donnez-le-moi.

Je tendis le bras et pris le bout du mégot avec autant d'enthousiasme qu'une balle encore chaude. Quittant le bureau, je le portai à bout de doigts jusqu'à mes toilettes défraîchies et pleines de taches de rouille indélébiles. Je le lâchai dans la cuvette et tirai la chasse d'eau. La tension s'était logée entre mes omoplates. Ma démarche était purement professionnelle, bon sang ! Et rien ne me permettait de juger si le coup porterait. N'empêche, j'espérais qu'elle abandonnerait ses illusions sur Beck.

Je regagnai le bureau et la trouvai debout à côté de la fenêtre. Je me rassis. Le contre-jour la réduisait presque entièrement à l'état de silhouette. Je pris un crayon et fis une marque sur mon buvard.

— Où avez-vous la tête en ce moment ?

Elle se retourna et m'adressa un sourire rapide.

— Plus près de mes fesses qu'avant.

Et on en resta là.

Je lui conseillai de prendre le temps d'étudier la situation avant de se décider. Certes, Vince Turner était pressé, mais il demandait beaucoup et, d'une façon ou d'une autre, mieux valait qu'elle soit convaincue. Une fois qu'elle aurait accepté, il ne pourrait pas la laisser changer d'avis. Je l'observai par la fenêtre. Elle monta dans sa voiture et prit le temps d'allumer une autre cigarette, puis elle démarra. Quand je fus certaine qu'elle était partie, je passai un coup de fil à Cheney et lui retraçai l'enchaînement des faits, notamment l'initiative malheureuse de l'agent du FBI qui compromettait le plan.

— Merde, lâcha-t-il.

— J'ai eu la même réaction.

— Merde, deux fois merde. Et on n'a pas le nom de ce connard ?

— Non, ni aucun signalement. J'ai insisté pour avoir des détails, mais j'étais trop occupée à faire semblant de ne pas connaître l'histoire.

— Elle a marché ?

— Je dirais que oui. Pour l'essentiel. Je pense en tout cas que tu devrais appeler Vince et lui dire où nous en sommes.

— À savoir ?

— Je ne sais pas exactement. Reba a besoin de temps. C'est gros à digérer.

— Elle ne paraît pas autrement surprise.

— À mon avis, elle en a toujours su plus long qu'elle ne veut bien le dire. Maintenant qu'elle sait à quoi s'en tenir, on va voir comment elle va réagir.

— Cette histoire m'inquiète.

— Moi aussi. Tu me dis ce qu'en pense Vince ?

— Je n'y manquerai pas. On se voit plus tard.

— OK, d'accord, lui répondis-je.

CHAPITRE 14

Je fermai le bureau à 17 heures, donnai un tour de clé et récupérai ma voiture. Je pris l'itinéraire le plus long pour rentrer, afin de m'arrêter à ma station-service préférée et de faire un plein. Comme je roulais dans State Street, après le centre-ville, j'avisai une silhouette connue. C'était William, en chapeau mou et costume trois-pièces ; il marchait d'un pas vif en direction de Cabana Boulevard et balançait sa canne en rotin noir. Je ralentis et klaxonnai, me rabattant contre le trottoir.

— Je peux te déposer ? lui demandai-je en me penchant et baissant la vitre.

William porta la main à son chapeau.

— Merci, ce serait avec plaisir.

Il ouvrit la portière et se glissa dans l'habitacle en biais, ses longues jambes repliées bizarrement dans l'espace exigu du siège avant. Il garda sa canne entre ses genoux.

— Tu peux reculer le siège pour avoir plus de place. Le levier est juste là, lui dis-je en lui montrant ses pieds.

— C'est parfait. On ne va pas loin.

Je jetai un coup d'œil par-dessus mon épaule gauche, attendant un creux pour rejoindre le flot de voitures.

— Je ne m'attendais pas à te voir là, sur ton trente et un qui plus est. En quel honneur ?

— J'ai effectué une visite de condoléances à l'angle

de Wynington et de Blake. Après quoi, j'ai bu une tasse de thé avec l'unique membre de la famille encore en vie. Un homme charmant.

— Oh, désolée. J'ignorais qu'il y avait eu un décès. J'aurais modéré mes effusions si j'avais su.

— Ne t'inquiète pas. Il s'agissait de Francis Bunch. Quatre-vingt-trois ans.

— Bigre, c'est jeune.

— Exactement mon sentiment. Il tondait sa pelouse lundi et a eu une rupture d'anévrisme au cerveau. Son cousin issu de germains, Norbert, est le seul qui reste. À une époque, il y avait vingt-six cousins germains, et aujourd'hui tout le monde a disparu.

— C'est un coup dur.

— Oui. Un personnage, ce Francis – un ancien combattant de la Seconde Guerre mondiale. Tuyauteur en retraite et baptiste. Précédé dans la mort par ses parents, son épouse de soixante-deux ans – elle s'appelait Mae –, sept enfants et son frère, James. Norbert dit que Francis adorait s'occuper de son jardin et qu'il est parti comme il l'aurait souhaité, encore que pas si tôt peut-être.

Je tournai dans Cabana Boulevard et longeai les trois pâtés de maisons jusqu'à Castle, où je pris de nouveau à droite.

— Depuis quand le connaissais-tu ?

Il parut étonné.

— Oh, je n'ai jamais rencontré le bonhomme. J'ai lu la notice dans le journal. Avec tous ces décès dans la famille, j'ai pensé que quelqu'un au moins devait être là pour présenter ses condoléances. Norbert m'en a été infiniment reconnaissant. Nous avons eu une longue et agréable conversation.

— Je croyais que tu avais renoncé aux enterrements ?

— Oui... en gros... mais il n'y a pas de mal à assister à un service funèbre par-ci, par-là.

Je tournai à droite dans ma rue, laissant le Rosie's derrière moi. J'avisai une place à mi-chemin entre mon appartement et le restaurant, puis me posai sur une fesse pour effectuer un créneau. Sans fignoler outre mesure. Je coupai le moteur et me tournai vers lui.

— Avant que tu descendes... Je me demandais... aurais-tu, par hasard, téléphoné à Lewis dans le Michigan pour l'inviter à venir ?

— Oh, il s'est laissé convaincre sans difficulté. Dès que j'ai mentionné le nom de Mattie, c'était Toujours-Prêt ! Je lui ai même fait croire que l'idée venait de lui ! Comme je l'ai dit à Rosie : « L'affaire est dans le sac. »

— William, je n'arrive pas à croire que tu aies fait une chose pareille !

— Moi non plus. Un éclair de génie, l'idée a germé dans ma tête juste comme ça. Je me suis dit : Henry ne se remue pas assez. Il a besoin qu'on le motive et ça devrait le secouer.

— Je ne dirais pas que j'ai apprécié ce plan. Je le trouve immonde.

Il se rembrunit, quelque peu interloqué.

— Pourquoi dis-tu ça ? Lewis et lui sont jaloux l'un de l'autre. Ça m'étonne que tu ne l'aies pas compris.

— Bien sûr que si, que je l'ai compris ! Je n'ai pas un encéphalogramme plat ! Le problème, c'est qu'Henry réagit exactement à l'opposé. Au lieu de courir après Mattie, il bat en retraite.

— C'est un rusé, notre Henry. Il garde toujours un atout dans sa manche.

— Ce n'est pas ce que j'ai entendu dire. Il refuse de se poser en rival. Il n'apprécie pas ce genre de comportement et préfère laisser le terrain libre.

— Ne te laisse pas prendre à son petit jeu. J'ai déjà

vu ça une dizaine de fois sinon plus. Lewis et Henry jettent leur dévolu sur la même donzelle et la joute commence. D'ailleurs, le résultat a dépassé mes espérances. Tu sais que Lewis a persuadé Mattie de rester un jour de plus ? Tu aurais dû voir la tête d'Henry ! Ça l'a rappelé à la réalité, mais il va se reprendre. Il faudra peut-être qu'il se donne un peu de mal, mais il gagnera.

— Lui as-tu parlé ?

— Pas depuis hier. Pourquoi ?

— Quand je suis rentrée hier soir, la voiture de Mattie avait disparu et il n'y avait pas de lumière chez Henry.

— Il n'est pas venu au Rosie's. Je peux te l'affirmer. Tu sais que Lewis a invité Mattie à l'accompagner au musée et qu'ils déjeuneraient ensuite ?

— William, j'y étais !

— Alors tu as vu comment elle a réagi. Elle s'est illuminée à cette proposition, ce qui n'aura pas échappé à Henry. Il a probablement eu l'idée d'une sortie pour eux deux hier soir.

— Ça m'étonnerait. Quand je lui ai parlé, Henry ne voulait rien entendre.

William écarta l'idée d'un geste désinvolte.

— Il finira par se calmer. Jamais il ne laissera gagner Lewis.

— J'espère que tu as raison, lui dis-je sans trop y croire.

Nous ouvrîmes nos portières respectives, descendîmes et prîmes congé l'un de l'autre dans la rue. J'aurais voulu en dire plus, mais il me parut plus sage de ne pas insister. Il paraissait si sûr de lui ! Peut-être qu'Henry reprendrait le combat et que l'affaire serait « dans le sac », comme l'avait dit William en faisant allusion à son stratagème. Je le regardai s'éloigner en direction du Rosie's en sifflotant et en faisant tourner sa canne. En franchissant le portail, je ramassai le journal du soir d'Henry, encore par terre dans l'allée.

Je contournai la maison. La porte de derrière d'Henry était ouverte. Après une courte délibération, je traversai le patio et frappai à la porte-moustiquaire.

— Tu es là ?

— Oui, entre !

Le plafonnier était éteint et, bien qu'il fît encore grand jour dehors, il régnait une atmosphère lugubre. Je le trouvai dans son fauteuil à bascule, son verre de bourbon habituel à la main. La cuisine était immaculée, les appareils étincelaient, les plans de travail luisaient. Le four était éteint, et la plaque de cuisson au-dessus orpheline de toute poêle et casserole. L'air ne sentait rien. C'était bien peu dans ses habitudes. Aucun signe des pains et viennoiseries quotidiennement au programme, aucun préparatif en cours pour le dîner.

— Je t'ai rentré ton journal.

— Merci.

Je le déposai sur la table de cuisine.

— Ça t'ennuie si je te tiens compagnie ?

— Pourquoi pas. Il y a du vin au réfrigérateur si ça te dit.

Je pris un verre à pied dans le placard et trouvai la bouteille de chardonnay entamée la veille, coincée dans la porte du réfrigérateur. Je me servis un demi-verre et lançai un coup d'œil à Henry. Il n'avait pas bougé.

— Ça va ?

— Très bien.

— Ah... Tant mieux car la cuisine est plutôt sinistre. J'allumerais volontiers.

— Comme tu veux.

Je traversai la pièce et abaissai l'interrupteur, ce qui ne changea pas grand-chose. La lumière semblait aussi mélancolique et atone que le comportement d'Henry. Je m'assis et posai mon verre sur la table.

— Qu'est-ce qui s'est passé hier soir ? J'ai vu que la voiture de Mattie avait disparu et que tu étais sorti. Vous êtes allés quelque part ?

— Elle est repartie à San Francisco. J'ai fait un tour.

— À quelle heure est-elle partie ?

— Je n'ai pas vraiment fait attention. 4 h 32, me dit-il.

— Plutôt tard pour six heures de voiture. Si elle s'est arrêtée pour dîner, elle n'a dû arriver chez elle qu'aux alentours de minuit.

Silence de la part d'Henry.

— Si j'ai bien compris, elle restait à déjeuner. Tu les as accompagnés au musée ?

— Tu sais très bien que c'est inutile de revenir là-dessus. Il n'y a vraiment rien à en dire. J'aimerais autant qu'on change de sujet.

— D'accord, pas de problème, lui dis-je. Tu dînes au Rosie's ? Je pensais y aller moi aussi.

— Et risquer de tomber sur Lewis ? Sûrement pas.

— Nous pourrions aller ailleurs. Emile's-à-la-plage conserve tout son charme.

Il me lança un regard si blessé que j'en eus le cœur brisé.

— Elle a rompu.

— Rompu ?

— Elle a dit que j'étais impossible. Qu'elle ne pouvait vraiment pas supporter mon comportement.

— Comment est-ce venu ?

— Comme ça. De nulle part. Sans avertissement.

— Elle avait eu peut-être une dure journée.

— Pas aussi dure que moi.

Je fixai le sol, consciente de la vague de déception qui m'envahissait. J'entretenais de si grands espoirs pour eux.

— Tu sais ce que je trouve dur ? lui dis-je. Je veux

croire que de bonnes choses puissent nous arriver. Pas tous les jours, peut-être, mais juste de temps en temps.

— Moi aussi, dit-il.

Il se leva et quitta la pièce.

J'attendis une minute et quand il fut clair qu'il ne revenait pas, je vidai mon vin dans l'évier, rinçai le verre et sortis. Prête à tordre le cou à William et je n'aurais pas hésité à m'en prendre à Lewis dans la foulée. J'aurais mieux su gérer mon chagrin, si j'en avais eu, que celui d'Henry. Mon humeur sombre n'était sans doute pas étrangère au fait que je n'avais pas assez dormi, mais je ne la ressentais pas ainsi. C'était quelque chose d'enfoui et de stagnant, une part d'obscurité qu'on troublait et qui remontait des profondeurs, bourbeuse comme de la vase. Henry était un homme fantastique et Mattie semblait faite pour lui. D'accord, il avait probablement été impossible, mais elle aussi, à sa façon. Ce n'était quand même pas sorcier de faire preuve d'un minimum de sensibilité ! Ou alors elle s'en contrefiche, pensai-je. En vertu de quoi elle avait brisé net et pris le large à la première difficulté. Présentant, personnellement, les mêmes réactions de rupture-fuite, je la comprenais. La vie est assez difficile comme ça sans qu'on soit obligé de supporter la mauvaise humeur d'autrui.

J'entrai dans l'appartement et vérifiai le répondeur. J'espérais que Cheney avait laissé un message, mais la vue du signal d'appel au point mort emporta mes illusions. Malgré mon assurance antérieure, l'idée de rester suspendue à la sonnerie du téléphone ne me chantait guère. C'était l'heure du dîner, mais je ne tenais pas plus qu'Henry à m'aventurer au Rosie's. William serait là à se pavaner en se tâtant le pouls et à s'enquérir des dernières avancées sur la Carte du Tendre. S'il ignorait la rupture, inutile de compter sur moi pour la lui annoncer. Et si Lewis l'avait mis au parfum, je me refusais à l'entendre minimiser son rôle dans l'affaire. Courir m'aurait probablement remis les idées en place, mais, vu mon état d'esprit, il m'aurait fallu aller jusqu'à Cottonwood, soit faire près de cinquante kilomètres aller-retour.

C'était un de ces moments où le besoin d'une amie se fait sentir. Quand on broie du noir, le réflexe est d'appeler sa meilleure copine ; en tout cas, on me l'avait dit. On bavarde. On rit. On lui raconte la triste histoire de ses tourments, elle compatit, après quoi on part courir les magasins comme n'importe qui de normal. Mais je n'avais pas de bonne copine, carence qui n'avait guère retenu mon attention avant l'arrivée de Cheney. Or là, je devais me rendre à l'évidence : non seulement je ne l'avais pas, lui, mais la bonne copine non plus.

Mais tu as Reba, me susurra une petite voix.

Elle... Si je dressais la liste des qualités de la bonne copine idéale, « délinquante avérée » laissait à désirer. Par ailleurs, j'aurais moi-même déjà répondu à cette qualification si j'avais été prise en flagrant délit de ne fût-ce que la moitié de mes activités répréhensibles.

Je saisis le téléphone et fis le numéro du manoir Lafferty.

— Reba, dis-je, lorsqu'elle décrocha. Kinsey à l'appareil. J'ai besoin d'un service. Êtes-vous bonne conseillère en matière d'élégance ?

Reba passa me prendre avec sa voiture, une BMW noire, qu'elle avait acquise peu avant d'avoir été envoyée à la maison d'arrêt.

— Le procureur en salivait à l'idée de la saisir sous prétexte que je l'avais achetée avec des gains mal acquis. Il s'est couvert de ridicule : mon père me l'avait donnée pour mes trente ans. Encore un espoir anéanti.

— Qu'avez-vous dit à Onni quand vous avez annulé le dîner ?

— Que j'avais un empêchement et que nous le reportions à un autre soir.

— Elle l'a bien pris ?

— Évidemment. L'idée de dîner avec moi lui était probablement exécrable. Je passais toujours mon temps à faire du sentiment sur Beck. Incapable de parler de quelqu'un d'autre. Beck a dit ci, Beck a dit ça. Quand nous abordions notre vie sexuelle, elle avait droit à un compte rendu détaillé de ses prouesses.

— C'était bien votre erreur. Vous en faisiez un portrait trop appétissant.

— Exactement ! Elle a toujours été jalouse de moi. À la minute où j'ai eu le dos tourné, elle m'a piqué mon boulot, et après, elle m'a piqué l'amour de ma vie... enfin, je croyais qu'il l'était, à l'époque. Je déteste les femmes qui jouent à ce petit jeu et se posent en rivales.

— À quoi ressemble-t-elle ?

— Vous pourrez en juger par vous-même, du moment que vous abondez dans mon sens. Je connais son point de chute. Si ça vous intéresse, on s'y laisse tomber tout à l'heure et je vous présente.

— Où ça ?

— Au Bubbles, à Montebello.

— Il est fermé depuis deux ans.

— Pas vraiment. Il a changé de mains. Il a gardé son nom, mais rouvert il y a un mois avec un nouveau gérant.

— Où allons-nous, là ?

— Au centre commercial.

Les Passages, le centre commercial ouvert depuis peu au cœur de Santa Teresa, reprenaient le décor d'une ancienne ville hispanique. Le complexe déployait une architecture pittoresque sur trois pâtés de constructions étroites et mitoyennes de diverses hauteurs, agrémentées d'arches, de loggias, de cours, de fontaines et de petites rues transversales, le tout à toitures de tuile rouge. Des restaurants, boutiques de mode, galeries, bijouteries et autres commerces s'ouvraient au niveau de la rue. La vaste esplanade centrale s'arrimait à une extrémité à Macy's et à l'autre à Nordstrom's, une grande chaîne de librairie occupant une place éminente entre les deux. On avait planté des poivriers et des massifs de fleurs en abondance. Les bâtiments les plus hauts, de deux ou trois étages, offraient des espaces de bureaux à des avocats, comptables, ingénieurs et consorts, à même de payer des loyers faramineux.

Vu la résistance opposée par Santa Teresa à toute construction neuve, des années avaient été nécessaires pour mener à bien le projet. Il avait fallu tranquilliser, amadouer et rassurer la commission d'urbanisme et la direction de l'architecture, plus le conseil municipal, plus le conseil de surveillance du comté, plus la commission de la sécurité et du bâtiment, qui défendaient tous leur pré carré. Des associations de citoyens s'étaient insurgées contre la mise à bas de constructions vieilles de cinquante ou soixante ans, la plupart sans autre trait remarquable que leur âge. Beaucoup tombaient d'ailleurs sous le coup d'une remise obligatoire aux normes antisismiques, qui aurait coûté plus cher à leurs propriétaires que leur valeur nominale. Il avait fallu aussi approuver des études d'impact. De nombreux petits commerces s'étaient vus évincés et déplacés, parmi lesquels seule une redoute inexpugnable avait tenu bon, un petit bar qui restait ancré au milieu de l'esplanade avec l'obstination teigneuse d'un remorqueur dans un port de plaisance encombré de yachts.

Nous dînâmes chez un traiteur italien sis dans une des petites avenues qui reliaient l'esplanade à State Street d'un côté et à Chapel Street de l'autre. Comme la chaleur persistait, nous optâmes pour une table en terrasse. La nuit tombant, l'éclairage paysager commença à peindre les murs et la végétation en teintes plus vives que leurs nuances de plein jour. Des détails de ferronnerie s'affirmèrent dans l'ombre, tandis que la frise en plâtre dessinait en noir la ligne de la toiture. À condition de plisser les yeux, on se serait presque cru à l'étranger.

— Je vous remercie d'avoir accepté, lui dis-je comme nous attendions notre commande. De m'aider dans mes achats.

— Pas de problème. Il est évident que vous avez besoin d'un coup de main.

— Je ne suis pas sûre que le mot « évident » s'impose.

— Faites-moi confiance.

Elle reprit la parole un peu après, enroulant les spaghettis autour de sa fourchette.

— Vous savez que c'est un programme immobilier de Beck ?

— Quoi ?

— La galerie marchande.

— Il a fait Les Passages ?

— Oui. Pas tout seul, s'entend – en partenariat avec un type de Dallas, un autre promoteur. Beck a transporté ses bureaux à l'autre bout, à côté de Macy's. Le troisième étage occupe toute la longueur du pâté entre State et Chapel.

— Je ne m'étais pas rendu compte que l'immeuble couvrait une telle surface.

— Parce que vous n'avez pas pris la peine de regarder en l'air. Sinon, vous auriez vu que des passerelles couvertes relient les deuxième et troisième niveaux par endroits, au-dessus de l'esplanade. Théoriquement, par temps de pluie, on pourrait passer d'un immeuble à l'autre sans se mouiller.

— Vous êtes plus attentive que moi. Ça m'avait échappé.

— J'avais l'avantage. Comme le projet était en cours depuis des années, j'ai vu les plans à presque tous les stades de la construction. Beck y a déplacé ses bureaux deux mois après mon entrée à la maison d'arrêt ; du coup, je ne les connais pas. Somptueux, à ce que j'ai entendu dire.

Je bus une gorgée de vin et terminai la dernière bouchée de ma *parmigiana* à l'aubergine en regardant Reba embrocher un morceau de pain pour faire un sort à sa sauce *marinera*.

— Où voulez-vous en venir ?

Elle enfourna le morceau de pain dans sa bouche et sourit en mastiquant.

— C'est vous, la détective astucieuse. À vous de trouver. En attendant, allons vous acheter quelques frusques et ensuite on fera une virée à Montebello.

CHAPITRE 15

Nous fîmes les magasins jusqu'à la fermeture, à 21 heures. Reba se livra à un commentaire en continu pendant les essayages. Par souci pédagogique, elle me laissa effectuer mes choix sans formuler son opinion. Au début, je cherchai à jauger sa réaction en prenant un vêtement sur le portant, mais elle ne se départit pas de l'expression de marbre qu'elle avait dû présenter aux tables de poker. En l'absence de tout principe directeur, je choisis deux robes, un tailleur-pantalon et trois jupes en cotonnade.

— Voilà ! lui annonçai-je.

Son sourcil se souleva de trois millimètres.

— Voilà ?

— Ça ne suffit pas ?

— Vous aimez ce truc vert, là, le tailleur-pantalon ?

— Ma foi... oui. C'est sombre, on ne verra pas les taches.

— Bon-on, dit-elle d'un ton laissant entendre que les mômes doivent commettre des erreurs pour en tirer la leçon.

Elle m'emboîta le pas jusqu'à la file de cabines d'essayage, au fond. Elle me regarda ouvrir les portes l'une après l'autre pour essayer de trouver une cabine qui ne soit pas déjà prise. Quand j'en dénichai enfin une de libre, elle me fit la très nette impression de vouloir m'y suivre.

— Une seconde... Vous entrez là-dedans avec moi ?

— Et si quelque chose ne vous va pas ? Vous n'allez pas vous balader en sous-vêtements.

— Ce n'était pas mon intention. Je pensais essayer d'abord et décider ensuite.

— C'est moi qui me charge de la décision. Vous passez les vêtements et je vous explique en quoi c'est un choix peu judicieux.

Elle s'assit sur une austère chaise de bois dans un espace de moins de deux mètres de côté et muni de glaces sur trois côtés. L'éclairage au néon vous garantissait une peau jaunâtre et la mise en valeur des moindres défauts de votre corps avec effet de bas-relief.

J'ôtai mes chaussures et commençai à me déshabiller avec autant d'enthousiasme que pour un examen gynécologique.

— Je dirais que j'ai un sens de la pudeur plus développé que le vôtre, lui fis-je remarquer.

— Ah, non ! je vous en prie. La prison m'en a débarrassé vite fait. Les cabines de douche faisaient le quart de celle-ci et n'étaient séparées que par des rideaux de toile assez petits pour laisser dépasser la tête et les pieds. Cela pour empêcher les détenues d'avoir des rapports intimes. Comme si elles s'en étaient privées ! D'ailleurs, autant laisser tomber tout espoir d'intimité. C'était plus simple de se balader à poil comme tout le monde.

Pendant ces révélations, j'essayais de sortir avec grâce de mon blue-jean, mais je me pris les pieds et faillis choir sur le côté. Reba feignit de ne pas le remarquer.

— Ça ne vous gênait pas ? lui demandai-je.

— Au début, si, mais au bout d'un moment je me suis dit, oh, et puis on s'en fout. Toutes ces femmes nues, en un rien de temps on a vu tous les types de physiques : la grande, la petite, la maigre, la grosse, celle avec les petits nichons, celle avec un gros cul, celle avec de gros nichons et pas de fesses... Cicatrices, verrues, taches de vin. Tout le monde ressemble à tout le monde.

Je fis passer mon tee-shirt par-dessus ma tête.

— Oh, des bouchons de champagne ! s'exclama-t-elle, en applaudissant presque de joie en voyant les miens.

— Ne vous gênez surtout pas !

— Mais je les trouve mignons comme tout ! On dirait des fossettes.

Je fis glisser la première des deux robes en coton de son cintre et la passai en enfilant les bras dans les bons trous. Je me tournai vers la glace. J'y vis mon reflet habituel : pas mal, mais pas de quoi s'extasier non plus.

— Qu'en pensez-vous ?

— Et vous ?

— Allez, Reba. Dites-moi seulement ce qui ne va pas.

— Tout. La couleur, pour commencer. Vous devriez porter des couleurs franches – du rouge, peut-être du bleu marine, mais pas ce jaune à vomir. Il vous fait la peau orange.

— Je croyais que c'était l'éclairage.

— Et la coupe est bien trop lâche. Vous avez de belles jambes et des seins superbes. Je veux dire... ils ne sont pas énormes, mais ils sont aguichants. Alors pourquoi les cacher dans un truc qui ressemble à une taie d'oreiller !

— Je n'aime pas porter des choses trop moulantes.

— Les vêtements sont faits pour s'adapter au corps, ma belle. Cette robe a une taille de trop et vous donne l'air d'une... est-ce que je vais oser... d'une surveillante de prison. Continuez et essayez la jupe imprimée, la bleue ; mais autant vous le dire tout de suite : c'est une autre erreur. Vous n'êtes pas le type Hawaïenne à gros cul avec impressions palmiers et perroquets.

— Si vous la détestez déjà, pourquoi la passer ?

— Parce que autrement vous ne saisirez jamais.

Et nous continuâmes de ce train. Les femmes autoritaires et moi nous entendons à merveille, car je suis masochiste dans l'âme. Je fis l'impasse sur l'imprimé bleu et ne pris pas la peine d'essayer le tailleur-pantalon, sachant qu'elle avait eu raison sur ce choix aussi. Elle s'empara des vêtements offensants, tendant les cintres à bout de bras comme autant de rats morts. Pendant que j'attendais dans la cabine, elle repartit vers les rayons et chercha son bonheur sur les portants. Elle revint avec six articles qu'elle me présenta un par un, créant l'illusion qu'elle me laissait choisir. J'opposai un refus à une robe et une jupe, mais sinon, tout ce qui avait retenu son attention se trouva m'aller à la perfection, n'en déplaise à ma modestie.

— Je ne comprends pas d'où vous vient votre flair, lui dis-je en me rhabillant.

C'est là une de mes éternelles doléances, cet instinct que possèdent d'autres femmes et qui me donne l'impression d'être nulle. C'était comme les problèmes de raisonnement en maths. Au lycée, dès que j'en rencontrais un, je me sentais sur le point de tourner de l'œil.

— Vous finirez par saisir. Ce n'est pas si dur. À la prison, j'étais la styliste en résidence. Coiffure, maquillage, vêtements : tout. J'avais des dons d'enseignante. (Elle s'interrompit pour consulter sa montre.) On bouge. C'est l'heure d'aller faire la bringue.

Nous roulions à vive allure sur la 101, Reba au volant.

— Je ne sais pas si c'est très malin. Pourquoi aller dans un endroit où tout le monde boit ?

— Je ne vais pas là pour boire. Je n'ai pas avalé une goutte d'alcool depuis vingt-trois mois et quatorze jours et demi.

— Alors pourquoi risquer d'être tentée ?

— Je vous l'ai dit. Pour voir Onni. Elle sort tous les jeudis soir pour lever des mecs. (J'ouvris la bouche pour protester, mais son regard m'en dissuada.) Vous n'êtes pas ma mère, vu ? J'ai promis d'appeler ma « marraine[1] » à l'instant où je rentrerais. Enfin, je l'aurais fait si j'en avais, ce qui n'est pas le cas.

Le Bubbles était un bar à vin et champagne de Montebello, qui avait connu de beaux jours à l'époque de l'Hôtel Edgewater et d'un autre piano-bar hors de prix, le Spirits. Les trois se répartissaient à une courte distance les uns des autres et formaient un triangle fréquenté par tous les individus riches, célibataires et sexy alors sur le marché. Les trois boîtes ne lésinaient pas sur l'atmosphère – luxe tapageur, paillettes, musiciens, petites pistes de danse et éclairages tamisés. On vous y servait des boissons à prix d'or dans des verres gigantesques, et les nourritures terrestres n'étaient là que pour la forme, histoire de vous permettre de rentrer chez vous sans accident mortel.

Dans les années soixante-dix, pour des raisons inconnues, le Bubbles était devenu un aimant pour les services d'hôtesses, prostituées de haut vol, call-girls et autres « mannequins » de Los Angeles qui faisaient le trajet jusqu'à Montebello en racolant en voiture. La cocaïne avait fini par dominer la scène, et le Bureau du shérif du comté s'était interposé, ordonnant la fermeture des lieux. Je l'avais fréquenté à l'occasion car mon deuxième mari, Daniel, qui était pianiste de jazz, jouait

1. Accompagnatrice aux séances des Alcooliques anonymes.

alternativement dans les trois établissements. Dès le début de notre vie de couple, j'avais compris que si je ne mettais pas un point d'honneur à m'y montrer avec lui, je risquais de ne pas le revoir avant le petit déjeuner le lendemain. À l'en croire, il faisait des « sessions » avec les copains, ce qui se révéla être la vérité, au propre comme au figuré.

Nous nous arrêtâmes à gauche de l'entrée. Reba tendit ses clés au voiturier et nous entrâmes. Cinq ou six rangées d'hommes en costume-cravate ou veste de sport s'agglutinaient autour du bar, évaluant nos nichons et nos fesses tandis que nous nous frayions un chemin. Reba procéda à une inspection rapide des tables, moi sur ses talons. Le Bubbles n'avait pas changé. L'éclairage était assuré pour l'essentiel par de grands aquariums accolés aux murs, qui isolaient les périmètres de places assises. Dans la salle principale, il y avait un bar assorti d'une série de boxes disposés en U, et un semis de tables assez grandes pour deux. Dans la seconde salle, de l'autre côté d'une grande arcade, une formation de jazz – piano, saxo et basse – occupait une grande estrade au-dessus d'une piste de danse de la dimension d'un trampoline. La musique était douce – des mélodies envoûtantes des années quarante qui vous restaient des jours entiers dans la tête. Pas une table où on élevait la voix, aucun rire sonore qui vînt troubler le murmure de conversations civilisées. Personne ne buvait avec excès ni ne tombait à la renverse en heurtant les autres clients. Les femmes ne pleuraient pas et n'envoyaient pas leur verre à la figure de leur cavalier. Personne ne vomissait dans les toilettes élégantes, pourvues de sols en marbre et de corbeilles pour les petites serviettes en éponge. Les clients fumaient, mais un système de ventilation dernier cri évacuait l'air vicié, et une escouade d'aides serveurs perpétuellement en mouvement escamotait les cendriers sales et les remplaçait par des propres toutes les cinq minutes environ.

Reba tendit la main, interrompant ma progression. Tel un chien à l'arrêt, elle fixait Onni, assise seule à une table, et qui fumait une cigarette d'un air indifférent, simulé selon moi. La présence de deux flûtes de champagne à moitié pleines et d'une bouteille en attente dans un seau à glace à côté laissait entendre la présence d'une compagnie qui avait quitté la table quelques instants auparavant. La « vraie » Onni n'entretenait qu'une ressemblance fugitive avec l'Onni que j'avais vue sur les photos au grain épais. Grande et élancée, elle avait un visage long et maigre, un nez épaté, des lèvres minces et de petits yeux presque dépourvus de cils. Ses cheveux noirs étaient résolument raides et s'étalaient sur ses épaules avec l'éclat soyeux qu'on voit dans les pubs pour shampooings. Des créoles en argent se balançaient aux lobes de ses oreilles et effleuraient son visage à chaque mouvement de sa tête. Elle avait ôté la veste de son tailleur noir de femme d'affaires, révélant un haut en soie blanche plus proche d'une combinaison que d'un chemisier, pour moi au moins. À détailler ses traits, on ne pouvait pas la dire jolie, mais elle avait fait en sorte de tirer le meilleur parti de ses atouts. Son maquillage trahissait une main habile et ses seins semblaient aussi durs que des balles de croquet insérées, par quelque mystère, sous la peau avare de sa cage thoracique. Elle s'offrait néanmoins aux regards comme si elle eût été belle, et c'était cette impression qui prévalait.

Reba s'avança avec une exubérance de commande.

— Onni ! Impeccable ! J'espérais bien te trouver ici.

— Bonjour, Reba.

Onni afficha une froideur certaine, mais Reba ne parut pas le remarquer et se glissa sur un siège. Je m'assis aussi, pleinement consciente que ladite Onni ne se réjouissait guère de nous voir. À côté d'elle, Reba paraissait juvénile, animée, un petit bout de femme à la tignasse sombre et emmêlée, aux immenses yeux noirs, au nez parfait et au menton à l'arrondi délicat, comparé à celui d'Onni, légèrement fuyant. Ce qui manquait à Reba, c'était l'air coincé qui passe pour de la bonne éducation dans la petite-bourgeoisie qui y aspire.

— Je te présente mon amie Kinsey, dit Reba. Je lui ai parlé de toi. (Son regard se fixa sur les deux flûtes de champagne comme si elle venait de les voir.) J'espère que je ne t'interromps pas en pleine action ! Un rendez-vous torride ?

— Ce n'est pas un rendez-vous. Comme nous devons tous deux travailler tard, Beck a suggéré que nous fassions une pause, le temps de boire un verre. Nous ne resterons sûrement pas longtemps.

— Beck est là ? C'est génial ! Mais je ne le vois pas.

— Il discute avec un ami. Je suis désolée que tu aies annulé le dîner. Quand tu as dit que tu avais un empêchement, j'ai pensé aux AA.

— J'ai déjà suivi une réunion. Je ne suis tenue qu'à une par semaine. (Reba prit une cigarette dans le paquet d'Onni et la mordilla.) Tu as du feu ?

— Bien sûr.

Onni chercha dans un petit sac et en ressortit une pochette d'allumettes. Reba la prit et en gratta une en protégeant la flamme de sa main. Elle inspira une bouffée avec satisfaction et rendit la pochette à Onni avec un sourire en coin qui parut échapper à l'intéressée. Je connaissais assez Reba maintenant pour voir la fureur glacée qui luisait dans ses yeux. Elle rapprocha le cendrier, puis elle posa un coude sur la table et appuya son menton sur sa main.

— Alors, comment va la vie ? Tu avais dit que tu m'écrirais, mais je n'ai jamais eu de tes nouvelles.

— Pourtant je l'ai fait. Je t'ai envoyé une carte postale. Tu ne l'as pas reçue ?

Reba tira sur sa cigarette, sans cesser de sourire.

— C'est vrai. Donc, tu m'as écrit. Une carte avec des lapins si je me souviens bien. Une misérable carte postale en vingt-deux mois. Ne te surmène surtout pas.

— Je suis désolée que tu le prennes mal, mais j'étais surchargée de travail. Tu avais laissé le bureau dans une pagaille complète. Il m'a fallu des mois pour tout remettre en ordre.

— Que veux-tu ? L'administration pénitentiaire était prioritaire. Une fois qu'on te fourre en prison, tu n'as pas la possibilité de t'arrêter au bureau et de ranger tes tiroirs. Je suis sûre que tu contrôles la situation.

— J'ai fini par y arriver. Mais pas grâce à toi.

Le regard d'Onni se décentra légèrement.

Reba tourna la tête juste à temps pour voir Beck qui venait du bar. Il l'aperçut et son mouvement resta en suspens un millième de seconde, comme quelques plans d'un film manquant dans une séquence. Le visage de Reba s'illumina. Repoussant sa chaise, elle alla vers lui. Une fois à sa hauteur, elle noua ses bras autour de son cou, comme prête à l'embrasser sur la bouche.

Il se dégagea avec douceur.

— Du calme, ma beauté ! On est en public, tu as oublié ?

— Je sais, mais tu m'as manqué.

— Toi aussi, tu m'as manqué, mais imagine qu'une copine de Tracy soit là. (Il la guida vers sa chaise et m'adressa un sourire.) C'est bon de vous revoir.

— Ravie, lui renvoyai-je sans éprouver la moindre délectation.

Car, évidemment, je le voyais sous un tout autre jour. Quand je l'avais rencontré au Rosie's, je l'avais trouvé beau garçon – membres longs, articulations souples et demi-sourire nonchalant. Même ses yeux, que j'avais crus d'un marron chocolat de velours, me semblaient aussi sombres qu'une roche volcanique. En le voyant avec Onni, je compris ce qu'ils avaient en commun : tous deux étaient des opportunistes.

Des trois, Reba occupait ce soir-là la position de force. Onni connaissait les détails intimes de la relation de Reba avec Beck, mais ni Beck ni Onni ne savaient que Reba avait été informée de leur liaison. Pour compliquer encore la situation, il était raisonnable de penser qu'Onni ignorait que Beck et Reba avaient réactivé leur relation sexuelle. Un frisson de tension ondula le long de ma colonne vertébrale : comment Reba allait-elle jouer la donne ?

Beck prit place sur le siège restant et s'avachit, étendant ses jambes devant lui comme s'il avait droit à plus d'espace que nous. Dans la géographie du langage corporel, Onni et lui se présentaient en parallèle, leurs corps traçant un angle identique, tandis que Reba, assise de l'autre côté de la table, se tenait le corps droit, accentuant encore par son maintien l'oblique de leurs postures respectives.

Onni concentrait son attention sur sa flûte.

Beck but quelques gorgées de champagne en observant Reba par-dessus le bord de son verre. Ses cheveux devaient sans doute leurs reflets blonds à un balayage appliqué par une main professionnelle. L'effet de chaume apparemment fortuit ne devait sûrement rien au hasard.

— Alors, comment cela se passe-t-il ? lui demanda-t-il.

— Pas mal, répondit Reba. À vrai dire, j'envisageais de recommencer à travailler.

Onni eut l'air incrédule, comme si Reba avait pété devant la reine d'Angleterre.

Reba ne tint aucun compte de sa réaction et adressa ses remarques à Beck.

— Mais oui ! J'en ai parlé à mon contrôle et elle est tout à fait d'accord du moment que mon « futur employeur » connaît mon passé, précisa-t-elle en traçant des guillemets avec ses doigts. Du coup je me suis dit : qui me connaît mieux que toi ?

— Reb, dit-il d'un ton lisse, je voudrais sincèrement t'aider, mais ça ne me semble pas très malin.

— Ridicule ! lâcha Onni d'un ton sec. Tu l'as volé comme en plein bois.

Reba posa son regard sur elle.

— Onni, je suis navrée, mais tu ne peux pas comprendre. Beck a confiance en moi. Il sait que je ferais n'importe quoi pour lui. (Son regard revint sur lui.) N'est-ce pas ?

Beck changea la position de ses jambes et se redressa.

— Il ne s'agit pas de confiance, dit-il d'un ton bénin. Mais il n'y a aucun poste. C'est aussi simple que ça. J'aimerais bien te proposer quelque chose, mais nous n'avons rien.

— Tu pourrais en créer un, non ? Tu l'as bien fait pour Abner.

— Dans des circonstances différentes. Marty croulait sous le travail et avait besoin d'un assistant. Je n'ai pas eu le choix dans ce cas précis.

— Mais tu l'as avec moi, c'est ça ? Tu pourrais décider de m'aider, mais tu ne le feras pas ?

Il tendit la main et s'empara d'un de ses doigts, qu'il secoua gentiment.

— Bébé, rappelle-toi. Je suis dans ton camp.

Reba l'étudia avec attention – le visage mince, beau, la main qui touchait la sienne.

— Tu as dit que tu t'occuperais de moi. Tu me le dois.

— Mais, tout ce que tu veux.

— Sauf du travail.

Onni ricana en levant les yeux au ciel.

— Ce culot ! Comment as-tu le front de t'asseoir à cette table et de discuter après ce que tu lui as fait !

— Du calme, Onni, lança Beck. Ceci est entre elle et moi.

— Oh, veuillez m'excuser ! Je pensais juste que quelqu'un devait rappeler cette fille à la réalité. Elle a complètement désorganisé la société et pour quoi ? Pour pouvoir continuer à se passer tous ses caprices, à claquer à la table de poker le moindre cent qu'elle pouvait piquer dans la caisse ? Je rêve !

Je m'attendais plus ou moins à ce que Beck lui colle une baffe, mais il concentra toute son attention sur le visage de Reba. Il lui prit la main, plaçant son index sur sa lèvre à lui. L'effet était érotique, établissant entre eux une communication d'une intimité intense.

— Laisse tomber cette histoire de travail. Prends un peu de temps pour toi. Fais-toi plaisir, pourquoi pas à ce spa de Floral Beach ? Tu en as vu de dures, je le comprends, mais il est prématuré de penser à retravailler.

— Je dois faire quelque chose de ma vie, lui répondit-elle, ses yeux vissés sur les siens.

— Je sais, mon bébé. Je t'entends. Tout ce que je te dis, c'est qu'il ne faut rien précipiter. Je ne veux pas que tu fonces tête baissée dans quelque chose que tu pourrais regretter plus tard.

Reba sourit.

— Comme quoi ? Travailler de nouveau pour toi ?

— Te mettre dans un état de tension, te tracasser, alors qu'il n'y a aucune raison. Tu as besoin de mettre la pédale douce. Rebondis et détends-toi pendant que tu en as l'occasion.

Onni lâcha quelque chose d'inaudible. Elle fourra ses bras dans les manches de sa veste et l'enfila, rectifiant l'aplomb des revers. Elle s'empara de ses cigarettes, les mit dans son sac et se leva.

— Bonne nuit, les petits. Moi, je pars.

Un comportement à première vue normal, sauf quand on savait ce qui se passait.

— Donne-moi cinq minutes et je te reconduis chez toi, lui dit Beck.

Onni afficha un sourire crispé.

— Merci, mais non, vraiment. J'aime autant marcher.

— Tu n'arriveras pas au prochain carrefour avec des talons pareils.

— C'est pas ton problème, mec. Je me débrouillerai.

— Arrête tes conneries, Onni. Demande à Jack de t'appeler un taxi. Je réglerai la course avec lui en partant.

— Inutile. Je suis grande. Je crois que je saurai appeler un taxi toute seule. En attendant, bon vent pour Panamá. Et merci pour le verre. C'était vraiment sympa, connard !

Reba tourna la tête et observa Onni qui partait.

— Quelle mouche la pique ?

— Laisse tomber. Elle ne supporte pas de ne pas être le centre de la conversation, dit Beck.

— C'est quoi, Panamá ? demanda Reba. Ça date de quand ?

— Juste un aller-retour. L'histoire de deux jours.

— Et si tu m'emmenais ? Juste des mini-vacances. Tu pourrais t'occuper de tes affaires pendant que je bronzerais au bord de la piscine. Ce serait super !

— Mon bébé, c'est strictement en solo. Je passe mon temps en réunions. Tu t'ennuierais à périr.

— Pas du tout ! Je sais me distraire. Allez, Beck. On a à peine passé une minute ensemble. On pourrait aller danser. S'il-te-plaît-s'il-te-plaît-s'il-te-plaît ?

Il sourit.

— Tu es folle. Je dirais oui sur-le-champ si je pensais que nous pourrions court-circuiter ton contrôle judiciaire. Crois-moi, si tu n'es pas autorisée à quitter l'État, tu l'es encore moins à sortir du territoire fédéral.

Reba fit la grimace.

— Quelle poisse... Tu as raison. J'avais oublié. Je n'ai même pas de passeport ! Le mien a expiré en juin.

— Donc, tu le fais renouveler et je t'emmène au Panamá dès que tu es libérée de tout contrôle et surveillance. (Il jeta un coup d'œil pressé à sa montre.) D'ailleurs, il faut que j'y aille. La limousine passe me prendre dans une heure pour me conduire à LAX.

— Tu pars ce soir ? Pourquoi tu ne me l'as pas dit ?

Beck écarta l'idée d'un geste.

— Je descends si souvent là-bas que je n'y ai pas pensé. En tout cas, je t'appelle dès mon retour.

— Je ne pourrais pas faire le trajet avec toi et revenir avec le chauffeur une fois qu'il t'aura déposé ?

— Leur compagnie a son siège à Los Angeles. Le chauffeur arrive de Santa Monica. Quand il m'aura laissé à l'aéroport, il sera déjà sur le chemin du retour.

— Zut ! J'avais envie d'être avec toi.

— Moi aussi. Ce n'est que partie remise. En attendant, rentre. Il se fait tard.

CHAPITRE 16

Nous sortîmes tous les trois dans l'air frisquet de la nuit comme nous l'avions fait du Rosie's au début de la semaine. Je pris mes distances, feignant de m'intéresser à la vitrine éclairée du magasin voisin. Beck et Reba discutaient à voix basse, tête contre tête tels deux complices mijotant un mauvais coup. Reba paraissait boire sa présence et ses paroles, présentant de profil un visage enfantin et confiant. La révélation de la liaison de Beck avec Onni ne paraissait guère avoir atténué l'emprise qu'il avait sur elle. Cheney et Vince devraient sans doute se mettre en quête d'une autre source d'informations confidentielles. J'espérais seulement qu'elle la fermerait et ne saboterait pas toute l'entreprise.

Un voiturier apparut au volant de la BMW de Reba. Beck se chargea de glisser un pourboire au type, puis se tourna vers un autre voiturier qui arrêtait son véhicule derrière celui de Reba. Une fois installée au volant, Reba sortit un tube de rouge à lèvres et s'en appliqua une nouvelle couche, vérifiant son reflet dans le rétroviseur. Elle aperçut Beck derrière elle et lui fit un geste d'adieu, lui soufflant un baiser. Puis elle actionna le levier de vitesses et tourna à droite dans Coastal Road. Je me retournai et eus le temps de voir Beck démarrer après nous. Il prit à gauche, en direction de West Glen

Road. Dès qu'il fut hors de vue, Reba ralentit, fit demi-tour et accéléra pour le prendre en filature.

— Qu'est-ce que vous faites ? lui demandai-je.

— Je veux vous montrer sa maison.

— Comme si je m'en souciais ! À cette heure-ci ? Il fait nuit.

— Ce ne sera pas long. Même pas deux kilomètres en bas de West Glen.

— C'est votre voiture, vous faites ce qui vous plaît, mais ne m'en rendez pas responsable.

Impossible de jauger son état d'esprit. Au début, j'avais cru qu'elle flirtait avec Beck simplement pour faire enrager Onni. Je m'attendais à ce que nous passions en revue la soirée, comparant nos notes sur la réaction d'Onni, surtout quand elle était partie dans une colère noire. Mais à ce moment-là de la soirée, Beck avait déployé tous ses charmes et Reba avait succombé à l'envoûtement. Franchement, ça m'exaspérait ; l'habileté avec laquelle il l'avait remise en orbite en exerçant la même attraction invisible que la terre sur la lune ! Juste quand je croyais l'avoir gagnée à notre cause, Beck l'avait de nouveau ralliée à son camp.

Nous tournâmes à droite dans West Glen Road. Beck était à présent hors de vue, plusieurs virages de la route s'interposant entre sa voiture et nous. Même s'il remarquait nos phares derrière lui, il ne s'en inquiéterait pas. Nous arrivâmes dans la portion rectiligne de la route et l'aperçûmes à quatre cents mètres de nous. Ses stops s'allumèrent quand il ralentit et tourna à droite. Sa voiture disparut. Reba accéléra, combla l'écart, puis ralentit à son tour. Elle scruta les lieux à travers la vitre du passager, tandis que nous longions une propriété fermée par une grille. J'entr'aperçus une demeure massive en pierre, soulignée par un éclairage féerique.

À cinquante mètres de la propriété, elle se rabattit

sur l'accotement. Elle éteignit les phares, coupa le moteur et sortit de la voiture.

— Vous venez, oui ou non ? me lança-t-elle en laissant aller la portière.

— Naturellement. À 11 heures du soir, marcher un peu ne me fera pas de mal.

Comme elle avait fait attention à ne pas claquer sa portière, je veillai à retenir la mienne. Si nous étions en perquisition-et-saisie, inutile d'alerter le malfrat de notre présence. Je la rejoignis alors qu'elle refaisait le chemin en sens inverse sur la route plongée dans l'obscurité. Après une demi-heure dans un bar enfumé, nous devions empester comme deux mégots en mal d'air pur. Cette partie de Montebello était complètement dans le noir, dénuée d'éclairage urbain, de trottoirs et de voitures. Le chant des grillons et le parfum des eucalyptus nous accompagnaient. Reba s'immobilisa à l'entrée de l'allée de Beck.

À travers la grille en fer forgé, j'eus droit à la vue panoramique des lieux. La façade en pierre tapissée de lierre se dressait avec la majesté d'un monastère : toiture mansardée, colombages, longue rangée de fenêtres à meneaux illuminées sur le devant. Sans doute un hectare et demi ou deux, avec un court de tennis d'un côté et une piscine de l'autre. Reba s'approcha de la grille, à droite, et se glissa entre la haie et le pilier de pierre, où un interstice permettait de passer malgré l'aspect rébarbatif des buissons. Je la suivis, m'insinuant à travers un tourniquet de branchages qui faillit déchirer mon tee-shirt. Elle traversa la pelouse avec la calme assurance d'une habituée des lieux. J'en conclus qu'elle avait fait le chemin à de nombreuses reprises. Elle semblait assurée de l'absence de détecteur de mouvement et de chiens dressés à attaquer. Moi, je craignais que le système d'arrosage automatique (avec ces fichues têtes au ras du sol mortelles pour les orteils) ne se déclenche brusquement et ne produise une averse.

Juste avant l'entrée, une porte cochère embrassait l'allée et faisait office de passage couvert, abritant résidents et invités le temps qu'ils aillent de leur voiture à la maison. Reba la contourna et se posta entre deux buissons qui se faisaient face tout au bout. On avait taillé les buis de façon à ménager une alcôve de la dimension d'une cabine de téléphone, assez vaste pour nous permettre de nous y blottir. Une large plaque d'ombre nous cachait aux regards.

Nous attendîmes en silence. J'adore les surveillances nocturnes, tant que ma vessie ne crie pas grâce. Qui a envie de s'accroupir dans les buissons, où le rayon des phares du premier véhicule qui vient à passer peut illuminer les globes de votre arrière-train nacré ? Ajoutez-y le risque de mouiller vos chaussures, et la notion d'« envie du pénis » n'a plus aucun mystère.

Un jeu de phares apparut au bas de l'allée, un bourdonnement mécanique annonçant que la grille en fer forgé s'ouvrait. Une limousine extra-longue noire apparut et remonta lentement l'allée, s'approchant de la maison avec la componction de la voiture de tête d'un cortège funèbre. Le chauffeur s'immobilisa sous la porte cochère et actionna le couvercle du coffre, qui parut se relever de son plein gré.

Comme à un signal, l'éclairage du porche s'alluma et la porte d'entrée s'ouvrit. J'entendis Beck parler à quelqu'un par-dessus son épaule tandis qu'il sortait trois grandes valises, qu'il abandonna sous le porche. Laissant le moteur tourner, le chauffeur en uniforme et casquette descendit de voiture et alla vers l'arrière, où Beck attendait avec les bagages. Il chargea les valises dans le coffre, une par une. Puis il referma le coffre et ouvrit la portière arrière de la limousine. Beck fit une pause et se tourna vers la maison alors que sa femme s'avançait vers le porche. Elle s'immobilisa, apparemment pour vérifier le verrou de sécurité avant de refermer la porte derrière elle.

— C'est tout ?

— Parés à virer. Les bagages sont dans le coffre.

Elle s'engouffra dans la limousine. Beck la suivit. Le chauffeur ferma la portière, puis il revint à l'avant et reprit sa place au volant et ferma sa portière. J'entendis un petit plop ! amorti quand il libéra le frein à main, après quoi la limousine descendit l'allée en douceur jusqu'à la route. Sa plaque d'immatriculation était éclairée et spécifiait : ST LIMO-1, soit le véhicule numéro un du Service de voitures de maîtres de Santa Teresa. Les panneaux de la grille pivotèrent, la limousine disparut et la grille se referma.

À côté de moi, Reba alluma son Dunhill, dont la flamme réchauffa fugitivement son visage tandis qu'elle aspirait la première et longue bouffée d'une nouvelle cigarette. Elle rangea le paquet et le briquet dans sa poche et rejeta un jet de fumée. Ses yeux étaient immenses et sombres comme jamais, ses lèvres se relevant dans un sourire sarcastique.

— Sale fumier de menteur. Vous savez quand j'ai compris ? Vous avez vu cet arrêt imperceptible quand il m'a aperçue ? Ça disait tout. J'étais la dernière personne au monde qu'il avait envie de voir.

— Au moins vous avez réussi à gâcher la soirée d'Onni. Elle était vraiment furieuse contre lui.

— Je l'espère bien ! Bon, on y va avant qu'un adjoint du shérif décide de faire une ronde dans le coin. Beck les prévient toujours quand il part en déplacement. La force publique prend ses intérêts à cœur.

— Comment vous sentez-vous ?

— Dans une forme olympique. Combien de temps faudra-t-il pour organiser ce rendez-vous avec les agents fédéraux ?

Quand je réintégrai mon appartement à 23 h 25, le voyant de mon répondeur clignotait, minuscule balise rouge dans le noir. J'allumai le plafonnier. Abandonnant mon sac à bandoulière sur le comptoir, je posai mes achats par terre. Je m'approchai du bureau et restai plantée là, l'œil rivé au clignotement comme si je déchiffrais un message en morse. Ou c'était Cheney, ou ce n'était pas lui. Le fait avéré ayant valeur de preuve, autant vérifier. Qu'il n'ait pas appelé ne signifiait pas forcément quelque chose. Et qu'il ait appelé non plus. Le problème, aux premiers stades d'une relation quelconque, est qu'on ne sait pas à quoi s'en tenir sur soi-même ni interpréter le comportement de l'autre.

Soit. Je n'avais qu'à appuyer sur le bouton pour être fixée.

Je m'assis. S'il n'avait pas appelé, il était hors de question que moi, je le fasse, alors que je mourais d'envie de lui raconter ce qui s'était passé entre Beck et Reba. J'avais une bonne raison de le contacter. D'ailleurs, j'allais devoir le faire sous peu pour qu'il organise un rendez-vous entre Reba et Vince. Mais outre les motifs d'ordre professionnel – sur le plan personnel, ç'aurait été à lui de prendre l'initiative –, il me paraissait être le genre de bonhomme que les femmes appellent sans arrêt – trop mignon et trop sexy pour avoir beaucoup d'efforts à déployer. Je refusais d'entrer dans la même catégorie que ses autres conquêtes, quelles qu'elles fussent. Mais comment expliquer qu'au bout d'un jour seulement, je me sente si peu sûre de moi ? Peu triomphante, je me rappelai ma suffisance de la soirée précédente.

J'appuyai sur le bouton et écoutai le couinement haut perché de la bande qui se rembobinait. Bip. « Kinsey, ici Cheney. Il est 10 heures et quart et je sors du boulot. Passe-moi un coup de fil à ton retour. Je ne serai pas couché. » Il laissait son numéro. Clic.

Je regardai la pendule. Cela faisait plus d'une heure. Je notai le numéro de son domicile, puis je fus prise d'une crise d'indécision. Il avait dit de rappeler, je rappellerai. Rien de bien délicat... sauf s'il était déjà couché et dormait. Je déteste réveiller les gens. Avant de me sentir complètement givrée, je composai le numéro.

Il décrocha à la première sonnerie.

— Si tu es en train de dormir, je te jure que je me tranche les veines avec un couteau à beurre.

Il se mit à rire.

— Pas du tout, ma belle. Je suis un oiseau de nuit. Et toi ?

— Moi, je suis du genre alouette. En général je me lève à 6 heures pour aller courir. Comment se fait-il que tu aies travaillé si tard ? Je croyais que tu te libérais à 5 heures ?

— J'ai passé la journée coincé dans une camionnette dans Castle, à faire des vidéos de gars qui entraient et sortaient d'un nouveau bordel torride. Le week-end s'annonce chargé. On passera un coup de torchon dès qu'on aura assez de poissons dans le filet.

— Rien de tel qu'une journée à rester immobile pour t'éreinter.

— Je suis lessivé. Parle-moi de toi.

— Je suis assez vannée, moi aussi, lui répondis-je. Encore que la soirée ait été féconde. Tu ne croiras jamais où je suis allée !

— Sûrement pas au Rosie's. Trop facile.

— Je suis sortie avec Reba. D'abord, nous avons fait des courses de fringues et après, nous sommes allées au Bubbles, où nous sommes tombées sur Beck et Onni ! Je te fais grâce des détails.

— Et quoi encore ? Ne sois pas comme ça. J'adore les détails.

— Je te les donnerai la prochaine fois qu'on se verra. Pour l'instant, je suis trop claquée pour tout te raconter par le menu. Résultat des courses : Reba est prête à faire affaire.

— Elle accepte de parler à Vince ? !

— C'est ce qu'elle m'a dit il y a une demi-heure.

— D'où est venu le déclic ? Je sais qu'elle est restée dans le vague, mais là, ça tombe dans la catégorie du trop-beau-pour-être-vrai.

— Non, je lui fais confiance là-dessus. Essentiellement parce que j'étais présente et que je n'ai rien perdu de la scène. Beck a aligné un tas de conneries, trois ou quatre mensonges d'affilée, et Reba l'a chaque fois pris en faute. Enfin, je veux dire... pas ouvertement. Il n'a jamais cessé de la bercer de fausses espérances. Je pense qu'elle aurait pu assumer – elle doit être habituée à ce qu'il la mène en bateau. Mais le détonateur, c'est quand elle a compris qu'il emmenait Tracy au Panamá alors qu'il prétendait y aller seul.

— Comment l'a-t-elle découvert ?

J'hésitai.

— Nous avons effectué nos propres recherches.

— Je ne veux pas le savoir.

— C'était bien mon impression. Toujours est-il qu'elle verra les fédéraux dès que tu auras mis ça sur pied.

— Bon sang, mais c'est formidable ! Je préviens Vince dès que j'arrive à mettre la main sur lui. Ça pourrait prendre deux jours. Il n'est pas facile à joindre le week-end.

— Le plus tôt sera le mieux. Au cas où elle changerait d'idée, lui fis-je remarquer.

— Puisqu'on en parle, Vince a vérifié, pour le type du FBI qui est allé voir Reba avec les photos. Il s'avère qu'il venait d'être muté d'un autre bureau et qu'il voulait prouver son sens de l'initiative. On lui a passé un savon de première.

— Ravie de l'apprendre.

— Bien. Qu'est-ce que tu fais, là ? Tu comptes les moutons ?

— C'est-à-dire ? Si je suis au lit ? Non, je suis debout.

— Alors je ne vais pas te tenir à l'appareil si tu allais te glisser sous la couette.

— Pas du tout ! Je viens de rentrer. Je craignais de ne pas te joindre avant que tu sois couché.

Le silence régna un instant.

— Allô ? dis-je.

— Je suis là. Je me demandais si tu aimerais un peu de compagnie.

— Tout de suite ?

— Oui.

Je réfléchis à notre état d'épuisement, le sien, le mien.

— Je n'y suis pas hostile, pas du tout. En partant du principe qu'il s'agit de toi sans personne d'autre.

— Donne-moi dix minutes.

— Disons un quart d'heure. Ça me laissera le temps de me changer.

Je montai les marches de l'escalier deux par deux, pris mes vêtements et les fourrai dans le panier à linge, me douchai, rasai les jambes, lavai les cheveux, brossai les dents et passai du fil dentaire, le tout en l'espace de huit minutes, ce qui me laissa largement le temps d'enfiler un survêtement propre (sans sous-vêtements) et de changer les draps. Dévalant à nouveau les marches, je m'occupais à replier les suppléments du journal quand je l'entendis frapper à la porte.

Je jetai le *Dispatch* à la corbeille et lui ouvris. Ses cheveux bouclés étaient humides et il embaumait le savon. Il tenait une boîte de pizza qui sentait divinement bon. Il referma la porte derrière lui.

— Je n'ai pas eu le temps de dîner. Le gamin vient de me livrer ça. Tu as faim ?

— Cette question ! Tu veux qu'on la monte avec nous ?

Il sourit, me faisant affectueusement non de la tête.

— Toujours pressée. Nous avons le temps.

À 1 heure pile du matin, il me fit la coupe de cheveux promise, moi assise sur un tabouret dans la salle de bains de la mezzanine, une serviette drapée autour des épaules, lui avec une autre serviette autour de la taille.

— D'habitude, je me débrouille toute seule avec une paire de ciseaux à ongles.

— Ça se voit.

Il officiait avec aisance et concentration, ne coupant que très peu de cheveux, mais réussissant à ordonner le tout en un dégradé harmonieux.

J'observai son reflet dans la glace. Très très sérieux.

— Où as-tu appris à couper les cheveux ?

— J'ai un oncle dont c'est le gagne-pain. Un salon dans Melrose, « La tête dans les étoiles ». Quatre cents dollars la coupe. Si on m'avait recalé à l'École de police, j'aurais pu faire ça à la place. J'ignore laquelle des deux options horrifiait le plus mes parents, que je devienne flic ou coiffeur pour dames. Sinon ce sont des gens bien, sauf le snobisme inné.

— La dernière fois que j'ai eu une bonne coupe, tu sais qui me l'a faite ?

— Danielle Rivers. Je m'en souviens.

L'attention de Cheney se reportait maintenant sur ma nuque qu'il s'occupait d'éclaircir, tout en tâchant d'égaliser le contour.

Danielle Rivers était une prostituée de dix-sept ans qu'il m'avait présentée[1]. Il venait d'être muté aux Mœurs en vertu du système de rotation en vigueur dans les services, alors qu'on avait fait appel à mes compé-

1. Voir, du même auteur, *K... comme killer.*

tences pour retrouver l'assassin de Lorna Kepler, une belle jeune femme qui ne parvenait pas à se sortir des films pornos et du sexe pour le fric. Il m'avait mise en rapport avec Danielle, car elle et la victime avaient travaillé en duo.

— Danielle avait été sidérée en apprenant le peu que je gagnais – la moitié de ce qu'elle se faisait. Tu aurais dû l'entendre discourir à perte de vue sur les stratégies de placements, des connaissances qu'elle tenait de Lorna. Je regrette de ne pas lui avoir demandé conseil. Je serais peut-être riche aujourd'hui.

— L'argent est fait pour être dépensé.

— Tu te rappelles les sandwichs que tu achetais à la cafétéria de l'hôpital la nuit où elle avait été admise ?

Il sourit.

— Proprement infâmes. Jambon-fromage vendus dans un distributeur.

— Mais tu ajoutais tout ce qu'il fallait pour les rendre mangeables.

Il me donna une glace à main et déposa un baiser sur le sommet de ma tête.

— Voilà.

Je me retournai, tenant la glace de façon à vérifier l'arrière de la coupe.

— Waouh ! Superbe ! Merci. (Mon regard descendit sur sa serviette, dont les pans s'étaient écartés sur le devant.) Ton ami me plaît bien. Ce doit être l'heure d'entrer en scène car il a passé une tête pour jauger le public.

Cheney baissa les yeux.

— Si on allait dans l'autre pièce pour le prendre en flagrant délit ?

Nous finîmes par nous endormir, lovés l'un dans l'autre comme deux chatons.

CHAPITRE 17

Le vendredi matin, nous nous tirâmes du lit à contrecœur à 10 heures. Après avoir pris une douche et nous être habillés, nous allâmes à pied jusqu'à Cabana Boulevard, où nous prîmes un petit déjeuner dans un café sur la plage. Cheney ne devait aller travailler que plus tard dans la journée, pour une nouvelle période de surveillance en sous-marin. Une fois de retour, nous restâmes à discuter sur le trottoir, jusqu'au moment où les sujets de conversation vinrent à manquer. Nous prîmes congé l'un de l'autre à midi. Il avait des courses à faire, et moi besoin de me retrouver seule. Je suivis du regard la petite Mercedes rouge jusqu'à ce qu'elle disparaisse, puis je contournai la maison en direction du jardin.

Henry était agenouillé dans une de ses plates-bandes, où du carex avait refait son apparition. Il était pieds nus, en bermuda et maillot de corps, ses tongs gisant sur la pelouse à côté. Ôter le carex exige de la patience. Comme il se multiplie au moyen de racines minces comme un fil et de petits rhizomes qui prolifèrent sous la terre, se contenter d'arracher les tiges n'a aucun effet sur la structure sous-jacente de la plante, qui continue à se reproduire avec allégresse. Le petit tas d'herbes qu'Henry avait déracinées avec succès ressemblait à s'y méprendre à un amas d'araignées emmêlant leurs pattes filiformes et leurs corps de la dimension d'une tête d'allumette noircie.

— Tu as besoin d'un coup de main ?

— Non, mais tu peux me tenir compagnie si tu veux. Traquer cette mauvaise herbe a quelque chose de satisfaisant. Horribles petites bestioles, pas vrai ?

— Pas ragoûtantes du tout. Je croyais que tu t'en étais débarrassé.

— C'est à recommencer sans cesse. On ne gagne jamais vraiment.

Il s'assit sur les talons, puis il changea de position pour attaquer le carré suivant.

J'envoyai valser mes tennis et m'assis dans l'herbe, exposant mes jambes au soleil généreux. L'humeur sombre d'Henry s'était éclaircie et, sans avoir encore retrouvé son entrain, il semblait presque être redevenu lui-même.

— Je vois que tu as eu de la compagnie hier soir, dit-il sans me regarder.

Je ris, consciente du rouge qui me montait au visage.

— C'était Cheney Phillips. De la police de Santa Teresa. Un ami du lieutenant Dolan, lui dis-je comme si ces précisions s'imposaient.

— Sympathique ?

— Très. On se connaît depuis des années.

— Je me disais aussi... Tu ne m'as jamais frappée par ton côté impulsif.

— Pourtant, il existe. Simplement, il me faut du temps pour y céder.

Un silence amical s'ensuivit, seulement troublé par le bruit du déplantoir d'Henry entamant le sol.

— Lewis est toujours là ? demandai-je enfin.

— Il repart demain en avion. Je me sens dans de meilleures dispositions à son égard, si tu veux savoir. Je n'ai pas encore envie de le voir pour l'instant, mais nous réglerons le problème en temps voulu.

— Et Mattie ?

— Oh, c'est sûrement mieux comme ça. Je n'ai jamais cru que cette relation prendrait un tour plus sérieux.

— Mais elle aurait pu.

— « Aurait » ne veut pas dire grand-chose. J'estime plus sage, en général, de conjuguer la vie au présent et pas au conditionnel. Étant parvenu à l'âge avancé de quatre-vingt-sept ans sans idylle durable, rien ne permet de supposer que j'en sois même capable.

— Ne pourrais-tu pas, au moins, lui téléphoner ?

— Peut-être, encore que je ne le juge pas utile. Elle a exprimé ses sentiments sans aucune ambiguïté. Je n'ai rien d'autre à offrir et pas grand-chose à ajouter.

— Et si elle t'appelait, elle ?

— Ça la regarde, dit-il. Je ne veux surtout pas jouer les rabat-joie. Franchement, je me sens bien.

— Évidemment, Henry ! Ce n'est pas comme d'avoir le cœur brisé parce que tu sortais avec elle depuis des années. En revanche, je vous trouvais très bien assortis et je suis désolée que ça n'ait pas marché.

— Tu t'imaginais... quoi... ? Une petite virée à l'autel ?

— William a bien convolé à quatre-vingt-sept ans. Pourquoi pas toi ?

— C'est une nature impétueuse. Moi, je suis un vieil encroûté.

Je lui expédiai une poignée d'herbes.

— Pas du tout.

Reba appela à 17 heures, interrompant une sieste digne d'un oscar, comme j'en pris conscience après coup. Je m'étais allongée sur le lit avec mon roman d'espionnage préféré de John Le Carré. L'éclairage était intime, la température douce, et le drap que j'avais remonté sur moi ni trop lourd ni trop léger. Dehors, j'entendais le vrombissement amorti d'une tondeuse à gazon, suivi du pshitt-pshitt-pshitt du Rain Bird d'Henry qui bombardait de jets d'eau la pelouse fraîchement tondue. Grâce à mon manque de sommeil des deux nuits précédentes, j'avais sombré dans l'inconscience telle une pierre plate reposant paresseusement au fond d'un lac. J'ignore combien de temps ç'aurait pu continuer si le téléphone n'avait pas sonné. Je posai l'écouteur contre mon oreille.

— Mmm...

— C'est Reba. Je vous réveille ?

— J'en ai bien peur. Quelle heure est-il ?

— 5 heures passées de cinq minutes.

Je jetai un coup d'œil au vasistas et plissai les yeux pour deviner si le soleil se levait ou se couchait.

— Du matin ou du soir ?

— On est vendredi après-midi. Je me demandais si vous aviez des nouvelles de vos types.

— Rien jusqu'ici. Cheney effectue une surveillance en ce moment, mais je sais qu'il essaie de joindre son contact à Washington. Il faudra peut-être quelques jours pour organiser la réunion. Vu le nombre d'organismes en jeu, il est difficile de négocier le protocole.

— Je voudrais vraiment qu'ils avancent. Beck rentre dimanche soir. Je ne veux pas avoir affaire à lui si je marche dans cette histoire.

— Je m'en doute. Malheureusement, Cheney doit compter avec les autres et il peut seulement insister. Et l'arrivée du week-end n'arrange rien.

— J'imagine. Vous n'avez pas envie de sortir tout à l'heure ? On pourrait dîner ensemble.

— Bonne idée. À quelle heure ?

— Vite ou tout de suite, la première option sera la bonne.

— Vous avez une idée ? Vous voulez qu'on se retrouve quelque part ?

— À vous de décider. Tout ce que je sais, c'est que je veux sortir d'ici avant de devenir folle.

Je l'entendis marquer un temps pour allumer une cigarette.

— Qu'est-ce qui vous met à cran ? lui demandai-je.

— Je ne sais pas. J'ai été angoissée toute la journée. Comme si un verre ou une salle de poker se profilait à l'horizon.

— Vous n'allez pas faire ça.

— Facile à dire pour vous. J'ai déjà recommencé à fumer un paquet par jour.

— Vous m'étonnez !

— C'était plus fort que moi.

— Que vous dites. Mais moi, je ne marche pas. Ou vous prenez votre vie en main ou vous renoncez.

— Je sais, mais je me sentais trop mal ! Je sais que Beck est une merde, mais j'aime vraiment ce type...

— Vous l'aimez ? !

— Enfin, pas maintenant, mais je l'ai aimé. Ça ne compte pas ?

— Pas à mon sens.

— Et puis vous savez, même si ça semble tordu, la prison me manque.

— Vous plaisantez ?

— Non. En prison, je n'étais pas obligée de prendre toutes ces décisions, du coup je risquais moins de tout gâcher. Dehors, qu'est-ce qui me pousse à bien me conduire ?

D'impuissance, je me pinçai l'arête du nez.

— Où êtes-vous en ce moment ? Chez votre père ?

— Oui, et vous ne devinerez jamais qui a débarqué pour lui rendre visite !

— Qui ?

— Lucinda !

— La femme qui espérait l'épouser ?

— Elle-même ! Elle serait aux anges si je violais ma

conditionnelle. On me remettrait à l'ombre et elle serait de retour dans la vie de papa avant même que les verrous soient refermés.

— Dans ce cas, vous avez intérêt à vous reprendre.

— Ça serait plus facile si je buvais un verre. Ou alors, je me laisse tomber au Double Down et je me contente de regarder. Y a pas de mal à ça !

— Vous arrêtez de me débiter ces inepties ? Vous pouvez en faire à votre tête, mais ne vous bercez pas d'illusions. Vous cherchez juste un prétexte pour vous démolir.

— Ça pourrait me soulager !

— Écoutez, je saute dans ma voiture et j'arrive. D'accord ?

— Je ne sais pas. Maintenant que j'y pense, ce n'est peut-être pas une riche idée. Si je laisse Lucinda seule avec lui, elle trouvera le moyen de causer des dégâts.

— Oh, allez ! Que peut-elle faire ? Votre père m'a dit que c'était terminé entre eux.

— Elle se débrouillera. Je l'ai déjà vue à l'œuvre. Papa est comme moi, faible et indécis, seulement moins acharné à se détruire. Et puis, si c'est fini, pourquoi campe-t-elle dans la pièce voisine ?

— Si vous cessiez d'en faire une idée fixe ? Cette femme est le dernier de vos soucis ! Écoutez, donnez-moi une minute, le temps d'enfiler quelque chose, et j'arrive.

— Vous êtes sûre d'avoir envie de bouger ?

— Sûr que j'en suis sûre. Si vous descendiez au bas de l'allée ? On se retrouve à la grille.

Pendant le trajet en voiture, je tentai d'évaluer la situation. Reba était à deux doigts de flancher. Dès l'instant où elle avait allumé cette première cigarette, j'avais attendu l'amorce d'une décompensation émotionnelle. Après deux ans de maison d'arrêt, elle avait perdu l'habitude des conflits du monde réel et de leurs conséquences, tout aussi concrètes. La prison, bien que détestable, lui avait fourni une sorte de carcan pour freiner ses impulsions, lui donnant probablement une impression de sécurité. Maintenant elle se heurtait à trop de problèmes et rien ne lui permettait d'évaluer les conséquences de ses choix. Il était déjà dur d'admettre que Beck l'avait trompée pour la faire casquer à sa place, mais pire encore de découvrir qu'il avait entamé une liaison avec une femme qu'elle avait cru être sa meilleure amie. Elle était assez blindée pour encaisser son infidélité, mais peut-être pas assez pour rompre. L'ambivalence de ses sentiments m'apparaissait clairement ; elle avait été sous sa coupe durant des années. Je m'inquiétais de la voir céder si facilement à la tension nerveuse. Si le rendez-vous avec Vince Turner avait eu lieu dans l'heure, elle aurait pu tenir le coup sans difficulté et balancer tout ce qu'elle savait. Avec un délai ne fût-ce que de trois jours, elle risquait de ne plus maîtriser la situation. Et même si je n'avais pas la responsabilité de ses faits et gestes, j'aurais contribué à la pousser au bord du gouffre.

J'arrivai au manoir et la trouvai assise sur un gros rocher de grès, à droite des grilles. En coupe-vent marine, jean et tennis, elle avait ramené ses genoux contre elle, une cigarette à la main. En me voyant, elle aspira une dernière bouffée, puis se releva. À l'instant où elle monta dans la voiture, je fus consciente de l'énergie qu'elle diffusait, comme des ondes de chaleur. Ses mouvements étaient nerveux et ses yeux trop brillants.

— Qu'avez-vous fait à vos cheveux ? me demanda-t-elle.

— Une bonne coupe.

— C'est très réussi.

— Merci.

Je passai en marche arrière et effectuai un virage en trois manœuvres.

Tordant le cou, elle jeta un coup d'œil aux grilles.

— J'espère qu'elle sera partie le temps que je rentre. Je n'en revenais pas de la voir arriver comme ça, sans prévenir.

— Qu'est-ce qui vous dit qu'elle ne lui a pas téléphoné d'abord ?

— Ce serait encore pire. S'il a accepté de la voir, c'est qu'il est plus fou que moi.

— Hé, respirez un grand coup et calez-vous. Vous prenez toute la place.

— Désolée. J'ai l'impression d'être habitée par quelqu'un qui tente de sortir coûte que coûte. Si seulement j'avais un mec ! Je préférerais un verre, mais m'envoyer en l'air m'aiderait.

— Appelez votre marraine aux AA. C'est à ça qu'elles servent, non ?

— Je n'en ai pas encore trouvé.

— Alors Priscilla Holloway.

— Ça va, ne vous inquiétez pas. Je vous ai ! m'envoya-t-elle, puis elle se mit à rire.

— Vous parlez... Ce n'est pas dans mes cordes.

— Dans les miennes non plus, voyez-vous. J'essaie juste de m'en sortir, comme tout le monde. (Elle resta silencieuse un moment et regarda par la vitre.) Et puis merde. Laissez tomber. Je peux me tirer d'affaire toute seule.

— Comme vous l'avez amplement démontré par le passé, lui fis-je remarquer.

— Eh bien, vous qui êtes si maligne, qu'est-ce que vous suggérez ?

— Trouvez une réunion.

— Où ça ?

— Est-ce que je sais ? On va chez moi et on consulte les pages jaunes. Les AA y sont forcément.

Une fois à l'appartement, il fallut moins d'une minute pour trouver le numéro et passer le coup de téléphone requis. Il s'avéra que la réunion la plus proche se déroulait au centre de loisirs municipal, à quatre rues de là. Je l'y conduisis moi-même – je ne lui faisais pas confiance pour s'y rendre de son propre chef.

— Je reviens vous prendre dans une heure, lui dis-je quand elle descendit de voiture.

J'eus droit à un claquement de portière en guise de réponse. J'attendis de la voir franchir la porte, puis une minute de plus au cas où elle aurait eu l'intention de s'éclipser aussitôt. Je comprenais comment la famille d'un alcoolique se fait prendre au piège. Déjà je me battais contre le besoin de surveiller ses moindres faits et gestes. C'était ça ou je m'en lavais les mains et bonsoir. Si j'avais été moins soucieuse de la garder au chaud jusqu'à son entrevue avec Vince, allez savoir si je ne lui aurais pas laissé la bride sur le cou.

Pour tuer le temps, je revins dans mon quartier et me garai devant le Rosie's. D'accord, je le reconnais, attendre Reba dans un bar alors qu'elle luttait contre le besoin impérieux de boire un verre pouvait prêter à sourire. Lewis officiait au comptoir, seul, un tablier autour de la taille. Deux soiffards de jour avaient élu résidence au fond de la salle. La télévision en couleurs fixée dans l'angle était branchée sur un tournoi de golf qui se déroulait quelque part dans la verdure. Rosie devait s'affairer derrière, à la cuisine, et préparer le dîner, car les lieux sentaient le ragoût d'oignons. Elle faisait aussi quelque chose avec des rognons frits, que je préférai ignorer.

Je me juchai sur un tabouret au bar et commandai un Coca. Très sincèrement, je me serais occupée de mes propres oignons si Lewis m'avait paru moins joyeux et inconscient. Aucun signe ne suggérait qu'il regrettait, ni même comprenait, les perturbations qu'il avait causées.

— Où est passé Henry ? me demanda-t-il en posant le Coca sur le bar. Je ne l'ai pas vu depuis deux jours.

Je l'étudiai.

— Vous ne savez vraiment pas ?

— Quoi ? Il a un problème ?

Je débattis une demi-seconde avec moi-même.

— Écoutez, je sais que ça ne me regarde pas, mais je crois que William n'a rien compris quand il vous a persuadé de sauter dans un avion. Henry et Mattie s'entendaient à merveille jusqu'à ce que vous arriviez.

Lewis me regarda en papillotant des yeux comme si je m'étais exprimée dans une langue étrangère.

— Je ne comprends pas.

— Vous n'aviez pas à débarquer au petit déjeuner et à faire des propositions à Mattie.

— Je ne lui ai pas fait des « propositions » ! J'ai suggéré d'aller voir une exposition et de déjeuner ensuite.

— Par chez nous, ça s'appelle faire des propositions. Henry était furieux, et à juste titre, lui renvoyai-je.

Lewis parut tomber des nues.

— Furieux contre moi ? !

— Et pas qu'un peu ! Elle était censée lui consacrer son temps.

— Pourquoi n'a-t-il rien dit ?

— Comment aurait-il pu ? Vous l'avez traité de petite vieille devant Mattie, pas moins ! Il a été mortifié. Il ne pouvait rien dire sans paraître encore plus idiot qu'il ne se sentait déjà.

— Mais c'était juste une petite vanne sans méchanceté ! Une plaisanterie !

— Ce n'est pas une plaisanterie d'envahir son territoire et d'essayer de l'envoyer au tapis. La vie est déjà assez compliquée comme ça.

— Mais on a toujours rivalisé pour obtenir les faveurs des dames ! C'est pour rire ! Aucun de nous deux ne le prend au sérieux. Pour l'amour du ciel, demandez à William, si vous doutez de ma parole !

— Il ne le reconnaîtra jamais. C'est lui qui a manigancé le coup. Il n'avait pas à s'en mêler, mais ce que vous avez fait était pire. Vous saviez qu'Henry s'intéressait à elle.

— Bien sûr qu'il s'y intéresse, et moi aussi ! Ça sautait aux yeux pendant la croisière ! J'ai fait des avances à Mattie, il en a fait autant. S'il ne gère pas la situation, pourquoi me le reprocher à moi ?

— Mattie a rompu. Elle a dit qu'elle ne souhaitait pas le revoir.

— Oh, dit-il d'un air déconfit. Ma foi, navré de l'apprendre, mais je n'y suis pour rien.

— Si ! Vous avez pris un vol pour la Californie et débarqué en plein milieu d'une histoire qui ne vous regardait pas. Cela n'a rien d'une « taquinerie sans méchanceté ». Vous partiez à l'attaque.

— Non, pas du tout. Pas le moins du monde ! Comment pouvez-vous dire ça ? Je me couperais le bras droit plutôt que de faire une chose pareille.

— Mais vous l'avez faite, Lewis.

— Vous vous trompez du tout au tout. Ce n'était pas mon intention. Henry a toujours été mon préféré. Je ferais n'importe quoi pour lui, et il le sait.

— Alors arrangez-vous pour vous rabibocher avec lui, conclus-je.

Il était près de 20 heures quand Reba sortit enfin de sa réunion des AA et se dirigea vers ma voiture. Il faisait encore jour. Une épaisse nappe de brouillard se formait à l'horizon et le petit vent qui soufflait de l'océan créait un courant d'air glacé.

— Ça va mieux ?

— Pas spécialement, mais je suis contente d'y être allée.

— Vous avez toujours envie qu'on dîne dehors ?

— Zut, il faut qu'on repasse par la maison. J'ai oublié les photos.

— Pourquoi en avez-vous besoin ?

— Comme aide visuelle, me répondit-elle. Il y a un type que j'aimerais vous faire rencontrer. Il dîne tous les vendredis soir au même endroit à 9 heures. Je suis partie en repérages ce matin, juste pour vérifier une intuition. On passe chez papa prendre les clichés, on discute à cœur ouvert avec mon copain et ensuite on prend le temps d'explorer un peu.

— 9 heures pour dîner, ce n'est pas un peu tard ?

— J'espère bien ! À la prison, on dîne à 5 heures de l'après-midi. Plutôt déprimant. On a l'impression d'être un môme. (Elle se tourna sur son siège.) Pourquoi prenez-vous dans cette direction ? Vous auriez dû tourner à droite.

— À vrai dire, inutile d'aller chez vous. J'ai un jeu de photos à mon bureau. Cheney me les a données.

J'attendis sa réaction. Allait-elle me demander pour quelle raison les photos étaient en ma possession ? Mais un autre point retenait son attention et elle m'adressa un regard songeur.

— Quoi ? lui demandai-je.

— J'observe que vous lâchez le nom de Cheney à la première occasion. C'est avec lui que vous avez récupéré ça ?

Elle tendit le doigt.

— Ça quoi ?

— Le suçon dans votre cou.

Je portai instinctivement la main à mon cou, gênée. Elle éclata de rire.

— Je vous taquinais, me dit-elle.

— Très drôle.

— Ma foi, j'aimerais croire que vous avez une vie sexuelle.

— J'aimerais croire que ma vie sexuelle est privée, lui renvoyai-je. Quel est donc cet homme que vous tenez tant à me présenter ?

— Marty Blumberg. Le directeur financier de Beck.

CHAPITRE 18

Je roulai jusqu'à mon bureau. Laissant Reba dans la voiture sans couper le moteur, je courus prendre la fameuse enveloppe dans mon tiroir de bureau. De retour à la voiture, je la lui remis et l'observai du coin de l'œil en contournant le pâté d'immeubles en direction des Passages. Elle sortit les photographies et les étudia avec autant d'attention que de la vermine sur une plaque de microscope. Puis elle les remit dans l'enveloppe avec une expression indéchiffrable.

Je dénichai probablement la dernière place du parking en sous-sol, qui s'étendait sous toute la longueur du centre commercial comme une caverne grise à plafond bas. Nous prîmes l'escalator jusqu'au premier niveau, où toutes les boutiques étaient regroupées. L'enveloppe à la main, Reba gardait deux pas d'avance sur moi, m'obligeant à allonger les miens pour ne pas me laisser distancer. Grâce au ciel, elle semblait moins à cran.

— Où va-t-on ?

— Au Dale's.

— Au Dale's ? C'est un vrai bouge !

— Faux. C'est un haut lieu de Santa Teresa.

— Comme la décharge, maugréai-je.

Le Dale's ne misait pas sur le décor. On y allait pour boire, purement et simplement. Le dilemme maintenant bien connu me tourmentait déjà : devais-je la protéger et lui suggérer d'aller ailleurs ou la boucler et lui laisser la responsabilité de ses choix ? En l'occurrence, ce fut mon intérêt personnel qui prima : je voulais rencontrer Marty Blumberg.

Nous entrâmes dans les lieux en marquant un temps d'arrêt dans l'encadrement de la porte pour prendre nos repères. Je n'avais pas mis les pieds au Dale's depuis une éternité, mais il n'avait pas changé – salle en longueur, un bar à gauche, un juke-box au fond. Sept ou huit petites tables se pressaient contre le mur à droite. L'éclairage donnait pour l'essentiel dans les enseignes de bière au néon, à dominantes bleues et rouges. Nombreux, les clients occupaient la moitié des tabourets du bar et la plupart des tables. Quatre-vingt-sept pour cent des personnes présentes fumant, on baignait dans un air aussi gris que le brouillard du matin.

Le plafonnier créait une lumière entre chien et loup, très voisine de celle du jour qui déclinait à l'extérieur. Dans le souvenir que j'en avais gardé, le juke-box était alimenté par une pile de vieux 45-tours. Là, les Hilltoppers roucoulaient « P.S. I love you », tandis qu'un couple dansait dans un espace exigu, voisin des toilettes unisexe. La sciure répandue sur le sol et les panneaux d'insonorisation du plafond atténuant le niveau sonore, la musique et le brouhaha des conversations paraissaient provenir d'une autre pièce.

Des photographies en noir et blanc couvraient les murs, photos prises dans les années quarante à en juger par la coiffure et les vêtements des femmes. Toutes montraient le même individu à la calvitie naissante, entre deux âges, peut-être le Dale qui avait donné son nom à l'établissement. Il avait le bras autour des épaules de vedettes sportives de seconde catégorie – joueurs de base-ball, catcheurs et reines du Derby de patinage –, dont les signatures barraient en biais le bas des clichés.

Tout au fond de la salle, un appareil de limonadier projetait un flot régulier de pop-corn que le barman récupérait dans des gobelets en papier et proposait aux consommateurs. Des présentoirs d'assaisonnement rythmaient la surface du bar : sel à l'ail, poivre au citron, épices cajun, curry et parmesan en poudre dans une saupoudreuse en carton vert. Le pop-corn ne suffisait pas à assurer la sobriété des clients, mais leur donnait quelque chose à tripoter pendant qu'ils descendaient un verre après l'autre. Comme nous nous asseyions, le ton monta soudain sur un sujet de politique, à propos duquel aucun des individus présents ne semblait avoir la moindre explication.

— Alors, où est-il ? demandai-je en jetant un coup d'œil autour de moi.

— Vous êtes si pressée que ça ? Il va arriver.

— Je croyais que nous devions dîner. Je ne savais pas qu'il y avait un service de restauration.

— Eh bien, si. Sept possibilités de chili. (Elle commença à compter sur ses doigts.) Macaronis, oignons émincés, fromage, crackers aux huîtres, crème aigre ou coriandre fraîche, dans n'importe quelle combinaison.

— Ça n'en fait que six.

— On peut aussi demander un chili nature.

— Oh...

Le 45-tours suivant embraya et Jerry Vale entama sa version personnelle du « It's all in the game » : « Many a tear has to fall[1]... » Je me refusai à penser à Cheney, de crainte de porter la poisse à notre idylle.

Une serveuse s'approcha. Reba commanda un thé glacé, et moi une bière. J'aurais volontiers pris un thé glacé moi aussi, mais seulement pour manifester une vertu que je ne possédais pas vraiment. Face à sa sobriété, j'étais consciente de chaque gorgée que j'ava-

1. « Bien des larmes couleront... »

lais. Je craignais qu'à la seconde où j'aurais détourné la tête, elle ne me pique ma bière et n'en boive la moitié.

Le menu n'offrant rien d'autre, nous commandâmes un chili aux sept assaisonnements, avec les six options. Le chili arriva, brûlant, épicé et embaumant. La recette, je m'en aperçus, était imprimée sur nos sets en papier. La tentation me vint de subtiliser le mien, mais la dernière ligne en bas précisait « Pour 40 personnes », ce qui me parut excessif pour une femme qui mange habituellement seule, debout devant l'évier.

— Vous n'avez jamais fini cette histoire des Passages et de la participation de Beck, lui fis-je remarquer.

— Je suis contente que vous me posiez la question. Je ne pensais pas que ça vous intéressait.

— Je vous écoute. Vous voulez bien me raconter ?

Elle s'interrompit pour allumer une cigarette.

— C'est assez simple. Un promoteur de Dallas a acheté le terrain en 1969 et soumis tous les plans. Il croyait que ce serait un jeu d'enfant. Il était si optimiste qu'il plantait déjà des panneaux : « Centre commercial Les Passages. Ouverture prévue à l'automne 1973. » Les urbanistes s'en sont payé une tranche en le faisant tourner en bourrique avec tous les règlements et cahiers de charges. Il a révisé seize fois les plans, mais rien ne semblait à leur goût. Douze ans après, alors qu'il attendait toujours leur accord, le promoteur a cherché quelqu'un d'autre et on lui a présenté Beck. Ceci, en 1981. Le projet a été achevé en 85, trois ans après le lancement du chantier – affaire rondement menée.

J'attendis la suite.

— À voir votre expression, je vois que vous ne pigez pas, me dit-elle.

— Affranchissez-moi, vous voulez ? Les devinettes nous font perdre du temps et me mettent à cran.

— Réfléchissez. Comment croyez-vous que Beck

ait obtenu tous les accords et permis ? Pour ses beaux yeux ?

Je la dévisageai, me sentant carrément bouchée.

Reba frotta son pouce avec son index, le geste universel pour signifier que l'argent change de mains.

— Des pots-de-vin ?

— Exactement. C'est là où est passé l'argent, les trois cent cinquante mille qu'on m'a accusée d'avoir piqués. J'en ai remis moi-même la plus grande partie, bien que je n'aie compris que plus tard de quoi il retournait. Tout ce que je savais, c'est qu'il me rendait complètement dingue avec ces foutues enveloppes de bureau bourrées à craquer. D'accord, certaines étaient réservées aux gars de Sacramento – Beck passe son temps à graisser la patte aux gens en attendant les élections –, mais la plupart étaient pour des élites locales qui avaient le pouvoir de dire non. Une fois le fric empoché, elles ne demandaient qu'à rendre service.

— Mais c'est de la prévarication ?

— Waouh ! Vous êtes une rapide, vous ! me lança-t-elle en levant les yeux au ciel. C'est bien pour cette raison que vous organisez ce rendez-vous avec les fédéraux, non ? Pour réunir des preuves contre lui ?

— J'ignorais jusqu'où vous étiez prête à aller.

— Jusqu'au bout.

— Mais la première fois que nous en avons parlé, vous ne m'avez pas dit qu'il plaçait son argent offshore pour le soustraire à sa femme ?

— C'est ce qu'il a voulu me faire croire. Je n'ai compris de quoi il s'agissait vraiment qu'à l'audit. Je suis sûre qu'il continue à sortir des capitaux du pays le plus vite qu'il peut, mais au moins j'ai compris. Ça n'a jamais été pour moi qu'il prenait toute cette peine.

— Je suis désolée. Je sais que c'est dur pour vous.

— Dur, mais vrai, me renvoya-t-elle d'un ton neutre.

Martin Blumberg fit son apparition à 21 heures

pétantes. Reba guettait son arrivée, elle lui adressa un grand geste d'invite à la minute où il entra. Il s'arrêta au bar pour allumer une cigarette. Le barman lui préparait déjà son breuvage habituel, un bourbon si foncé qu'on aurait dit un Coca. Verre à la main, il s'approcha de notre table. Il devait avoir la cinquantaine, et avoir été beau garçon en d'autres temps. Là, il souffrait d'une surcharge pondérale d'au moins quarante-cinq kilos et portait des vêtements trop étroits d'une taille. Ses poches de pantalon béaient comme des oreilles et les boutons de sa chemise le boudinaient. Il avait un visage poupin et le teint rubicond, des yeux bleus à l'expression chagrine, le nez écrasé et une masse sombre de cheveux crêpelés. Il paraissait sincèrement heureux de voir Reba. Elle l'invita à se joindre à nous, me désignant du pouce en guise de présentation.

— Kinsey Millhone... Marty Blumberg.

— Bonsoir, Marty. Ravie de vous connaître, lui dis-je en lui serrant la main.

Marty jaugea rapidement Reba.

— Tu n'as pas l'air trop défraîchie. Quand es-tu rentrée ?

— Lundi. Kinsey a fait le trajet et m'a ramenée. Cette expérience aura fait mon éducation... en quoi, je l'ignore.

— Je m'en doute.

— J'ai appris que tu étais dans les nouveaux bureaux ? Sympa d'être tout à côté. Le Dale's a toujours été ton point de chute préféré.

Marty sourit.

— Il y a seulement quatorze ans que je le fréquente. Je pourrais être copropriétaire, vu le fric que j'y ai laissé.

Reba sortit une cigarette. Marty saisit son Dunhill et lui tendit du feu. Elle coinça une mèche de cheveux derrière son oreille en se penchant sur la flamme, sa main posée négligemment sur celle de Marty. Elle inspira en fermant les yeux brièvement. Fumer revenait à prier, un acte qu'on accomplissait avec révérence.

— D'après Beck, les bureaux sont somptueux.

— Plutôt chics, reconnut-il.

— Venant de toi, c'est un grand compliment. Si on faisait le tour des lieux ? Beck m'a dit qu'il me ferait visiter, mais il est au Panamá.

— Le tour des lieux ? Bien sûr, pourquoi pas ? Passe-moi un coup de fil et on arrange ça.

— Pourquoi pas ce soir ? On est là, autant en profiter !

Il hésita.

— Pourquoi pas. De toute façon, il faut que je récupère ma serviette et que je range mon bureau.

— Tu ranges ton bureau un vendredi soir ? C'est de l'acharnement !

— Dernier diktat de Beck : aucun dossier ni papier ne doit traîner le soir sur aucune surface. On dirait des bureaux d'exposition. Je consacre l'essentiel de mon temps à rattraper des trucs et à ramasser ce que j'ai laissé glisser. Il y a des chances que je travaille aussi demain.

— Ce type est un bourreau de travail, me dit-elle en aparté, puis elle se tourna de nouveau vers lui. Kinsey est DP... dé-tec-tive-pri-vée, lança-t-elle en détachant chaque syllabe pour mieux insister. (Elle se tourna vers moi.) Vous avez une carte professionnelle sur vous ?

— Je regarde.

Je farfouillai dans mon sac, à la recherche de mon portefeuille où je gardais toujours un jeu de cartes de visite. Comme Reba tendait la main, je lui en donnai une qu'elle fit passer à Marty, lequel l'examina en feignant de s'y intéresser alors qu'il s'en fichait royalement.

Il la fourra dans sa poche de chemise.

— Vaut mieux que je surveille mes arrières !

Reba sourit.

— Tu as raison. Tu ne sais pas à quel point.

Il tapota le paquet pour en sortir une cigarette, qu'il plaça directement entre ses lèvres. Fumer ne semblait pas l'idéal pour un individu qui avait déjà une respiration d'asthmatique.

— Attends, lui dit Reba en prenant son briquet et l'allumant pour lui donner du feu.

— Trop gentille.

— Comme tu dis. Un prêté pour un rendu, lui dit-elle. (Elle appuya son menton sur une main.) Tu ne te demandes pas ce qu'elle fait ici ?

Le regard de Marty alla de Reba à moi.

— Une affaire de drogue ?

— Ne joue pas les idiots, lui dit-elle en lui expédiant une tape sur le bras. (Elle se pencha vers lui d'un air aguichant.) Elle fait partie d'une cellule d'enquête, lui glissa-t-elle à l'oreille – police fédérale et locale – qui s'intéresse aux finances de Beck. Tout cela ultra-confidentiel. Pas un mot, promis ?

Elle posa un doigt sur ses lèvres. Je me sentis blêmir. Je n'en revenais pas qu'elle ait eu l'inconscience de lui sortir ça tout de go sans m'en dire un mot au préalable ! Pas que j'aurais accepté, mais... J'observai la réaction de Marty.

Il eut un sourire hésitant et attendit la chute de cette bonne blague.

— Non, sérieusement ?

— Sérieusement, lui confirma-t-elle.

Elle prenait un plaisir non dissimulé à distiller l'information au compte-gouttes.

— Je ne comprends pas.

— Qu'y a-t-il à comprendre ? Je te dis ce qu'il en est.

— Pourquoi à moi ?

— Pour te mettre en garde. Je t'aime bien. Tu es en plein dans le collimateur.

Il devait être de ces hommes qui fonctionnent avec leur thermostat de chaleur corporelle poussé au maximum, car une pellicule de transpiration lui couvrait déjà le visage. D'un geste inconscient, on l'aurait dit, il prit le pan de sa cravate pour éponger les gouttes de sueur sur sa joue.

— Que veux-tu dire « en plein dans le collimateur » ? Pourquoi cette idée ?

— Parce que, petit *a*, tu sais ce qu'il manigance, et petit *b*, parce que Beck ne va pas plus tomber qu'il n'a accepté la responsabilité du trou de trois cent cinquante mille dollars.

— Je croyais que tu le lui avais proposé ?

— J'ai été assez conne pour lui faciliter la tâche. J'aimerais croire que tu es plus malin, mais rien ne le prouve.

— Il ne peut rien contre moi. J'ai pris mes précautions.

— Tu crois ça ? Il n'a qu'à t'accuser. Il y a tes empreintes sur tout, c'est toi qui as créé les comptes, les banques offshore et l'IBC.

— Justement. J'ai prise sur lui. Je suis le dernier au monde qu'il voudrait baiser.

— Je ne sais pas, dit-elle d'un ton sceptique. Il y a longtemps que tu travailles pour lui...

— Dix ans.

— Exact. Autrement dit, tu en sais bien plus long que moi.

— Et alors ?

— Et alors, s'il m'a fait porter le chapeau, il peut en faire autant pour toi. Crois-moi, c'est là qu'est le piège. Tu es aussi incapable de le voir maintenant que je l'ai été avant qu'il ne soit trop tard.

— Je n'ai pas à me plaindre de lui. Il tient à moi.

En dix ans, tu imagines tout l'argent que j'ai réussi à mettre de côté ? Je pourrais prendre ma retraite si je le voulais, tirer la porte demain et vivre quand même comme un roi.

— Peut-être pépère à première vue, mais quand même un piège.

Marty fit non de la tête.

— Non. Pas ça, dit-il. Je ne marche pas.

— Et s'ils te forcent la main ?

— Qui ça, ils ?

— La police fédérale. Qu'est-ce que je viens de te dire ? Le FBI, l'IRS, qui d'autre encore ? me demanda-t-elle avec un claquement de doigts impatient.

— Le ministère de la Justice.

Elle se tourna vers moi, l'air sévère.

— Je croyais que vous m'en aviez cité deux de plus.

Je me raclai la gorge.

— Les Douanes et le Trésor. Et la DEA, ajoutai-je.

— Tu vois bien, lui dit-elle, comme si cela expliquait tout.

— Pourquoi me forceraient-ils la main ? Sur quelles bases ?

— La merde qu'ils ont récoltée jusqu'ici.

— Auprès de qui ?

— Tu crois qu'ils n'ont pas d'agents dans la place ?

Il rit, quoique mal à l'aise.

— Quels « agents » ? C'est n'importe quoi.

— Pardon, je me suis mal exprimée. J'ai dit « agents » au pluriel. En réalité, il n'y en a qu'un.

— Qui ça ?

— Essaie de deviner. Tiens, je te donne un indice. Qui, dans la société, s'est rapproché de Beck ces derniers mois ? Hein ? (Elle posa un doigt sur sa joue, feignant de réfléchir profondément.) Ça commence par « O ».

— Onni ?

— Tu l'as dit, lui renvoya-t-elle. Vraiment pas de pot. On m'envoie en prison, elle en profite pour s'insinuer illico.

— Elle travaille pour le FBI ?

Reba acquiesça d'un hochement de la tête.

— Oh, oui, depuis des années ! Et crois-moi, la petite miss Onni veut son cul sur un plateau.

— Je n'arrive pas à le croire.

— Marty, pour elle, c'est une occasion en or. Tu connais ces putains de fonctionnaires, surtout les femmes. Elles se font engager. Les types leur refilent toutes les corvées, inutile de songer à une promotion. Il n'y a pas de possibilité d'avancement sans un coup, n'importe quoi. Si elle ne tente pas sa chance, elle végétera à son échelon.

— Ça me paraît bien tordu. Tu es sûre ? C'est absurde. Cette fille est une vraie crétine.

— C'est l'impression qu'elle donne, mais elle est maligne comme un singe. Crois-moi, elle est douée. Fais gaffe. Cette dame dispose de tous les éléments nécessaires, du moment qu'elle épingle Beck. Regarde plutôt. Quelqu'un de la société la soupçonne-t-il ? Sûrement pas toi, et Beck ne se doute de rien. S'il savait ce qui se trame, il aurait déjà filé comme une flèche, non ?

— Ma foi, oui.

— Tu ferais mieux de me croire. En attendant, elle est là, à fourrer son nez partout, à avoir accès à tout. C'est du gâteau pour elle.

Marty commençait à se fatiguer, même si je remarquai deux taches sur le devant de sa chemise, à l'endroit où la sueur transperçait.

— Écoute, Reb. Je sais que tu es furieuse contre lui et je ne te le reproche pas...

— Furieuse contre lui, oui, mais pas contre toi, d'où ma présence ici. Je te fais confiance pour la boucler. Je n'en ai pas soufflé mot à âme qui vive. Elle veut sa peau. Elle est ambitieuse et elle est prête à s'envoyer le bonhomme pour mieux le coincer.

Marty garda le silence. À l'entendre respirer, on aurait dit qu'il venait de courir sur six pâtés de maisons.

— Tu ne peux pas lancer des accusations en l'air...

— Je sais. Tu es un homme de bon sens et dur à convaincre, du coup je t'ai apporté ça.

Elle sortit les photos en noir et blanc de l'enveloppe et les lui passa de l'autre côté de la table.

Marty les regarda l'une après l'autre.

— Bon Dieu.

— Tu vois ce que je veux dire ?

— Mais à quoi pense-t-il ?

— Il ne pense pas. Il a la cervelle entre les jambes. Franchement, tu n'avais pas deviné qu'il la baisait ? Tu savais qu'il couchait avec moi.

— Oui, mais tu ne cachais pas que tu en pinçais pour lui. Mais ça, je l'ignorais. On ne devrait pas le mettre au courant ?

Reba leva les sourcils et lui fit les gros yeux.

— C'est ça que tu veux faire ? Eh ben pas moi, je te le garantis.

— Pauvre type.

— « Pauvre type », mes fesses ! Tu plaisantes ? S'il a été prêt à me sacquer, pourquoi pas toi ? Le problème, c'est que la barre est plus haute cette fois. Tu lui parles d'Onni, cela ne lui donnera que plus de temps pour effacer sa trace.

Marty leva son verre et fit tinter les glaçons. Le barman aperçut son geste et commença à lui en préparer un autre.

— Onni. Ça me dépasse. Beck aura foncé droit dans le piège.

— Naturellement ! À la seconde où elle passera à l'offensive, il retournera sa veste et te fera tout endosser. Il soutiendra que tu as agi de ton propre chef. Qu'il ne t'a jamais autorisé à faire quoi que ce soit. Que tu as tout pris sur toi.

— Mais c'est sa signature. Les demandes de prêt, les statuts...

— Marty, réfléchis un peu. Il dira qu'il n'a jamais rien compris aux données financières. Que c'est pour cette raison que j'ai pu détourner des fonds. Bon sang... Cette histoire aurait pu lui mettre du plomb dans la tête, mais il y a des gens qui ne tirent jamais les leçons de l'expérience. Tu lui disais de signer, il signait. Il t'a fait confiance, et voilà comment il a été payé de retour. C'est sa faute, sa très grande faute. En attendant, toi, tu es mis en accusation par un tribunal fédéral !

Marty hocha la tête.

— Je ne sais pas. Cette histoire m'épouvante. (Le barman lui apporta son verre. Marty sortit son portefeuille et en tira deux billets de vingt dollars.) Gardez le reste, dit-il.

Le temps que le barman s'éloigne, il avait presque vidé son verre.

Pendant le court échange entre les deux hommes, Reba m'avait jeté un regard rapide. Tu fais comme tu l'entends, m'étais-je dit avant qu'elle ne détourne les yeux.

Elle tapota gentiment le bras de Marty.

— N'importe, à toi de réfléchir, lui dit-elle d'un ton brusque. C'est vraiment tout ce que je demande. Même si tu conclus que j'invente, tu as intérêt à couvrir tes arrières. Une fois les assignations et les mandats en place, tu pourras dire adieu à la chance. En attendant, puisque tu montes, on te suit toutes les deux.

CHAPITRE 19

J'étais passée une demi-douzaine de fois devant l'entrée de l'immeuble des bureaux de Beck sans jamais le regarder. Un épais tapis de lierre envahissait la façade, qui s'intégrait dans le pastiche architectural d'une ancienne ville hispanique. On avait planté des arbres en fleurs sur le devant. À la gauche de l'entrée, des escalators doublés d'escaliers donnaient accès à un parking supplémentaire, construit à l'angle du centre commercial. Une boutique de bagages de luxe occupait une portion du rez-de-chaussée et devait verser un loyer tout aussi luxueux à Beck.

Nous poussâmes des portes vitrées qui se refermèrent sans bruit derrière nous. Des fenêtres se superposaient sur toute la hauteur des trois étages, jusqu'à une verrière inclinée. L'atrium, de forme oblongue, était en granit rose moucheté, sols et parois formant comme une toile de peintre en dur sur laquelle la lumière naturelle et artificielle jouait au gré du moment. Une horloge pourvue de longues aiguilles en cuivre et de points, également en cuivre et de quinze centimètres de diamètre, figurant les heures était fixée en hauteur sur le mur. Un rideau de lierre et de philodendrons vert foncé pendait d'une oasis en miniature au-dessus.

Deux ascenseurs occupaient le mur du fond. À leur droite, dans un renfoncement, deux autres ascenseurs se faisaient face, l'un avec une porte beaucoup plus large, sans doute un monte-charge. L'affichage digital sur le côté de chacun indiquait qu'ils étaient au rez-de-chaussée.

Au centre du hall d'entrée, une fontaine à débordement en granit formait un cercle parfait et s'enfonçait dans le sol ; un Niagara permanent s'échappant d'une canalisation de quinze centimètres tout autour du bord inondait ses parois inclinées. Le bruit de l'eau était apaisant, mais la chose en soi, je le crains, ressemblait plus au bord d'une cuvette de toilettes qu'au bassin serein qu'elle était censée évoquer.

Un vigile en uniforme siégeait à un haut bureau d'accueil en onyx, poli à mort. La soixantaine fluette, il avait des cheveux poivre et sel et un visage harmonieux dénué de toute expression. Je me demandai brièvement par quel concours de circonstances il avait échoué là. Il y avait sûrement peu de choses à garder, et encore moins à sécuriser. Se contentait-il de faire ses huit heures posté sans bouger ? Rien n'indiquait la présence d'un livre sur ses genoux, à l'abri des regards. Pas de radio ni de mini-télévision. Aucun carnet de croquis ou fascicule de mots croisés. Il nous suivit des yeux, sa tête tournant lentement tandis que nos pas résonnaient sur le granit poli du sol glacé.

Marty lui fit un geste de la main et reçut un regard impassible en réponse. Reba sourit au bonhomme, jouant de ses immenses prunelles sombres. Elle fut récompensée par un sourire hésitant. Elle rattrapa Marty devant les portes de l'ascenseur.

— Comment s'appelle ce type-là ? Il est trop mignon !

— Willard. Il fait la nuit et les week-ends. Impossible de me rappeler qui fait le jour.

Nous entrâmes dans l'ascenseur et Marty appuya sur le bouton du troisième.

— Tu as fait une conquête ! C'est la première fois que je le vois sourire, ajouta-t-il.

— Conquérir les agents de surveillance figure parmi mes spécialités, lui renvoya-t-elle. Encore que, dans mon cas, on parle plutôt de « contrôle judiciaire ».

Les bureaux de Beck occupant la totalité de l'étage, les portes de l'ascenseur s'ouvrirent directement dans l'espace de réception, dont l'épaisse moquette vert pâle tamisait les bruits. Tout était éclairé *a giorno*, mais nous étions à l'évidence seuls dans les lieux. Le mobilier moderne et l'art contemporain se mélangeaient à des pièces d'époque. Des cloisons en verre dépoli séparaient l'espace de réception d'une salle de conférences spacieuse. De l'endroit où nous nous trouvions, des couloirs partaient dans quatre directions comme les rayons d'une roue. De larges bandes de couleur formant de grandes arabesques sur le mur accentuaient l'impression de profondeur.

— Oh, Marty, quelle splendeur ! Beck m'avait prévenue que c'était spectaculaire, mais c'est vraiment plus que somptueux. Ça t'ennuie si on jette un coup d'œil ?

— D'accord, mais faites vite. J'ai envie de rentrer.

— Je te promets qu'on ne traînera pas. Dis-toi que s'il n'y avait pas eu ce séjour en prison, je travaillerais ici. Il y a un jardin en terrasse, non ?

— L'escalier est là-bas au fond. Tu ne peux pas le rater. Je serai dans mon bureau, au bout de ce couloir.

— Il y a de quoi se perdre ici, dit Reba.

— Je ne te le conseille pas. Beck se mettra en rogne s'il apprend que tu es venue.

— Motus et bouche cousue, lui promit-elle, fossettes à l'appui.

Reba fit le tour de la réception, tandis que je la suivais docilement. Tant que Marty resta là, elle fit montre d'un enthousiasme de gamine, applaudissant, passant la tête dans les bureaux ici et là, avec des oh ! et des ah ! d'extase. Il nous observa un court moment, puis il partit dans la direction opposée.

Dès qu'il disparut, Reba abandonna toute comédie et revint aux choses sérieuses. Je ne la quittai pas d'une semelle tandis qu'elle vérifiait les noms apposés à l'extérieur de chacun des bureaux. En arrivant à celui d'Onni, elle jeta un regard dans le couloir pour s'assurer de l'absence de Marty. Elle s'approcha du bureau, prit un Kleenex dans la boîte et s'en servit pour ouvrir les tiroirs.

— Vous faites le guet, d'accord ?

Je me retournai pour vérifier le couloir. Effectuer une fouille a toujours été mon sport préféré (hormis le temps passé avec Cheney Phillips récemment). La possibilité de se faire prendre en flagrant délit accentue encore l'anxiété électrisante qui vous habite à l'idée d'envahir l'espace intime de quelqu'un. Je ne savais pas trop ce qu'elle cherchait, sinon j'aurais demandé à jouer aussi. Vu les circonstances, quelqu'un devait monter la garde.

— Quand même, lâcha Reba tout en continuant à ouvrir et fermer des tiroirs. Je n'aurais jamais cru Marty si parano. Il devait être à court de tranquillisants. Ah...

Elle brandit un trousseau de clés imposant et l'agita en l'air.

— Vous ne pouvez pas les prendre.

— Bof. Onni ne revient pas avant lundi. Je les aurai remises d'ici là.

— Reba, non. Vous allez tout gâcher.

— Pas du tout. C'est une recherche scientifique. Je vérifie mon hypothèse.

— Quelle hypothèse ?

— Je vous dirai plus tard. Arrêtez de vous tourmenter.

Elle sortit du bureau d'Onni, laissant traîner une main sur le mur en revenant vers la réception, examinant avec attention les lignes du plafond. Lorsqu'elle arriva aux ascenseurs, elle fit le tour de l'espace central, le mesurant du regard. De grandes peintures abstraites dominaient les murs, éclairées de telle façon que le regard passait irrésistiblement d'une toile à la suivante.

— Si vous me disiez ce que vous cherchez, lui suggérai-je.

— Je sais comment il fonctionne. Il y a quelque chose ici qu'il ne veut pas que nous voyions. On essaie son bureau.

J'eus envie de protester, mais je savais qu'elle ne m'écouterait pas.

Le bureau d'angle de Beck était de toute beauté : spacieux, lambrissé de merisier clair et garni de la même moquette vert pâle qui étouffait le bruit des pas. La pièce proposait au visiteur des chauffeuses en cuir à piétement de métal, le genre dont on ne sort qu'à l'aide d'un treuil si on a eu l'étourderie de s'y asseoir. Le plateau de sa table de travail consistait en une plaque d'ardoise noire, surface inattendue, sauf s'il aimait y poser à la craie une division interminable sur toute la longueur. Reba se servit du même mouchoir en papier pour éviter de laisser des empreintes sur les tiroirs. Je fis le guet avec inquiétude, postée dans l'embrasure de la porte.

Déçue, elle pivota sur elle-même. Elle étudia la pièce en détail et finit par s'approcher du mur lambrissé, qu'elle tapota tout du long, cherchant un point qui sonne creux. À un endroit, elle actionna une petite plaque murale et une porte s'ouvrit, mais le seul trésor révélé fut la réserve d'alcools de Beck, accompagnés de carafes de cristal taillé et verres assortis. Elle referma la porte avec un mot malsonnant et repartit vers le bureau. S'asseyant dans son fauteuil pivotant, elle effectua une seconde inspection de cet angle de vue.

— Vous vous pressez un peu ? lui lançai-je à voix basse. Marty risque d'arriver d'une minute à l'autre et de se demander où nous sommes passées.

Elle repoussa le fauteuil et se pencha pour examiner le dessous du bureau. Elle tendit la main, puis presque toute la longueur du bras. Ne sachant pas trop ce qu'elle avait découvert, je préférai ne pas en être témoin. Je m'avançai dans le couloir et lançai un regard vers la réception. Jusque-là, pas de Marty. Sans y penser, je remarquai que le format des tableaux allait en décroissant des ascenseurs au bureau. Le visiteur en retirait l'impression de couloirs plus grands qu'ils n'étaient en réalité – un effet de trompe-l'œil amusant.

Reba sortit du bureau de Beck, me prit par le coude et me guida vers le grand escalier qui conduisait à la terrasse.

— À part le jardin, qu'y a-t-il en haut ?

— On n'en sait rien et c'est bien pour ça qu'on y va, me répondit-elle.

Elle grimpa les marches deux par deux et je l'imitai. En haut, une porte vitrée s'ouvrait sur un jardin paysager : des arbres, des massifs et des plates-bandes, isolés par de petites allées de gravier sinueuses et dont on ne voyait pas le bout. L'éclairage donnait à l'ensemble un éclat artificiel. Des sièges et des tables avec parasols occupaient des patios répartis un peu partout. Un mur d'un mètre cinquante de haut ceinturait le périmètre, qui offrait dans toutes les directions une vue éblouissante sur la ville. Au centre du jardin se dressait comme une cabane de jardinier ; une profusion de fleurs de la Passion pourpres enroulaient leurs tiges exubérantes autour des treillages qui en garnissaient les murs. Un écriteau se devinait au-dessous de l'abondante végétation. J'écartai le feuillage avec curiosité.

— C'est quoi ? me demanda-t-elle.

— « Danger. Haute tension », lus-je. Il y a un numéro de téléphone pour le régisseur de l'immeuble en cas de travaux. Sans doute un transformateur, peut-être un élément de l'alimentation en électricité. Allez savoir. À moins que ce ne soit la cage des ascenseurs, plus l'accès au chauffage central et à la climatisation. Il faut bien loger ces trucs-là quelque part.

Il s'échappait de la petite construction un bourdonnement qui vous donnait l'impression qu'un faux mouvement vous réduirait à l'état de frite croustillante.

Marty nous appela du bas des marches.

— Hé ! Reba ?

— On est là-haut !

— Je ne voudrais pas te bousculer, mais faut qu'on y aille ! Beck n'apprécie pas la présence d'inconnus dans les lieux !

— Je ne suis pas franchement une inconnue, Marty ! Je suis son coup préféré !

— N'empêche qu'il sera furieux et me passera un savon !

— Pas de problème, nous sommes prêtes quand tu veux ! (S'adressant à moi :) Prenez vos clés et votre portefeuille et cachez votre sac derrière ce machin.

— Mon sac ? Je ne vais pas laisser mon sac ! Vous êtes folle ?

— Vite !

Marty apparut en haut des marches, visiblement pas trop sûr de nous voir redescendre de notre propre chef. Il s'appuya contre la rampe en soufflant comme un phoque. Reba traversa le palier et passa son bras sous le sien, l'obligeant à se tourner pour admirer les montagnes dans le lointain.

— Quelle vue ! L'idéal pour une réception de bureau.

Marty sortit un mouchoir et épongea son visage luisant de transpiration.

— On n'en a pas encore organisé. Par beau temps, les filles montent leur déjeuner et prennent un peu le soleil. S'il fait mauvais, elles utilisent le local du personnel comme avant, dans les anciens bureaux, sauf que l'actuel est plus classe.

— Le local ? Je ne l'ai pas vu.

— Je te le montrerai au passage.

Reba se tourna vers moi.

— Tout va bien ?

— Je vous suis, dis-je.

Tous deux commencèrent à descendre l'escalier. Tout en pestant contre moi-même, je me conformai à ses instructions, pris mes clés et mon portefeuille et fourrai mon sac derrière un grand ficus en pot. J'espérais qu'elle savait ce qu'elle faisait parce que moi, je n'en avais pas la moindre idée, je vous le jure. Après un dernier regard nostalgique, je partis vers l'escalier.

Je les retrouvai dans ce qui semblait être une cuisine de taille moyenne. Évier, lave-vaisselle, deux fours à micro-ondes, réfrigérateur-congélateur à double porte, plus deux distributeurs, l'un de boissons non alcoolisées, l'autre de barres chocolatées, chips, crackers au beurre de cacahuètes, gâteaux secs, sachets d'arachides salées et autres en-cas peu faits pour garder la ligne. Une grande table entourée de chaises occupait le milieu de la pièce.

— Voyez-moi ça ! s'exclama-t-elle.

— Génial, dis-je.

— Prête ? me demanda Marty.

— Absolument. La visite m'a beaucoup plu.

— Parfait. Le temps de récupérer ma serviette et je ferme.

Nous prîmes tous trois le couloir en direction des ascenseurs. En passant devant son bureau, Marty s'éclipsa et reparut avec la serviette en question. Reba se pencha dans l'ouverture de la porte.

— Chouettes bureaux. De ta composition ?

— Seigneur, non ! Beck a fait appel à une société de décoration d'intérieur qui s'est chargée de tout, sauf des plantes vertes. Nous avons une autre société pour ça.

— Un peu m'as-tu-vu, lui fit-elle remarquer.

Nous regardâmes Marty appuyer sur le bouton pour appeler la cabine qui se trouvait en bas. Pendant que nous attendions, Reba désigna un troisième ascenseur situé au fond, de l'autre côté du bureau de l'hôtesse.

— Il sert à quoi ?

— C'est l'ascenseur de service. On l'utilise surtout pour la manutention, pour déplacer des cartons, classeurs métalliques, mobilier de bureau, ce genre de choses. Nous avons quinze-vingt sociétés aux trois étages. Ce qui représente une masse de fournitures et de photocopieuses. Les équipes d'entretien le prennent aussi quand elles viennent.

— Bart et son frère travaillent toujours le week-end ?

— Le vendredi, comme d'habitude. Ils débarqueront à minuit, lui dit-il.

— Sympa de voir que certaines choses ne changent pas. Quant au reste, on est passé à la vitesse supérieure. J'aurais dû savoir que Beck y veillerait dès qu'il m'aurait virée.

L'ascenseur arriva et les portes glissèrent en douceur. Marty tendit le bras et appuya sur le bouton de maintien d'ouverture des portes pendant qu'il composait le numéro de l'alarme sur le Digicode fixé à droite. Reba ne parut pas s'y intéresser outre mesure. Quand nous fûmes tous entrés, Marty pressa RC pour le rez-de-chaussée. Nous descendîmes sans dire grand-chose, regardant tous trois les numéros d'étage défiler : 3, 2, 1, RC.

Comme nous sortions, les portes d'un des deux ascenseurs situés dans le renfoncement s'ouvrirent, livrant passage à deux employés d'une équipe de nettoyage avec un chariot, dans lequel ils chargèrent un aspirateur, une panoplie de balais et serpillières, des bouteilles de détergent destiné aux collectivités et des paquets de serviettes en papier pour regarnir les distributeurs des toilettes. Tous deux portaient une combinaison de travail avec le logo de leur société cousu au dos. L'un d'eux adressa un signe de tête à Willard, qui porta un doigt à sa casquette. Reba regarda les deux employés qui traversaient le renfoncement et entraient dans l'ascenseur de service.

— Qu'est-ce qu'ils fabriquent là ?

Marty haussa les épaules.

— Aucune idée. Je crois qu'ils travaillent au premier.

Les portes se refermèrent sur eux et nous nous dirigeâmes tous les trois vers l'entrée, tandis que Willard notait notre heure de départ avec le même regard dénué d'expression qu'à notre arrivée. Marty ne prit pas la peine de lui dire au revoir, mais Reba lui adressa un signe de main joyeux.

— Merci, Willie. Bonne nuit !

Il hésita, puis il leva une main en l'air.

— Vous avez vu ? nous lança-t-elle. Si ce n'est pas de l'amour...

Nous descendîmes au parking en sous-sol.

— Je suis garé là, dit Marty au pied des marches. Et vous deux ?

— Là-bas, lui répondis-je en montrant la direction opposée.

Reba enfila ses mains dans ses poches et le regarda partir vers sa voiture.

— Hé, Marty...

Il s'immobilisa et se retourna.

— Réfléchis à ce que je t'ai dit. Si tu ne réagis pas, et vite, Beck va te tenir par les couilles.

Marty faillit dire quelque chose, mais parut se raviser. Il hocha la tête, le visage fermé, et tourna les talons.

Elle le suivit des yeux jusqu'à ce qu'il eût disparu, puis nous fîmes à pied toute la longueur du parking.

— Ces types du nettoyage ne me plaisent pas, me fit-elle remarquer.

— Si vous laissiez tomber.

— Je tiens à déclarer qu'ils ont quelque chose de pas net.

— Merci de me le signaler. Je le note au dossier.

En arrivant à la Volkswagen, j'ouvris la portière de mon côté, me glissai sous le volant, puis me penchai pour débloquer sa portière. Elle monta et la referma, mais comme j'allais mettre le contact, elle me retint.

— Attendez une minute.

— Pourquoi ?

— Parce qu'on n'a pas fini. Dès que Marty aura démarré, on y retourne.

— Vous ne pouvez pas. Comment vous débrouillerez-vous, cette fois ?

— Nous pouvons dire à Willie que vous avez oublié votre sac là-haut et que vous voulez le récupérer.

— Reba ! Assez de fantaisies. Vous allez saboter le dossier du FBI.

— C'est le gouvernement fédéral qui se fait baiser dans cette histoire. Il suffit de regarder ! Le pays va à vau-l'eau.

— Il ne s'agit pas de ça. Vous ne pouvez pas enfreindre la loi.

— Écoutez-moi cette sainte-nitouche ! Quelle loi ?

— Pour commencer : entrée par effraction.

— Qui vous parle de ça ? Nous sommes montées avec Marty. Il nous a laissé entrer de son plein gré.

— Et ensuite vous avez volé les clés.

— Je ne les ai pas volées, je les ai empruntées. J'ai l'intention de les remettre à leur place.

— On s'en moque. Moi, en tout cas, j'en ai assez.

Je tournai la clé de contact, passai les vitesses et sortis en marche arrière.

— Vous ne voulez pas récupérer votre sac ?

— Pas maintenant. Je vous reconduis chez vous.

— Alors demain matin, et je vous jure qu'on n'en parlera plus. D'accord ? Je passe vous prendre à 8 heures ?

— Pourquoi si tôt ? C'est samedi, le centre commercial n'ouvre pas avant 10 heures.

— Nous aurons filé depuis longtemps.

— Après avoir fait quoi ?

— Vous verrez bien.

— Taratata. Pas question. Ne comptez pas sur moi.

— Si vous ne venez pas avec moi, je me débrouillerai toute seule. Impossible de dire ce qui va m'arriver.

J'en aurais fermé les yeux d'impuissance, mais nous remontions déjà la rampe de sortie et je ne tenais pas à foncer dans le mur dans ma hâte à sortir de là.

Je pris à droite dans Chapel Street. Du coin de l'œil, je vis Reba sortir quelque chose de sa poche de blouson.

— C'est génial.

— Quoi ?

— Il semblerait que j'aie piqué un truc, après tout. C'est pas bien, ça.

— Vous n'avez pas...

— Si. C'est à Beck. Je les ai trouvés dans son bureau, son tiroir secret à la noix. Il doit avoir l'intention de filer, ce sale petit vous-savez-quoi.

Elle brandit un passeport, un permis de conduire et d'autres documents.

Je me rabattis brusquement vers le trottoir, au grand dam du conducteur de la voiture derrière moi. Celui-ci écrasa son avertisseur et m'adressa un geste grossier.

— Donnez-moi ça ! lançai-je à Reba en essayant de prendre ces papiers.

Elle les mit hors de ma portée.

— Attendez ! Ce n'est pas une plaisanterie. Passeport, certificat de naissance, permis de conduire, cartes de crédit. Au nom de « Garrison Randell » avec la photographie de Beck. Ça a dû lui coûter une fortune.

— Reba, à votre avis, que va-t-il se passer quand il découvrira qu'ils se sont volatilisés ?

— Comment le saura-t-il ?

— Et s'il vérifie dans son tiroir dès qu'il rentre. Ces documents sont sa planche de salut. Probable qu'il s'assure deux fois par jour qu'ils sont toujours là.

— Vous avez raison, reconnut-elle. Mais pourquoi irait-il me soupçonner ?

— Il n'en a pas besoin ! Tout ce qu'il a à faire, c'est vérifier qui est entré. Une fois qu'il saura à quoi s'en tenir sur Marty, c'est fichu. Marty ne va pas risquer sa tête pour vos beaux yeux. Vous finirez sous les verrous.

Elle réfléchit.

— D'accord. Je les remettrai dans son bureau en rapportant les clés d'Onni.

— Merci, lui dis-je, mais je savais que je ne pouvais pas me fier à sa parole.

Je la déposai chez elle et arrivai chez moi à 23 h 15. Le voyant rouge des messages clignotait sur mon répondeur. Cheney, pensai-je. Cette seule idée avait quelque chose d'érotique et, tel un chien de Pavlov, j'en gémis presque, par réflexe. J'appuyai sur le bouton et entendis sa voix. Huit mots. « Salut, mon bébé. Appelle-moi quand tu rentres. »

Je composai son numéro.

— Salut, toi-même, lançai-je aussitôt qu'il décrocha. Je te réveille ?

— Aucune importance. Où étais-tu ?

— En virée avec Reba. J'ai des tonnes de choses à te dire.

— Bravo. Viens et reste dormir ici. Je te ferai des tartines beurrées demain matin si tu es gentille.

— Impossible. Elle passe me prendre à 8 heures.

— Comment ça ?

— Une longue histoire. Je te raconterai quand je te verrai.

— Et si je venais te chercher et te reconduisais à temps demain matin ?

— Cheney, je peux faire le trajet. Tu n'es qu'à trois kilomètres d'ici.

— Je sais, mais je ne veux pas te voir traîner dans les rues à une heure pareille. On vit dans un monde dangereux.

Je ris.

— C'est ta vision des choses ? Toi en protecteur de chaque instant et moi docile comme un agneau ?

— Tu as mieux à proposer ?

— Non.

— Parfait. Je te prends dans dix minutes, me dit-il.

CHAPITRE 20

Je l'attendis dehors, assise sur le trottoir ; j'avais un tee-shirt noir à col roulé et une de mes jupes neuves. C'était la troisième nuit de suite que je le voyais. Comme après une série de numéros gagnants au zanzi, la chance allait sûrement tourner. Étais-je cynique ou avais-je la sagesse de regarder la vérité en face ? Je savais comment la nuit allait se dérouler. Au début, je me sentirais l'âme égale – heureuse d'être en sa compagnie, mais pas attirée irrésistiblement par lui. Nous parlerions de tout et de rien et, de manière insensible, je prendrais conscience de sa présence : l'odeur de sa peau, son visage de profil, la forme de ses mains posées sur le volant. Il sentirait mon attention et se tournerait pour me regarder. À l'instant où nos yeux se rencontreraient, une vibration sourde, venue de très profond, s'éveillerait et gagnerait tout mon corps, comme les premiers frémissements d'un tremblement de terre.

Curieusement, je n'avais pas l'impression d'être en danger avec lui. À force de me cogner dans mes relations avec les hommes, j'avais appris à me montrer prudente, distante, à me ménager des options au cas où elles tourneraient court. Et c'était inévitable, bien sûr, elles tournaient court, ce qui renforçait encore ma méfiance. Avec le recul, je me rendais compte que Dietz suivait exactement les mêmes règles, autrement dit j'étais en sécurité avec lui aussi, mais pour les mauvaises raisons ; en sécurité parce qu'il était toujours parti, parce qu'il n'était probablement pas capable de me proposer quoi que ce soit et, surtout, parce que son détachement reflétait le mien.

J'entendis la voiture de Cheney bien avant qu'il eût tourné à l'angle de Bay pour prendre Albanil Street. Ses phares apparurent brusquement et je me relevai, maudissant en silence l'absence de mon sac à bandoulière. Elle m'avait obligée à ranger – si l'on peut dire – quelques menus objets dans un sac en papier, comme une gamine qui emporte son goûter : des sous-vêtements propres, une brosse à dents, mon portefeuille et mes clés. Cheney avait baissé de nouveau la capote, mais en montant dans la voiture, je m'aperçus que le chauffage était mis à fond ; en clair, qu'une moitié de ma personne aurait chaud.

Il avisa le sac en papier.

— C'est ton baise-en-ville ?

Je brandis le sac.

— Juste un exemplaire de la collection. J'en ai quarante-neuf autres dans le tiroir de ma cuisine.

— Jolie jupe.

— Grâce à Reba. Je ne pensais pas la prendre, mais elle a insisté.

— Bon achat.

Il attendit que j'aie bouclé ma ceinture, puis il démarra.

— Je n'en reviens pas, lui dis-je. Tu ne dors jamais ?

— Je t'ai promis le tour du propriétaire. La dernière fois, tu n'as vu que le plafond de la chambre.

Je levai le doigt.

— J'ai une question.

— Et qui est ?

— Ça explique que tu te sois marié si vite ? Tu rencontres la vieille je-ne-sais-pas-qui et tu passes toutes les nuits avec elle pendant les trois premières semaines. La quatrième, elle emménage. La cinquième, vous êtes fiancés et la sixième vous vous mariez et partez en lune de miel. C'est comme ça que ça s'est passé ?

— Pas tout à fait, mais pas loin. Pourquoi, ça te tracasse ?

— Non, pas vraiment. Je me demandais juste dans combien de temps je devais envoyer les faire-part.

Cheney joua les guides, en commençant par les pièces du bas. La maison avait plus de cent ans et gardait l'empreinte d'un mode de vie oublié depuis longtemps. La plupart des cheminées, portes, boiseries et plinthes en acajou étaient encore intactes. Grandes fenêtres étroites, plafonds hauts, impostes au-dessus des portes pour faciliter la ventilation. Je comptai cinq cheminées en état de fonctionner au rez-de-chaussée et quatre autres dans les chambres du haut. Le salon (notion aujourd'hui disparue, à l'instar du dodo) se continuait en un petit boudoir, qui donnait à son tour sur une élégante véranda fermée. Dans la buanderie contiguë, les antiques baquets doubles se partageaient l'espace avec un poêle à bois pour l'eau chaude.

Cheney avait entamé la réfection du séjour, où des toiles de peintre recouvraient le plancher. Le papier mural décollé à la vapeur gisait en tas, abandonné. Le plâtre avait été refait par endroits et du papier adhésif bordait les fenêtres en prévision de la peinture. Il avait déposé une des portes et l'avait mise à plat sur deux tréteaux en la protégeant d'une toile, pour accueillir les outils dont il ne se servait pas. Les accessoires en cuivre – boutons de porte, plaques de serrure, fermetures de fenêtre et poignées – s'entassaient en désordre dans des cartons, dans un coin de la pièce.

— Depuis quand as-tu la maison ?

— Un peu plus d'un an.

D'autres toiles étaient déployées sur des portes vitrées coulissantes ouvrant sur la salle à manger, où les travaux me parurent très légèrement plus avancés. Là, l'échelle, les pots de peinture, pinceaux, rouleaux, bacs et guide-traits – sans parler de l'odeur – témoignaient qu'il avait fini les apprêts et la peinture, même s'il n'avait toujours pas remis en place les divers accessoires et fixations éparpillés sur tous les appuis.

— C'est la salle à manger ?

— Oui, mais le couple à qui appartenait la maison en avait fait une chambre pour sa mère à elle, une femme âgée. Comme ils avaient transformé l'office en salle de bains de fortune, mon premier geste a été de démonter la cuvette des toilettes, la douche et le lavabo et de remettre en état les placards à vaisselle et les tiroirs à argenterie encastrés dans le mur.

En regardant par les grandes baies de la salle à manger, je m'aperçus que je donnais en plein sur la cuisine de Neil et Vera, dans la maison voisine. L'allée de Cheney et la leur suivaient un tracé parallèle, séparées par une petite bande d'herbe. Vera, debout devant l'évier, rinçait les plats avant de les mettre dans le lave-vaisselle. Neil était assis sur un tabouret près du plan de travail et me tournait le dos ; tous deux bavardaient pendant qu'elle s'affairait. Aucun signe des enfants, sûrement couchés à cette heure-là. J'étais rarement témoin, ne fût-ce que de courts instants, de la vie d'un couple marié. Il m'arrivait d'en remarquer au restaurant qui ne se regardaient pas de tout le repas et n'échangeaient pas un mot. Vision angoissante : toutes les petites frictions quotidiennes sans le compagnonnage.

Cheney, derrière moi, m'enlaça, posa son visage contre mes cheveux et suivit mon regard.

— Un des rares couples heureux que je connaisse.

— En tout cas, à première vue.

Il m'embrassa l'oreille.

— Ne sois pas cynique.

— Que veux-tu, c'est ma nature, la tienne aussi.

— Oui, mais nous avons tous les deux une veine d'optimisme au fin fond de nous.

— Parle pour toi, lui renvoyai-je. Où est la cuisine ?

— Par là.

Les propriétaires précédents avaient effectué de gros travaux de remodelage des lieux, qui déployaient maintenant une ligne continue de plans de travail en granit, d'appareils ménagers en inox et d'éclairages dernier cri. Loin de détonner avec l'atmosphère générale de la maison, il s'en dégageait un merveilleux sentiment de confiance en l'avenir et d'efficacité. J'explorais un office de plain-pied aussi grand que ma mezzanine quand le téléphone sonna. Cheney prit l'appel et ne fut guère disert. Il replaça le combiné sur son support fixé au mur.

— C'était Jonah. Il y a eu un règlement de comptes dans un parking en sous-sol de Floresta. Une prostituée de mon secteur s'est trouvée prise entre deux feux. Je lui ai dit que je te déposais chez toi et le rejoignais sur place.

— Bien sûr, dis-je, et pensai : Bravo... maintenant que Jonah sait qu'on est ensemble, toute la police de Santa Teresa en sera informée avant demain midi.

Côté commérages, il n'y a pas pire pipelettes que les mecs !

Je m'enfilai dans mon lit à minuit et n'arrêtai pas de m'agiter et de me retourner, peut-être à cause de ma longue sieste de l'après-midi. Je ne me rappelle pas quand je sombrai dans un sommeil de plomb, mais je pris vaguement conscience qu'on frappait comme un sourd à ma porte. J'ouvris les yeux et vérifiai l'heure : 8 h 02. Zut ! que me voulait-on ? Oh, merde. Reba.

Je repoussai ma couette, bondis sur mes pieds et hurlai : « Juste une minute ! »... comme si elle pouvait m'entendre. Je me débarbouillai à sec, pressant mes doigts sur mes paupières jusqu'à ce que je voie des étincelles à l'intérieur. Puis je descendis et la fis entrer en répétant : « Désolée, désolée ! Je ne me suis pas réveillée. Je reviens dans une seconde ! »

Je la laissai faire comme chez elle, le temps de remonter.

— Vous pouvez mettre le café en route si vous savez comment vous y prendre ! lui criai-je en me penchant sur la rampe, histoire de préserver les bonnes manières.

— Ne vous inquiétez pas. On s'arrêtera à un McDo.

— Marché conclu !

Après un petit tour expéditif dans la salle de bains, j'enfilai mon jean, un tee-shirt et des tennis. Je récupérai mon portefeuille et mes clés dans le sac en papier et, en six minutes chrono, je fus prête à franchir la porte.

Nous passâmes notre commande au guichet extérieur et nous installâmes au parking avec deux énormes cafés et quatre Egg McMuffin, plus quelques sachets de sel pour faire bonne mesure. Comme moi, Reba expédia le tout sans respirer, à croire qu'elle voulait battre le record national de vitesse.

— Ch'est pas pour rien qu'on parle de bouffe rapide, me fit-elle remarquer, la bouche pleine.

Durant quelques minutes, nous gardâmes le silence, concentrées sur notre pitance.

Après quoi nous fourrâmes nos ordures dans le sac en papier, que Reba expédia adroitement dans le conteneur posé sur le trottoir, à proximité.

— Panier ! Deux points !

Pendant que je buvais mon café, elle avait tendu le bras vers le siège arrière et attrapé trois rouleaux de plans d'architecte maintenus par un élastique. Elle glissa l'élastique autour de son poignet pour ne pas le perdre, déroula la première feuille au format peu maniable et l'étala sur le tableau de bord. Sur le papier d'un bleu passé, les espaces en deux dimensions apparaissaient à l'encre bleue. La légende au bas indiquait : IMMEUBLE BECKWITH, 25-3-1981.

— Ce sont les anciens plans. J'espère qu'ils nous diront ce que Beck cache et où il le cache.

— Où vous les êtes-vous procurés ?

— Nous en avions des duplicatas au bureau – au grand complet, du gros œuvre à la plomberie, chauffage et climatisation, installations diverses, j'en passe. À chaque modification, l'architecte tirait un nouveau jeu de plans pour les principaux responsables. Beck m'avait dit de les jeter.

— Et vous avez eu la sagesse de les garder ? Tous mes compliments.

— Je ne parlerais pas de sagesse. Simplement, j'aime bien les informations qu'ils donnent. C'est comme si on regardait des radios – toutes ces cassures et fêlures à l'endroit où on s'y attend le moins. Tenez, étudiez-les et nous comparerons nos observations. J'ai compris hier soir que nous avions tout faux.

Elle me passa le second lot de plans, des feuilles qui faisaient au moins quarante-six centimètres sur soixante. Je me débattis avec la première planche pour l'aplatir à peu près correctement et en examinai les détails. Pour autant que je pouvais en juger, il s'agissait plus ou moins de l'entrée de service et des locaux des installations électriques, avec l'emplacement du compteur, de la caisse du transformateur, du tableau d'interrupteurs, des logements électriques et des circuits individuels. Les schémas d'installation des gaines consistaient en des cercles et des lignes ondulées montrant le raccordement des sorties aux tableaux de surveillance.

La planche suivante était plus intéressante. Cela ressemblait au plan en coupe d'un angle de l'immeuble sur toute sa hauteur. D'après l'échelle au cinquantième au bas de la page, deux centimètres équivalaient à un mètre. Les noms de tous les détails figuraient en capitales cursives, écriture caractéristique qu'on enseigne sûrement dès le premier jour à tout étudiant en architecture. Reba me coula un regard en biais.

— La stabilité du bâtiment est assurée par un noyau rigide sur toute la hauteur – une tour structurelle qui accueille les toilettes, les escaliers et les ascenseurs. Je me rappelle les avoir entendus parler de ceinturage et de panneaux de cisaillement, mais j'ignore de quoi il s'agit.

Je voyais les colonnes de béton, l'emplacement des raidisseurs en béton précontraint, la pente de la dalle et le pilotis de fondation en béton, étayé par un assemblage de montants en acier et de mur en pierre sèche. J'espérais détecter un lien entre les traits de la planche et les espaces que j'avais vus. L'épure de la toiture, par exemple, montrait bien les éléments mécaniques des ascenseurs, dans la même position en gros que la fausse maison de jardinier. Reba posa un doigt sur la feuille.

— Ça ne me plaît pas. L'autre tracé place les ascenseurs à l'autre bout, pas comme ici. C'est quoi, ça ?

— Il faudrait peut-être jeter un nouveau coup d'œil, lui dis-je. Impossible de comprendre ce foutu plan. Je ne vois pas par où commencer.

Reba déroula un troisième plan, celui-là daté d'août 1981. Nous rapprochâmes les deux tracés pour les comparer. Ayant une connaissance de première main des bureaux, j'avais une idée assez exacte de ce que je regardais, hormis quelques lacunes notoires. Là où la pièce du personnel se situait dans la réalité, le plan de niveau signalait une salle de conférences, qui avait été rapprochée de la réception.

— Combien de jeux avez-vous ?

— Des tonnes, mais ceux-ci m'ont paru les plus appropriés. De mars à août, les différences sont minimes. Mais les changements apparaissant en octobre m'ont semblé intéressants.

Elle se bagarra avec une quatrième feuille, qu'elle superposa à la troisième. Dans un bruissement de papier, nous étudiâmes toutes les deux les détails des toilettes du personnel, les aménagements pour fauteuil roulant, les terrasses en métal et les éléments d'isolation rigides – embrassant les quinze pièces des bureaux de Beck d'un seul regard.

— On cherche quelque chose de précis ? lui demandai-je.

Elle me montra un espace oblong contigu aux escaliers de secours et aux gaines des ascenseurs.

— Vous voyez ça ? L'emplacement des ascenseurs est passé d'ici à là, me dit-elle en déplaçant son doigt de mon plan au sien.

— La salle du personnel a bougé aussi, et alors ?

— Regardez bien. D'accord, je comprends qu'ils aient fait des changements, mais des espaces sont omis. Ici, on parle d'entreposage, or sur ce tracé, l'espace est toujours là, mais sans aucune indication.

— Quelle importance ?

— C'est juste que ça me paraît bizarre. Croyez-moi, il y avait une pièce à cet emplacement sur un des plans de niveau du début. Quand j'ai demandé à Beck ce que c'était, il m'a rembarrée, comme si je n'avais pas besoin de le savoir. Sur les plans initiaux, l'architecte mentionnait une armurerie, ce qui est absurde. Beck a une peur bleue des armes à feu. Il n'en possède même pas, et encore moins une collection de ces saletés. À l'époque, j'ai pensé à une sorte de refuge en cas de panique...

— Un sas de sécurité ?

— Un truc de ce genre, oui. Quelque chose dont il ne voulait pas qu'on connaisse l'existence. Plus tard je me suis demandé s'il voulait en faire un nid d'amour, un réduit secret où amener ses belles. La solution idéale, non ? Même immeuble, mais à l'abri du public. Commode d'avoir une pétasse au chaud !

— L'architecte a peut-être refusé l'idée.

— Personne ne refuse jamais rien à Beck. Il sait exactement ce qu'il veut et il l'obtient. (Elle posa un doigt sur un espace anonyme juste après la réception.) Pourrait-il y avoir un vide derrière ce mur ?

Je dressai un état des lieux dans mon esprit, visualisant la galerie des peintures et l'effet en trompe l'œil créé par la réduction progressive de leur format jusqu'au bout du couloir. J'examinai à nouveau le plan de niveau.

— Je ne pense pas. S'il y a une pièce là derrière, par où entrerait-on ? Je ne garde le souvenir d'aucune porte dans ce mur.

— Moi non plus. J'ai compté cinq bureaux en tout, avec celui d'Onni au milieu. Après le bureau de Jude – vous savez, celui aux photographies en noir et blanc ?

— Oui, tout à fait.

— Bon. La galerie partait de là et ce mur doit faire huit mètres de long au minimum.

— Et la réserve où ils entreposaient les fournitures de bureau ?

— Elle est juste là. Je l'ai inspectée à deux reprises et il n'y avait pas de porte non plus. Donc, s'il y a une pièce, elle a été condamnée.

— Il y a peut-être un rapport avec l'infrastructure du bâtiment. Tous ces éléments techniques... Avez-vous des plans plus récents ?

Reba fit non de la tête.

— J'étais en prison à ce moment-là.

Nous gardâmes le silence un moment.

— Dommage que nous n'ayons pas de plans des bureaux au-dessous des siens. Vous partez de l'hypothèse qu'il s'agit d'une pièce, mais ce pourrait être un vide technique ou une cage d'évacuation sur toute la hauteur de l'immeuble.

Elle rassembla les plans, les roula et glissa l'élastique autour. Puis elle les expédia sur la banquette arrière et mit le contact.

— Il n'y a qu'une façon de le savoir.

Reba fit le tour du pâté d'immeubles, contournant lentement l'esplanade des boutiques des Passages, son regard se désintéressant de moi pour scruter les lieux par la vitre du côté passager. À l'extrémité sud du centre commercial, elle se rabattit contre le trottoir, son attention attirée par une entrée indiquant « Livraisons ». Une rampe à la pente prononcée se perdait dans l'obscurité, à l'intérieur.

— Attendez. Il faut que j'en aie le cœur net, me dit-elle.

Elle coupa le moteur et sortit de son côté de la voiture, j'en fis autant du mien. Nous nous engageâmes sur la rampe qui descendait sur deux niveaux jusqu'à ce qui devait être un sous-sol. Elle s'arrêtait devant une herse, fermée par un beau et gros cadenas. À travers le maillage, nous aperçûmes dix places de parking, une double porte sans indication particulière au fond d'un cul-de-sac et une porte métallique à simple battant à droite.

— Vous pensez que c'est la seule voie d'accès ? lui demandai-je.

— Impossible. Quand on livre, il faut forcément acheminer la marchandise jusqu'aux magasins.

Nous refîmes le trajet en sens inverse, légèrement essoufflées au terme de l'ascension. En arrivant au trottoir, elle recula de quelques pas et parcourut du regard toute la longueur de l'immeuble. Au niveau de la rue, la construction, qui évoquait une forteresse, ne comportait aucune vitrine ni magasin de détail en retrait.

— Il y a une deuxième rampe identique au bout, me fit-elle remarquer. Oh ! une minute, j'ai pigé. On va voir si j'ai raison.

Je la dévisageai.

— Vous me le dites, oui ou non ?

— Si j'ai raison, bien sûr. Si je me trompe, vous n'avez pas besoin de savoir.

— Vous êtes vraiment casse-pieds !

Elle sourit, pas démontée pour un sou.

Nous regagnâmes la voiture. Elle mit le contact et se tourna pour voir si un véhicule arrivait. Elle déboîta et continua à faire le tour du centre commercial, longeant la rampe jumelle de celle que nous venions d'explorer. Puis elle tourna à droite et prit vers le nord dans Chapel Street.

Les Passages offraient le stationnement gratuit pendant le week-end, probablement pour pousser à la dépense. La grille d'accès au parking en sous-sol était relevée. Reba engagea sa voiture sur la rampe. Une fois en bas, elle vira à droite, fit toute la longueur du parking et se gara à une place située à proximité des portes en verre fumé qui signalaient l'entrée de Macy's au niveau inférieur. Le magasin était encore fermé et n'ouvrirait pas avant 10 heures.

Reba tendit le doigt. Dix voitures plus loin à droite, il y avait une porte sur laquelle on lisait « Service. Entrée interdite ». Plus loin, la rampe poursuivait sa montée en spirale vers les parkings des premier, deuxième et troisième niveaux.

— Elle est sûrement fermée, non ? dis-je, sentant monter une vague nausée de fébrilité à l'idée d'aller là où nous n'étions pas censées nous trouver.

— Sûrement. Je vous ai dit que j'avais effectué quelques repérages, mais je n'ai pas pu entrer. Maintenant, j'ai ça !

Elle agita le gros trousseau de clés qu'elle avait subtilisé dans le bureau d'Onni. Elle inspecta les clés l'une après l'autre en souriant de plaisir.

— Whaou ! Je suis désolée d'avoir dit du mal de cette fille. Regardez !

Onni, notre petite fée du bureau, avait muni chaque clé d'un ruban de titreuse précisant nettement sa destination en relief : BUREAU, BUR. BECK, SALLE CONF., SERVICE, RÉSERVE, ASC. SERV., COFFR. CTRE-V., COFFR. DÉP, STÉ CRÉD. Reba prit les deux clés de coffres entre le pouce et l'index et agita les autres.

— Je vous parie qu'ils renferment une tonne d'informations. Le coffre du centre-ville est l'endroit où Beck garde les doubles de ses livres comptables.

— Les doubles ? Ce n'est pas très malin.

— Ce ne sont pas de vrais livres. Toute l'information est sur disquettes. Il y passe tous les deux jours pour déposer les mises à jour. Bien obligé. C'est un homme d'affaires. Même si les affaires en question sont illégales, il est obligé de garder des archives. Vous croyez qu'il n'est pas tenu de fournir une comptabilité complète à Salustio ?

— Si, bien sûr, mais ça semble dangereux quand même.

— Beck adore prendre des risques. Il est accro aux situations d'urgence.

— C'est quelque chose que je peux comprendre.

Reba continuait à tripoter les clés des coffres.

— Je me demande si on peut y avoir accès...

— Reba...

— Je n'ai pas dit que je le ferais. Comme il a changé de banques à la seconde où je suis allée en prison, de toute façon je n'ai pas la signature. C'est sans doute Marty, maintenant.

— Jurez que vous allez les remettre en place.

— Je vous ai déjà dit que oui. Dès que j'aurai fait faire des doubles.

— Bon sang, Reba ! Vous avez perdu l'esprit ou quoi ?

— Et pas qu'un peu. (Elle jeta un coup d'œil au grand parking vide derrière elle.) On a intérêt à y aller avant que quelqu'un d'autre arrive.

Nous descendîmes de la voiture et gagnâmes la porte de service, le bruit de nos pas se répercutant contre le béton nu des murs. Reba essaya de tourner le bouton, verrouillé comme prévu, puis utilisa la clé qu'Onni avait eu la prévenance d'étiqueter. La porte s'ouvrit sur une cage d'escalier. Nous descendîmes quelques marches et découvrîmes deux nouvelles portes, distantes de trois mètres environ.

— Bâbord ou tribord ? À vous de choisir.

Je désignai la porte gauche. Elle haussa les épaules et me tendit les clés. Après quelques tâtonnements, je trouvai la bonne. L'imagination peu fertile d'Onni l'avait poussée à marquer quelques clés par des numéros. J'en essayai trois avant de trouver celle qui convenait. Libérant le pêne, j'ouvris la porte. Nous nous retrouvâmes dans le cul-de-sac de dix places de parking que nous avions vu de la rue.

— Oh-oh ! lâcha Reba.

Nous refermâmes la porte et nous passâmes à la suivante.

— À votre tour, lui dis-je. Je mise sur la quatre.

— Inutile de se fatiguer. Je sais déjà ce qu'il y a derrière celle-là.

Elle enfila la clé dans la serrure, la tourna et poussa le battant. Un long corridor aveugle s'offrit à notre regard. Des plaques de néon fixées au plafond projetaient un éclairage bleuâtre. À intervalles réguliers, des portes métalliques surdimensionnées s'ouvraient de part et d'autre sur les aires de chargement et les réserves des divers magasins du centre, certaines faisant face à Chapel Street et les autres à l'esplanade intérieure. Des écriteaux au-dessus des portes indiquaient les raisons sociales respectives : la boutique de bagages, le magasin de vêtements pour enfants, le commerce de céramiques italiennes, la bijouterie, et ainsi de suite.

J'étudiai la disposition des lieux. Aucun signe des deux ascenseurs que j'avais vus dans le hall d'entrée au-dessus, mais un mur massif en béton, sans doute la partie inférieure des cages. Un peu plus loin, un miroir fixé en hauteur dans l'angle à droite, en position inclinée pour révéler le renfoncement, reflétait l'image de l'ascenseur de service et du deuxième ascenseur que j'avais remarqués dans le hall d'entrée. Je fis un pas, mais Reba tendit le bras et m'intercepta avec autant d'efficacité qu'une barrière de passage à niveau. Posant un doigt sur ses lèvres, elle me désigna quelque chose en haut, à droite.

J'aperçus une caméra de sécurité dans l'angle, dont l'objectif visait l'extrémité du couloir. Un téléphone était fixé au mur, probablement pour assurer la communication entre le bureau de réception et les livreurs. Nous battîmes en retraite, refermant la porte sans bruit. Mais même, elle baissa la voix.

— Après que vous m'avez déposée hier soir, me glissa-t-elle dans un chuchotement presque inaudible, j'ai pris ma voiture et je suis revenue pour bavarder avec Willie. Il est sympa, absolument pas coincé comme il en donne l'impression. C'est un mordu d'échecs. Il fait des championnats de bridge par équipe et, parole d'honneur, il confectionne du pain au levain. Il dit qu'il a la même bagnole depuis neuf ans. Pendant tout le temps où on a discuté, j'ai vérifié tous les écrans de contrôle – tous les dix – et je sais ce qu'il voit. J'ai aperçu par moments l'endroit où nous nous trouvons, mais je n'ai su de quoi il s'agissait qu'en ouvrant la porte ici. Là-haut, il a des vues de tous les couloirs dans les deux directions, mais aucune des ascenseurs ni de rien sur le toit.

— Et des bureaux de Beck ?

— Vous rêvez ! Beck n'accepterait jamais cette connerie de Big Brother. Il se fiche que Willie espionne ses locataires, mais lui, il n'en est pas question.

— Ça me paraît une sécurité massive pour un immeuble de cette dimension.

— Intéressant, hein ? C'est aussi ce que j'ai pensé.

— Et où disparaîtraient les ascenseurs ?

— Ceux réservés au public ne vont pas plus loin que le rez-de-chaussée, me dit-elle. De toute évidence, Beck ne veut pas qu'on puisse accéder d'en bas à ses bureaux. Un ascenseur fait la navette entre le parking en sous-sol et le hall d'entrée. Ce qui permet à Willie d'intercepter les visiteurs et de leur poser des questions. On a intérêt à avoir une bonne raison d'être là, sinon inutile d'insister. Si on veut prendre un ascenseur pour descendre jusqu'ici, il faut une clé. Il n'existe aucun bouton.

— Mais si l'ascenseur de service part d'ici, personne ne peut sauter dedans et éviter Willard ? lui demandai-je. Car même si les caméras tournent, il ne peut pas surveiller les dix écrans en même temps.

— En théorie, vous avez raison, mais ce serait difficile. D'abord, tous ces passages sont verrouillés en permanence...

— Ce qui ne nous a pas empêchées de les prendre.

— Ensuite, continua-t-elle sans se laisser désarçonner, chaque étage possède un code de sécurité. Admettons que vous tentiez votre chance avec l'ascenseur de service – en supposant que Willie ne vous repère pas dans ce couloir-ci –, vous ne pourriez sortir que si vous connaissez le code de l'alarme de l'étage. Si vous confondez les chiffres, c'est le branle-bas de combat !

— Ce qui signifie dans notre cas précis ?

— Qu'il vaut mieux compter sur le naturel aimable de Willie et récupérer votre sac avant qu'il termine son service.

CHAPITRE 21

Nous refîmes le trajet en sens inverse et ressortîmes du couloir de service dans le parking, à la hauteur de Macy's. L'escalator nous conduisit au niveau suivant, celui de l'esplanade. Quand nous arrivâmes à l'entrée du Beckwith Building, Reba poussa la porte et constata qu'elle était fermée. Elle mit ses mains autour de ses yeux pour voir à travers la vitre.

— Hé ! Willie ! Par ici !

Elle frappa à la vitre pour attirer l'attention du vigile. À la seconde où il leva la tête, elle lui adressa un grand geste enthousiaste et lui fit des signes pour lui demander de nous ouvrir. Willard la rembarra avec agacement ; on aurait dit un lanceur de base-ball se libérant d'une banderole importune. Reba moulina du bras dans sa direction. Comme il la dévisageait en refusant de se laisser émouvoir, elle joignit les mains d'un geste suppliant. Il quitta son siège à contrecœur et vint vers la porte.

— C'est fermé ! cria-t-il de son côté de la vitre.

— Alleeez, ouvrez... l'implora-t-elle.

Il soupesa sa requête, manifestement partagé.

Posant sa bouche sur la vitre, elle lui fit un gros baiser insistant. Elle joua de ses yeux immenses et de ses irrésistibles fossettes.

— S'il-vous-plaît-s'il-vous-plaît-s'il-vous-plaît !

Pas autrement heureux, il saisit pourtant les clés accrochées à sa ceinture. Il déverrouilla la porte et l'entrouvrit prudemment d'une dizaine de centimètres.

— Qu'est-ce que vous voulez ? Je ne peux ouvrir qu'aux locataires.

— Je sais, mais Kinsey a oublié son sac en haut avec ses clés de voiture et son portefeuille et elle en a besoin !

Sans se laisser impressionner, Willard me coula un rapide coup d'œil.

— Elle peut repasser lundi. L'immeuble ouvre à 7 heures.

— Mais comment va-t-elle faire ? Sans ses clés de voiture, elle ne peut même pas conduire ! J'ai dû passer la prendre chez elle et l'amener ici moi-même. C'est son SAC, Will ! Vous savez ce que c'est pour une femme, de ne plus avoir son sac ? Elle devient folle ! Elle est détective privé. Elle a sa LICENCE dedans ! Plus son carnet d'adresses, son maquillage, ses cartes de crédit, son carnet de chèques, absolument tous ses sous ! Même sa plaquette de pilules ! Si elle tombe enceinte, vous en porterez la responsabilité, alors attendez-vous à élever un petit !

— D'accord, d'accord. Dites-moi où il est, je le lui rapporte.

— Mais elle ne le sait PAS ! C'est bien le PROBLÈME ! Tout ce qu'elle sait, c'est qu'elle l'avait avec elle quand on est montées avec Marty hier soir. Impossible de remettre la main dessus et c'est le seul endroit où elle soit allée. Il est forcément quelque part. Allez... Soyez chic. Ça ne prendra pas cinq minutes et ensuite on vous fiche la paix.

— Impossible. L'alarme est branchée.

— Marty m'a donné le code. C'est vrai ! Il m'a dit qu'il n'y voyait pas d'inconvénient du moment que je vous en parlais d'abord.

Avec une patience à toute épreuve, Willard ouvrit la porte et nous laissa entrer. Je croyais qu'il insisterait pour monter avec nous, mais il prenait ses obligations de surveillance au sérieux et se refusait à abandonner son poste. Reba et moi prîmes un des deux ascenseurs réservés au public, lequel effectua la montée des trois étages avec une lenteur qui nous mit au supplice.

— Vous êtes sûre de connaître le code ? lui demandai-je.

— J'ai observé Marty quand il le composait. Le même que quand je travaillais pour Beck.

— Comment se fait-il que ce maniaque de la sécurité traite les codes avec autant de légèreté ? N'importe qui ayant travaillé pour lui pourrait entrer !

Reba écarta ma remarque d'un geste.

— On passait notre temps à les changer – tous les mois –, mais avec vingt-cinq employés, il y avait toujours quelqu'un qui se trompait. L'alarme se déclenchait trois ou quatre fois par semaine. La police est venue si souvent qu'elle a commencé à facturer ses déplacements, cinquante dollars !

Les portes s'ouvrirent et Reba appuya sur ARRÊT en sortant de l'ascenseur. Je me penchai et la regardai composer le code à sept chiffres : 19-4-1949.

— La date de naissance de Beck, m'expliqua-t-elle. Pendant un moment, il a utilisé celle de Tracy, mais comme c'était lui qui passait son temps à l'oublier, il a changé et pris la sienne.

Le voyant du Digicode de l'alarme passa du rouge au vert. Elle laissa le bouton sur ARRÊT ; l'ascenseur nous attendrait. Je la suivis dans la réception.

Un silence de mort régnait dans les bureaux. De nombreuses lumières étaient allumées, ce qui, curieusement, accentuait l'impression générale d'abandon.

— Bart et Bret, les jumeaux du nettoyage, sont passés hier soir. Regardez les traces d'aspirateur. Espérons que la première personne qui mettra les pieds ici lundi matin ne se posera pas de questions sur nos empreintes de pas dans les couloirs.

— Comment savez-vous que ce sont Bart et Bret qui ont passé l'aspirateur et pas les types avec le chariot ?

— Ravie que vous le demandiez. Je vais vous expliquer. Ce n'était pas une authentique équipe de nettoyage, évidence qui m'est apparue au cours de la nuit. Vous savez ce qui a retenu mon attention ? (Elle s'interrompit, ménageant son effet.) Les chaussures. Pourquoi des types qui passent la serpillière s'offraient-ils des mocassins italiens bien cirés à quatre cents dollars la paire ?

— Un vrai Sherlock Holmes...

— Vous l'avez dit ! Allez récupérer votre sac pendant que je satisfais ma curiosité. Ce ne devrait pas être long.

Je me dirigeai tout droit vers le toit, prenant le couloir qui conduisait à l'escalier. Conformément à l'édit de Beck sur les surfaces dégagées de tout dossier, les pièces que je vis au passage paraissaient toutes aussi improductives et aussi vierges qu'une publicité pour mobilier de bureau. Je montai les marches deux par deux et poussai la grande porte vitrée qui donnait sur le toit. Le ciel matinal se perdait à l'infini, d'un bleu parfait. Je ralentis et gagnai le parapet, attirée par le désir de regarder le centre-ville de Santa Teresa depuis cet observatoire. Sous la caresse du soleil qui avait réchauffé l'air du jardin en terrasse, les massifs en fleurs embaumaient, tandis qu'un vent léger faisait bruire les feuilles. Dans le lointain, la lumière nappait d'un éclat doré les sommets des montagnes. Je me penchai et regardai la rue, encore largement vide à cette heure. Renversant la tête, j'offris mon visage à la lumière et inspirai profondément avant de me redresser et de revenir à mes moutons. Je récupérai mon sac derrière le grand ficus en pot et redescendis. Reba avait eu raison pour mes pilules. Je sortis la plaquette et en avalai deux comme des pastilles à la menthe d'après-dîner.

Quand j'arrivai en bas, elle avait un mètre à la main et vérifiait la longueur et la largeur du couloir, un pied sur le ruban métallique pendant qu'elle le tirait en entier. Elle leva le pied et j'entendis la petite chanson du métal qui se rembobinait. L'extrémité lui fouetta le doigt.

— Merde ! Putain de saloperie !

Elle suça sa phalange.

— Vous avez besoin d'un médecin ?

— Regardez-moi ça. Je saigne à mort !

Une entaille de cinq millimètres lui barrait le doigt. Elle l'examina d'un air mécontent.

— En tout cas, je vous parie un sac de cacahuètes que cette putain de pièce est juste là. Collez votre oreille au mur et vérifiez si vous entendez quelque chose. Il y a une minute, j'ai perçu un bourdonnement. Comme une machine.

— Reba, c'est la cage de l'ascenseur. Vous avez dû entendre l'ascenseur de service qui descendait.

— Pas depuis cet étage. Il n'y a que nous ici.

— Mais nous ne sommes pas seules dans le bâtiment. Le mécanisme de l'ascenseur est juste au-dessus de nous. Vous l'entendriez forcément.

— Vous croyez ?

— Autant vérifier et se rendre à l'évidence, dis-je.

Elle me suivit jusqu'à l'emplacement de l'ascenseur de service, juste derrière. L'affichage digital fixé au mur nous permit de suivre la descente de la cabine, lc 1 faisant place au RC.

— Je vous l'avais dit, lui lançai-je, puis je jetai un coup d'œil à ma montre. Zut ! On a intérêt à sortir d'ici avant que Willard s'inquiète et vienne nous chercher. Incroyable, les idioties que vous lui avez sorties. Si ça ne s'appelle pas de la manipulation...

— Je ne suis pas mécontente de moi... encore que toutes ces implorations et supplications n'aient qu'un temps. La prochaine fois qu'on voudra entrer, il faudra sûrement que je m'envoie le bonhomme.

— Je prends cette remarque comme une plaisanterie, d'accord ?

— Oh, ne soyez pas si collet monté ! Qui baise un mec les a tous baisés. On n'est vierge qu'une fois, après quoi, autant récolter les bénéfices. D'ailleurs, ça me serait égal. Je le trouve mignon. (Son regard ratissait de nouveau le mur et je la sentais échafauder de nouvelles hypothèses sur l'espace manquant.) Peut-être qu'on entre par le toit, me suggéra-t-elle. Par cette petite construction qui ressemble à une cabane de jardinier.

— Laissez tomber. On n'a pas le temps. Sortons d'ici.

— Quelle froussarde ! s'exclama-t-elle en sortant le trousseau de clés d'Onni. Donnez-moi une seconde pour les remettre à leur place, voulez-vous ? J'essaie de me comporter en honnête citoyenne.

— Et les faux papiers de Beck ?

— Exact. Je les ai sur moi, me renvoya-t-elle en tapotant la poche de son blouson. (Elle saisit l'ourlet de sa jupe et se mit à astiquer les clés.) Pour effacer les empreintes, m'expliqua-t-elle. Au cas où on songerait à les relever.

— Allez, pressez-vous.

Elle partit dans le couloir en direction du bureau d'Onni – pas vraiment assez vite à mon goût – et disparut. Je regardai de nouveau ma montre. Douze minutes que nous étions là. Combien de temps nous donnait-on pour retrouver mon sac ? Willard avait sûrement abandonné son comptoir et montait. Reba prit tout son temps pour revenir et, quand elle apparut enfin, les mains dans ses poches de blouson, au lieu d'entrer dans l'ascenseur comme prévu, elle revint dans le renfoncement qui abritait l'ascenseur de service et le fixa d'un air songeur.

— Mais vous attendez quoi !

— Je viens de comprendre. Bougre d'andouille...

Elle tendit le bras et appuya sur le bouton pour appeler l'ascenseur de service. L'affichage digital suivit sa montée lente et docile. Les portes s'ouvrirent enfin. Elle pressa le bouton ARRÊT, puis entra dans la cabine, moi sur ses talons. La cabine était deux fois et demie plus grande que celle d'un ascenseur normal, à première vue pour accueillir les cartons, classeurs métalliques et équipement de bureau de gros gabarit. Les parois étaient recouvertes d'un tissu gris matelassé à carreaux, comme les couvertures que les déménageurs utilisent pour protéger les meubles.

Reba s'approcha de la paroi du fond et écarta le revêtement, révélant un second jeu de portes. Sur un panneau fixé à leur droite, il y avait un Digicode à neuf chiffres. Elle l'étudia un instant, puis leva une main d'un geste hésitant.

— Vous connaissez le code ?

— Peut-être. Je vous dirai ça dans une seconde.

— Si vous vous trompez, vous déclencherez l'alarme, non ?

— Oh, allez. C'est comme dans un conte de fées – on a droit à trois essais pour défaire l'enchantement. Si je sème la panique, nous dirons à Willie que j'ai commis une petite erreur.

— Laissez tomber. Vous jouez avec le feu.

Elle ne tint aucun compte de moi, bien entendu.

— Je sais que ce ne sera pas sa date de naissance – même Beck ne serait pas assez idiot pour s'en resservir. Mais pourquoi pas une variante. Il est narcissique. Il ramène tout à sa personne.

— Reba...

Elle me défia du regard.

— Si vous arrêtiez de geindre et m'aidiez, on pourrait en avoir le cœur net et filer. Je ne peux pas laisser passer cette occasion. C'est peut-être la seule que nous ayons.

Je levai les yeux au ciel en essayant de contrôler mon affolement. Elle ne bougerait pas d'un pouce tant que nous n'aurions pas résolu l'énigme ou ne nous serions fait prendre.

— Merde. Essayez avec les mêmes chiffres, mais à l'envers.

— Pas mal, me dit-elle. Ça me plaît. Ce qui nous fait ?

— 9-4-9-1-4-9-1.

Elle réfléchit brièvement et fit la grimace.

— Je ne crois pas. Trop dur pour lui d'arriver à s'en souvenir. Essayons plutôt...

Elle pianota 1949-4-19.

Rien.

Puis 4-19-1949.

Mon cœur cognait.

— Ça fait deux.

— Si vous me lâchiez ? Je sais que ça fait deux ! C'est moi qui compose le numéro. Réfléchissez encore une seconde, voulez-vous ? Une dernière possibilité ?

— La date de naissance d'Onni ?

— J'espère pas ! Je sais que c'est le 11 novembre, mais ne suis pas sûre de l'année. Et puis, ça ne fait pas longtemps que Beck se l'envoie et il n'en a sûrement aucune idée.

— 11-11 de n'importe quelle année ferait huit chiffres, lui fis-je observer.

Mes talents en calcul me valurent un geste admiratif.

— Quelle est la date de naissance de sa femme ? lui demandai-je.

— 17-3-52. Mais il s'est fichu dedans si souvent qu'il doit s'en méfier. Et puis, il préfère les nombres qui ont un lien interne ou un enchaînement. Vous voyez ce que je veux dire ? Une configuration qui se répète.

— Vous ne m'avez pas dit qu'il avait utilisé votre date de naissance à un moment ?

— Oui. Ça ferait 15-5-1955.

— Tiens ! moi, c'est le 5-5-1950 ! lançai-je avec extase.

Une véritable aliénée.

— Génial ! On fêtera ça ensemble l'année prochaine. Bon, on essaie quoi ? Sa date de naissance à l'envers ou la mienne à l'endroit ?

— Ma foi, la sienne à l'envers a une certaine logique si on groupe les chiffres. 94-91-491. Vous l'en croyez capable ?

— Peut-être.

— Décidez-vous avant que j'aie une crise cardiaque.

Elle composa 15-5-1955. Un silence, puis les portes s'ouvrirent.

— Mon anniversaire. Quel amour ! Vous croyez qu'il tient encore à moi ?

J'appuyai sur le bouton ARRÊT et la regardai effacer ses empreintes du Digicode en prenant soin de ne pas déclencher l'alarme.

— Inutile qu'on sache que nous sommes passées, me dit-elle gaiement.

Moi, je regardais droit devant. La pièce devait faire un mètre cinquante sur deux mètres – guère plus grande qu'un cagibi. Le chariot de nettoyage que nous avions vu était poussé contre le mur gauche. Un comptoir en forme de U occupait une grande partie de l'espace restant. Je levai les yeux. L'endroit semblait correctement ventilé, les murs garnis d'un revêtement épais. On avait installé un détecteur de fumée et un autre de chaleur au plafond, dans les parties les moins éclairées, où je distinguai aussi des diffuseurs d'extinction automatique d'incendie. Des échelons encastrés dans le mur formaient une échelle partant vers le haut. Autour du périmètre du plafond, j'avisai des rectangles de lumière du jour qui correspondaient en gros aux ouvertures de la fausse cabane de jardinier en terrasse. Reba avait raison. On pouvait probablement entrer dans le local en un clin d'œil par le toit. Ou s'enfuir par le même chemin.

Il y avait trois machines à compter les billets sur une branche du comptoir et quatre machines à les mettre en liasse sur le comptoir adjacent. Des valises ouvertes s'alignaient sur la troisième section, remplies de liasses compactes de billets de cent dollars. Sous le comptoir, dix cartons s'alignaient, rabats relevés, garnis d'autres liasses de coupures de cent, cinquante et vingt dollars. Chaque liasse était sous film plastique, un ruban de machine à calculer les regroupant par cinq. Deux gobelets à café en polystyrène et une pile de gobelets en papier vides s'empilaient dans une corbeille, qui renfermait aussi des emballages en plastique. Plusieurs disques en plastique de la dimension d'une pièce de un dollar pourvus de petites lames avaient servi à les découper.

— Seigneur ! souffla Reba. Je n'ai jamais vu tant d'argent.

— Moi non plus. On dirait qu'ils retirent les liasses de ces cartons, enlèvent les emballages, vérifient le nombre de billets dans l'appareil, puis les réemballent pour le transport.

Elle s'avança de quelques pas et vérifia le total affiché sur une des machines à compter.

— Jetez un coup d'œil à cet amour. Ils y ont fait passer un million de dollars ! (Elle saisit une liasse et la soupesa.) Je me demande combien elle fait. On aimerait savoir, pas vrai ? (Elle la renifla.) On pourrait croire que ça embaume, mais l'odeur ne ressemble à rien.

— Vous voulez bien ne pas toucher ?

— Je regarde. Je ne touche pas ! À votre avis, il y en a combien dans une, vingt mille ? Cinquante mille ?

— Aucune idée. Ne vous mêlez pas de ça, je suis sérieuse.

— Vous n'avez pas envie de savoir l'impression qu'on a ? Ça ne pèse pas grand-chose, me dit-elle. (Elle effaça ses empreintes de l'emballage et remit la liasse à sa place, jaugeant la pièce.) Combien de types travaillent ici, d'après vous ? À part les deux qu'on a vus ?

— Trois ne tiendraient pas. Ils viennent sans doute le week-end, quand on risque moins de les remarquer, lui dis-je en tendant une main vers le gobelet en polystyrène, retenant de justesse un gémissement de frayeur. Il est encore chaud ! Imaginez qu'ils reviennent !

— Personne ne peut nous rejoindre. L'ascenseur est immobilisé.

— Mais s'ils s'en aperçoivent, ils vont se méfier, non ? Sortons d'ici, je vous en supplie !

— D'accord, d'accord. Mais je savais que j'avais raison pour ce local. Incroyable, non ?

— Absolument, mais on s'en fout ! Partons !

Je sortis à reculons, réintégrant l'ascenseur de service. Les autres portes étaient toujours ouvertes, et je passai une tête dans le couloir pour m'assurer que personne n'était entré dans les lieux pendant que nous étions dans le local. Reba avait du mal à s'en arracher.

— Reba ! Venez ! lui dis-je d'une voix qui laissait percer ma tension et mon impatience.

Elle regagna l'ascenseur comme dans un état second et composa le code à sept chiffres. Les portes de ce côté-là de l'ascenseur se refermèrent. Elle remit en place le revêtement de la paroi et vérifia que la surface rembourrée cachait bien le second jeu de portes.

— Pourquoi vous a-t-il fallu tout ce temps ?

— C'est d'une telle beauté ! Vous imaginez ? Avoir seulement la moitié de toutes les liasses qui sont là-dedans ? Vous n'auriez plus à lever un doigt de votre vie !

— Ne vous inquiétez pas, vous ne vivriez pas assez longtemps pour ça.

Nous sortîmes par les portes qui donnaient dans les bureaux de Beck, et Reba appuya de nouveau sur le bouton d'arrêt. Nous attendîmes que les portes de l'ascenseur de service se referment, puis tournâmes en direction de l'ascenseur réservé au public.

Elle libéra le bouton de mise en attente, les portes se refermèrent et la lente descente commença. J'étais presque malade d'anxiété, mais elle ne paraissait pas autrement affectée. Cette femme avait des nerfs d'acier.

Nous arrivâmes au rez-de-chaussée et sortîmes. Derrière son comptoir, Willard leva les yeux et nous sourit.

— Vous l'avez trouvé ?

Je levai mon sac pour lui signifier « mission accomplie ». Mes mains tremblaient tant que je crus qu'il allait le remarquer, malgré la distance. Je fis de mon mieux pour garder un semblant de comportement normal, le temps d'arriver à la porte et de m'éclipser.

Reba, toujours fidèle à elle-même, mit un point d'honneur à traverser le hall jusqu'à son comptoir, où elle se dressa sur la pointe des pieds et posa les bras sur le rebord, approchant son doigt entaillé du visage de Willard.

— Vous avez une trousse de secours ? Regardez, j'ai failli m'estropier !

Willard examina sa phalange, inspectant la blessure, guère plus grande qu'un trait d'union.

— Comment avez-vous fait votre compte ?

— J'ai dû accrocher quelque chose. Cet idiot me

fait un mal de chien. Je vous autorise à l'embrasser pour qu'il souffre moins.

Il fit signe que non avec un sourire indulgent et entreprit d'ouvrir ses tiroirs de bureau. Pendant qu'il cherchait un sparadrap, je vis les yeux de Reba parcourir vivement les écrans de contrôle, enregistrant les dix d'un même regard.

Willard brandit un pansement adhésif.

— Vous arriverez à le mettre toute seule ?

— Ne vous moquez pas de moi. Après tout ce que j'ai fait pour vous ?

Elle tendit son doigt pendant qu'il tirait sur le fil rouge de l'emballage en papier. Il retira le sparadrap et le mit en place.

— Merci, roucoula-t-elle. Vous êtes un amour. Je recommanderai qu'on vous augmente.

Elle lui envoya un bruit de baiser tandis que nous gagnions la sortie.

Derrière nous, Willard quitta son poste d'observation et nous suivit, sortant son trousseau de clés pour nous ouvrir.

— Et que je ne vous revoie pas. Ça suffit.

— Promis, mais je vais vous manquer, lui renvoya-t-elle au moment où nous franchissions la porte.

— Ça m'étonnerait, marmonna-t-il avant qu'elle lui envoie un dernier baiser.

À mon humble avis, elle poussait un peu, mais Willard ne parut pas s'en offusquer. Il referma la porte à clé et nous fûmes en sécurité.

CHAPITRE 22

Reba ralentit et immobilisa sa BMW devant mon appartement. Comme je sortais et rabattais la portière, j'aperçus la petite Mercedes rouge de Cheney garée contre le trottoir. Une vague d'inquiétude m'envahit. J'avais eu l'intention de lui raconter mes aventures de ces deux derniers jours avec Reba, mais il y avait eu le coup de téléphone de Jonah et il était parti sur la scène de la fusillade sans que j'aie eu le temps de lui en toucher un mot. Cette omission me mettait mal à l'aise, comme si je faisais délibérément entrave à la justice. Même qualifier nos activités d'« aventures » semblait vouloir minimiser le fait qu'elles risquaient de compromettre l'enquête. L'incursion de la veille dans les bureaux de Beck avait été pour le moins hasardeuse. On pouvait toujours alléguer que Marty nous avait conviées à faire le tour des lieux, mais sa proposition ne prévoyait ni la fouille des tiroirs de Beck ni le vol des clés d'Onni. Il ne nous avait jamais autorisées à y revenir en son absence ni à prendre la liberté de passer les lieux en question au peigne fin. Je voulais parler à Cheney des liasses de billets, de leur comptage et réemballage et des valises, mais cette découverte ne s'expliquait que par une légère transgression de la loi qui entachait cette connaissance des faits, je le savais bien. Néanmoins, je décidai de décharger ma conscience avant que cette entrave à l'action de la justice ne devînt un problème.

Je franchis le portail et tournai en direction de mon studio, en proie à un sentiment de culpabilité aussi accablant que si j'avais couché avec un autre homme. Je pouvais certes m'excuser de ma conduite, mais je n'en étais pas moins responsable. Cheney était assis sur la première marche et portait les mêmes vêtements que la nuit d'avant. Il sourit en me voyant, l'air épuisé, mais content. Ma confession retentirait forcément sur notre relation. J'en redoutais les conséquences, mais il fallait que je parle.

Je m'assis sur la marche à côté de lui et glissai ma main dans la sienne.

— Comment ça s'est passé ? Tu parais crevé.

— Un massacre. Deux chefs de bande restés sur le carreau. La fille a été prise entre deux feux et elle est morte aussi. Jonah m'a renvoyé chez moi prendre une douche et me changer. Il m'attend à 1 heure. Et toi ?

— Pas génial. Il faut qu'on parle.

Il me regarda avec attention, ses yeux fouillant mon visage.

— Ça ne peut pas attendre ?

— Je ne pense pas. Il s'agit de Reba. Nous avons un problème.

— En clair ?

— Tu ne vas pas aimer.

— Accouche, me dit-il.

— Nous avons pris contact hier soir pour dîner. Elle voulait me présenter à Marty Blumberg, le directeur financier de la société de Beck, et je n'y ai vu aucun mal. Comme il dîne tous les vendredis au Dale's, nous y sommes allées. Il arrive et on commence tous trois à bavarder. Et puis elle lui annonce tout de go que la police fédérale s'occupe de constituer un dossier contre Beck et que lui – Marty – va être le dindon de la farce s'il tarde à réagir. Je ne voyais absolument pas où elle voulait en venir, mais elle lui avait lâché le morceau.

Cheney ferma les yeux et baissa la tête.

— Bon Dieu... Je n'en crois pas mes oreilles. Elle est tarée ou quoi ?

— Attends. Elle lui raconte qu'Onni est un agent du FBI et qu'elle baise Beck à mort pour lui extorquer des tuyaux. Au début, Marty fait de la résistance. Il refuse de croire un truc pareil, mais Reba lui montre les photos et le remonte à bloc. Ensuite elle s'arrange pour qu'il nous invite à voir les bureaux – ostensiblement pour visiter les lieux – mais elle en profite pour tout inspecter et mettre la main sur tout ce qui se présente, en l'occurrence les clés d'Onni.

Je poursuivis mon exposé, lui faisant un compte rendu sans fard de tout ce qui s'était passé ces deux derniers jours. Je n'en étais pas encore au milieu que je sentais sa colère grandir. Il était fatigué. Il avait eu une longue nuit et c'était bien la dernière chose qu'il avait envie d'entendre. En même temps, je me sentais tenue de lui dire la vérité. Ou je lui révélais tout de l'affaire – et de moi – ou sinon, à quoi bon ?

Je passai aux événements de la matinée. Quand j'en eus fini, Cheney explosa.

— Tu n'as plus ta tête ou quoi ? C'est non seulement une effraction parfaitement illégale, mais si Beck l'apprend, il aura des soupçons et c'en est fini pour nous !

— Comment l'apprendrait-il ?

— Suppose que Marty se mette à table ou que le type de la sécurité commence à avoir des doutes sur les raisons de votre présence dans les lieux. Il connaît vos noms. Une simple allusion de ces bonshommes et le tour est joué ! Même si le dossier du gouvernement est en béton, l'avocat de la défense vous cite comme témoins et vous pulvérise. En admettant qu'il en ait la possibilité.

Les fédéraux vous aurez coincées bien avant pour entrave à la justice, falsification de preuves et Dieu sait quoi encore ! Certainement pour parjure à la seconde où tu essaieras de protéger tes arrières. Reba n'a aucune crédibilité. Délinquante avérée, femme bafouée. Le moindre mot qu'elle dira sera aussitôt suspect !

— Alors pourquoi la mettre dans le coup ? Si elle est tellement inutile, pourquoi l'avoir recrutée ?

— Parce que nous avons besoin d'un indicateur confidentiel, pas d'une putain de bonne femme partie toute seule en expédition punitive ! Tu es un pro. Tu sais à quoi t'en tenir – en tout cas, je le croyais. Les fédéraux ne plaisantent pas. Tu compromets une opération de ce genre, tu écopes. Elle ? Elle n'a rien à perdre.

— Cheney, je t'entends bien. Je sais que j'aurais dû l'arrêter, mais je ne savais pas comment faire. Une fois qu'elle a eu mis Marty au parfum, ç'a été l'escalade...

— Arrête tes conneries. Tu as été sa complice. Ce que tu as fait était illégal...

— Ça va, j'ai compris. J'en ai conscience. Mais tu me vois la planter là ? C'est nous qui l'avons mise dans cette merde – moi, pour être précise. Je me sens une certaine responsabilité à son égard.

— Tu ferais mieux de te sentir responsable de ta propre conduite. Si la souricière foire, tu seras mouillée jusqu'au cou.

— Attends. Une minute. Je ne cherche pas à me défendre, mais on m'a mise au pied du mur. Quand tu m'en as parlé, j'ai dit que je ne marchais pas, mais tu as insisté, photos douteuses à l'appui. Fondu enchaîné. Plan suivant : je suis au Dale's, elle ouvre la bouche et dévoile le pot aux roses. J'étais censée faire quoi, moi ? Si j'étais partie, impossible de savoir ce qu'elle allait encore inventer. Crois-le ou non, j'essayais de limiter les dégâts. Je reconnais que de fil en aiguille...

— Je te serais reconnaissant d'éviter tout contact

avec elle, vu ? Elle t'appelle, tu raccroches et tu nous laisses faire. Je téléphone à Vince pour le prévenir. Nous verrons s'il peut récupérer le coup.

— Je suis désolée. Je ne voulais pas tout gâcher.

— C'est trop tard maintenant. Ce qui est fait est fait. Simplement, garde tes distances avec Reba. Promets-le-moi.

Je levai la main comme si je prêtais serment.

— Je t'appellerai, me lança-t-il sans douceur.

Il se leva et disparut à l'angle de la maison pour retrouver sa voiture. Je l'entendis mettre son moteur en marche et déboîter dans un crissement de pneus. Une heure après, mes joues me brûlaient encore.

Je m'enfermai dans mon appartement et rangeai mon tiroir à lingerie. J'avais besoin d'effectuer une tâche humble et utile. De vivre ma vie sur un terrain sûr où je retrouverais le sentiment de ma compétence. Plier des petites culottes était peut-être une activité très modeste, mais je n'avais rien de plus exaltant sous la main. Je m'approchai de la commode et repliai mes tee-shirts.

Puis je m'attaquai au bric-à-brac du tiroir du bas. Je ne supportais pas l'idée de faire l'objet de poursuites. On ne plaisantait pas avec l'entrave à la justice. Je me vis en tenue de prisonnier, chaînes aux pieds, les mains menottées devant moi, effectuant le pas de deux traditionnel du détenu lors des comparutions au tribunal. Agacée par tout ce mélodrame, je décidai qu'il était inutile de sombrer dans l'autoflagellation. J'avais tout bousillé ? Et alors ! Je n'avais tué personne !

Au bout d'une heure, je pris conscience d'un bruit de voix dehors, l'une étant celle d'Henry. Je jetai un coup d'œil par la fenêtre de la cuisine, mais l'angle ne me permettait pas de voir qui d'autre était là. J'allai jusqu'à la porte d'entrée, ôtai le verrou et l'entrebâillai.

Henry, Lewis et William se tenaient tous les trois dans l'allée. Lewis et William en costume trois pièces, Henry en short, tee-shirt et tongs comme à l'ordinaire. Il avait sorti le break du garage et Lewis chargeait ses bagages à l'arrière. Comme je les observais, j'entendis un ping ! amorti et William sortit sa montre gousset et vérifia l'heure. Il tira de sa poche un petit sachet de fruits secs et entreprit d'ouvrir le papier Cellophane hermétiquement scellé, avec force craquements et crissements. Henry lui lança un regard exaspéré, mais poursuivit une conversation apparemment anodine avec Lewis. Je refermai la porte sans bruit, satisfaite que ce conflit-là, au moins, ait été résolu pacifiquement, du moins l'espérai-je. Les émotions intenses sont vouées à s'émousser. Quand bien même on est la partie lésée, il est difficile de se cramponner à son indignation, aussi légitime soit-elle. Garder une dent contre autrui cause (parfois) plus de souci qu'il n'en vaut la peine.

Reba téléphona à 14 heures. Étant incapable par nature de résister à une sonnerie de téléphone, je faillis me précipiter sur le combiné. J'hésitai, freinai mon impulsion et laissai le répondeur s'enclencher. « Oh, zut ! s'exclama-t-elle. J'espérais vous trouver ! Je viens d'avoir, comme d'habitude, une prise de bec avec Lucinda et je meurs d'envie de vous raconter. Je l'ai envoyée bouler, elle en est restée sur le cul ! Enfin, pas vraiment, au sens figuré, vous savez bien. N'importe, appelez-moi dès que vous aurez une minute pour que je vous mette au courant. Il y a aussi une chose dont nous avons besoin de parler. Au revoir. »

Elle rappela à 15 h 36. « Bonjour, Kinsey, c'est encore moi. Ça vous arrive de lire vos messages ces derniers temps ? Je deviens dingue, à être coincée ici. Il faut vraiment qu'on discute, alors passez-moi un coup de fil dès que vous rentrez, d'accord ? Sinon, je ne réponds pas de mes actes. Non, je plaisante... enfin, si on veut. »

À 17 h 30, elle laissa seulement son nom en me demandant de la rappeler.

J'allai au bureau le lundi matin et me plongeai dans le travail que j'avais délaissé la semaine précédente. Je lus le compte rendu de la fusillade dans le parking dans le journal du matin, sachant que les inspecteurs des Mœurs et des Homicides travaillaient avec l'équipe en charge des gangs, interrogeant des témoins et vérifiant des pistes. À Santa Teresa, la population des gangs reste stable pour l'essentiel, leurs activités faisant l'objet d'une étroite surveillance. Périodiquement, toutefois, des membres de bandes d'Olvidado, de Perdido et de Los Angeles effectuent des incursions, surtout les week-ends de vacances, quand les gars du coin ont envie de changer de décor. Par bonheur, les policiers de ces communautés partent eux aussi en virée dans la ville mais à l'insu des voyous, qui restent ainsi sous le regard vigilant des forces de l'ordre.

Je n'eus pas de nouvelles de Reba jusqu'à la fin de l'après-midi du lundi, après être rentrée du travail. Dieu merci, elle n'avait pas téléphoné au bureau, où la conscience professionnelle m'enjoint de répondre au téléphone. Elle avait appelé deux fois à l'appartement, en laissant un message à midi et un autre à 14 heures. Sa voix était gaie au début, mais de plus en plus dolente à mesure que les heures passaient. « Kinsey, hou-hou ! Vous m'aviez dit que vous partiez en déplacement ou quelque chose ? Je ne crois pas, mais franchement, je ne peux pas en jurer. Désolée de vous harceler, mais Beck est rentré et je suis sur des charbons ardents. Je ne sais pas combien de temps je peux encore tenir. Je pars voir Holloway pour faire pipi dans un bocal et lui raconter des inepties. Ensuite, je suis censée aller à une réunion des AA, mais je pense faire l'impasse. Trop déprimant, vous savez ? N'importe... appelez-moi quand vous écouterez ce message. J'espère que tout va bien. Au revoir. »

C'était dur de la laisser ainsi en attente alors que je m'étais montrée si disponible la semaine d'avant. Je me sentais comme une vache séparée de son veau : j'entendais les plaintes de Reba, mais je n'étais pas libre d'y répondre. Je ne plaisantais pas quand j'avais promis à Cheney de garder mes distances, au moins tant que la situation ne dégénérait pas. Une fois qu'elle aurait parlé à Vince et à ses copains, je pourrais revoir ma position. Mais là, évidemment, elle risquait fort d'avoir coupé les ponts.

En attendant, je n'avais aucune nouvelle de Cheney, silence que j'imputai à une surcharge de travail. Pour fuir ce silence, je sortis de l'appartement et partis voir Henry. Je frappai au chambranle de la porte, il me fit signe d'entrer. Il avait un mixer de professionnel sur le plan de travail et un sac de cinq kilos de farine à pain, des cubes de levure de boulanger, du sucre, du sel et de l'eau à portée de main.

— Tu supporterais un peu de compagnie ?

Il sourit.

— Si toi tu supportes le bruit de crécelle de mon mixer. Je suis en train de préparer une fournée qui va lever cette nuit et que je mettrai au four demain matin au réveil.

— Tu en fais combien ? lui demandai-je en regardant la quantité de levain.

— Cinq gros pains et deux fournées de petits pains individuels, le tout pour Rosie, me dit-il. Je peux faire une plaque de petits pains au lait sucrés si ça t'intéresse.

— Toujours ! Si je comprends bien, Lewis a réintégré le bercail ?

— Je l'ai déposé à l'aéroport samedi. Et puisqu'on

parle de lui, il m'a fait ses excuses pour s'être mêlé de mes affaires, et ça doit être une première ! Je pense qu'il n'a jamais imaginé que son passage impromptu aurait de telles conséquences. Je lui ai dit de ne pas se tourmenter. Ce qui est fait est fait.

— On m'a dit exactement la même chose hier, mais dans un autre contexte, lui dis-je. En tout cas, je suis contente que vous soyez repartis sur des bases solides.

— Je n'en ai jamais douté, me confia-t-il. Et toi ? Je ne t'ai pas beaucoup vue, ce week-end. Comment va ta nouvelle conquête ?

— Bonne question, lui dis-je.

Je racontai à Henry la triste saga de ma conduite répréhensible, des risques pris, de la loi bafouée, des bénéfices et pertes, et des échappatoires sur le fil. Il prit nettement plus plaisir à cette chronique que ne l'avait fait Cheney et je lui en fus reconnaissante.

Un peu après 6 heures, je revins chez moi et me fis un sandwich avec un œuf dur brûlant et plus de mayonnaise et de sel que ne vous le conseillerait votre médecin traitant. Je roulais en boule ma serviette en papier quand le téléphone sonna. Je jetai la boule et attendis que le correspondant commence à parler. Quand Marty Blumberg s'identifia, je décrochai.

— Marty, bonjour ! C'est moi, j'arrive tout juste.

— J'espère que vous ne m'en voulez pas de vous appeler chez vous. Il s'est passé quelque chose de pas net et je voudrais avoir votre avis.

— Bien sûr.

Je saisis des bruits de fond et l'imaginai m'appelant d'une cabine.

— Vous voulez la version longue ou la courte ?

— Les histoires longues sont toujours les meilleures.

— Exact, dit-il. Alors voilà. (Je l'entendis marquer une pause, le temps d'inspirer et de souffler une gorgée de fumée.) Je rentre du boulot aujourd'hui et je trouve mon employée de maison qui se tordait les mains. Elle se fait visiblement un sang d'encre, mais pas possible de savoir pourquoi. J'insiste parce que je vois qu'elle a besoin de vider son sac. Elle me dit, ne piquez pas un coup de sang. Je lui réponds, d'accord. Elle me dit qu'elle est arrivée à la maison à 9 heures, comme toujours, et qu'elle voit la camionnette de la compagnie de téléphone garée dans l'allée et deux types sur le paillasson. Elle poursuit son chemin et entre par la porte de service, puis va ouvrir la porte de devant. Un des types lui dit que la compagnie a reçu plusieurs appels signalant un dérangement et qu'ils vérifient toutes les lignes du quartier. Comme ils lui demandent si mon téléphone fonctionne, elle leur dit d'attendre, essaie la ligne, et, naturellement, pas de tonalité. Elle est un peu parano, vous savez, à force de regarder trop de films policiers à la télé, et du coup elle demande à voir leurs papiers. Les deux ont des badges en plastique avec une pince, qui disent California Bell. Huerta note leurs noms et numéros d'employés. L'autre type a un bloc à la main et lui montre sa notification d'intervention, tapée à la machine, impeccable. Elle se dit que tout est OK et les laisse entrer. Vous me suivez ?

— Oui, mais ça ne me plaît guère.

— À moi non plus, me renvoya-t-il. Quand elle me raconte ces salades, j'ai l'estomac qui se noue. Les types restent dans mon bureau un quart d'heure vingt minutes, puis ils repartent en lui disant que tout est parfait. Elle leur demande ce que c'était, ils répondent que les mulots dans le toit ont dû ronger les fils extérieurs, mais que tout est réparé maintenant. Après, elle se dit que cette histoire ne tient pas debout et s'inquiète d'avoir fait une bourde. Je traite l'affaire par-dessus la jambe et lui dis que je vais régler ça au bureau. Moi, ce que je pense, c'est qu'on a posé un micro ou mis le téléphone sous écoute.

— Ou les deux, lui proposai-je.

— Oui. Sinon pourquoi je vous appellerais d'un foutu parking de supérette ? Je me sens idiot, mais je ne peux pas courir ce risque. Mon téléphone est sur table d'écoutes et je ne veux pas qu'on comprenne que je m'en suis rendu compte. Comme ça, je peux leur débiter toutes les conneries que je veux. Vous croyez que ce sont les fédéraux ?

Je l'entendis aspirer une nouvelle bouffée de sa cigarette.

— Je ne sais pas, mais à mon avis vous avez raison de vous inquiéter.

— Ils ont le droit de faire ça ? Je veux dire... en partant du principe qu'ils ont planté un micro ou un système d'écoute, ça ne serait pas illégal ?

— Sans injonction du tribunal, certainement.

— Le problème, si ce n'est pas eux, c'est que ça pourrait être quelqu'un d'infiniment plus dangereux.

— Par exemple ?

Je pensais à Salustio Castillo, mais je voulais l'entendre de sa bouche.

— Peu importe. Ça ne me plaît pas. Vendredi soir, quand Reba a sorti toutes ces inventions sur Beck, j'ai cru qu'elle voulait me provoquer. Mais plus j'y pense, plus je crois qu'elle disait peut-être la vérité. Beck s'est toujours arrangé pour me laisser au cœur de la mêlée. Comme elle dit, peut-être qu'il veut me piéger.

— Qui d'autre est mouillé ?

— Mouillé dans quoi ?

— Le blanchiment d'argent ?

— Qui a parlé de quelqu'un ? Pas moi, en tout cas.

— Oh, allez, Marty. On ne peut pas blanchir de telles quantités sans l'aide d'un comparse.

— Je ne suis pas une balance.

— Mais d'autres gens sont dans le coup, n'est-ce pas ?

— Je ne sais pas, peut-être. Pas grand monde. Mais ne comptez pas sur moi pour vous donner des noms.

— Normal. Comment ça se passe pour vous ?

— Comme pour tout le monde. On nous paie pour la fermer. On dépanne Beck maintenant, et lui veillera à assurer nos vieux jours.

— Dans un pénitencier fédéral, par exemple. Une vraie gâterie, lui dis-je.

Marty ne tint pas compte de ma remarque.

— Pour tout vous dire, j'ai de quoi voir venir et je filerais sans demander mon reste si je savais comment. Si les Douanes sont sur le coup, impossible de quitter le pays sans me faire épingler. Ils entrent mon nom dans l'ordinateur et, à la seconde où je me présente à l'embarquement, boum ! je suis fait.

— Vous voulez que je vous dise ? Vous feriez mieux de faire cause commune avec les types qui ont du poids. Beck n'est pas après vous autres. Il doit d'abord assurer sa protection.

— Oui, je comprends bien. Sûr qu'il peut avoir besoin de nous, mais jusqu'où voudra-t-il aller ? Beck ne s'intéresse qu'à Beck. Nous, il nous jettera aux loups.

— Probable. (Je faillis lui confier la rumeur qui m'était revenue, à savoir que Beck s'apprêtait à filer et qu'il aurait vraisemblablement disparu dans les quelques jours suivants, mais elle n'avait pas été confirmée et il ne m'appartenait pas de divulguer cette information.) Évidemment, il reste toujours la possibilité que cette histoire de compagnie de téléphone soit vraie...

— Mmm... non. Je ne pense pas.

— Je suis désolée de ne vous être d'aucune aide.

— Et où est Reba ? J'ai essayé de la joindre toute la journée.

— Probablement chez elle. Elle devait passer voir son contrôle judiciaire un peu avant. Réessayez.

— Si vous l'avez, dites-lui de m'appeler. J'en ai mal au ventre, de cette histoire. Elle me rend malade.

— Écoutez, j'en parle à un de mes amis et j'essaie de voir ce qu'il en est.

— Je vous en serais très reconnaissant. Quand vous rappellerez, faites attention à ce que vous me direz. En attendant, si vous avez des nouvelles de Reba, dites-lui qu'il faut qu'on se parle. Je n'aime pas travailler avec un nœud coulant autour du cou.

— Ne bougez surtout pas, lui dis-je, ahurie par mon manque de tact.

Une fois qu'il eut raccroché, j'appelai Cheney à son domicile et à son bureau et laissai des messages. J'essayai son biper et entrai mon numéro en espérant qu'il me rappelle. Marty passait en mode « panique », ce qui le rendait aussi imprévisible que Reba, quoique plus vulnérable.

Je passai la soirée allongée sur le canapé en faisant semblant de lire un livre posé devant moi alors que j'attendais le coup de téléphone de Cheney. Où diable était-il ? M'en voulait-il toujours à mort ? J'avais besoin de lui parler de Marty, mais, surtout, j'étais gravement en manque de contact physique. Mon corps se rappelait le sien avec un désir larvé qui nuisait à ma concentration. Avant son arrivée en scène, je vivais dans un no man's land – pas vraiment bourdonnant d'allégresse, mais satisfaisant, somme toute. Là, je me sentais comme une jeune chienne en chaleur.

Le problème du célibat est qu'une fois que le désir sexuel refait surface, celui-ci est presque impossible à réprimer. Sans le vouloir, je me rappelais ce qui s'était passé entre nous et imaginais déjà les prolongations. Il y avait une sorte de nonchalance chez Cheney, un tempo inné deux fois plus paresseux que le mien. Je commençais à comprendre que ma hâte répondait à un désir de me protéger. Vivre à un rythme accéléré me permettait de réduire de moitié mes émotions en m'ôtant la possibilité de les éprouver plus intensément. Je faisais l'amour comme je mangeais – impatiente de calmer la sensation de faim sans prendre en compte mon désir profond, qui était de me sentir en liaison avec son être intime. Il m'était plus facile d'éluder la vérité si j'étais en fuite. Comme avec la bouffe rapide, les rapports sexuels en accéléré ignorent la délectation de l'instant. On sprinte d'emblée, avant de passer à autre chose.

À 22 heures, quand le téléphone sonna, je sus que c'était lui. Je tournai la tête et laissai sonner jusqu'à ce que le répondeur commence à enregistrer le son de sa voix. Je tendis le bras et décrochai.

— Salut.

— Salut toi-même. Tu as appelé.

— Il y a des heures. Je croyais que je ne t'intéressais plus. Toujours furieux ?

— À quel sujet ?

— Bien.

— Et toi ? En rogne ?

— Ce n'est pas dans ma nature, lui dis-je. Pas contre toi, en tout cas. Écoute, il faut qu'on parle de Marty. Où es-tu ?

— Au Rosie's. Viens me rejoindre.

— Tu crois que je peux faire le pâté de maisons toute seule ? Il fait noir comme dans un four dehors.

— Je m'apprêtais à te rencontrer à mi-chemin.

— Pourquoi ne pas faire tout le trajet et me retrouver ici ?

— On peut faire ça tout à l'heure. Pour l'instant, je crois que nous devons rester tranquilles et nous regarder dans les yeux pendant que je passerai une main sous ta jupe.

— Donne-moi cinq minutes. Il faut que j'enlève mon slip.

— Disons trois. Tu m'as manqué.

— Toi aussi.

Le temps de refermer la porte à clé derrière moi et d'arriver au portail, il m'attendait de l'autre côté de la clôture en fer forgé d'Henry. Le trottoir de son côté était plus bas d'une marche que la petite allée du mien, ce qui me donnait l'impression d'être grande. L'air nocturne était glacé et l'obscurité nous enveloppa comme un voile. Je glissai mes bras autour de son cou. Il pencha la tête ; sa bouche parcourut ma gorge et le creux de mon cou. Les piquets de la clôture étaient froids, fers de lance à la pointe aiguë qui me meurtrissaient les côtes. Il me frotta les bras.

— Tu as froid. Tu devrais mettre une veste.

— Inutile. Je t'ai.

— Tu crois, me dit-il en souriant.

Il passa une main entre les piquets, glissa ses doigts sous ma jupe, entre mes jambes. Je l'entendis retenir son souffle, puis sa gorge laissa échapper une petite vibration venue de très loin.

— Je te l'avais dit.

— Je croyais que c'était une métaphore.

— Que connaissons-nous aux métaphores ? lui soufflai-je en posant mon visage contre ses cheveux.

— Voilà ce que je sais.

Cette fois, la vibration vint de moi.

— Nous devrions aller au Rosie's, lui murmurai-je.

— Nous devrions rentrer et nous enfiler dans un lit avant de nous empaler sur cette clôture.

À minuit, nous nous fîmes des sandwichs toastés au fromage – c'est bien le seul moment de la vie où avaler du fromage Velveeta n'est pas une mauvaise idée. Mon attention se centra sur la croûte, qui était croquante et saturée de beurre.

— Désolée de demander, marmonnai-je, la bouche pleine, mais comment a réagi Vince quand tu lui as parlé de Reba et moi ?

— Il s'est bouché les oreilles en fredonnant... En réalité, il a été ravi de l'information sur le local de comptage des billets. Il a dit qu'il mettrait une note au dossier et attribuerait le tuyau à un appel anonyme. Il est en train d'organiser le rendez-vous avec Reba pour jeudi.

— Il ne peut pas le faire avant ? C'est lui qui nous dit que Beck s'apprête à filer. Reba a peur de tomber sur lui.

— Je peux le mentionner à Vince, mais je n'y compterais pas trop. L'inconvénient des opérations de ce genre, c'est leur lourdeur. Tout ce qu'elle a à faire, c'est se tenir tranquille.

— Tu la préviendras. Je ne suis pas autorisée à lui parler.

— Exact. Parce que je veille sur toi.

— Et Marty ? C'est lui qui devrait vous inquiéter. Il sent vraiment la pression. Il est convaincu que son téléphone est sur écoutes et qu'on a installé un micro dans sa maison.

— Ça se pourrait. Dis-lui de nous passer un coup de fil et qu'on étudiera un arrangement.

— Il n'est pas mûr. Il cherche toujours comment se sortir de ce guêpier.

— Qu'est-ce qu'ils croient, ces guignols ? Qu'ils sont assez malins pour ne jamais se faire prendre ?

— Ils l'ont été jusqu'ici.

CHAPITRE 23

La matinée du mardi se passa dans un état de flou d'un ennui à périr. Vu la nature égocentrique de tout un chacun, je m'imaginais que puisque rien de spécial ne m'arrivait, il en allait de même pour autrui. Or les événements prouvèrent que je ne sortirais de mon erreur que lorsqu'il serait trop tard pour agir. Mon téléphone sonna à 11 heures : Cheney, me demandant de ne pas bouger de mon bureau pendant la demi-heure suivante car il voulait me faire entendre quelque chose.

— Tu as un magnétophone ? me demanda-t-il.

— Un vieux, mais il accepte des cassettes normales.

— Ça ira.

Un quart d'heure après, il franchissait la porte. En l'attendant, j'avais exploré mon cagibi jusqu'à ce que je trouve l'appareil. J'ouvris un paquet de piles neuves et, le temps que Cheney arrive, le magnétophone était branché et prêt à démarrer.

— C'est quoi ?

Il glissa la cassette dans l'appareil.

— Un truc que le FBI a enregistré ce matin. Tout n'est pas très clair, mais les techniciens l'ont nettoyé au maximum.

Il appuya sur le bouton MARCHE, déclenchant un sifflement généralisé et la sonnerie d'un téléphone. À l'autre bout, un homme décrocha sans s'identifier.

— Oui ?

— Problème, dit la personne qui appelait.

À l'instant où j'entendis la voix, je lançai un regard à Cheney.

— Beck ?

Il appuya sur ARRÊT.

— Le type à qui il parle est Salustio Castillo. C'est le premier appel qu'il a passé en arrivant à son bureau.

Il appuya de nouveau sur MARCHE.

— Quoi ? demanda Castillo.

— Quand j'ai réceptionné cette livraison, le compte n'y était pas.

Silence.

— Impossible, lança sèchement la voix. « N'y était pas », c'est-à-dire ?

— Il en manquait.

— Beaucoup ?

— Un colis.

— Gros ou petit ?

— Gros. Vingt-cinq.

Salustio garda le silence.

— J'ai surveillé moi-même le comptage. Et les bordereaux ?

— Un écart. J'ai vérifié trois fois, les chiffres ne correspondent pas.

— Je vous ai dit que je voulais que quelqu'un assure la surveillance de votre côté...

— Ce n'est pas de mon côté.

— Que vous dites.

Silence de Beck.

— Je ne m'amuserais pas à ça, vous le savez très bien.

— Ah non ? Vous avez réclamé une tranche plus importante, ce que je ne peux pas... impossible à justifier de mon côté. Or vous venez me dire... manque et je dois vous croire sur parole.

— Vous me prenez pour un menteur ?

— Parlons de réduction d'inventaire. Ce sont des choses qui arrivent. J'estime que vous êtes correctement dédommagé... ne le voyez pas comme ça. Vous avez pu prélever un pourcentage sur la marchandise, équivalant à votre besoin d'augmentation. Quel meilleur alibi que de prétendre que j'ai réduit la livraison ?

— Je n'ai jamais dit ça.

— Alors quoi ?

— J'ai dit que le compte n'y était pas. Il pourrait... une erreur.

— De votre côté. Pas du mien.

— ...

— Réglez ça.

Silence. Puis une plage de sifflements.

— Dites-moi ce que vous voulez que je fasse, je m'y conformerai, dit Beck d'un ton raide.

— Compensez la différence, c'est de votre côté que la perte a été enregistrée. Mon total est correct et je veux qu'il soit intégralement crédité sur mon compte. En attendant, je ne m'inquiète pas. Je connais votre compétence. Un plaisir de traiter avec vous, conclut Salustio, sur quoi il raccrocha.

— Merde ! lâcha Beck en raccrochant avec violence.

Cheney arrêta la bande.

Une conversation intéressante, certes, mais je ne voyais pas pourquoi Cheney avait tenu à me la faire écouter. J'allais faire une réflexion, quand il m'interrompit.

— Une liasse de coupures de cent dollars étroitement compactée fait deux centimètres et demi d'épaisseur, me dit-il. Elle représente vingt-cinq mille dollars. Je le sais parce que j'ai demandé aux gars du Trésor. Beck est resté parti un jour. Si une livraison de monnaie est arrivée en son absence, il est logique que son premier réflexe ait été de contre-vérifier les montants.

— D'accord, dis-je.

Et puis je me tus, car je venais de comprendre. Il savait que ce samedi-là Reba et moi nous étions aventurées dans la petite pièce où on s'occupait de défaire les liasses de leur emballage et d'effectuer le décompte. L'une ou l'autre de nous n'aurait eu qu'à subtiliser une liasse de billets de cent, ni vu ni connu. Beck ignorait notre incursion et Salustio ne s'intéressait qu'à une chose : avoir son compte crédité du montant total.

— Tu crois qu'elle a piqué ce fric ?

— Cette question ! Vince frôlait l'apoplexie. J'ai cru qu'il allait se péter une veine. Beck ne sait pas qu'elle est venue, mais il va éventrer jusqu'à son dernier fauteuil pour retrouver le blé. Dès qu'il visionnera les enregistrements de la sécurité, il verra Reba. Et toi aussi, par la même occasion.

— Elle est folle ! Pourquoi prendre un risque pareil ?

— Parce que Beck ne peut pas porter plainte. S'il appelle la police, il braque les projecteurs sur lui, ce qu'il ne peut pas se permettre. Pas quand il est sur le point de filer.

Je me sentais devenir écarlate, submergée tour à tour par des déferlantes de déni et de culpabilité. Je compris soudain ce qui l'avait retenue quelques instants dans la pièce de comptage alors que je me trouvais déjà dans l'ascenseur. Je mourais d'anxiété, impatiente de partir, alors que la vue de tout cet argent l'avait envoûtée. Pendant ce temps-là, je me faisais un sang d'encre, vérifiant dans le couloir que la voie était libre. Il ne lui aurait pas fallu longtemps – deux secondes ? – pour fourrer une liasse de billets sous son tee-shirt ou dans sa poche de blouson. J'avais songé à ses « nerfs d'acier », sidérée par son insouciance, alors que j'en mouillais ma petite culotte. À quoi s'ajoutait, bien sûr, son exubérance à l'endroit de Willard une fois que nous avions été en bas. J'avais attribué le charme qu'elle lui avait fait à son excitation d'avoir découvert la cache de Beck... Sans doute la proximité de tout cet argent avec sa peau. Hallucinant. Reba effaçant ses empreintes. Cheney me sonnant, en paroles, tel un boxeur quand je lui avais avoué nos méfaits. Et je l'avais défendue ! Mes paumes étaient moites et je les frottai sur mon jean.

— Et maintenant ?

— Vince la veut dans les plus brefs délais. La réunion avec l'IRS et les Douanes a été avancée à demain après-midi 4 heures dans les bureaux du FBI. Vince veut lui parler d'abord, disons à 1 heure, pour voir s'il peut aplanir les choses. Sinon, elle va jeter de l'huile sur le feu.

— Il ne peut pas l'aider ?

— Si, à condition qu'elle veuille bien s'en remettre à lui.

— Les chances sont minimes. Elle n'a jamais rencontré le bonhomme.

— Pourquoi tu ne lui parlerais pas ?

— Si tu penses que ça peut être utile... Je l'évite depuis plusieurs jours, mais je peux tenter le coup.

— Fais-le. En mettant les choses au pire, il la placera en sécurité en attendant de savoir à quoi s'en tenir.

Cheney consulta sa montre, appuya le bouton EJECT du magnétophone et ôta la cassette.

— Il faut que je la récupère. Tu as le numéro de Vince ?

— Redonne-le-moi, à tout hasard.

Il saisit un crayon et un bloc, nota le numéro, déchira la feuille du dessus et me la tendit.

— Préviens-moi de ce qu'elle te dit. Si tu ne peux pas me joindre, appelle-le directement.

— Je n'y manquerai pas.

Après son départ, je m'assis à mon bureau en essayant d'imaginer ce que j'allais dire à Reba. Inutile de tergiverser. Elle s'était creusé une fosse, et plus vite elle en sortirait, mieux elle se porterait. Du moment qu'il récupérait l'argent, Beck ne s'inquiéterait peut-être pas trop de savoir comment il avait disparu. Je saisis le combiné et composai le numéro du manoir Lafferty. Après un premier échange de politesses, la gouvernante, Freddy, me dit que Reba était encore au lit.

— Dois-je la réveiller ?

— Ça vaudrait mieux.

— Un instant. Je vous mets en attente et je vais lui demander de prendre votre appel dans sa chambre.

— Génial. Merci.

Je visualisai Freddy en chaussures à semelles de crêpe, traversant le hall d'un pas disgracieux et montant l'escalier en se retenant à la rampe. Le silence se poursuivit, mais je l'imaginai frappant à la porte de Reba, ensuite un intervalle, le temps que Reba prenne la ligne, dans le brouillard. Ce fut d'ailleurs l'impression qu'elle me fit quand j'entendis sa voix.

— 'lô ?

— Bonjour, Reba. Kinsey à l'appareil. Je suis désolée de vous déranger.

— Non, non, c'est bon. Il faudra bien que je me lève. Qu'est-ce que vous voulez ?

— J'ai besoin de vous poser une question et que vous me juriez de dire la vérité.

— Oui, bien sûr.

Comme elle paraissait déjà plus réveillée, je suppose qu'elle savait à quoi s'attendre.

— Vous vous rappelez quand on était ensemble samedi matin, en mission d'exploration ?

Silence.

— Avez-vous pris une liasse de billets de cent dollars ?

— Oh, quelle poisse... Vous croyez que je devrais appeler Beck ?

— Ce serait plus intelligent de garder vos distances et de parler à Vince à la place. De toute façon, il veut vous voir avant votre rendez-vous avec la police fédérale.

— Quelle police fédérale ? J'ai pas à les voir ! Le type a laissé tomber.

— Pas du tout. La réunion a été avancée à demain après-midi, 4 heures. Je passerai vous prendre à midi et demi, ce qui vous donne deux heures pour le rencontrer d'abord.

— Ils auront mis le temps !

— Je vous avais dit que ce serait long.

— Eh bien, il est trop tard maintenant.

— En clair ?

— En clair, j'ai besoin de réfléchir. Je vous rappellerai.

Elle avait raccroché.

Autant pour ma force de persuasion.

Ce soir-là, Cheney s'adonnait au softball ; je me retrouvai livrée à moi-même. Je dînai au Rosie's, puis je me repliai dans mon appartement et passai la soirée avec un livre.

À midi et quart le mercredi, je filai, cap au sud, sur la 101, soulagée d'être de nouveau en mouvement. Une fois que j'aurais eu déposé Reba à son bureau, Vince pourrait prendre le relais, et moi décrocher. Le trajet jusqu'à Bella Sera fut conforme en tout point aux précédents – parfum de lauriers et odeur d'herbe coupée. Il y avait treize jours que j'avais emprunté cet itinéraire pour rencontrer Nord Lafferty, en me demandant ce que diable il pouvait bien me vouloir. Ramener sa fille à sa sortie de prison. Un jeu d'enfant... Depuis notre retour, la vie de Reba avait lentement commencé à se dévoiler. Le plus dingue dans cette histoire, c'est que je l'aimais bien. Malgré tout ce qui nous séparait, je répondais aux turbulences de sa nature que je retrouvais aussi en moi. En la voyant agir, il me semblait voir un reflet déformé de moi-même, seulement en plus excessif et en bien plus dangereux.

Quand j'arrivai au manoir, les grilles étaient grandes ouvertes. En suivant la courbe de l'allée, j'aperçus les mêmes Lincoln Continental et Mercedes berline. Un troisième véhicule s'y était ajouté – celui-là, un Jaguar cabriolet d'un beau vert foncé dont l'intérieur caramel éveillait presque la gourmandise. Je me garai sans verrouiller la portière et remontai l'allée en direction de la maison. Le gros matou au pelage orange de Reba, Chiffon, sortit sans hâte pour m'accueillir, fixant sur moi ses yeux d'un bleu étonnant. Je lui tendis la main, il renifla mes doigts. Puis il m'autorisa à lui gratter la tête et me rappela gentiment à l'ordre quand je fis mine de m'interrompre.

Je sonnai et attendis pendant qu'il tournait autour de mes jambes, laissant de longs poils orange sur mon jean. De l'intérieur me parvint le cliquetis étouffé de talons hauts sur le dallage de marbre. La porte fut ouverte par une femme en qui je devinai aussitôt la légendaire Lucinda. Elle donnait l'impression d'avoir la quarantaine, cela grâce aux soins attentifs d'un spécialiste de chirurgie esthétique de premier ordre. Je le savais parce que son cou et ses mains avaient quinze ans de plus que son visage. Ses cheveux étaient coupés court, un balayage alliant plusieurs nuances de blond imitant la décoloration naturelle du soleil. Elle était svelte et vêtue avec élégance – je reconnus le couturier, mais son nom m'échappait. Tailleur en jersey noir gansé de blanc, veste marquée par des boutons en métal doré sur le devant. La jupe à hauteur des genoux révélait deux mollets noueux.

— Oui ?

— Je suis Kinsey Millhone. Pourriez-vous dire à Reba que je suis là ?

Ses yeux d'un noir de bitume m'étudièrent avec attention.

— Elle est absente. Puis-je vous être utile ?

— Ah, non. Je ne pense pas. Je vais l'attendre.

— Vous devez être la détective privée dont Nord nous a parlé. Je suis Lucinda Cunningham. Une amie de la famille, me précisa-t-elle en me tendant la main.

— Ravie de vous connaître, lui dis-je en échangeant avec elle une poignée de main. Reba a-t-elle dit quand elle rentrerait ?

— Je crains que non. Je pourrais peut-être vous renseigner si vous me disiez de quoi il s'agit.

Une femme soucieuse d'occuper le terrain, pensai-je.

— Elle a un rendez-vous cet après-midi. Je lui ai dit que je passerais la prendre.

Pas franchement un sourire cordial, mais elle sortit dans la véranda et referma la porte derrière elle.

— Je ne voudrais pas être indiscrète, mais ce... hum... rendez-vous, est-il important ?

— Très. Je l'ai appelée personnellement pour le lui dire.

— Ma foi, il risque d'y avoir un problème. Nous n'avons pas vu Reba depuis hier soir au dîner.

— Elle n'est pas rentrée de la nuit ?

— Ni de la matinée. Pas un mot, aucun coup de téléphone. Son père n'a pas dit grand-chose, mais je le sais inquiet. En vous voyant à la porte, j'ai cru que vous aviez de ses nouvelles, encore que je craignais presque de vous poser la question.

— C'est bizarre. Où serait-elle allée ?

— Nous n'en avons pas la moindre idée. Si j'ai bien compris, elle était sortie jusqu'à une heure tardive la nuit d'avant. Elle a dormi jusqu'à midi et ensuite elle a eu un coup de téléphone...

— Sans doute moi.

— Oh... Toujours est-il que nous nous sommes posé la question. Elle a paru préoccupée, ensuite. Je crois que quelqu'un est passé la voir. Elle est restée absente une grande partie de l'après-midi et a fini par se montrer alors que son père était déjà au milieu de son dîner. En général, il dîne tôt, mais là, c'était une heure presque normale... un peu après 6 heures, je dirais. La cuisinière avait fait un bouillon de poule et il semblait avoir bon appétit. Comme Reba voulait bavarder avec lui, j'ai préféré partir pour les laisser seuls tous les deux.

— Et elle ne lui a rien dit de spécial ?

— D'après lui, non.

— Il vaudrait mieux que je lui parle moi-même. Ce n'est pas normal.

— Je comprends vos inquiétudes, mais maintenant il se repose. Il vient d'avoir une séance de kinésithérapie respiratoire et il est épuisé. Je préférerais ne pas le déranger. Pourquoi ne pas revenir un peu plus tard dans l'après-midi ? Il devrait être levé et pouvoir répondre à vos questions vers 4 heures.

— C'est impossible. Ce rendez-vous est urgent et si elle ne peut pas s'y rendre, j'ai besoin de le savoir tout de suite.

Son regard quitta le mien et, pour un peu, je l'aurais vue mesurer le champ de son autorité.

— Je vais voir s'il est réveillé et s'il accepte. Je vous demanderai d'être brève.

— Parfait.

Elle tendit le bras derrière elle et ouvrit la porte, me faisant signe d'entrer. Je remarquai qu'elle tendit un pied pour empêcher le chat d'en faire autant. Chiffon s'en offusqua et lui jeta un regard noir. Je m'avançai dans le hall d'entrée, attendant des instructions.

— Par ici.

Elle se dirigea vers l'escalier, me remorquant dans son sillage. Tout en montant les marches, une main s'attardant sur la rampe, elle me dispensa ses remarques par-dessus son épaule.

— Je ne sais pas exactement ce que Reba vous a dit, mais à vrai dire, nous ne nous sommes jamais bien entendues.

— Je l'ignorais et suis désolée de l'apprendre.

— Je crains qu'il n'y ait un malentendu. Elle était convaincue que j'avais des visées sur son père, ce qui ne pouvait pas être plus éloigné de la vérité. Je reconnais que j'ai tendance à me montrer protectrice. Je suis aussi trop franche quand on aborde son comportement. Nord semble croire que s'il a une attitude « positive » à son égard et accède à tous ses désirs, elle finira par se ranger. Il n'a jamais compris en quoi consistait le rôle de parent. Les enfants doivent assumer la responsabilité de leurs actes. Ceci étant mon opinion... même si on ne me l'a pas demandée.

Je laissai glisser. Je ne connaissais guère leur passif et ne jugeai pas devoir réagir.

Nous traversâmes le grand palier et suivîmes un couloir moquetté avec des chambres sur les deux côtés. La porte qui donnait accès à la chambre de maître était fermée. Lucinda frappa doucement, puis ouvrit la porte et jeta un regard sur lui.

— Kinsey est là au sujet de Reba. Puis-je la faire entrer ?

Je n'entendis pas sa réponse, mais elle s'écarta pour me laisser passer.

— Cinq minutes, me précisa-t-elle d'un ton ferme.

CHAPITRE 24

Nord Lafferty gisait dans son lit, soutenu par une pile d'oreillers, sa bouteille d'oxygène à proximité. Ses mains blanches et fragiles tremblaient sur la courtepointe au crochet. Je savais déjà qu'il avait les doigts glacés, comme si son énergie et sa chaleur abandonnaient ses extrémités pour se réfugier au cœur de sa personne. Dans peu de temps, la dernière étincelle allait s'éteindre. Je m'approchai de la tête du lit. Il se tourna pour me regarder, un sourire éclairant son visage.

— Je pensais justement à vous.

— Et me voilà. N'est-ce pas trop vous demander ? Lucinda dit que vous venez d'avoir une séance de kiné. Elle ne veut pas que je vous fatigue.

— Pas du tout, pas du tout. Je me suis reposé un peu et je me sens bien. Je regrette de devoir perdre tellement de temps au lit, mais certains jours je suis incapable de faire autre chose. Je pense que vous avez reçu mon chèque ?

— En effet. La prime n'était pas nécessaire, mais j'ai été sensible à cette attention.

— Vous l'avez entièrement méritée. Reba se plaît en votre compagnie et je vous suis reconnaissant de votre présence.

— Lucinda me dit qu'elle n'est pas rentrée depuis

l'heure du dîner hier soir. Sauriez-vous par hasard où elle se trouve ?

Il me fit signe que non.

— Elle m'a tenu compagnie pour le dîner et m'a aidé à aller dans la bibliothèque ensuite. Je l'ai entendue passer un coup de téléphone. Un taxi est arrivé une demi-heure après. Elle m'a dit de ne pas m'inquiéter, m'a embrassé, et c'est la dernière fois que nous nous sommes parlé.

— Elle a un rendez-vous à 1 heure aujourd'hui, puis une seconde réunion à 4 heures. Je ne peux pas croire qu'elle ait décidé de ne pas se présenter. Elle sait que c'est capital pour elle.

— Elle n'y a fait aucune allusion. À ce que je comprends, elle ne vous a pas contactée.

— Nous avons eu un court entretien hier. Elle m'a dit qu'elle me rappellerait, mais elle ne l'a pas fait.

— Elle a eu une visite. Quelqu'un avec qui elle travaillait.

— Marty Blumberg ?

— C'est ça même. Il est venu à la maison et tous deux ont discuté assez longtemps en tête à tête. Elle est sortie ensuite.

— Lucinda a mentionné qu'elle était restée tard dehors la nuit d'avant.

— Elle n'est rentrée à la maison qu'à 2 heures et demie du matin. Je ne dormais toujours pas quand elle a enfin remonté l'allée. En voyant l'éclat de ses phares au plafond, j'ai su qu'elle était arrivée à bon port. Les mauvaises habitudes ont la vie dure. Les mois qu'elle a passés en prison... ce sont les seules nuits où je ne suis pas resté éveillé, à guetter son retour. J'imagine que je mourrai l'œil vissé sur la pendule, en craignant qu'il ne lui soit arrivé quelque chose.

— Pourquoi appeler un taxi ? Sa voiture avait un problème ?

Il hésita.

— Je pense qu'elle quittait la ville et ne voulait pas laisser sa voiture traîner dans un parking.

— Mais où irait-elle ?

Nord hocha la tête dans un geste d'impuissance.

— A-t-elle pris des bagages ?

— J'ai posé la question à Freddy, qui m'a répondu que oui. Dieu merci, Lucinda était repartie à ce moment-là, sinon j'en aurais entendu de belles ! Elle sait qu'il s'est passé quelque chose, mais jusqu'à maintenant je l'ai tenue dans l'ignorance. Lucinda est intraitable, et mieux vaut user de prudence, sinon elle ne cesse de vous cajoler pour savoir de quoi il retourne.

— J'ai cru le comprendre. Quelle compagnie de taxis ?

— Freddy s'en souviendra peut-être si vous l'interrogez.

— Je vais lui poser la question.

Un petit coup à la porte et Lucinda apparut, deux doigts levés en l'air.

— Encore deux minutes, me rappela-t-elle avec un sourire pour témoigner de ses bonnes intentions.

— Très bien, dit Nord, mais je vis un éclair d'irritation traverser son visage. Mettez le verrou, me dit-il dès qu'elle fut partie. Et aussi celui de la salle de bains attenante, pendant que vous y êtes.

Je le dévisageai un instant, puis j'allai jusqu'à la porte et verrouillai le bouton. Une grande salle de bains carrelée de blanc s'ouvrait à droite, reliant apparemment sa chambre à la suivante. Je verrouillai la porte du fond, laissant la plus proche entrebâillée, puis je vins me rasseoir.

Il se redressa contre les oreillers.

— Merci. Je suppose qu'elle veut bien faire, mais par moments elle cherche trop à tout régenter. Pour l'instant, je ne l'ai pas encore nommée ma tutrice. Que proposez-vous pour Reba ?

— Je ne sais pas vraiment. Il faut absolument que je la voie le plus vite possible.

— Elle a des ennuis ?

— Je dirais que oui. Je vous en parle ?

— Il vaut mieux que je ne sache rien. Quels qu'ils soient, je vous fais confiance pour régler la situation et m'envoyer votre facture ensuite.

— Je ferai tout mon possible. Deux agences gouvernementales souhaitent l'interroger sur les opérations financières de Beck. Cela va être délicat et ma position personnelle est précaire, à vrai dire. Quand le FBI entrera en ligne de compte, je ne veux pas me retrouver du mauvais côté de la barrière. Si je travaille pour vous, aucun privilège ne s'attache à notre contrat, et faire appel à mes services ne protégera aucun d'entre nous.

— Je comprends tout à fait. Je ne vous demanderais pas de vous compromettre aux yeux de la loi. Cela dit, je vous suis reconnaissant de toute aide que vous pourrez lui apporter.

— Sa voiture est-elle toujours ici ?

Il hocha la tête.

— Elle est dans le garage, qui n'est pas fermé à clé pour autant que je sache. N'hésitez pas à y jeter un coup d'œil.

On frappa à la porte et le bouton tourna. Lucinda insista d'une main impatiente, la voix assourdie.

— Nord, qu'est-ce qui ne va pas ? Tu es là ?

Il fit un geste vers la porte. J'allai la déverrouiller. Lucinda tourna vivement le bouton et entra comme une furie, m'envoyant presque le battant dans la figure. Elle me dévisagea, croyant apparemment que l'initiative venait de moi.

— Qu'est-ce que ça signifie ?

Nord fit un effort pour élever la voix.

— C'est moi qui lui ai dit de fermer. Je ne veux plus être dérangé.

Le langage corporel de Lucinda passa du soupçon à la dignité blessée.

— Il fallait le préciser. Si Mlle Millhone et toi avez à discuter d'affaires privées, jamais je ne songerais à m'ingérer.

— Merci, Lucinda. Nous t'en sommes reconnaissants.

— Peut-être ai-je outrepassé mes limites.

Le ton était glacial, le contenu visant à susciter des excuses ou des mots d'apaisement.

Nord s'abstint des unes comme des autres. Il leva la main, presque comme pour la congédier.

— Elle aimerait voir la chambre de Reba.

— Pour quelle raison ?

Nord se tourna vers moi.

— Au bout du couloir, à droite...

Lucinda le coupa.

— Je me ferai un plaisir de l'y conduire. Nous ne souhaitons pas la laisser errer seule dans cette maison.

Je lançai un regard à Nord.

— Je vous rappellerai, lui promis-je.

Je suivis Lucinda dans le couloir, notant sa posture raide et son refus de me regarder. Quand nous arrivâmes à la chambre de Reba, elle ouvrit la porte et resta sur le seuil, me laissant à peine la place de passer. Ses yeux me suivirent.

— J'espère que vous êtes satisfaite. Vous vous croyez utile, or vous le tuez ! me lança-t-elle.

Je la regardai sans ciller, mais elle était bien plus experte que moi pour vous fusiller de son mépris. J'attendis. Elle ne se départit pas de son sourire et je savais qu'elle était de celles qui refusent de concéder l'avantage. Une vraie garce. Elle battit en retraite dans le couloir. Je fermai la porte et la verrouillai, sachant qu'elle comprendrait.

Je me retournai et effectuai une inspection visuelle, enregistrant la totalité de la pièce avant d'en entreprendre une fouille méthodique. Le lit était fait, quelques objets personnels disposés avec soin sur la table de chevet : une photo encadrée de son père, un livre, un bloc-notes et un stylo. Pas de désordre. Aucun vêtement par terre. Rien sous le lit. Un téléphone, mais pas de répertoire personnel. Je passai aux tiroirs du bureau et y découvris des articles qui devaient être là depuis des années : carnets scolaires, manuels de révision d'examen, boîtes de papier à lettres intactes, sans doute des cadeaux – certainement pas à son goût, sauf si elle affectionnait les cartes Kitty Cat agrémentées de dictons trop mignons au recto. Aucun courrier personnel. Tiroirs de coiffeuse impeccablement rangés.

J'inspectai la penderie, dans laquelle plusieurs cintres vides laissaient entendre que des vêtements manquaient – six d'après mon décompte. Parmi les articles qu'elle avait laissés, j'avisai un blazer bleu marine et un blouson en cuir de guingois sur son cintre. Impossible de savoir ce qu'elle avait emporté. J'ignorais même le nombre ou la dimension des valises qu'elle possédait. Je passai en revue les vêtements en essayant de me rappeler ceux que je l'avais vue porter. Je ne trouvai ni ses boots ni les pulls dont je gardais le souvenir – le rouge en coton et l'autre, bleu foncé avec un col boule. Elle les avait mis les tout premiers jours de son retour ; peut-être ses vêtements préférés avec lesquels elle avait souhaité prendre le large.

J'allai dans la salle de bains, nue à peu de choses près : carrelage en marbre marron au sol et sur le meuble du lavabo, miroirs immaculés, plus l'odeur du savon. L'armoire à pharmacie avait été vidée de son contenu. Ni déodorant, ni eau de Cologne, ni pâte dentifrice. Pas de médicaments. Une tache blanchâtre sur le marbre du meuble révélait l'endroit où elle avait posé sa brosse à dents. Des blue-jeans, tee-shirts et sous-vêtements s'entassaient dans le panier de linge sale ; une serviette de bain, encore légèrement humide, coiffait le tout. Le bac de la douche était sec. La corbeille, vide.

Je revins à la penderie pour examiner les vêtements. Je décrochai le blouson et vérifiai les poches. J'y découvris de la menue monnaie et un ticket de caisse attestant qu'elle avait payé un cheeseburger, des frites au chili et un Coca. Il n'y figurait ni la date ni le nom du restaurant. Je glissai le ticket dans ma poche de jean et remis le blouson sur son cintre. Je ressortis de la pièce et refis le couloir en sens inverse. En passant devant la chambre de Nord, je m'arrêtai et tendis l'oreille. Je saisis un murmure de voix, surtout celle de Lucinda, qui semblait chagrinée. Une nouvelle conversation avec lui devrait attendre. Je descendis et me dirigeai vers l'arrière de la maison.

La gouvernante était assise à la table de cuisine. Elle avait déployé des journaux dessus pour y poser douze ensembles de couverts en argent massif, deux pichets à eau en argent et une série de timbales, également en argent. Quelques pièces plus ouvragées avaient été aspergées d'un produit d'entretien pour argenterie en aérosol, qui prenait une curieuse couleur rose en séchant. Le chiffon dont elle s'était servie pour frotter les couverts était noirci par les ternissures qu'elle avait enlevées. Ses cheveux fins et bouclés, coiffés en arrière, lui faisaient une auréole dentelée à travers laquelle transparaissaient des plaques de cuir chevelu.

— Bonjour, Freddy, lui dis-je. Je viens de bavarder avec M. Lafferty. Il dit que vous avez vu Reba hier soir avant son départ.

— Juste comme elle sortait, dit-elle en adressant sa remarque à la cuiller.

— Elle a pris une valise ?

— Deux – un nécessaire de voyage en toile noire et une valise grise à roulettes. Elle portait un jean et des boots, et un chapeau de cuir, mais pas de veste.

— Avez-vous discuté ?

— Elle a posé un doigt sur ses lèvres, comme si cela restait entre nous. Mais pas question. Je suis au service de M. Lafferty depuis quarante-six ans. Nous n'avons pas de secret l'un pour l'autre. Je suis allée droit dans la bibliothèque et je l'ai mis au courant, mais le temps que je réussisse à le tirer de son fauteuil, elle était partie.

— A-t-elle dit quoi que ce soit sur ses intentions ? Mentionné un déplacement ?

Elle fit non de la tête.

— Il y a eu des coups de téléphone dans les deux sens, mais comme elle se précipitait sur l'appareil, je n'ai jamais entendu qui c'était. Impossible de dire même s'il s'agissait d'un homme ou d'une femme.

— Vous savez qu'elle enfreint les termes de sa liberté conditionnelle si elle quitte l'État, lui dis-je. Elle risque de retourner en prison.

— Mademoiselle Millhone, malgré toute l'affection que je lui porte, je ne ferais jamais entrave à l'action de la justice et ne la couvrirais en aucune manière. Elle brise le cœur de son père, que c'en est une honte.

— En tout cas, je sais qu'elle l'adore, ce qui ne change rien, bien sûr. (Je sortis une carte de visite avec mon numéro de téléphone personnel inscrit au dos.) Si jamais vous avez de ses nouvelles, voudriez-vous m'appeler ?

Elle prit ma carte et la glissa dans sa poche de tablier.

— J'espère que vous la retrouverez. Il n'en a plus pour longtemps.

— Je sais, lui répondis-je. Il m'a dit que la voiture de Reba était toujours dans le garage.

— Passez par la porte de derrière. Vous aurez plus vite fait que par celle de devant. Il y a un jeu de clés au crochet, me dit-elle en tendant le bras vers l'entrée de service et la souillarde qu'on apercevait par la porte ouverte derrière elle.

J'attrapai les clés au passage, puis je traversai en biais un grand espace pavé de briques, en direction de ce qui devait être la remise à l'origine, reconvertie en garage à quatre places. Chiffon fit son apparition à l'angle de la maison. Sa tâche consistait manifestement à surveiller les arrivées et les départs, ainsi que toutes les activités de la propriété. Au-dessus du garage proprement dit s'alignait une série de chiens-assis aux vitres voilées par des rideaux. Sans doute les chambres ou appartements du personnel, peut-être de Freddy. Un des box était vide et la porte coulissante ouverte. J'entrai par là et repérai vite la BMW de Reba garée contre le mur du fond. Je me sentis tenue d'expliquer les raisons de ma présence à Chiffon qui me suivait à la trace. Ouvrant la portière, je m'installai au volant. Je mis la clé de contact et vérifiai la jauge du carburant. L'aiguille bondit jusqu'au chiffre maximal, signalant que le réservoir était plein.

Je me penchai pour ouvrir la boîte à gants, puis je passai quelques minutes à faire le tri dans le fouillis de reçus de stations-service, fiches d'immatriculation périmées et manuel d'utilisation. Dans la poche latérale de la portière gauche, je découvris une autre poignée de tickets de pleins. La plupart dataient des trois ou quatre mois qui avaient précédé la détention de Reba. À une exception près : un ticket de caisse daté du 27 juillet 1987 – le lundi d'avant. Elle avait pris de l'essence à la station-service Chevron de Main Street, à Perdido, à une trentaine de kilomètres plus au sud. Je l'ajoutai à l'autre ticket de caisse déjà dans ma poche. Puis j'explorai le dessous des sièges avant, de la banquette arrière et du tableau de bord, ainsi que le coffre, mais sans rien trouver d'intéressant. Je sortis du garage et raccrochai les clés dans la souillarde, puis je récupérai ma voiture. La dernière fois que je le vis, Chiffon était assis sur le perron et procédait tranquillement à sa toilette.

Je repris la 101 et fis rapidement le trajet en sens inverse jusqu'à mon appartement, où je m'arrêtai le temps de récupérer la photographie de Reba que son père m'avait donnée. Je la pliai et la glissai dans mon sac avant de prendre la route de Perdido. L'autoroute à quatre voies suit les contours de la côte, entre les contreforts des collines, d'un côté, et le Pacifique, de l'autre. La digue de béton disparaît complètement par endroits, et les vagues se brisent contre les rochers dans un déploiement de force impressionnant. Les amateurs de surf garent leurs voitures sur l'accotement et descendent leurs planches jusqu'à la plage, lisses et luisants comme des phoques dans les combinaisons noires qui les moulent étroitement. J'en dénombrai huit dans l'eau, à califourchon sur leurs planches, le visage tourné vers les vagues en attendant de chevaucher le prochain rouleau lancé à l'assaut du rivage.

Sur ma gauche, un épais tapis de chaparral couvrait les pentes abruptes des contreforts dépourvues d'arbres. Des cactus en forme de raquettes de ping-pong avaient colonisé de grandes plaques de sol rongées par l'érosion. La verdure luxuriante, favorisée par les précipitations hivernales, avait un moment cédé la place aux fleurs sauvages de printemps, avant d'imposer à nouveau une végétation aussi inflammable que de l'amadou et prête à s'embraser aux incendies de l'automne. La voie ferrée suivait par intermittence le flanc rocheux de la route ou passait sous elle pour filer parallèlement au rivage.

Arrivée dans la banlieue de Perdido, je pris la première bretelle de sortie et continuai dans Main Street en vérifiant les numéros au passage. J'aperçus la station-service Chevron sur une étroite bande de terrain qui bordait la rampe de sortie de Perdido Avenue. Je me rabattis sur le côté et me garai à l'extérieur, le plus près possible des toilettes. Un employé en uniforme se tenait à l'arrière d'un break dont il dévissait le bouchon du réservoir. Il m'aperçut, son regard se posa brièvement sur moi, puis il revint à ce qui l'occupait. J'attendis que le client ait signé la facturette de la carte de crédit et que le break démarre avant de me diriger vers les pompes. Je sortis la photo de Reba, avec l'intention de lui demander s'il avait travaillé le lundi et, dans l'affirmative, s'il se souvenait d'elle. Mais en m'approchant, une autre idée me traversa l'esprit.

— Bonjour, lui dis-je. J'ai besoin d'un renseignement. Pouvez-vous me dire où se trouve une salle de poker appelée le Double Down ?

Il se retourna et tendit le bras.

— À deux rues d'ici, sur la droite. Si vous arrivez aux feux, c'est que vous l'aurez ratée.

Il était près de 2 heures de l'après-midi lorsque je me garai dans l'unique place encore libre du parking, derrière une construction basse en parpaing peinte dans un beige peu avenant. Sur le devant, les flashs du néon rouge de l'enseigne dessinaient en alternance un pique, un cœur, un carreau et un trèfle. Les mots « Le Double Down » étaient écrits en lettres cursives de néon bleu sur la façade du bâtiment. Une rampe pour handicapés rejoignait une entrée aveugle à un bon mètre du sol. Je gravis la rampe jusqu'à une lourde porte en bois aux gonds rustiques en fer forgé. Une pancarte précisait que l'établissement était ouvert de 10 heures à 2 heures. Je poussai la porte et entrai.

Quatre grandes tables recouvertes de feutre vert accueillaient chacune de huit à dix joueurs de poker assis dans des fauteuils de saloon en bois. Beaucoup se tournèrent pour voir qui entrait, mais personne ne s'insurgea contre ma présence. Un comptoir de restauration doublait le mur du fond, avec un menu affiché au-dessus du passe-plat. Le choix proposé y était énuméré en lettres noires et mobiles glissées dans des cases blanches : en-cas de petit déjeuner, sandwichs et quelques assiettes garnies. Je penchais déjà pour les œufs brouillés et le burrito à la saucisse. Puis je vérifiai le ticket de caisse que j'avais découvert dans la poche de blouson de Reba – cheeseburger, frites au chili et Coca. Tout cela figurait au tableau et tous les prix correspondaient.

Les murs étaient lambrissés de frisette de pin. Le long du plafond doublé de panneaux insonorisés, des reproductions encadrées à la gloire du sport, parmi lesquelles le football dominait, étaient accrochées à une cimaise. L'éclairage ne se perdait pas en effets subtils. Tous les joueurs étaient de sexe masculin, hormis une femme au fond, qui devait avoir dans les soixante ans. Une ardoise sur le mur latéral affichait une série de noms, sans doute ceux des joueurs qui attendaient une place. À mon grand étonnement, il n'y avait ni fumée de cigarette ni alcool en vue. Deux téléviseurs en couleurs fixés dans des angles opposés, et dont on avait coupé le son, montraient les images papillotantes de deux matchs de base-ball différents. On n'entendait presque aucun bruit de conversation, seulement le cliquetis amorti de jetons en plastique quand le donneur payait les gagnants et encaissait la mise des perdants. Pendant que je les observais, les donneurs changèrent de tables, et trois types en profitèrent pour faire une pause et commander de quoi se restaurer.

À gauche se dressait un comptoir ; derrière, dans une cabine, un individu était juché sur un tabouret.

— Je cherche le directeur, lui dis-je en me demandant si les salles de poker avaient des directeurs, mais j'étais prête à le parier, enfin... façon de parler.

— Salut ! me lança l'individu en levant la main sans détacher les yeux de son livre.

— Vous lisez quoi ?

— Ça ? De la poésie. Kenneth Rexroth. Vous connaissez son œuvre ?

— Non.

— Impressionnant, ce bonhomme. Je vous le prêterais bien, mais c'est le seul exemplaire que j'aie. (Il posa son doigt entre les pages pour marquer où il en était.) Vous voulez des jetons ?

— Désolée, mais je ne suis pas là pour jouer. (Je pris la photo de Reba dans mon sac, la dépliai et la lui tendis.) Ça vous dit quelque chose ?

— Reba Lafferty, me dit-il, comme si la réponse allait de soi.

— Vous rappelez-vous quand vous l'avez vue pour la dernière fois ?

— Bien sûr. Lundi. Avant-hier soir. Elle était à cette table-là. Elle est arrivée vers les 5 heures et n'a pas bougé jusqu'à ce qu'on ferme à 2 heures. Vissée au Hold 'Em la plus grande partie de la nuit, après quoi elle est passée au Omaha, mais elle ne sentait pas le jeu. Elle avait un rouleau de billets gros comme ça ! me précisa-t-il en formant un rond avec le pouce et le majeur. Cette nana était sortie de prison une semaine avant, en tout cas c'est le bruit qui courait. Vous êtes son contrôle judiciaire ?

Je lui fis signe que non.

— Juste une amie. C'est moi qui suis allée la chercher à Corona et qui l'ai ramenée chez elle.

— Vous auriez pu vous éviter le trajet ! Vous n'aurez pas le temps de vous retourner qu'elle sera dans le bus du shérif, à le refaire dans l'autre sens. Dommage. Une chouette pépée. Aussi mignonne qu'un raton laveur avant qu'il vous lance un coup de dent.

— Ma foi, vous avez tout compris, lui dis-je. Elle a pris le large hier soir et nous essayons de la retrouver. Je ne pense pas que vous sachiez où elle est partie ?

— Comme ça, sans réfléchir ? Je dirais Las Vegas. Rien qu'à voir ses yeux. En veine ou pas, elle est du genre à flamber jusqu'à ce que tout l'argent y passe.

— Je ne comprends pas.

— Vous ne jouez pas ?

— Non, jamais.

— Mon hypothèse ? La fille n'a plus un rond. Elle joue comme elle se shooterait, en croyant qu'elle refera le plein. Ça n'arrivera jamais. Elle a besoin qu'on l'aide.

— Comme tout le monde, non ? lui fis-je remarquer. À propos... pourquoi Le Double Down ? Je croyais que c'était un terme de black jack.

— On avait un black jack jusqu'à ce que le propriétaire le supprime. Les gens du coin préfèrent le poker – parce que c'est pas tant une affaire de chance que de technique, je suppose.

Dès que j'arrivai à mon bureau, je pris un crayon et un bloc, sortis l'annuaire et choisis une agence de voyages au hasard. Je composai le numéro, une femme décrocha, je lui dis que je voulais des renseignements pour un voyage à Las Vegas.

— Quel jour ?

— Je ne sais pas encore. Je travaille jusqu'à 5 heures

et je n'ai pas encore fixé de jour précis. Qu'avez-vous comme vols en semaine après 18 heures ?

— Je regarde, me dit-elle. (J'entendis un cliquetis de touches à l'arrière-plan, puis, après un silence :) J'en vois deux. ASAir à 19 h 55 en passant par San Francisco, arrivée à Las Vegas à 23 h 16, ou United Airlines 20 h 30 par Los Angeles, arrivée à Las Vegas à 23 h 17.

— Où pourrais-je trouver des salles de poker, sinon ?

— Pardon ?

— Des salles de jeu. Avec des tables de poker.

— Je croyais que vous vouliez aller à Las Vegas.

— J'étudie toutes les possibilités. Rien de plus près ?

— Gardena ou Garden Grove. Vous prenez un vol pour LAX et vous vous trouvez un transport de surface.

— Ça paraît jouable. Qu'avez-vous comme vols pour Los Angeles après 6 heures ? J'ai donc celui d'United à 20 h 30. Rien d'autre ?

— J'en ai un d'United à 18 h 57, arrivée à Los Angeles à 19 h 45.

Je prenais des notes pendant qu'elle parlait.

— Waouh ! Merci. C'est super.

— Vous voulez une réservation sur celui-ci ou non ? me demanda la femme, avec un brin d'agacement.

— Je ne suis pas sûre. Voyons voir. Imaginons que j'aie quelques dollars qui me brûlent les doigts. Où pourrais-je aller encore ?

— Après 6 heures du soir en semaine ? me demanda-t-elle sèchement.

— Tout juste.

— Vous pourriez tenter votre chance à Laughlin, dans le Nevada, quoiqu'il n'y ait pas de vol pour Laughlin-Bullhead sauf si vous avez envie de prendre un charter.

— Je ne pense pas, lui dis-je.

— Il reste toujours Reno-Lake Tahoe. Le même aéroport dessert les deux.

— Pourriez-vous...

— Je regarde, m'interrompit-elle avec une amabilité de commande, et de nouveau je l'entendis tapoter le clavier de son ordinateur. United Airlines, départ de Santa Teresa à 19 h 55, arrivée à San Francisco à 21 h 07, départ à 22 h 20, arrivée à Reno à 23 h 16. C'est tout ce qu'il y a.

— Je vous rappellerai, lui promis-je, et je raccrochai.

J'entourai le mot « Reno » en pensant à l'ex-compagne de cellule de Reba, Misty Raine, qui était censée y habiter. Si Reba était en fuite, qu'elle ait essayé de contacter une amie n'avait rien d'illogique. Certes, l'association de malfaiteurs constituait une infraction aux termes de sa liberté conditionnelle, mais comme elle les accumulait déjà, une de plus ou une de moins...

Je fis le numéro des renseignements à Reno, 702 étant l'indicatif de zone, et demandai à l'opératrice la liste des Raine, en nom patronymique. Elle ne m'en trouva qu'un avec M en initiale de prénom, mais sans indication d'adresse. Je la remerciai et raccrochai. Je repris l'appareil et composai le numéro de M. Raine. Au bout de quatre sonneries, une voix masculine et électronique répondit : « Votre correspondant est absent. S'il vous plaît, laissez un message. » Côté informations, un vrai pingre ! Franchement, je détestais ce bonhomme.

À 16 h 30, je repris le chemin du manoir Lafferty. En me garant au parking, je notai avec plaisir que la voiture de Lucinda avait disparu. Chiffon dormait dans un fauteuil en osier, mais il se leva pour m'accueillir et prit poliment place à mes pieds pendant que j'appuyais sur la sonnette. Quand Freddy m'ouvrit, il en profita pour se glisser dans la maison. Je suivis Freddy jusqu'à la bibliothèque, où Nord s'était retranché sur le divan, soutenu par une masse d'oreillers et couvert d'un édredon.

— J'ai demandé à Freddy de me descendre ici. Je n'aurais pas tenu une minute de plus en haut.

Chiffon sauta sur le divan, remonta le corps de Nord sur toute sa longueur et huma son haleine.

— Vous avez meilleure mine, lui dis-je. Vos joues ont repris des couleurs.

— C'est provisoire, mais j'en accepte l'augure. Je suppose que vous avez appris quelque chose, sinon vous ne seriez pas revenue si vite.

Je lui parlai du ticket de caisse de la station-service et lui racontai mon déplacement à Perdido, où on m'avait dirigée sur la salle de jeux. Je lui rapportai ce qu'on m'avait dit sur ses pertes au poker du lundi soir. Ne jugeant pas utile de le tourmenter, je passai sous silence la suspicion de vol relative aux vingt-cinq mille dollars.

— Reba m'a parlé d'une strip-teaseuse nommée Misty Raine, une ancienne compagne de cellule. Misty se serait fixée à Reno après avoir fini sa conditionnelle. Je pense que si Reba s'était remise au jeu, il était plus malin de choisir un endroit où elle pouvait aussi passer inaperçue...

— Auquel cas elle aurait pu essayer de renouer avec cette amie, conclut Nord en caressant machinalement le chat.

— Exactement. De cette façon, au lieu de dépenser de l'argent pour une chambre, elle pouvait tout miser aux tables en espérant se refaire. D'après l'annuaire, il existe bien un « M. Raine » à Reno, mais sans indication d'adresse.

— Mais aller à Reno ne serait pas contraire aux termes de sa libération conditionnelle ?

— Jouer aussi, lui rappelai-je. Reste la possibilité

qu'elle rentre avant qu'on ait constaté son absence, mais je n'aimerais pas la voir jouer ainsi avec la chance. Est-elle déjà allée à Reno ?

— Souvent, dit Nord. Mais qui vous dit qu'elle y est ? Son amie la couvrira sûrement.

— Je le pense aussi. Reba n'a pas parlé de Reno ?

— Pas un mot, non.

— Et la compagnie de téléphone ? Vous ne pourriez pas les interroger sur les appels longue distance passés de chez vous ces sept derniers jours ? La présence du numéro de Misty indiquerait au moins qu'elles se sont contactées.

— Je peux essayer.

Je mis la main sur l'annuaire et composai moi-même le numéro afin de lui épargner le circuit jusqu'au service de facturation avant de lui tendre le téléphone. Il donna ses nom et numéro de téléphone et expliqua ce qu'il voulait. Avec une aisance et un art consommé, il leur dévida une histoire de visiteur d'une autre ville qui avait effectué quelques appels longue distance, mais omis de s'enquérir du temps passé et du coût des appels en question. Après avoir bavardé avec l'opératrice, il nota un numéro précédé de l'indicatif 702, qui avait fait l'objet de trois appels. Il la remercia de son aide, raccrocha et me tendit le papier.

— Je crains que ça ne vous donne pas d'adresse.

— J'ai un ami dans la police. J'espère qu'il pourra me dépanner.

CHAPITRE 25

On approchait de 17 heures quand je quittai Nord. Comme rien n'exigeait ma présence au bureau, je pris la direction de la maison. En entrant chez moi, j'expédiai mon sac sur une chaise. Cheney avait laissé deux messages à cran, pour me demander ce que fichait Reba à ne pas s'être présentée à ses rendez-vous de 13 heures avec Vince et de 16 heures avec le FBI. J'appelai Cheney sur son biper, entrai mon numéro et attendis que le téléphone sonne, ce qu'il fit dix minutes après.

— Tu as appelé ?

— J'ai besoin d'un service. Peux-tu vérifier un numéro à Reno et m'obtenir l'adresse ?

— Pour qui ?

— L'amie d'une amie.

— Il s'agit de Reba ?

— Qui d'autre ?

Il réfléchit un court instant.

— Elle a déjà plus d'ennuis qu'elle ne peut l'imaginer. Si elle a filé là-bas, le mieux pour nous tous est de demander à la police de Reno de mettre la main sur elle.

— C'est une façon de voir, lui dis-je. Par ailleurs, tu as toujours besoin qu'elle coopère. Je pense faire le trajet en voiture jusqu'à Reno et la persuader de rentrer – en partant du principe que j'arrive à la retrouver.

— Holloway sait qu'elle s'est tirée ?

— J'en doute, mais Reba ne doit pas la voir avant lundi, ce qui nous laisse cinq jours avant qu'elle soit portée absente. Comme je ne voudrais surtout rien faire dans le dos de Priscilla, tu peux le lui dire si tu y tiens. Ou alors...

— Ou alors quoi ?

— Prévenir tes copains de l'IRS et voir leur réaction. Peut-être que sa valeur à leurs yeux passe avant et qu'ils peuvent aplanir les angles avec son contrôle. On a tout le temps de prévenir Priscilla une fois que Reba aura été débriefée.

— Donne-moi ce numéro à Reno et je te rappelle.

— Si tu parlais à Vince d'abord ? Je vous passerai le numéro ensuite. Ça nous fera une base de départ.

— Tu ne me fais pas confiance ?

— À toi, bien sûr que si. C'est lui qui m'inquiète.

— Ce soir, ça t'irait ? Tu veux qu'on se retrouve au Rosie's ? J'ai un ou deux rapports à rédiger, mais ça ne devrait pas me prendre longtemps.

— Bonne idée.

— On se retrouve tout à l'heure.

Laissant ma porte entrebâillée, je traversai le patio jusque chez Henry. Sa porte de cuisine était ouverte.

— Henry ? C'est moi ! lançai-je en frappant au montant.

— Entre ! J'arrive !

Une casserole de potage maison mijotait sur un des feux et j'y vis un bon signe. Il est rare qu'Henry fasse la cuisine ou du pain quand il se sent déprimé. Son verre de Black Jack on the rocks était posé sur la table de cuisine, le journal, plié avec soin, attendant dans son fauteuil à bascule. Une bouteille de chardonnay fraîchement débouchée se prélassait dans un récipient isotherme sur le plan de travail. Il apparut, venant du couloir, une pile de torchons propres à la main.

— Tu aurais dû te servir un verre ! Je l'ai ouverte pour toi. Une chose dont je voudrais te parler... Tu as quelques minutes ?

Il rangea les torchons dans le tiroir de la cuisine, sortit un verre à vin du placard et le remplit à moitié.

— Merci. J'ai tout le temps qu'il faut. On a un peu perdu contact, ces temps-ci. Comment vas-tu ?

— Bien, merci. Et toi ?

Il reprit sa place dans le fauteuil à bascule et but une gorgée de son verre.

— En forme, lui dis-je. Maintenant que nous avons éclairci ce point capital, de quoi voulais-tu me parler ?

Il sourit.

— Voilà à quoi je réfléchissais. Je ne pense pas qu'il y ait de remède à ma relation avec Mattie. Pour l'instant, elle mène le jeu et je ne juge pas devoir m'imposer si elle n'est pas intéressée. Ainsi va le monde. Nous ne nous connaissons pas depuis longtemps et il y a beaucoup de raisons que ça ne marche pas... l'âge, l'éloignement, inutile d'entrer dans les détails. Je me rends compte que j'ai pris plaisir à avoir quelqu'un dans ma vie. Ça m'a donné du tonus, même à quatre-vingt-sept ans. Du coup, j'ai pensé que je pourrais passer un coup de fil ou deux. À cette croisière il y avait plusieurs femmes qui paraissaient pleines d'entrain et sympathiques. Mattie, entre autres, mais là n'est pas la question. (Il marqua un temps d'arrêt.) Voilà les conclusions auxquelles j'ai abouti, mais j'aimerais avoir ton point de vue.

— Ça me paraît génial ! Je me souviens qu'après ton retour, toutes sortes de femmes t'ont laissé des messages.

— Ça me gênait.

— Pourquoi ?

— Je suis vieux jeu. On m'a appris que c'était aux hommes de prendre l'initiative, pas le contraire.

— Les temps ont changé.

— En mieux ?

— Peut-être. Tu rencontres quelqu'un qui te plaît, pourquoi ne pas faire un effort ? Il n'y a rien de mal à ça. Si ça marche, tant mieux, sinon, bof...

— Exactement ce que je me disais. Il y a une femme, une certaine Isabelle, qui habite ici. Elle a quatre-vingts ans, ce qui se rapproche plus de mon âge. Elle adore danser, ce que je n'ai pas fait depuis une éternité. Et une autre aussi, Charlotte. À quatre-vingt-huit ans, elle est toujours active et travaille dans l'immobilier. Elle vit à Olvidado, pas loin en somme. Une à la fois, tu crois que ce serait bien ?

— Pourquoi pas les deux ? Jette-toi à l'eau. Plus on est de fous, plus on rit.

— Parfait, je plonge. (Il cogna son verre contre le mien.) Souhaite-moi bonne chance.

— Toute la chance au monde !

Je me penchai vers lui et l'embrassai rapidement sur la joue.

J'avais pris place dans mon box préféré au Rosie's, celui du fond où je peux boire un verre de vin en toute tranquillité tout en surveillant étroitement les lieux. Bien que je fréquente cette gargote depuis sept ans, ne me demandez pas de vous dire les noms des clients qui passent prendre un verre dans la journée ni ceux des habitués comme moi. Rosie est notre seul fil commun et si les autres clients et moi comparions nos notes, nous aurions, à mon avis, à peu près les mêmes doléances. Nous pesterions contre sa façon de nous tyranniser, mais nous en tirerions tous un sentiment de supériorité en voyant dans les avanies qu'elle nous inflige une marque de favoritisme. William s'affairait au bar. Je m'étais arrêtée au passage pour saisir le verre qu'il m'avait servi en me voyant entrer. Il était occupé, sinon, je n'en doutais pas, il m'aurait donné les dernières nouvelles de sa santé.

Une fois installée, je bus une gorgée de vin blanc ; autant avaler du vinaigre et, pour un peu, j'aurais presque juré de renoncer à l'alcool. Cheney m'avait rappelée quelques minutes après pour me dire que Vince se montrait partisan de l'approche personnelle : il me donnait sa bénédiction du moment qu'on lui communiquait le numéro du contact. J'avais confié à Cheney celui que j'avais relevé dans la facture de téléphone de Nord. Partant du principe que Vince Turner garderait l'information par-devers lui, mais craignant que le FBI n'ait vent de ce qui se passait et ne cause des dégâts.

J'avais rappelé Nord pour l'informer que je partais le lendemain matin. Il m'avait proposé de me défrayer du voyage, ce que j'avais accepté, la nécessité de régler mes factures l'emportant vite sur tout élan charitable. Je m'étais munie d'un atlas de poche et étudiais tour à tour le sud de la Californie et la frontière ouest du Nevada en réfléchissant à mon itinéraire. La meilleure solution consistait à prendre l'A 101 jusqu'à la 126, continuer vers l'est jusqu'à l'A 5, puis vers le nord jusqu'à Sacramento, où je rattraperais la 80 et suivrais une trajectoire nord-est qui me conduirait droit à Reno. Si Cheney ne parvenait pas à me trouver l'adresse de Misty, je me rabattrais sur une méthode passée de mode : je ferais un saut à la bibliothèque municipale pour consulter l'annuaire inversé où les numéros de téléphone sont répertoriés par ordre numérique et renvoient aux adresses correspondantes.

Avant de prendre la route, je m'arrêterais au club automobile pour prendre un jeu de cartes. Pas que j'en aie eu vraiment besoin, mais j'aime bien la reliure spirale blanche et le curseur orange qui se déplace sur le feuillet. J'ai l'impression d'en avoir pour mon argent et de récupérer l'investissement de ma cotisation annuelle. Après quoi, je dressai dans ma tête la liste des vêtements et objets de toilette que j'emporterais dans mes bagages. Une main se posa sur mon épaule et je levai les yeux avec un sourire, m'attendant à voir Cheney.

Beck se glissa dans le box en face de moi.

— Vous semblez heureuse de me voir.

— J'ai cru que c'était quelqu'un d'autre.

Je pris note de sa tenue : pantalon de toile et chemise de ville protégée par un coupe-vent.

Il se mit à rire, croyant à une plaisanterie. Je refermai l'atlas d'un geste négligent et le glissai sur la banquette à côté de moi, puis je me penchai à droite comme pour inspecter l'entrée.

— Reba n'est pas avec vous ?

— Hélas, non. C'est même pour ça que je me suis arrêté ici. J'essaie de la localiser. (Ses yeux s'égarèrent sur l'atlas.) Vous partez en voyage ?

— Juste en rêve. J'ai trop de travail en retard pour pouvoir partir.

— Oh, c'est vrai. Vous êtes détective. Sur quoi enquêtez-vous ?

Je savais qu'il se moquait éperdument de mes dossiers, sauf à être en cause. Sans doute venait-il à la pêche aux nouvelles, en se demandant si je faisais partie du complot gouvernemental qui tentait de le prendre dans sa nasse.

— La routine, lui répondis-je. Une recherche, quelques vérifications d'antécédents pour la banque de Santa Teresa. Ce genre de broutilles.

Je continuai sur ce ton pendant un moment, en inventant au fur et à mesure. Son regard perdant de la vivacité, j'espérai sincèrement que je le barbais à mourir.

Je levai les yeux à temps pour voir Rosie pousser

les portes battantes de la cuisine. Ses yeux s'allumèrent dès qu'elle vit Beck. Le fox-terrier qui repère un rat ! Elle se dirigea droit sur le box, à peine capable de réprimer son ravissement. Beck reprit ses esprits et se leva. Il lui tendit la main, puis se pencha et lui déposa un bisou sur la joue.

— Rosie ! Vous êtes en beauté, dites-moi. Votre coiffeur a fait des merveilles.

— Non, moi. C'est permanente maison, se rengorgea-t-elle.

Personnellement, j'aurais dit que ses cheveux avaient leur aspect habituel : teinture ratée, coupe sabotée.

Elle baissa modestement les yeux.

— Je rappelle ce que vous désirez. Whisky. Double avec glaçons et eau à côté. Le vingt-quatre ans, pas le douze.

— Mes compliments. Pas étonnant que vos clients vous soient fidèles.

Je pensais qu'elle percerait la flatterie, mais elle buvait du petit-lait, à deux doigts de lui faire une révérence de soubrette avant d'aller chercher sa commande. Il se rassit et la regarda s'éloigner avec un sourire affectueux de faux jeton. Son regard revint vers le mien. C'était un homme froid, glacé. Les vingt-cinq mille dollars qui manquaient l'avaient mis en état d'alerte maximale. Il était sur le sentier de la guerre, bien résolu à identifier ses ennemis.

Je croisai les bras et me penchai en avant, les coudes appuyés sur la table. Il y avait quelque chose de reposant à se retrouver en compagnie d'un individu que j'exécrais à ce point. N'ayant pas à me soucier de l'impressionner, je pouvais centrer toute mon attention sur le jeu.

— Comment était Panamá ?

— Bien. Agréable. Les problèmes ont commencé

dès mon retour. Mon petit doigt m'a dit que Reba et vous aviez eu des ennuis pendant mon absence.

— Moi ? Fichtre ! Je ne vois pas lesquels.

— Vous ne savez pas à quoi je fais allusion ?

— Nous sommes allées faire des courses au centre commercial si c'est à quoi vous pensez.

— Ces palabres avec Marty... C'était à quel sujet ?

Je battis deux fois des paupières, comme ahurie par sa question, puis je laissai la lumière se faire jour.

— Ah ça ? Vendredi soir ? Nous sommes tombées sur lui au centre. Après la fermeture des magasins, nous avions fait une halte au Dale's et commandé chacune un de leurs chilis qui vous garantit la courante. Une turista carabinée ! Vous avez déjà mangé cette abomination ? Absolument dégueu...

— Ça va. Continuez.

— Désolée. Bon, alors, c'est à peu près à ce moment-là que Marty est entré. Il était heureux comme un roi de voir Reba. Elle nous a présentés et on a bavardé un peu. Ici finit l'histoire.

Il parut m'observer de loin, pas encore satisfait.

— Bavardé de quoi ?

— Rien de particulier. On me présente le bonhomme. Je suis gentille avec lui. On s'en est tenu là. Qu'est-ce qui vous tracasse ?

— Vous n'avez pas parlé de moi ?

— De vous ? Pas du tout. Votre nom n'a jamais été mentionné.

— Et ensuite ?

— Comment ça, « et ensuite » ?

— Où êtes-vous allées ?

Je haussai les épaules.

— Au bureau. Marty n'arrêtait pas de vanter les nouveaux locaux et il nous a dit qu'il nous les ferait visiter, du coup on a fini par y faire un tour en vitesse.

Il a dit que vous seriez furieux si vous l'appreniez. C'est à ça que vous faites allusion ?

— Je ne crois pas que vous m'ayez tout dit. Il n'y a rien d'autre ?

— Voyons voir... Oh ! j'y suis. Une catastrophe. J'avais oublié mon sac sur la terrasse et on a été obligées d'y faire un saut le lendemain pour chercher où j'avais bien pu le laisser. Vraiment pas une partie de plaisir !

Rosie s'approcha avec le scotch de Beck sur un plateau. Nous abandonnâmes le sujet et lui sourîmes benoîtement pendant qu'elle déployait un napperon des grands jours et posait le verre dessus. Beck lui marmonna un merci, sans autre effort pour engager la conversation.

Elle hésita, espérant une deuxième série de viles flatteries et compliments, mais c'était moi qui intéressais Beck. J'aurais bien aimé qu'elle s'asseye avec nous et reste à discuter jusqu'à la fermeture ! Au lieu de quoi elle me jeta un regard soupçonneux, subodorant une idylle qui couvait. Elle était loin de se douter que je ne faisais qu'évaluer la situation en essayant de deviner ce que Beck savait et d'où lui venait l'information. S'il avait vu les bandes vidéo de la sécurité, je devais m'assurer de n'oublier aucune de nos allées et venues. Mon numéro commençait visiblement à lui taper sur les nerfs, mais c'était plus fort que moi. Après quelques menus propos très peu naturels, Rosie s'éloigna. Je regardai Beck et attendis qu'il avance son pion.

Il saisit son scotch et en avala une gorgée en m'observant par-dessus le bord de son verre.

— Habile. Vous avez une explication pour tout, mais je jurerais que vous mentez effrontément.

— Ma réputation m'aura précédée. Je mens avec talent, lui concédai-je.

Il posa son verre sur la table, dessinant un motif circulaire avec l'humidité de la base du verre.

— Où est-elle ?

— Reba ? Ma langue au chat ! Nous ne sommes pas des sœurs siamoises.

— Vraiment. Vous ne l'avez pas quittée d'une semelle et, brusquement, vous n'en avez aucune idée ? Elle vous a forcément donné une indication.

— Beck, je pense que vous êtes parti sur une fausse impression. Nous ne sommes pas de bonnes amies. Son père m'a payée pour la ramener. Voilà le genre de copine que je suis pour elle. Je l'ai conduite à son contrôle judiciaire et au DMV. Elle se sentait seule. Nous avons dîné ensemble...

— N'oubliez pas le Bubbles.

— La belle affaire ! Nous sommes allées au Bubbles, c'est exact. Elle me faisait de la peine. Elle n'a pas d'amies, sauf Onni, qui la traite comme une moins que rien.

Il réfléchit brièvement et changea de registre.

— Que vous a-t-elle dit sur moi ?

J'essayai d'écarquiller les yeux comme Reba lorsqu'elle feignait la candeur.

— Sur vous ? Ma foi... si vous y tenez. Elle m'a dit que vous l'aviez baisée comme un dieu dans la voiture l'autre soir. Elle était prête à me décrire la dimension de votre bite dans les moindres détails, mais je l'en ai dissuadée. Ne le prenez pas mal, mais je suis loin de vous trouver aussi fascinant qu'elle. Sauf pour ce qui est de cette conversation. Qu'est-ce que vous cherchez à me faire dire ?

— Rien. Je me serai mépris sur votre compte.

— Ça m'étonnerait, mais expliquez-vous. On dirait que c'est vous qui avez des ennuis et que vous les projetez sur nous.

J'avais peut-être poussé le bouchon un peu trop loin, car le regard qu'il m'envoya ne me plut pas autrement.

— Pourquoi dites-vous cela ?

— Parce que vous me sortez une foule d'inepties et que je ne vois absolument pas où vous voulez en venir. Vous m'avez criblée de questions dès que vous vous êtes assis.

Il n'émit aucun son pendant quinze secondes environ – une éternité dans une conversation de cette nature.

— Je suis convaincu qu'elle m'a volé de l'argent quand elle est venue dans mes bureaux ce soir-là, me dit-il enfin.

— Ah ! Nous y voilà. C'est une accusation grave.

— En effet.

— Pourquoi ne pas en parler à la police ?

— Je n'ai aucune preuve.

Je hochai la tête.

— Pour moi, ça ne tient pas. J'étais avec elle quand elle a visité les bureaux et elle n'a touché à rien à aucun moment. Moi non plus, d'ailleurs. J'espère que vous ne pensez pas que je suis impliquée, car je vous jure bien que non.

— Ce n'est pas vous qui m'inquiétez. C'est elle.

— Car vous êtes inquiet ?

— Je crois qu'elle a des ennuis. Je ne voudrais pas qu'on lui fasse du mal.

— Pourquoi ne pas l'avoir dit tout de suite ?

— Vous avez raison. Désolé. Je me suis complètement trompé et je m'en excuse. On fait la paix ?

— Inutile. Moi aussi, je suis inquiète. Elle a recommencé à fumer un paquet par jour et Dieu sait quoi d'autre. Ce matin, elle parlait d'alcool et de salles de poker. Elle m'a fichu une peur bleue.

— Je n'avais pas compris que vous l'aviez vue.

— Bien sûr que si. Je croyais l'avoir mentionné.

— Non, mais ça me rassure. Je n'ai pas eu de ses

nouvelles depuis mon retour. D'habitude, elle me téléphone tout de suite et ne me laisse pas tranquille une seconde. Vous la connaissez... Elle a tendance à s'accrocher.

— Comme vous dites. Écoutez. Elle envisageait que nous déjeunions ensemble demain. Si je lui disais de vous appeler ?

Il eut un sourire hésitant – il avait envie de me croire. En même temps, je le sentais m'examiner de près, passer mes remarques au crible, à l'affût de la moindre fausse note. Heureusement, en menteuse accomplie que je suis, j'étais capable de tenir tête au détecteur de mensonges et de nier un meurtre alors que le sang dégouttait encore de mes doigts. Il tendit le bras et me tapota la main, comme je l'avais vu faire avec Reba. Fallait-il y voir une sorte de signal de reconnaissance... c'est toi et personne d'autre ?

— J'espère ne pas avoir commis d'impair. Vous êtes une brave fille, me dit-il.

— Merci. Et vous un brave garçon.

Je tendis le bras et lui tapotai la main à mon tour.

Il s'extirpa du box.

— Je vous libère. Je vous ai pris assez de votre temps. Désolé si j'ai été discourtois. Je ne voulais pas vous cuisiner.

— Bah ! je comprends. Restez et prenez un autre verre, si vous voulez.

— Non, il faut que j'y aille. Dites seulement à Reba que je la cherche.

— Que faites-vous demain ? Vous passez la journée au bureau ?

— Bien obligé. J'attendrai son appel.

Bonne chance, pensai-je à part moi. Je le regardai traverser la salle et tentai de retrouver la première impression qu'il m'avait faite. Je l'avais cru séduisant et beau garçon, mais ces traits avaient disparu. Je le voyais maintenant sous son vrai jour, celui d'un type habitué à n'en faire qu'à sa tête. Le monde centré sur lui, les autres seulement là pour satisfaire ses caprices. Capable de tuer ? Possible, me dis-je. Peut-être pas de ses propres mains, mais en déléguant la tâche. Avec un temps de retard, une goutte de sueur chaude dégoulina le long de mon dos. Je me permis enfin de respirer profondément, et quand Cheney se montra, je me sentais à nouveau calme et un peu ahurie.

Il se glissa près de moi et poussa un bout de papier plié dans ma direction.

— Et ne va pas me dire que je ne t'ai jamais fait de gâterie. L'adresse est celle d'une location. Misty y habite depuis treize mois.

— Merci.

Je jetai un coup d'œil à l'adresse et mis le papier dans ma poche.

— C'est quoi, ce sourire ? Tu n'as pas l'air mécontente de toi.

— Depuis combien de temps je te connais ? Deux ans, non ?

— Plus ou moins. Tu ne me connaissais pas vraiment jusqu'à la semaine dernière.

— Tu sais de quoi je me suis rendu compte ? Je ne t'ai jamais menti.

— J'espère bien !

— Non, sérieusement. Je suis une menteuse née, mais jusqu'ici je ne t'ai pas menti. Ce qui fait que tu es seul dans ta catégorie... enfin, avec Henry. Je ne me rappelle pas lui avoir jamais menti non plus. Sur quelque chose d'important.

— Bonne nouvelle. J'adore quand tu dis « jusqu'ici ». Je ne connais que toi pour être capable de dire ce genre de choses et penser qu'il s'agit d'un compliment !

Rosie reparut et me jeta un regard perplexe en apercevant Cheney. Elle me voyait rarement en compagnie d'un homme, encore moins de deux le même soir. Cheney commanda une bière. Quand Rosie fut repartie, j'appuyai mon menton sur mon poignet pour mieux le regarder. Son visage était lisse, à peine marqué par un réseau de rides d'expression au coin des yeux. Veste de sport en daim foncé, couleur café torréfié. Chemise beige, cravate de soie marron légèrement de travers. Je tendis la main et la remis droite. Il s'en saisit et m'embrassa l'index.

Je souris.

— Tu es déjà sorti avec une femme plus âgée ?

— Tu parles de toi ? J'ai de bonnes nouvelles, petite. Je suis ton aîné.

— Faux.

— J'ai trente-neuf ans. Avril 1948.

Il sortit son portefeuille, l'ouvrit, en retira son permis de conduire et me le présenta.

— Sérieusement. Tu es né en 1948 ?

— Quel âge croyais-tu que j'avais ?

— Quelqu'un m'avait dit trente-quatre ans.

— Mensonges. Tout n'est que mensonges. Impossible de croire un mot des bruits qui courent les rues.

Il remit son permis dans son portefeuille, qu'il referma et rangea à nouveau dans sa poche.

— Dans ce cas, tu es mieux conservé que je ne le pensais. Redis-moi le jour et le mois, je n'ai pas fait attention.

— 28 avril. Je suis Taureau, comme toi. C'est pour ça que nous nous entendons si bien.

— C'est vrai, ça ?

— Absolument. Regarde-nous. Nous sommes un signe de terre, le Taureau. Les boy-scouts du zodiaque. Déterminés, concrets, fiables, objectifs, stables – en clair, assommants comme la pluie. Le mauvais côté :

nous sommes jaloux, possessifs, nous avons des opinions bien arrêtées et faisons volontiers la morale aux autres. Nous détestons le changement. Nous haïssons qu'on nous dérange. Qu'on nous bouscule.

— Tu crois vraiment à toutes ces idioties ?

— Non. Mais force est de reconnaître qu'il y a du vrai là-dedans.

Rosie revint avec la bière de Cheney. Je la sentis tentée de s'attarder dans les parages, dans l'espoir de saisir une bribe de notre conversation. Nous nous réfugiâmes dans le silence, le temps qu'elle reparte.

— Beck est passé, lui dis-je alors.

— Tu changes de sujet. Je préfère qu'on parle de nous.

— Prématuré.

— Alors de toi ?

— Pas question.

— Tiens, par exemple... j'aime bien que tu ne te maquilles pas.

— Je l'ai fait deux fois. Le premier jour au déjeuner et l'autre soir.

— Je sais. C'est là que j'ai pensé pouvoir te mettre dans mon lit.

— Cheney, il faut que nous parlions de Reba. Je pars pour Reno aux aurores. Nous devons opérer sur les mêmes bases.

Il parut quelque peu dégrisé et je le vis passer aux choses sérieuses.

— D'accord, mais pas de délayage. On a mieux à faire.

— Le boulot d'abord.

— Bien, chef.

Les dix minutes suivantes se passèrent à parler de Reba et de Beck – ce qu'il avait dit, ce que j'avais répondu, comment il fallait l'interpréter. Cheney se proposait de téléphoner à Priscilla Holloway le lendemain matin pour la mettre au courant. D'après lui, mieux valait jouer la franchise que prendre le risque qu'elle l'apprenne de toute façon. Il la dirigerait sur Vince Turner et les laisserait convenir ensemble d'un arrangement. Si Priscilla Holloway voulait remettre la main sur Reba, tant mieux pour lui. Vince serait tout émoustillé de la savoir en lieu sûr.

— Et maintenant, on y va ? s'enquit enfin Cheney. Parler de voyous m'excite.

CHAPITRE 26

Il me fallut neuf heures pour effectuer le trajet de Santa Teresa à Reno, avec deux arrêts-pipi et une halte d'un quart d'heure pour déjeuner. Après les sept premières heures de route, j'arrivai à Sacramento, là où l'A 80 croise la 5 et entame sa longue montée vers le sommet du Donner qui culmine à 2 206 mètres au-dessus du niveau de la mer. La fumée de plusieurs feux de broussailles dans la forêt nationale de Tahoe avait saturé l'air d'une brume brun clair qui me suivit de l'autre côté de la frontière de l'État du Nevada. J'atteignis la périphérie de Reno à l'heure du dîner et roulai paresseusement dans la ville, juste pour m'imprégner de son atmosphère.

La plupart des constructions ne dépassaient pas un ou deux étages, écrasées çà et là par la présence d'hôtels massifs. Hormis les casinos, les entreprises de service semblaient vouées à la mise à disposition rapide de liquidités. Les commerces déclinaient le thème de la restauration bas de gamme et des bureaux de prêteurs d'argent sur gage, le mot « ARMES » figurant en gros caractères sur deux enseignes sur sept.

Mon choix se porta sur un motel d'un étage au cœur de la ville, l'établissement ayant pour principal attrait d'occuper une parcelle contiguë à un McDonald's. Je remplis les papiers, trouvai ma chambre à l'étage et posai mon sac de voyage sur le lit. Avant de repartir, je m'emparai de l'annuaire de Reno que je découvris dans le tiroir de ma table de nuit. Puis je descendis et laissai l'annuaire dans ma voiture avant de mettre le cap sur le McDonald's, où je m'assis près d'une fenêtre et m'offris deux Royal Cheese.

D'après les cartes que j'avais prises au club automobile, Carson City – dernier domicile connu du Robert Dietz d'antan – ne se trouvait qu'à cinquante kilomètres de là. À cause de Cheney, je repensai à Dietz sans amertume, mais sans grand intérêt non plus. Tout en mastiquant des frites inondées de ketchup, j'ouvris le plan de la ville de Reno et cherchai la rue où aurait habité Misty Raine au moment présent. Comme ce n'était pas au diable, ma tâche suivante consisterait à aller y faire un tour.

Je vidai mon plateau et regagnai ma voiture. Le plan calé contre le volant, j'établis mon itinéraire. Il me fit traverser des quartiers spartiates, où voisinaient des pins, des clôtures en grillage et des bungalows à revêtement de stuc ou de brique. Même à 7 heures du soir, il faisait clair. Brûlant et sec, l'air sentait le goudron végétal et le chêne carbonisé, souvenir des incendies californiens. Je savais que la température allait chuter dès que le soleil se coucherait. Les pelouses que je longeais étaient sèches comme de l'amadou et l'herbe grillée affichait un jaune-marron assourdi. Les arbres, en revanche, déployaient un vert étonnant, leurs frondaisons denses et vigoureuses apportant un répit à l'œil dans le beige délavé et uniforme du paysage environnant. Peut-être le décor avait-il pour objet de garder tous les flambeurs entre quatre murs, là où des couleurs tapageuses éblouissent l'œil, où la température de l'air reste constante et où les lumières étincellent vingt-quatre heures sur vingt-quatre.

Je repérai la maison que je cherchais – un bungalow jaune d'un seul niveau à parements de bois, avec trois fenêtres étriquées en façade. Les parements étaient marron, trois rangées verticales de triangles décorant la porte du garage à une place. Des arbustes hirsutes à feuillage persistant marquaient les angles de la maison, et des tiges de plantes desséchées remplissaient les plates-bandes qui bordaient l'allée. Je me garai à l'autre bout de la rue, à environ quatre maisons de là, d'où j'avais une vue dégagée sur l'allée. Quand on effectue une surveillance, on craint toujours qu'un voisin n'appelle la police pour se plaindre de la présence d'un véhicule suspect devant chez lui. Pour faire diversion, je sortis deux cônes de chantier en plastique orange rangés sur le plancher de ma voiture, puis j'allai à l'arrière où j'ouvris le capot. Je plaçai les cônes à proximité pour signaler un problème de moteur, cela au cas où on se serait posé la question.

Debout près de la voiture, j'inspectai les maisons environnantes. Je ne vis personne. Je traversai la rue, allai jusqu'à la porte d'entrée de Misty et sonnai. Trois minutes s'écoulèrent, après quoi je frappai. Pas de réaction. Je collai l'oreille à la porte. Silence. En descendant l'allée, je scrutai le garage fermé au cadenas et qu'un petit passage couvert reliait à la maison. Les deux fenêtres du garage étaient verrouillées et les vitres avaient été badigeonnées de peinture. Je me dirigeai vers l'arrière de la maison. Une clôture en bois sur le côté le plus éloigné donnait sur un jardin désespérément vide. Pas le moindre animal domestique en vue, pas de jouet d'enfant, pas de mobilier de jardin, pas de barbecue. Les fenêtres qui donnaient sur le patio étaient obscures. Les mains en œillère, j'aperçus un bureau, équipé des immanquables table de travail et fauteuil pivotant, ordinateur, téléphone et photocopieuse. Aucun signe de Misty ni de Reba. Ce constat me déçut car je m'étais persuadée que Reba était descendue chez elle. Et donc... quoi maintenant ?

Je regagnai la voiture et m'y installai pour attendre, m'amusant à feuilleter les pages jaunes de l'annuaire de téléphone que j'avais emprunté. Je m'en lassai vite et me rabattis sur un des trois livres de poche que j'avais pris avec moi pour la circonstance. La plupart des maisons voisines restaient plongées dans l'obscurité, laissant entendre que leurs occupants étaient au travail, idée qui me réconforta. À 20 h 10, je vis une Ford Fairlane ralentir et s'engager dans l'allée de Misty. Dans la lumière déclinante, la couche d'apprêt sur le côté conducteur de la voiture rougeoyait, comme s'il avait été fluorescent. Une femme en sortit, vêtue d'un débardeur blanc et d'un jean étroit, pieds nus dans des chaussures à talons hauts. Elle se pencha pour prendre deux cabas en plastique encombrants sur la banquette arrière, traversa en direction de la porte et entra. À l'intérieur de la maison, les lumières s'allumèrent à mesure qu'elle se déplaçait d'une pièce à l'autre. Ce devait être cette Misty Raine que je cherchais.

Jusque-là, personne ne s'était ému de ma présence dans la rue. Je descendis de voiture, récupérai les cônes en plastique orange et les remis dans le coffre – cela pour parer à toute éventualité. Je repris ma lecture, éclairée par une torche-stylo que j'avais fini par trouver au fond de mon sac. De temps à autre, je levais les yeux, mais la tranquillité régnait dans la maison et personne n'entra ni ne sortit. À 21 h 40, un éclairage extérieur s'alluma, aussi violent que celui d'un mirador de prison, inondant l'allée d'un flot de lumière blanche sans concession. Misty sortit de la maison, laissa les lumières allumées derrière elle tandis qu'elle entrait dans sa Ford, un vrai tank, et sortait de l'allée en marche arrière. J'attendis quinze secondes, allumai le moteur de la Volkswagen et la suivis.

Quand nous arrivâmes au premier carrefour, la circulation était assez dense pour me servir de couverture, encore que Misty n'eût aucune raison de se croire filée. Elle conduisait posément, sans heurt inopiné ni manœuvre risquée indiquant qu'elle s'inquiétait de la Volkswagen bleue de treize ans d'âge qui la suivait, trois voitures derrière elle.

Nous nous enfonçâmes dans la ville. Elle tourna à droite dans la 4e Rue Est et, après un demi-pâté de maisons, entra dans un petit parking municipal coincé entre un restaurant asiatique et une supérette, dont l'auvent indiquait : ÉPICERIE • BIÈRE • BANDITS MANCHOTS. Je ralentis et me rabattis contre le trottoir. Laissant le moteur tourner, je dépliai mon plan de Reno et l'étudiai. Pourquoi me donnais-je tant de mal pour cacher mes intentions, je l'ignore. Misty ne semblait pas avoir remarqué ma présence et tout le monde se fichait bien de savoir si je m'étais perdue. Je la regardai entrer dans la supérette et profitai de son absence pour me glisser moi aussi dans le parking. Je me garai le plus près de l'entrée possible. Chaque place portait un numéro peint en blanc, et une affiche collée sur le mur en brique de la supérette précisait qu'on vous faisait confiance pour régler selon la durée. Je cherchai consciencieusement le guichet requis et y insérai le nombre de billets de un dollar qui me parurent suffire à couvrir mon temps de stationnement. J'étais si absorbée par cet étalage de vertu civique que Misty avait presque traversé la rue quand je l'aperçus en train de mastiquer une barre au caramel et au chocolat. Elle avait une cartouche de cigarettes sous le bras.

Elle mit le cap droit devant, soit un lieu de divertissement pour adultes dénommé Le Comptoir du sexe. Sous la double rangée d'ampoules qui épelait le nom de l'endroit, une enseigne au néon faisait de la retape à un rythme saccadé : DES FILLES, DES FILLES, DES FILLES...

NUES, LASCIVES ET POLISSONNES. Et, en caractères plus petits : TATOUAGES ET PIERCING PENDANT QUE VOUS ATTENDEZ. Et en plus petit encore : LIVRES, VIDÉOS, REVUES LIVE. Le videur lui fit signe d'entrer. J'observai un moment d'intervalle correct, puis je traversai la rue. On me réclama une provision de vingt dollars qui ne me plut pas beaucoup, mais je casquai, et notai dans ma tête de l'ajouter à ma note de frais sans laisser entendre pour autant que je m'étais adonnée à des jeux sexuels à péage.

À l'intérieur, je découvris un casino de dimension modeste. L'air était embrumé de fumée de cigarette et rougeoyait d'une centaine de bandits manchots alignés dos à dos qui assuraient un éclairage d'ambiance. Je saisis au passage la petite symphonie pour flûte et cloche d'une suavité niaise qui accompagne le jeu. Un semis de mini-spots, caméras, détecteurs de fumée et têtes d'arrosage automatique en cas d'incendie piquetait le plafond bas et insonorisé. Les bandits manchots n'attiraient qu'un public clairsemé, mais un peu plus loin, au-delà des tables de black jack, j'aperçus un bar obscur avec un large entablement sur un côté. Sur trois estrades violemment éclairées, des danseuses nues ondulaient, se cambraient et exhibaient des parties de leur anatomie. Rien dans leur prestation ne me parut particulièrement lascif ni polisson. Je trouvai une table vers le fond, me sentant mal à l'aise. La clientèle était pour l'essentiel composée d'hommes. Tous buvaient et la plupart accordaient peu d'attention, sinon aucune, aux seins et aux fesses qui paradaient sous leurs nez.

Misty demeurait invisible, mais une serveuse dénommée Joy s'approcha de ma table et plaça un napperon à cocktail devant moi. Des sequins collés, de la dimension de pastilles à la menthe, protégeaient chastement ses tétons du regard insistant du public, et elle arborait une feuille de figuier scintillante sur ce que ma tante

Gin aurait appelé ses « parties intimes ». Je commandai une Bass en bouteille, en partant du principe que la direction ne pourrait pas l'allonger d'eau. Quand Joy revint avec ma bière et une corbeille de pop-corn coloré en jaune, je réglai la facture de quinze dollars et y ajoutai un pourboire de cinq.

— Je cherche Misty. Elle est là ?

— Elle est juste allée se changer. Elle arrive dans un instant. Vous êtes une de ses amies ?

— Pas vraiment, mais assez proche, lui dis-je.

— Donnez-moi votre nom, je vais la prévenir que vous êtes là.

— Elle ne connaît pas mon nom. L'amie d'une amie m'a dit que je ne devais pas la manquer si je passais par ici.

— Comment s'appelle votre amie ?

— Reba Lafferty.

— Lafferty. Je le lui dis.

Je bus ma bière en picorant le pop-corn froid et caoutchouteux, heureuse de cette occupation ; regarder des femmes à poil agiter leurs bottes en cadence dans ma direction, même de loin, ne figure pas vraiment au nombre de mes passe-temps favoris. J'avais imaginé des corps voluptueux, comme ceux des girls de music-hall, mais sur les trois filles, une seulement avait les nichons en ballon de rugby de la dimension requise. Les deux autres devaient être là pour la galerie.

En réalité, Misty n'était pas allée se changer, mais plus exactement ôter les vêtements qu'elle portait quand elle était partie au boulot. Ses jambes étaient nues et elle n'avait gardé qu'un string et ses talons hauts. Elle était grande et maigre, avec des cheveux noir de jais, la clavicule saillante et de longs bras filiformes. Ce qui accentuait d'autant le volume de ses seins encombrants, le genre à vous donner des problèmes de dos et à exiger un soutien-gorge dont les bretelles vous cisaillent les épaules, en y laissant une marque en creux aussi définitive qu'une ornière dans la roche. Non que ce sort m'eût jamais été infligé, mais j'ai entendu des femmes s'en plaindre. Comment imaginer avoir même envie de trimbaler des trucs pareils ! Ses grands yeux verts étaient marqués de cernes sombres que même l'épaisseur du fond de teint ne réussissait pas à masquer. Je la situai dans la quarantaine, sans pouvoir préciser où exactement.

— Joy dit que vous êtes une amie de Reba.

J'ignorais les règles de courtoisie en vigueur chez les strip-teaseuses, mais je me levai et lui serrai la main.

— Kinsey Millhone. J'habite Santa Teresa.

— Comme Reba, dit-elle. Que devient-elle ?

— J'espérais que vous me le diriez.

— Je ne peux pas vous renseigner. Il y a des années que je ne l'ai pas vue. Vous êtes ici en vacances ?

— Je la cherche.

Misty leva une épaule dans un geste d'ignorance.

— La dernière fois que j'ai eu de ses nouvelles, elle était en taule. À la maison d'arrêt pour femmes de Californie.

— Elle n'y est plus. Elle a été libérée le 20 de ce mois-ci.

— Sans blague ? Tant mieux pour elle ! Il faudra que je lui envoie un mot. Le monde réel flanque un choc quand on en a perdu l'habitude, ajouta-t-elle. Je lui souhaite bonne chance.

— C'est mal parti. Elle avait bien commencé, mais la situation s'est détériorée récemment.

— Désolée de l'apprendre, mais pourquoi venir me voir ?

— À tout hasard.

— Pas mal visé. Je travaille ici depuis une semaine. Je ne comprends pas comment vous avez réussi à me localiser !

— Par élimination. Reba m'a dit que vous étiez danseuse de charme. Vu votre nom, ça n'a pas été sorcier.

— À d'autres. Vous savez combien de boîtes d'effeuilleuses il y a dans cette ville ?

— Trente-cinq. C'est la treizième que j'essaie. Ça m'aura porté bonheur. Pourrait-on discuter ?

— De quoi ? Je commence dans deux minutes. Il faut que je me concentre. Ce genre de numéro n'a rien d'une partie de plaisir, sauf si on n'a pas d'état d'âme.

— Je ne vous retiendrai pas longtemps.

En la voyant s'asseoir gauchement, je me demandai si la chaise en bois lui gelait les fesses. La sensation ne pouvait pas être vive à ce point, mais elle s'abstint de tout glapissement ou autre manifestation vocale de surprise.

— Vous venez aux nouvelles ou vous cherchez quelque chose de précis ?

— Pourquoi cette question ?

— Je me disais juste que si j'entendais parler d'elle, je pourrais lui faire passer le message... du moment qu'il n'a rien d'obscène.

— J'ai appris qu'elle était ici. Je voudrais la convaincre de regagner la Californie avant qu'elle ne bousille sa conditionnelle.

— Je me fous de ce qu'elle bousille ou de qui elle baise.

— Vous avez partagé la même cellule, à ce que je sais.

— Six mois environ. Je suis sortie avant elle – ça saute aux yeux.

— Elle m'a dit que vous étiez restées en contact.

— Pourquoi pas ? C'est une gosse sympa et elle est marrante.

— Quand avez-vous eu de ses nouvelles pour la dernière fois ?

Feignant de réfléchir.

— Sans doute à Noël. Je lui ai envoyé une carte et elle m'a répondu. (Elle jeta un coup d'œil par-dessus son épaule.) Désolée d'abréger, mais cette musique indique que c'est à moi.

— Si jamais elle vous contacte, dites-lui que je suis à Reno. On a vraiment besoin de se parler.

J'avais noté le nom du motel et son téléphone, ainsi que le numéro de ma chambre, sur un bout de papier que je lui tendis quand elle se leva.

Elle le prit, bien qu'elle n'eût aucun endroit où le mettre sauf à se le coller sur le postérieur.

— Qui vous paie ?

— Son père.

— Sympa comme boulot. Chasseur de prime, en somme.

— C'est plus qu'un boulot. Je suis une amie et je m'inquiète de son sort.

— À votre place, je ne me prendrais pas la tête. Une chose est sûre avec Reba : elle n'a besoin de l'aide de personne !

Je la regardai partir vers le bar. Les lunes jumelles de son cul tremblaient à peine pendant qu'elle marchait et les muscles de ses cuisses jouaient harmonieusement à chacun de ses pas. Remuer la croupe et se trémousser en rythme doit être plus efficace que le jazz-aérobic et, en plus, tous frais payés. Je m'arrêtai aux toilettes-dames, dont j'utilisai les commodités avant de regagner ma voiture.

Une fois à l'intérieur, je mis le contact et restai là, vitres ouvertes, à écouter la radio pour tuer le temps. Au bout d'une heure, je commençai à craindre (1) de me retrouver à court d'essence ou, (2), de m'asphyxier avec mes propres gaz d'échappement. J'éteignis la radio, coupai le moteur et contemplai le mur en brique devant moi. L'écran idéal sur lequel projeter des souvenirs récents de Cheney Phillips, peut-être pas une si riche idée alors que tant de kilomètres nous séparaient.

Sans le vouloir, je m'assoupis. Les phares d'une voiture balayèrent mon pare-brise, me tirant brutalement de ma torpeur. Je regardai à droite au moment où la voiture de Misty passait derrière moi et ralentissait. Elle sortit du parking et tourna à droite. Je mis le contact, sortis de ma place en marche arrière avec un bref grincement de pneus et quittai le parking peu après elle. Un coup d'œil à ma montre m'indiqua 4 heures du matin. Apparemment, elle faisait six heures et non les huit qu'aligne habituellement le travailleur ordinaire. Là encore, difficile d'imaginer qu'on puisse caracoler plus de deux heures d'affilée en talons hauts.

Je pris la Ford Fairlane en filature, observant un maximum de distance entre nos deux voitures mais sans perdre de vue Misty. Les grands casinos tournaient encore à plein régime. Misty s'arrêta devant l'entrée de l'Hôtel Silverado. Des milliers d'ampoules électriques constellaient le large auvent déployé sur les huit files de la voie d'accès, au point que l'air paraissait vibrer de chaleur artificielle. Misty sortit et tendit les clés au voiturier. Les grandes portes vitrées s'ouvrirent et se refermèrent automatiquement quand elle s'approcha et disparut à l'intérieur.

Deux véhicules séparaient sa voiture de la mienne. Je bondis dehors et jetai mes clés à un voiturier qui discutait avec un copain d'un air irrité.

— Pouvez-vous garder la voiture à proximité ? Il y a un billet de vingt pour vous à l'intérieur. Je ne devrais pas être longue.

Sans attendre sa réponse, je me dirigeai vivement vers les portes et entrai dans le vaste hall, où ne traînaient que quelques clients à cette heure tardive. J'effectuai un examen rapide des lieux. Aucun signe de Misty. Elle pouvait s'être glissée dans un ascenseur en attente, ou dans les toilettes à ma droite, ou avoir filé droit devant elle, dans le casino. Décide-toi, ma fille. Comme je pénétrais dans le casino, la fumée m'enveloppa avec la grâce d'une mantille. Le tintement argenté des ping ! et les notes gracieuses des bandits manchots ressemblaient à un ruissellement de pièces de monnaie, le gazouillis de l'argent qui dégouline dans le circuit. Les travées respectaient un plan en damier entre les bandits manchots, dont les faces rouge vif, vert, jaune et bleu saturé étincelaient. Je fus frappée par la patience des quelques joueurs qui s'incrustaient jusqu'au bout de la nuit ; une patience de fourmis dorlotant des pucerons sur l'envers d'une feuille.

Tout en marchant, je regardai à droite et à gauche, cherchant Misty, que sa taille et ses cheveux noirs distinguaient forcément des personnes présentes. Des restaurants s'alignaient au fond. Je repérai un café, un bar à sushi, une pizzeria et un « authentique » bistrot italien proposant six types de pâtes et toute une panoplie de sauces, auxquelles s'ajoutait une salade César à 2,99 dollars. J'aperçus Misty dans le salon, mais laissai mon regard glisser sur elle pour se poser sur l'homme assis en face d'elle à la table. C'était un rouquin maigre comme une trique, au visage rougeaud et grêlé de traces d'acné. Aucun des deux ne me vit. Je me glissai dans le salon ouvert sur deux côtés. Prenant position au bar à une petite distance de là, je les observai pendant qu'ils discutaient. Quand le barman s'approcha, je commandai un verre de chardonnay. Les clients se faisaient rares à cette heure-là et je craignais de me faire remarquer, seule sur mon tabouret.

Des acclamations et des hululements jaillirent brusquement de la salle de jeux, et peu après arriva un groupe de cinq femmes, ivres et triomphantes. L'une d'elles, qui avait touché un jackpot de cinq cents dollars, brandissait un seau de pièces de vingt-cinq cents.

Leur présence tapageuse troubla mon champ de vision, mais me fournit une couverture. Misty s'était engagée dans une longue discussion avec l'individu, penchée vers lui avec une vive attention, tandis que tous deux examinaient quelque chose sur la table. Finalement, satisfaite, elle lui passa une enveloppe blanche rebondie de format A4, remplie d'un bon paquet de billets, je l'aurais parié. En échange, il rangea la chose dans une pochette d'expédition en kraft qu'il lui tendit. Je la regardai la fourrer dans son sac surdimensionné. Prévoyant qu'elle allait partir, je posai un billet de cinq dollars à côté de mon verre vide, me levai et quittai le bar. Je m'arrêtai près des ascenseurs, glissant un coup d'œil dans sa direction quand elle me dépassa et continua d'un pas pressé vers la porte. Je la suivis.

Elle donna son ticket au voiturier ; pendant qu'elle attendait sa voiture, je partis sur la gauche en détournant la tête et ne lui laissant voir que mon dos. Ma voiture était garée à proximité. Je récupérai mes clés, donnai un pourboire au voiturier et m'installai au volant. Deux minutes après, sa voiture apparut et le voiturier en descendit lestement. Elle lui tendit un pourboire et le remplaça au volant. Je la regardai sortir du parking. Puis je la pris en filature, cette fois à une voiture d'intervalle seulement. Une fois que j'eus la conviction qu'elle rentrait chez elle, je tournai à gauche et suivis un parcours parallèle au sien. J'arrivai quelques minutes avant elle. J'éteignis les phares et me rencognai dans mon siège, mes yeux dépassant à peine le volant. Elle s'engagea dans son allée comme elle l'avait fait précédemment, se gara, coupa jusqu'à sa porte et entra.

La lumière de devant s'éteignit. J'attendis une minute, douloureusement tentée de regagner mon motel et de m'enfiler sous les draps. Elle était sûrement là pour la nuit ou le peu qui en restait. J'étais fatiguée, je m'ennuyais à mourir et j'avais de nouveau faim. Devant mes yeux passa l'image d'un petit déjeuner dans un café ouvert vingt-quatre heures sur vingt-quatre : jus d'orange, œufs brouillés au bacon, tartine de pain de seigle grillée et beurrée, plus une bonne couche de confiture de fraises. Puis dormir. Rien ne prouvait que Reba se trouvait à Reno. J'avais tenté ma chance en tablant sur la logique, au vu de ce que je connaissais d'elle. Toutes deux avaient sûrement été en contact – sinon pourquoi le numéro de Misty aurait-il figuré sur la facture de téléphone détaillée de Nord ? Mais de là à en déduire les allées et venues de Reba... Je me redressai, fixant la maison presque obscure de Misty et le rai de lumière au bas de sa porte de garage.

Pourquoi stationner dans l'allée alors qu'elle avait un garage juste devant elle ? Dans une illumination soudaine, l'évidence s'imposa à mon esprit avec la violence d'un électrochoc. Si elle était seule, Misty n'aurait sans doute pas eu besoin de deux sacs débordant de provisions ni d'une cartouche de cigarettes. D'accord, c'étaient peut-être ses courses d'épicerie pour la semaine, mais la mignonne ne fumait pas. Dans l'intervalle que nous avions passé à bavarder, presque n'importe quel fumeur aurait trouvé un prétexte pour en griller une. Ce fut en réalité ce rai de lumière au bas de la porte du garage qui éveilla ma curiosité. Je sortis de voiture et traversai la rue.

CHAPITRE 27

Je vérifiai d'abord les fenêtres du garage. Des parties écaillées dans la peinture marron qui recouvrait les vitres me révélèrent une chambre d'amis de fortune : une chaise, une commode, un lit double et une lampe posée sur un carton reconverti en table de bout de canapé. La literie défaite attestait qu'elle avait été occupée récemment, de même que le pull-over rouge jeté au bout du lit, que je reconnus être celui de Reba. Une valise grise et rigide était ouverte par terre, à côté de la commode. Le sac de voyage posé sur une chaise, fermeture Éclair ouverte, dégorgeait de vêtements.

Comme précédemment, je fis le tour de la maison. La targette du portail en bois glissa avec un bruit infime quand je me faufilai dans le jardin et m'approchai de la fenêtre éclairée. Je me baissai vivement, puis me relevai avec précaution de façon à avoir une vision d'angle de la pièce. Reba et Misty étaient assises ensemble au bureau, me tournant le dos. Je ne voyais pas ce qu'elles faisaient et leurs voix étaient trop assourdies pour que je devine de quoi elles parlaient, mais il me suffisait, pour l'instant, de savoir Reba à portée de main.

Seulement voilà : oserais-je regagner le motel sans les affronter ? J'aurais donné n'importe quoi pour dormir, mais je craignais que si j'attendais le matin, l'une d'elles, sinon les deux, ne s'envole. Certes, le même dilemme se poserait chaque fois que Reba s'éloignerait de mon champ de vision. Pour l'instant, je ne tenais pas à renoncer à mon seul atout, en l'occurrence savoir où elle se trouvait alors qu'elle ignorait que je le savais.

Par bonheur, alors que je les observais, Misty rassembla ce qu'elles examinaient et rangea le tout dans la pochette d'expédition que j'avais vue un peu plus tôt. Reba quitta la pièce, suivie de Misty qui éteignit la lumière au passage. Je revins sur le devant de la maison et attendis dans l'ombre des buissons. Dix minutes après, la lumière du séjour s'éteignit. Un quart d'heure s'écoula encore, puis le rai de lumière sous la porte du garage disparut aussi. Mes deux mésanges à tête noire avaient la tête sous l'aile.

Je refis le trajet jusqu'au motel en traversant une ville largement réveillée mais silencieuse. Le soleil ne se lèverait pas avant une heure ou deux, mais le ciel avait déjà pris une nuance gris perle. Je me garai, montai au premier et ouvris la serrure de ma porte. La chambre était quelconque mais d'une propreté suffisante, du moment qu'on ne l'examinait pas à la lumière noire et qu'on ne se mettait pas à quatre pattes, une loupe à la main. Je me déshabillai et pris une bonne douche brûlante, puis je tâchai de fermer les rideaux le plus hermétiquement possible. Le tissu était un épais black-out en plastique rouge foncé et floqué, d'un goût très sûr. Ajoutez-y une tapisserie murale en vinyle zébrée noir et argent, et vous aviez un décor proprement stupéfiant. J'ôtai le dessus-de-lit en chenille rose et me glissai dans les draps, éteignis les lumières et dormis comme une bûche.

À un moment donné, mon subconscient me rafraîchit la mémoire. Je me rappelai Reba me parlant du talent avec lequel Misty confectionnait de faux passeports et autres documents. Était-ce la raison de son rendez-vous avec le rouquin, au Silverado ? Même dans mon sommeil, un souffle de crainte m'effleura. Reba prévoyait-elle de filer ?

À 10 heures, le lendemain matin, le téléphone sonna. Je saisis le combiné et le couchai contre mon oreille sans bouger la tête.

— Oui.

— Kinsey, ici Reba. Je vous ai réveillée ?

Je me retournai brusquement sur le dos.

— Ne vous faites pas de souci. Merci de m'appeler. Comment allez-vous ?

— Plutôt bien, jusqu'à ce que j'apprenne que vous étiez ici. Comment m'avez-vous trouvée ?

— Je ne vous ai pas trouvée, vous, mais Misty, lui rappelai-je.

— Mais comment avez-vous fait votre compte ? Simple question de curiosité...

— Travail de détective, ma chère. C'est ainsi que je gagne ma vie.

— Tiens donc. Ça m'étonne.

— Quoi donc ?

— Je croyais que papa vous avait engagée parce que vous étiez nulle. Visiblement, vous n'étiez pas tellement prise, sinon pourquoi accepter de faire un boulot aussi con ? Aller chercher sa fille à sa sortie de prison ? Laissez-moi rigoler.

— Merci, Reba. C'est sympa.

— Je vous dis juste que je me suis trompée. Franchement, j'ai paniqué quand Misty m'a dit que vous aviez rappliqué. Je ne comprends toujours pas comment vous avez fait.

— J'ai mes petites techniques. J'espère que vous m'appelez pour quelque chose de plus important que me féliciter d'être moins incompétente que vous ne le pensiez.

— Il faut qu'on parle.

— Dites-moi quand et où, j'y serai à l'heure pile.

— Nous serons chez Misty jusqu'à midi.

— Bravo. Donne-moi l'adresse, j'arrive dans un petit moment.

— Je croyais que vous l'aviez déjà.

— Personne n'est parfait, lui dis-je en me dénigrant.

Elle m'énonça l'adresse, que je fis semblant de noter.

Quand elle eut raccroché, je sortis du lit et m'approchai de la fenêtre. Je tirai les rideaux et clignai des yeux devant le soleil incisif du désert. Comme ma chambre donnait sur l'arrière d'un autre motel miteux d'un étage, il n'y avait pas grand-chose à voir. En appuyant mon front sur la vitre, j'apercevais l'enseigne au néon du casino qui continuait à lancer ses œillades aguichantes. Comment pouvait-on boire ou parier à cette heure-là ?

Je me lavai les dents et repris une douche en essayant de recharger toute seule mes accus. Je m'habillai, puis je m'assis au bord du lit et téléphonai au père de Reba. Quand Freddy le prévint que j'étais en ligne, il prit l'appel dans sa chambre ; il me parut fragile.

— Oui, Kinsey. Où êtes-vous ?

— Au Paradis. C'est un motel du centre-ville de Reno. Je voulais vous tenir au courant. Reba m'a appelée tout à l'heure. Je pars chez Misty pour lui parler.

— Donc, vous l'avez trouvée. Je m'en réjouis. Il ne vous a pas fallu longtemps.

— J'ai triché. Quelqu'un m'a donné l'adresse du domicile de Misty avant que je quitte Santa Teresa. Misty poursuit une carrière très prometteuse de danseuse nue dans une boîte de strip-tease, Le Comptoir du sexe. Je l'ai suivie au travail et j'ai bavardé avec elle avant qu'elle fasse son numéro. Quand je lui ai parlé de Reba, elle n'a pas battu un cil. Me jurant que toutes deux n'avaient pas été en contact depuis Noël. Je lui ai donné le numéro de téléphone du motel et, alléluia ! Reba m'a appelée !

— J'espère que vous réussirez à la convaincre de rentrer.

— Moi aussi, voyez-vous. Souhaitez-moi bonne chance.

— Appelez-moi quand vous voulez. Je vous suis reconnaissant de la peine que vous vous donnez pour elle.

Nous échangeâmes encore quelques remarques et je m'apprêtais à raccrocher quand j'entendis un léger déclic.

— Allô ? dis-je

— Je suis toujours à l'appareil.

J'hésitai.

— Lucinda est-elle là ?

— Oui. En bas. Vous vouliez lui parler ?

— Non, non. Simple curiosité. Je vous rappelle dès que je saurai à quoi m'en tenir.

Après avoir raccroché, je restai un moment sans bouger, les yeux sur le téléphone. Lucinda nous avait écoutés sur l'autre poste, je l'aurais juré. Freddy ne se serait jamais rendue coupable d'un tel manquement. Lucinda, en revanche, éprouvait un besoin viscéral de s'ingérer au cœur de toutes les situations, d'être informée afin de pouvoir exercer son emprise. Je me rappelai ses questions insistantes, sa fureur de se voir interdire la chambre de Nord pendant que nous conférions à l'intérieur. Sous prétexte d'être si inquiète de l'avenir de Reba, elle lui avait saccagé sa vie et n'hésiterait pas à recommencer à la moindre occasion. Elle était de ces femmes à qui on ne souhaite pas tourner le dos en quittant une pièce.

Je traversai le parking du motel jusqu'au McDonald's, où je commandai trois grands cafés, trois jus d'orange, trois Deluxe Potatoes et trois Egg McMuffin pour faire bonne mesure. D'après mes calculs, Misty, Reba et moi – en partant du principe que nous vidions nos assiettes – allions engranger 680 calories, 85 grammes d'hydrates de carbone et 20 grammes de lipides. Je modifiai ma commande en y ajoutant trois petits pains à la cannelle, histoire d'arrondir.

Je refis le trajet jusque chez Misty et, cette fois, me garai dans l'allée. Reba m'attendait quand je frappai à la porte. Elle était pieds nus, en short rouge et débardeur blanc, et n'avait pas mis de soutien-gorge. Je lui tendis le sac en papier.

— Offrande propitiatoire.

— Pourquoi ?

— Pour avoir envahi vos plates-bandes. Je suis sûrement la dernière personne au monde que vous aviez envie de voir.

— L'avant-dernière, juste avant Beck. Vous feriez mieux d'entrer, ajouta-t-elle.

Elle saisit le sac et traversa le vestibule en direction de la cuisine, me laissant le soin de refermer la porte. J'inspectai rapidement le séjour. Il ne comportait que quelques meubles : du linoléum nu par terre, une table basse en contre-plaqué, un de ces convertibles marron qui se déplient pour faire lit. Fauteuil en tweed marron, table de bout de canapé, lampe à abat-jour froncé. Venait ensuite, à droite, le bureau que j'avais vu. Une chambre de dimension modeste s'ouvrait de l'autre côté du vestibule.

— On mate ? m'envoya Misty.

Elle était assise à la table de cuisine en peignoir de satin noir retenu par une ceinture à la taille, les nichons prêts à fuser des revers. Je fus étonnée que leur poids ne la déséquilibre pas, la faisant basculer dans son assiette.

Reba avait une cigarette allumée sur le cendrier devant elle. Elle buvait un bloody mary.

Parfait, pensai-je.

— Vous en voulez un ?

— Pourquoi pas ? Il est 10 heures passées.

Je plongeai la main dans le sac du McDonald's et en sortis les friandises tandis que Reba me préparait un verre et le posait à ma place. Je regardai Misty.

— Vous ne buvez rien ?

— J'y ai mis du bourbon, me répondit-elle en désignant son café d'un ongle rouge.

Je m'assis et distribuai les pommes sautées et les Egg McMuffin, laissant les petits pains à la cannelle, jus d'orange et cafés au milieu de la table.

— Désolée de paraître grossière, mais je meurs de faim.

Ni l'une ni l'autre ne parut s'offusquer que je déballe mon Egg McMuffin.

Quelques minutes bénies s'écoulèrent pendant que nous mastiquions toutes les trois. Les discussions sérieuses pouvaient sûrement attendre. D'ailleurs, je n'avais pas la moindre idée de ce que nous faisions là.

Reba finit la première. Elle s'essuya la bouche avec une serviette en papier qu'elle roula en boule et garda dans sa main crispée.

— Comment va papa ?

— Pas trop bien. J'espère vous convaincre de rentrer.

Elle aspira une bouffée de sa cigarette. La maison était glaciale et je m'émerveillai de la voir bras et jambes nus. Je hasardai une gorgée de bloody mary – de la vodka pour l'essentiel, plus une brume évanescente de mélange pour bloody mary au-dessus ; on aurait dit du sang dans une cuvette de toilettes. Je me sentis loucher quand le breuvage entama son parcours.

— Holloway sait ? me demanda-t-elle.

— Sait quoi ? Que vous avez franchi les limites de l'État ? Sans doute. Cheney m'a dit qu'il se mettrait en rapport avec elle.

— Encore heureux que je m'amuse.

— Je peux vous demander pourquoi vous êtes partie ?

— J'en ai eu assez d'être sage.

— Sûrement un record : vous avez tenu dix jours.

Elle sourit.

— D'accord, je n'étais pas vraiment une image, mais j'ai quand même fini par m'ennuyer.

— Misty est au parfum ?

— C'est-à-dire ?

— Pouvons-nous parler devant elle ?

— C'est ma meilleure amie. Vous pouvez tout dire.

— Vous avez tout flambé, n'est-ce pas ? Les vingt-cinq mille dollars de Salustio.

— Pas vraiment tout, se défendit-elle.

— Combien ?

Elle haussa les épaules.

— Un peu plus de vingt. Bon, d'accord, disons vingt-deux. Il m'en reste deux mille. J'imagine que c'est inutile de lui parler si je n'ai pas la totalité. Je fais quoi : je lui propose des mini-versements mensuels jusqu'à ce que j'aie remboursé ma dette ?

— Il faut faire quelque chose. Combien de temps croyez-vous rester hors d'atteinte d'un type pareil ?

— Ne vous faites pas de souci. J'y travaille. Je trouverai bien. D'ailleurs, je serai peut-être de nouveau sous les verrous avant qu'il m'attrape.

— Heureuse perspective, lui dis-je. Je ne comprends pas ce qui vous empêche de rentrer à Santa Teresa et de parler à Vince. Il y a encore une chance que les fédéraux puissent vous proposer un marché.

— Je n'ai pas besoin d'une transaction avec les fédéraux. J'ai un truc sur le feu.

Je me tournai vers Misty.

— Elle est cinglée, c'est ça ? Je veux dire... jusqu'à quel point ?

— Autant lui foutre la paix. On ne sauve pas les gens d'eux-mêmes.

— Je crains d'être d'accord avec vous sur ce point, reconnus-je. (Sur quoi j'ajoutai, à l'adresse de Reba :) Écoutez, tout ce que je veux, c'est vous ramener à Santa Teresa avant que des tombereaux d'ennuis ne se déversent sur votre tête.

— J'ai bien compris.

— Alors, si on en restait là ? Vous savez où je suis descendue. Je vous attends jusqu'à 7 heures demain matin. Si je n'ai pas de vos nouvelles d'ici là, je rentre seule. Mais je dois vous avertir : j'appellerai alors la police de Reno pour lui dire où vous êtes. C'est une proposition honnête.

— Merci ! Vous appelez ça honnête ? Appeler les flics de Reno ?

— Aussi honnête que vous pouvez l'espérer. Il serait sage de passer du temps auprès de votre père pendant que c'est encore possible.

— C'est la seule raison qui me ferait rentrer – en admettant que je le décide.

— Je me moque de vos raisons... Du moment que je vous ramène.

Je regagnai le motel, où je passai une des journées les plus exquisément perverses que j'eusse connues depuis un certain temps. Je terminai un des romans de poche et entamai le suivant. Je somnolai. À 14 h 30, j'évitai le McDonald's et me sustentai dans un établissement de bouffe rapide concurrent. Après quoi, j'aurais volontiers fait un tour à pied, mais explorer la ville ne me disait rien. Reno offrait certainement des plaisirs intenses, mais l'air y était plus brûlant que l'enfer, et ma chambre, bien que sinistre, m'offrait au moins un refuge habitable. J'envoyai promener mes chaussures et repris ma lecture. À l'heure du dîner, j'appelai Cheney et lui donnai les dernières nouvelles.

Je me couchai à 22 heures et me levai à 6 heures le lendemain matin, pris une douche, m'habillai et fis mon sac. Quand j'arrivai à ma voiture, je trouvai Reba assise sur sa valise, son sac de voyage à ses pieds. Elle avait le même short rouge et le même débardeur que la veille. Jambes nues. Tongs.

— C'est une surprise, lui dis-je. Je ne pensais pas vous voir.

— Ma foi, j'en suis la première étonnée. Je pars avec vous à une condition.

— Il n'y a pas de conditions, Reba. Vous venez ou vous ne venez pas. C'est à prendre ou à laisser.

— Oh, allez... Écoutez-moi au moins. Ça n'a rien de dramatique.

— Bon. Quoi ?

— J'ai besoin de m'arrêter à Beverly Hills.

— Je ne veux pas faire de détour. Pourquoi Beverly Hills ?

— Un truc à déposer à l'Hôtel Neptune.

— Celui de Sunset Boulevard ?

— Tout juste. Je vous jure que ça ne prendra même pas une minute. Vous ne voulez pas m'accorder cette toute petite faveur ? S'il-vous-plaît-s'il-vous-plaît-s'il-vous-plaît...

Je ravalai mon exaspération, soulagée qu'elle ait consenti ne fût-ce qu'à rentrer. Ouvrant la porte du côté du passager, j'avançai le siège et expédiai mon sac sur la banquette arrière. Comme Reba y ajoutait ses bagages, je notai que le sac de voyage portait une étiquette d'United Airlines et le petit autocollant vert de la sécurité. Mon flair ne m'avait pas trompée : elle avait bien pris un vol pour Reno.

— Si on s'offrait un petit déjeuner correct avant de prendre la route ? me proposa-t-elle. Je vous invite.

Nous eûmes le McDonald's pour nous seules. Nous nous empiffrâmes sans rien changer à nos habitudes, même si je me jurai, tout en me goinfrant, de renoncer à la bouffe rapide pour le restant de mes jours, en tout cas jusqu'au déjeuner. Deux types arrivèrent après nous, puis l'endroit commença à se remplir de gens qui partaient au travail. Le temps de passer aux toilettes et de monter en voiture, il était 7 h 05. Je fis un plein à la station-service Chevron la plus proche et mis le cap sur la sortie de la ville.

— Si vous fumez dans ma voiture, lui dis-je, je vous bute.

— Bougez-vous plutôt.

Reba tenait le rôle de la navigatrice, m'orientant vers la 395 qui filait droit au sud, en direction de Los Angeles. Je ne sais pourquoi, ce détour ne me disait rien de bon, mais j'étais soulagée de l'avoir avec moi et décidai de ne pas monter la chose en épingle. Elle avait peut-être opéré un revirement et décidé de prendre sa vie en main. Vu sa nature ombrageuse, je jugeai préférable de garder pour moi mes observations et mes conseils.

La conversation brillait par son absence. Le problème, quand vous avez affaire à des individus incontrôlables, c'est le nombre extrêmement réduit de vos options – deux en l'occurrence, si vous tenez à le savoir. Vous pouvez (1) vous poser en conseillère, en pensant que personne (sauf vous) n'aura jamais dispensé ce précieux grain de sagesse qui permettra d'entrevoir enfin la lumière. Ou, (2), jouer les tortionnaires, en croyant qu'une bonne dose de réalisme (également assenée par vous) couvrira de honte l'intéressé(e) ou le (la) conduira, à force de viles manœuvres, à inverser le cours de sa vie. Dans les deux cas vous serez pris en défaut, mais la tentation d'endosser un rôle ou l'autre est si forte que vous devez vous mordre la langue jusqu'au sang pour ne pas mettre votre grain de sel ni prodiguer sermons et reproches vertueux. Je la bouclai, même si je dus prendre sur moi. Elle me fit la grâce de garder le silence, peut-être consciente des efforts que je déployais pour m'occuper de mes oignons.

CHAPITRE 28

Une fois sur la route, Reba tripota la radio jusqu'à ce qu'elle trouve une station qui n'avait pas l'air d'émettre depuis Mars. Nous écoutâmes des airs de country-western pendant que je jouais à ôte-toi-de-là-que-je-m'y-mette avec trois autres véhicules : un pick-up à capote rétractable, un mobil-home et deux étudiants dans un camion de déménagement en location. L'un me doublait, puis le suivant, ensuite j'en dépassai un : une sorte de saute-mouton sur roues qui nous amenait à nous doubler à intervalles réguliers. Tout au fond de mon esprit, une idée me taquinait : nous suivait-on ? Mais je ne voyais vraiment pas comment Beck ou Salustio auraient pu les mettre sur notre piste.

À l'intersection de la 395 et de l'A 14, les jeunes en camion de location continuèrent tout droit, tandis que nous restions sur l'A 14, prenant vers le sud, puis l'ouest. Nous rattrapâmes enfin le San Diego Freeway et filâmes plein sud. Le mobil-home avait disparu et je ne vis aucun signe du pick-up. De quoi vous mettre les nerfs à vif, pourtant.

On approchait de 15 heures quand je sortis de l'autoroute à Sunset Boulevard, tournai à gauche et continuai de nouveau vers l'est, traversant Bel-Air avant de m'engager dans Beverly Hills. Reba jouait les navigatrices, repérant les rues alors que ce n'était pas vraiment nécessaire. À quelques rues de Doheny Road, l'Hôtel Neptune dressa sa ligne imposante, merveille d'Art déco qui imitait vaguement l'Empire State Building et s'effilait en pointe. J'avais lu un article sur l'endroit dans un numéro du *Los Angeles Magazine*. Le plan au sol avait bénéficié récemment de l'adjonction d'importantes parcelles de terrain de part et d'autre, ce qui avait permis de créer une entrée spectaculaire et un parking de plus pour les réceptions. Un changement de nom et plusieurs millions de dollars en travaux de rénovation avaient replacé le vieil hôtel sous les feux des projecteurs. Il était désormais la destination obligée des vedettes de rock, acteurs et touristes ébaubis aspirant à se situer au cœur de la modernité.

Je m'engageai dans l'allée qui décrivait un demi-cercle majestueux et me plaçai docilement en sixième position derrière deux limousines extra-longues, une Rolls, une Mercedes et une Bentley. C'était, de toute évidence, l'heure d'arrivée. Un voiturier et deux des trois chasseurs en uniforme rôdaient autour de chaque véhicule pour aider les clients à s'en extraire, déchargeant les coffres de leurs innombrables sacs et valises qu'ils déposaient sur des chariots à bagages en cuivre. Un portier en livrée et gants blancs appela d'un coup de sifflet un taxi qui me fit une queue de poisson sur la gauche et remonta jusqu'à l'entrée. Deux clients de l'hôtel vêtus comme des clochards s'engouffrèrent dans le taxi que je regardai s'éloigner.

— Hallucinant ! lâcha Reba. Si je faisais juste un saut ?

— N'y comptez pas. Je ne veux pas vous perdre de vue.

— Oh, pour l'amour du ciel ! Vous croyez quoi ? Que je vais filer par les cuisines et vous laisser en plan ?

Comme c'était exactement ma crainte, je ne pris pas la peine de lui répondre. Lorsque notre tour arriva, je tendis les clés au voiturier pendant que Reba l'aveuglait d'un sourire et pressait un billet plié dans sa paume.

— Comment va la vie ? Nous la reprenons dans deux minutes.

— Nous vous la tiendrons prête.

— Merci.

Elle entra dans l'hôtel, seins en goguette, son short rouge exhibant ses jambes de gazelle. Le gars était si occupé à la reluquer qu'il faillit lâcher les clés.

L'intérieur de l'hôtel offrait au regard une débauche de marbre vert foncé et de glaces, de fixations murales, de torchères et de palmiers en pots. La moquette déclinait des nuances de vert et de bleu en vagues stylisées qui rejoignaient l'inspiration marine du décor. Comme on pouvait s'y attendre, Neptune occupait une place de choix dans une série de bas-reliefs massifs, en stuc et ors, conduisant son char sur les ondes, brandissant son trident pour calmer les flots, sauvant une jouvencelle en détresse de la concupiscence d'un satyre. Une fontaine de verre à cinq pans diffusait une lumière artificielle. Les sièges étaient en bois blond, les quelques tables laquées en noir. Un large escalier de marbre décrivait une courbe jusqu'à la mezzanine, où des sellettes noires dressées dans des niches vertes et cannelées supportaient des urnes remplies de fleurs fraîches.

Les murs du hall d'entrée aux lignes incurvées accueillaient des banquettes dont le tissu imitait un foisonnement d'algues. Une musique d'ambiance diffusait des mélodies de swing presque inaudibles. Deux files s'étaient formées devant le comptoir de la réception revêtu de marbre – des clients qui remplissaient leur fiche, prenaient leurs messages, bavardaient avec le personnel.

Reba s'immobilisa, le temps de se repérer.

— Attendez-moi ici, me dit-elle enfin.

Je pris place dans un fauteuil au dossier incurvé,

disposé avec art avec trois autres sièges identiques autour d'une table basse en verre dépoli. Au milieu de la table, des gardénias flottaient dans une vasque de cristal. Je la vis s'approcher du concierge, un homme entre deux âges en smoking. Son bureau consistait en une vague de marqueterie à bandeaux chromés, coiffée d'un comptoir vert d'eau transparent, subtilement éclairé par le dessous. Elle sortit la pochette d'expédition en Kraft de son sac, écrivit quelque chose au recto et la lui tendit. Après un court échange, il plaça l'enveloppe sur une console appuyée au mur derrière son bureau. Elle lui posa une question. Il consulta ses dossiers et en tira une enveloppe blanche qu'il lui remit. Elle la rangea dans son sac, puis se dirigea vers le téléphone intérieur et décrocha le combiné. Elle discuta avec quelqu'un, puis me rejoignit.

— Nous avons rendez-vous au bar.

— Ah ! la belle journée ! Puis-je être des vôtres ?

— Pas la peine de faire la maligne. Bien sûr !

La salle était située à l'autre bout du hall d'entrée, en face des ascenseurs. Le bar proprement dit dessinait une courbe aérodynamique et était revêtu de panneaux en verre, gravés de récifs de corail, créatures marines et déesses à divers stades de l'effeuillage. Un photophore placé au milieu de chacune des tables de la salle spacieuse et obscure suppléait à l'éclairage indirect. L'endroit était presque vide, mais je devinai que dans moins d'une heure il commencerait à se remplir de clients de l'hôtel, starlettes et prostituées, plus la faune du monde des affaires du coin.

Reba jeta son dévolu sur une table proche de la porte. Il n'était que 15 h 10, mais, telle que je la connaissais, elle ne refuserait pas un verre. Une serveuse moulée dans une veste en satin mordoré, short assorti et collant résille or, apporta une commande à une table voisine, puis s'approcha de la nôtre.

— Nous attendons quelqu'un, lui dit Reba.

— Vous voulez commander maintenant ou attendre ?

— Maintenant.

La serveuse me jeta un regard interrogateur.

— Pour moi, ce sera un café, lui dis-je en songeant déjà au trajet.

Comme on était samedi, nous éviterions au moins les encombrements de l'heure de pointe, mais il nous resterait encore deux heures de route pénibles après les sept heures et demie déjà effectuées.

— Et pour vous ?

— Vodka-martini avec trois olives et un double bourbon pour la personne que nous attendons.

La serveuse repartit vers le bar.

— Je ne comprends pas, lui dis-je. Vous savez qu'en buvant vous enfreignez votre conditionnelle. Si Holloway l'apprend, elle vous tombera dessus à bras raccourcis.

— Oh, je vous en prie. Ce n'est pas comme si je me camais !

— Non, mais vous contrevenez à toutes les autres conditions. La liberté ne vous tente pas ?

— Vous voulez que je vous dise ? En taule, j'étais libre. Je ne touchais pas à l'alcool, au tabac ni à la drogue et je ne m'envoyais pas en l'air avec des crétins. Vous savez ce que j'ai fait ? Je me suis remise à niveau en informatique. J'ai appris à tapisser un siège – ma main au feu que vous en êtes incapable. J'ai lu des livres et je me suis fait des amies qui donneraient leur vie pour moi. Je ne savais pas à quel point j'étais heureuse avant de retrouver ce monde de chiottes ! Je me fous d'Holloway. Elle peut faire ce qui lui plaît.

— D'accord. C'est vous que ça regarde, lui dis-je.

Le regard maussade de Reba restait fixé sur la rangée d'ascenseurs située exactement en face de nous. Il y avait au-dessus de chacun une demi-lune en cuivre désuète, sur laquelle une flèche mobile, elle aussi en cuivre, indiquait la progression des cabines qui montaient ou descendaient. Je vis le dernier ascenseur de la rangée s'arrêter au septième étage, puis entamer sa descente. Les portes s'ouvrirent et Marty Blumberg apparut. En apercevant Reba qui lui faisait signe, il vint vers nous. Quand il rejoignit notre table, elle pencha la tête pour lui permettre de l'embrasser sur la joue.

— Tu m'as l'air en forme, lui dit-il.

— Merci. Toi aussi.

Marty tira un siège en me jetant un regard.

— Ravi de vous revoir, me lança-t-il. (Il reporta son attention sur Reba.) Tout va bien ?

— Nous prenons du bon temps. J'ai laissé quelque chose pour toi à la réception. Merci pour ça, ajouta-t-elle en tapotant son sac.

Il mit la main dans la poche de sa veste de sport et en sortit un ticket de consigne qu'il glissa sur la table dans sa direction.

— C'est quoi ?

— Une surprise. Un petit bonus, lui dit-il.

Reba lança un regard rapide au ticket et le glissa dans son sac.

— Une bonne surprise, j'espère.

— À mon avis, elle te plaira, la rassura-t-il. Vous deux, quels sont vos projets ? Pouvez-vous rester pour qu'on dîne ensemble ?

J'ouvris la bouche pour protester, mais Reba me devança.

— Non, il vaut mieux pas, lui dit-elle à ma grande surprise. Kinsey est pressée de rentrer. Une autre fois peut-être.

— Si Dieu le veut et que la situation n'empire pas.

Il sortit un paquet de cigarettes et le posa sur la table. Sans rien lui demander, Reba en prit une et la ficha entre ses lèvres avec un petit signe de tête pour réclamer du feu. Marty prit une pochette de l'hôtel, gratta une allumette et approcha la flamme de sa cigarette, puis s'en alluma une lui aussi.

La serveuse revint avec notre commande et posa la note près du coude de Marty. Reba but une gorgée de son martini et ferma les yeux, savourant la vodka avec une telle révérence que pour un peu j'en aurais senti la saveur piquante. Tous deux se mirent à parler de tout et de rien. Je ne me sentais pas exclue, mais c'était un bavardage en demi-teinte, une série de sujets à peine effleurés qui ne signifiaient pas grand-chose pour autant que je pouvais en juger. Je bus deux cafés pendant qu'ils vidaient leur verre et commandaient une deuxième tournée. Ni l'un ni l'autre ne trahissait le moindre signe d'ébriété. Le visage de Marty était plus enflammé que lorsque je l'avais rencontré, mais il restait en pleine possession de ses moyens. Finalement, leur fumée de cigarette commença à m'excéder. Je m'excusai et battis en retraite aux toilettes, où je m'attardai aussi longtemps que je l'osai avant de regagner la table. Je réintégrai ma place et lançai un regard en douce à ma montre. Il y avait trois quarts d'heure que nous étions au bar de l'hôtel et j'étais prête à reprendre la route.

Reba se pencha en avant et posa une main sur le bras de Marty.

— Il faut qu'on y aille. Je fais un saut au pipi-room et je vous retrouve dehors.

Elle inclina son verre et avala ce qu'il en restait jusqu'à la dernière goutte, mâchant l'olive avec entrain tandis qu'elle se dirigeait vers les toilettes.

Marty calcula le pourboire et signa la note, la mettant sur le compte de la chambre 717.

— Depuis quand êtes-vous ici ? lui demandai-je.

— Deux jours.

— Si j'ai bien compris, vous ne rentrez pas avec nous.

— Je ne pense pas, me répondit-il, amusé.

Je ne voyais pas ce qu'il y avait de drôle, mais ses petites manigances avec Reba l'avaient visiblement satisfait.

— Et votre téléphone ? La ligne était vraiment sur écoutes ?

— Aucune idée. J'ai décidé de ne pas perdre mon temps à vérifier.

Il empocha son exemplaire du reçu, puis se leva, tenant la chaise pour moi avec courtoisie. Nous nous dirigeâmes tous deux vers les ascenseurs et attendîmes Reba sans parler. À l'autre bout du hall, je l'aperçus qui sortait des toilettes. Le regard de Marty suivit le mien. Je le vis le détourner sur la gauche. Deux hommes en pantalon de toile et veste de sport traversaient le hall d'un pas décidé. Je crus qu'ils allaient au bar. Je me retournai et jetai un coup d'œil derrière moi, m'attendant presque à voir ce qui motivait une telle urgence. Marty s'écarta pour ne pas se trouver sur leur trajectoire. Un des deux hommes bloqua les portes de l'ascenseur le plus proche avant qu'elles ne se referment. Il entra et tendit la main comme pour tenir la porte pour son copain. Le second bouscula Marty.

— Hé, faites attention ! protesta Marty.

L'homme saisit solidement le bras de Marty, le forçant dans son élan à se diriger du même pas vers l'ascenseur en attente. Marty gesticula et tenta de se libérer. Il y serait peut-être parvenu, mais un des types lui fit un croc-en-jambe. Marty tomba sur le dos, se protégeant vivement le visage pour parer le violent coup de pied qu'il eut le temps de voir arriver. La chaussure le frappa avec un bruit mouillé, épais, qui lui éclata la joue. L'autre homme appuya sur le bouton. Pendant la seconde qui précéda la fermeture des portes, le regard de Marty croisa le mien.

— Marty ? appelai-je.

Les portes se refermèrent et la flèche du panneau d'affichage partit vers le haut.

Deux personnes présentes dans le hall se retournèrent pour voir ce qui se passait, mais tout avait repris son aspect normal. L'épisode avait duré guère plus de quinze secondes en tout et pour tout.

Reba me rejoignit, les yeux immenses, soudain livide.

— On file.

Je tapai du poing sur le bouton MONTÉE, pétrifiée par le mouvement de la flèche qui se rapprochait peu à peu du septième étage, avant de s'immobiliser. La peur sécrétait assez d'acide dans mes intérieurs pour me ronger l'estomac. Deux ascenseurs plus loin, les portes s'ouvrirent. Je saisis Reba par le bras et l'obligeai à se tourner vers le hall.

— Allez à la sécurité de l'hôtel et dites-leur qu'on a besoin d'aide.

Elle m'agrippa les doigts, puis leva le coude et le tordit vers le haut pour se libérer.

— Arrêtez vos conneries ! Lâchez-moi ! Marty est tout seul !

Je n'avais pas le temps de discuter. Je la propulsai tant bien que mal jusqu'à la réception, puis je pris l'ascenseur en attente et pressai le bouton du septième. Mon cœur battait la chamade à mesure que la montée d'adrénaline m'envahissait avec la violence d'un flash toxique. Il me fallait un plan, mais je ne connaissais pas mes adversaires. Pendant que l'ascenseur montait, je fouillai mon sac, parfaitement consciente qu'il ne contenait aucune arme. Ni revolver, ni canif, ni bombe de gaz au poivre.

Les portes de l'ascenseur s'ouvrirent au septième. Je sortis dans le couloir et gagnai rapidement l'intersection en T, où le grand et le petit couloir se rencontraient. Un panneau indiquait les numéros des chambres situées à droite ou à gauche, mais cela ne m'aida pas. Je me parlai toute seule, une litanie de jurons et d'instructions. J'entendis un cri de douleur étouffé, puis le bruit de quelqu'un cognant le mur quelque part sur ma gauche. Je partis en marche rapide dans cette direction, scrutant les numéros des chambres au passage. Il se dégageait une impression de claustrophobie du couloir : peinture vert Nil, plafond surbaissé consistant en quatre panneaux épais fixés en dégradé à partir d'un panneau central de lumière artificielle sans éclat. Tous les six mètres se succédaient des niches cannelées comme j'en avais vu d'en bas en levant les yeux vers la mezzanine. Dans chacune, deux chaises en bois laqué noir étaient placées de part et d'autre d'une table ronde à plateau de verre, supportant une urne de fleurs fraîchement coupées. Je m'emparai d'une chaise et la tins devant moi, cherchant la chambre 717 dans une sorte de ralenti, comme dans certains de mes rêves où je ne parvenais pas à faire bouger mon corps. Je marchais, mais ne semblais arriver nulle part.

La porte de la chambre de Marty était entrebâillée. Je la poussai d'un coup de pied, mais les deux types étaient déjà sur le départ, traînant Marty entre eux. Je me répétais bon sang-vas-y-n'importe-lequel, du coup je choisis le type qui se trouvait sur ma droite et lui expédiai avec violence les pieds de la chaise dans la figure. Je les enfonçai brutalement. Il lâcha un cri de bête, mais parut insensible au coup. Saisissant la chaise, il l'arracha de mes mains. Je vis son poing se détendre vers moi, bas, rapide, me touchant au plexus avec une détente paralysante qui me renversa sur les fesses. Le goût acide de café régurgité monta dans ma gorge et explosa dans une nausée irrépressible et aveuglante. Incapable de retrouver mon souffle, je crus pendant quelques minutes terrifiantes que j'allais étouffer à l'endroit où j'étais tombée assise. Je levai les yeux à temps pour voir la chaise s'abattre sur moi. Je sentis le choc, enregistrai la secousse, mais n'éprouvai aucune douleur. J'avais perdu conscience.

CHAPITRE 29

J'étais étendue sur un lit, perdue dans un bruit confus de conversations dont je semblais faire l'objet. Cela me rappelait les trajets en voiture quand j'étais petite et entendais le bourdonnement amorti et paresseux de la conversation des adultes à l'avant pendant que je somnolais sur la banquette arrière. Je revivais cette certitude délicieuse : si je restais immobile en feignant de dormir, les autres veilleraient à tout pendant le trajet. Quelque chose de plat et de glacé était pressé contre le côté de ma tête, provoquant une sensation de brûlure si vive que je poussai un cri. Quelqu'un mit le sac de glace enveloppé d'une serviette de toilette dans ma main et m'encouragea à l'appliquer moi-même, en dosant la pression que je pouvais supporter.

Le médecin de l'hôtel arriva et passa un temps inhabituellement long à vérifier mes signes vitaux, s'assurant que je connaissais toujours mon nom, la date du jour et le nombre de doigts qu'il me présentait – et modifiait pour essayer de m'emmêler. Il fut question d'appeler une ambulance, offre que je déclinai. Tout ce que je sais ensuite, c'est qu'il y avait deux types de plus dans la pièce. Un, à ce que je compris, était le responsable de la sécurité de l'hôtel, un homme distingué en costume de ville aux revers qui bâillaient. J'entrevis du cuir, que j'espérai être celui d'un holster et non d'un corset de maintien. L'idée d'un homme armé me réconfortait. Il avait la soixantaine, la calvitie plus que naissante et un visage sanguin souligné d'une épaisse moustache grise. Son compagnon appartenait sans doute à la direction de l'hôtel. Je tournai légèrement la tête. Un troisième larron s'encadra dans la porte, un talkie-walkie à la main. Mince, la quarantaine, une moumoute. Il entra et s'entretint avec les deux autres.

Le sanguin à moustache se présenta.

— M. Fitzgerald, sécurité de l'hôtel. Voici mon collaborateur, M. Preston, et le gérant, M. Shearson. Comment vous sentez-vous ?

— Bien, lui répondis-je.

Une ânerie, vu ma position couchée et ma bosse très douloureuse à la tête. Quelqu'un avait ôté mes chaussures et placé sur moi une couverture qui, franchement, ne me réchauffait guère.

Le gérant se pencha vers Fitzgerald et lui parla comme si je n'étais pas là.

— J'ai prévenu la société. L'avocat suggère que nous lui fassions signer une décharge nous exonérant de toute responsabilité...

Il jeta un coup d'œil dans ma direction et baissa la voix.

Le talkie-walkie grésilla. M. Preston battit en retraite dans le couloir et poursuivit sa conversation hors de portée de mon oreille. Lorsqu'il revint quelques minutes plus tard, il bavarda avec Fitzgerald, mais si bas que je ne réussis pas à saisir leur conversation. Le gérant s'excusa et, après un bref entretien, M. Preston partit lui aussi.

Je m'efforçai de prendre mes repères. On m'avait installée, semblait-il, dans une chambre vide, mais je n'avais aucun souvenir de la manière dont j'y étais arrivée. Je me rappelais seulement avoir été traînée par les talons dans les couloirs. Je voyais un bureau, un canapé, deux sièges tapissiers et l'armoire de style Art déco qui cachait le mini-bar et la télévision. N'étant jamais descendue dans un hôtel de luxe, c'était une révélation. La direction du Paradis à Reno aurait pu beaucoup apprendre du Neptune en matière de décoration intérieure.

— Qu'est devenu Marty ? demandai-je en plaçant mon sac de glace au bon endroit.

— Nous l'ignorons, me répondit Fitzgerald. Ils ont réussi à le sortir de l'immeuble sans se faire voir. J'ai demandé au surveillant du parking de vérifier si sa voiture était là, mais quelqu'un l'avait déjà demandée et était parti avec. Comme personne ne se rappelait qui était au volant, nous ignorons si M. Blumberg est reparti seul ou en compagnie des individus qui l'avaient kidnappé.

— Le malheureux...

— La police interroge en ce moment la femme qui était avec vous. Ils aimeraient vous poser quelques questions quand vous aurez retrouvé vos esprits.

— Je ne me souviens pas de grand-chose, mais bien sûr, lui dis-je.

À la vérité, je ne me sentais pas d'humeur à discuter. J'avais froid. La grosseur sur le côté de ma tête cognait douloureusement à chaque battement de mon pouls. J'avais mal à l'estomac. J'ignorais totalement ce que Reba leur racontait à ce moment précis, mais je la suspectai d'être rien moins que franche. La situation ne se prêtait pas aux explications, d'autant que je ne savais pas dans quelle mesure les fédéraux la jugeaient confidentielle. Penser à Marty me donnait la nausée. La dernière fois que je l'avais entr'aperçu – la joue éclatée, le sang ruisselant sur le côté de son visage –, il semblait résigné à son sort, tel le condamné qu'on traîne à la chambre à gaz, le prêtre à son côté. Ce qui me hantait, c'étaient ses yeux terrifiés, comme s'il savait l'horreur de ce qui l'attendait. Je voulais rembobiner le film, me repasser l'enchaînement des faits pour voir si je pouvais trouver un moyen de l'aider.

Fitzgerald dit quelque chose d'autre, mais je fus incapable de comprendre. J'ôtai le sac de glace et examinai le tissu-éponge trempé, les boucles rougies par le sang. Je le réarrangeai autour de la glace de façon à poser une nouvelle partie froide contre ma pauvre tête meurtrie. Je tremblais de froid, mais ne pouvais me résoudre à demander une autre couverture.

— Pardon. Pourriez-vous répéter ?

— Aviez-vous déjà vu ces individus ?

— Pas à mon souvenir. J'ai cru qu'ils allaient à la rencontre de quelqu'un d'autre. Ils venaient droit sur nous, mais c'est comme quand un inconnu fait un signe de la main dans votre direction. Vous vous retournez et regardez derrière en pensant qu'il ne s'agit pas de vous. Reba a peut-être des souvenirs plus précis que moi. Puis-je lui parler ?

Il hésita, désireux d'obtenir d'autres informations, s'employant en même temps à paraître compatissant et soucieux ; la responsabilité de l'hôtel était en jeu.

— Dès que la police aura fini, je demanderai qu'on la fasse venir.

— Merci.

Je refermai les yeux. J'étais fatiguée et avais l'impression que rien ne me ferait jamais quitter ce lit. Je sentis qu'on me touchait le bras. Reba était assise dans un fauteuil qu'elle avait approché. Fitzgerald ne se trouvait pas dans la chambre.

— Où est passé Fitzgerald ?

— Aucune idée. J'ai dit aux flics de téléphoner à Cheney et qu'il les mettrait au courant. Avec le FBI dans le coup, je ne voulais pas gaffer. Comment va votre tête ?

— Douloureuse. Aidez-moi à me remettre droite pour voir si je peux m'asseoir sans m'évanouir ou vomir.

Elle saisit ma main tendue et m'aida à me redresser. Écartant la couverture, je posai mon autre main sur la table de chevet au cas où je perdrais l'équilibre. En réalité, c'était moins dramatique que je ne le croyais.

— Vous ne prévoyez pas de partir, j'espère ?

— Pas tant que je ne saurai pas exactement dans quel état je suis. Vous avez déjà vu ces types ?

Elle hésita.

— J'en ai l'impression. Dans le pick-up à capote en quittant Reno. Probablement des hommes de main de Salustio. Beck lui aura dit que j'ai piqué ses vingt-cinq mille dollars.

— Mais pourquoi enlever Martyr ? Il n'a rien à voir là-dedans.

— J'ignore ce qui se passe. Si seulement je n'avais pas dit à Marty que les fédéraux se rapprochaient ! Du coup, il a paniqué et a voulu filer. Il s'en serait mieux tiré si on l'avait mis en examen. Au moins, il serait en sécurité.

— Et ce ticket de consigne qu'il vous a remis ? De quoi s'agit-il ?

Elle cligna des yeux.

— Je ne sais pas. Je l'avais oublié. (Elle fouilla dans son sac, le sortit et le retourna dans sa paume.) C'est la consigne de l'hôtel. Je devrais parler au chef des chasseurs et voir ce qu'il en est. Vous vous sentez assez bien ? Je ne devrais pas en avoir pour longtemps.

— Allez-y. Si vous m'attendiez en bas ? Dès que j'aurai parlé aux policiers, je vous rejoindrai dans le hall.

— Super ! me dit-elle.

J'attendis qu'elle soit partie, puis en flageolant un peu je gagnai la salle de bains, où je me lavai la figure et passai ma tête sous le robinet pour ôter le sang coagulé qui me poissait les cheveux. M'emparant d'une serviette de l'hôtel, je les essorai tant bien que mal jusqu'à ce que les mèches soient assez sèches pour que je me donne un coup de peigne. Franchement, je me sentais mieux debout que je ne m'y attendais.

Quand le policier de service en tenue arriva, j'étais assise dans un fauteuil et me sentais presque rétablie. C'était un gars net, pas encore la trentaine, la mine grave et un léger cheveu sur la langue qui vous désarmait. Je répétai ce que je savais, le regardant le consigner dans son carnet. Nous passâmes en revue l'enchaînement des faits jusqu'à ce qu'il semble satisfait de m'avoir extorqué tout ce dont j'étais capable de me souvenir. Je lui donnai mon adresse à Santa Teresa et mon numéro de téléphone, ainsi que celui de Cheney. Lui me remit sa carte et me précisa que je pouvais obtenir une copie du rapport en écrivant à la section des archives, mais que le traitement du dossier prendrait une bonne dizaine de jours.

Une fois la porte refermée derrière lui, j'enfilai mes chaussures. Me pencher pour nouer les lacets n'eut rien d'une partie de plaisir, mais je m'en tirai. Je trouvai mon sac à bandoulière et sortis dans le couloir, puis je localisai les ascenseurs et descendis.

Dans le hall, je cherchai des yeux le comptoir du chef des chasseurs en espérant apercevoir Reba. Pas de chef, pas de Reba. Comme j'avais répondu aux questions du policier pendant dix bonnes minutes, je lui faisais confiance pour avoir récupéré ce que Marty avait déposé à son intention. Je partis en reconnaissance, risquai un œil au bar, aux toilettes et dans le couloir proche des cabines téléphoniques. Je tentai ma chance à la boutique de cadeaux et au kiosque de presse juste à côté. Bon sang, mais où était-elle donc passée ? J'espérais toujours la localiser, mais qu'elle soit partie se balader sans me laisser un mot m'exaspérait au-delà de toute expression. Je restai assise dans le hall pendant six ou sept minutes, puis je sortis. Le chef des chasseurs collait des étiquettes sur une série de valises.

— Je cherche une amie, lui dis-je, quand il eut fini. Pas très grande, des cheveux noirs. Elle est descendue il y a un moment avec un ticket de consigne pour...

— Tout à fait. Elle a récupéré le bagage, un sac à roulettes, après quoi elle est partie.

— Savez-vous où elle est allée ?

Il hocha la tête.

— Désolé. Je regrette de ne pas pouvoir vous renseigner.

Il me quitta avec un mot d'excuse pour s'occuper d'un client qui arrivait et je restai là, perplexe. Qu'avait-elle encore inventé ?

Une voiture s'arrêta et le voiturier remit le véhicule à un client qui attendait. Le conducteur sortit et, tandis que le voiturier refermait la portière, son regard rencontra le mien. Je me rendis compte que c'était le gamin que nous avions vu en arrivant.

— Vous cherchez votre amie ?

— Oui, lui dis-je.

— Vous l'avez ratée de peu.

— Comment ça, « ratée » ?

— Le portier lui a appelé un taxi il y a quelques minutes.

— Vous voulez dire qu'elle a quitté l'hôtel ? Où allait-elle ?

— Je n'ai pas entendu. Elle a donné des instructions au conducteur, ensuite le taxi a démarré.

— Elle était seule ?

— Je dirais que oui. Comme elle avait son bagage avec elle, elle allait peut-être à l'aéroport.

— Merci.

Et donc... quoi, maintenant ?

Impossible d'imaginer ce qu'elle avait en tête. J'étais impatiente de reprendre la route, mais quitter l'hôtel sans avoir la moindre idée de l'endroit où elle se trouvait ni si elle avait l'intention de revenir ? Était-elle partie sur un coup de tête ou avait-elle décidé de me plaquer à l'instant même où nous avions quitté Reno ? Je ne sais pourquoi, mais mon instinct me soufflait de traîner encore un peu dans les parages, au moins le temps de me convaincre qu'elle avait filé pour de bon.

En attendant, il y avait sûrement quelque chose à faire. Je regagnai le hall, où je repris place dans le même fauteuil qu'à notre arrivée. Fermant les yeux, je me repassai tout l'enchaînement des faits. Je revis Reba traverser le hall jusqu'au bureau de réception. Elle avait sorti une pochette d'expédition de son sac, écrit quelque chose dessus et l'avait laissée au concierge. Puis elle avait posé une question et reçu, en réponse, une enveloppe. Ce qui indiquait quoi ?

Je me levai et m'approchai du comptoir du concierge. Il n'y avait qu'un employé en faction – Carl, à en croire son badge ; il effectuait des réservations de restaurant pour un vieux monsieur distingué et élégamment vêtu. J'attendis. Quand le vieux monsieur distingué fut reparti, Carl tourna un regard indifférent vers moi, ses yeux s'attardant malgré lui sur le côté de ma tête, où j'imaginai soudain une bosse de la dimension de Palmdale Bulge.

— Puis-je vous renseigner ?

— Pourrais-je voir le directeur ?

— Je vais vérifier. Êtes-vous cliente de l'hôtel ?

— Pas exactement, mais il semblerait que j'aie un petit problème et qu'il puisse me venir en aide.

— Je vois. Et saura-t-il de quoi il s'agit ?

— Probablement pas. Donnez-lui mon nom, Millhone.

Il décrocha son téléphone et composa un numéro sans me quitter des yeux. Lorsqu'on prit l'appel à l'autre bout du fil, il se détourna et parla avec une main en travers de la bouche, comme quelqu'un qui essaie d'être poli tout en se curant les dents en public.

— Il arrive dans un instant.

— Merci.

Il sourit et son regard se perdit dans le vide pendant qu'il s'affairait. Pendant quelques minutes, un registre et le téléphone monopolisèrent son attention. J'ouvris la bouche, mais il leva un doigt – Un instant, s'il vous plaît – et poursuivit sa tâche. Me faisait-on attendre ? Je me rappelai la remarque du directeur au sujet de la responsabilité de l'hôtel au vu du (prétendu) enlèvement de Marty et des voies de fait dont j'avais été victime. Peut-être avait-il appelé la société, et son patron, ou le patron de son patron, l'avait-il mis en demeure d'éviter tout autre contact avec ma personne. Tout ce que je dirais pourrait être retenu contre l'hôtel devant le tribunal. J'aurais aussi bien pu avoir un bandeau sur le front clignotant : PROCÈS * PROCÈS * PROCÈS.

— Pardon. Oui ?

— Pourriez-vous vous asseoir ? Le directeur arrive.

Un ton de voix agréable, mais cette fois il ne me regarda pas du tout. Il s'empara d'une pile de papiers, les tapa à petits coups secs sur le comptoir pour aligner les bords et partit dans le bureau de derrière, comme investi d'une mission liée à la sécurité nationale.

Exaspérée, je m'aperçus que mon mauvais ange piétait maintenant sur mon épaule gauche, le doigt pointé sans rien dire. Mon regard tomba sur la pochette d'expédition que Reba avait laissée un peu plus tôt. Elle attendait toujours sur la console, à moins d'un mètre cinquante de là. D'où j'étais, le nom de Marty apparaissait nettement, écrit en capitales à l'encre noire. Tiens, tiens... J'allai au bout du comptoir et attirai l'attention d'un employé inoccupé, un jeune d'une vingtaine d'années, probablement encore en formation.

— Oui, madame. Puis-je vous renseigner ?

— Je l'espère. Je suis Mme Blumberg. Mon mari et moi sommes descendus ici. Il m'a dit qu'il laissait un paquet pour moi et je crois que c'est ça.

Je désignai la pochette d'expédition.

L'employé la prit.

— Vous êtes Marty ?

— Oui.

Il me la tendit, heureux de se rendre utile.

Moi aussi, j'étais heureuse.

Je partis vers les toilettes et m'enfermai dans une cabine. Je m'assis sur le siège, malgré l'absence de lunette. Dans les établissements pénitentiaires, on retire les lunettes pour prévenir les tentatives de suicide, encore qu'on imagine mal, à première vue, par quelle méthode on pourrait se pendre avec un siège de toilettes, surtout avec cet intervalle astucieux au milieu, séparant les deux moitiés. Dans certaines institutions, d'ailleurs, il n'y a pas de siège du tout, juste une sorte de chaise percée monobloc sans réservoir, en acier inoxydable. Je calai mes pieds contre la porte, au cas où un employé ferait brusquement irruption en ameutant tout l'hôtel pour immobilisation des lieux contraire à la loi. La pochette avait l'épaisseur et le format de deux livres de poche. Le rabat autocollant était fermé, mais je le tiraillai jusqu'à ce que les deux bandes d'adhésif cèdent. Et jetai un coup d'œil à l'intérieur.

Ce que j'avais en main illustrait à la perfection pourquoi vous ne me corrigerez jamais de raconter des mensonges éhontés. Les boniments et autres contre-vérités engendrent souvent des résultats prodigieux. Dans la pochette, je découvris ce qui suit :

— un passeport américain émis au nom de Garrisen,

Randolph, portant une photographie de cinq centimètres sur cinq de Marty Blumberg ;

— un permis de conduire américain émis au nom de Garrisen, Randolph, portant une version légèrement réduite de la même photographie ; lieu de résidence : Los Angeles, code postal 90024, autrement dit Westwood ; sexe : H ; cheveux : châtains ; yeux : marron ; taille : 1,80 m ; poids : 123 kg ; date de naissance : 25-08-1942, celle-ci imprimée en rouge ; au-dessus de la photo, également en rouge, figurait la date d'expiration du permis : 25-08-1990.

S'y ajoutaient : une carte American Express, une carte Visa et une MasterCard émises au nom du même Garrisen Randolph, plus un certificat de naissance du comté d'Inyo, Californie, précisant les données de sa venue au monde.

Le tout étant, bien entendu, des versions des faux papiers que Reba avait volés dans le tiroir secret du bureau d'Alan Beckwith. Le nom mentionné représentait une variante de Garrisen Randell, probablement pour garantir qu'aucune recherche sur ordinateur ne repérerait la similitude. En principe, Marty pouvait quitter le territoire quand il le souhaitait et personne n'en saurait rien. Il ne faisait aucun doute dans mon esprit que c'était l'œuvre de Misty Raine. À en croire Reba, les talents de faussaire que Misty s'était découverts depuis peu lui avaient permis de financer sa vaillante paire de nichons. Le rouquin qu'elle avait rencontré au bar du Silverado lui procurait sans doute les papiers, tampons ou cartes de crédit vierges requis.

Mais cela signifiait quoi ?

Les faux papiers de ce calibre coûtent la peau du dos. Reba avait fait le nécessaire, mais en échange de quoi ? De toute évidence, Marty et elle avaient conclu un marché. Je voyais ce que lui en tirait, mais elle, où était son profit ? Je songeai à l'enveloppe qu'on lui avait remise à la réception. Marty lui avait peut-être donné les vingt-cinq mille dollars qu'il lui fallait pour payer Salustio. Ce qui laissait en suspens la question du sac à roulettes, qui contenait Dieu sait quoi. Je consultai ma montre. Il était presque 18 heures. Je rangeai l'enveloppe dans mon sac et sortis des toilettes.

Je pris l'ascenseur jusqu'au septième étage. Comme je l'avais espéré, il y avait des chariots de femmes de chambre, postés à intervalles réguliers. De nombreux clients avaient quitté leur chambre pour aller dîner. Les femmes de chambre allaient maintenant d'une chambre à l'autre, vidant les corbeilles, changeant les serviettes de toilette, regarnissant les distributeurs et faisant la couverture. J'attendis qu'une d'elles soit entrée dans la chambre de Marty, puis je gagnai rapidement le couloir. Je m'arrêtai près de son chariot, où j'avais repéré une boîte de gants en latex jetables. J'en fourrai une paire dans mon sac et frappai à la porte ouverte. Le policier avait-il fouillé la pièce ? Pas forcément, car il n'y avait pas de scellés.

La femme de chambre leva les yeux du lit, où elle s'occupait de rouler l'épaisse courtepointe matelassée en une espèce de Tootsie Roll géant.

— Désolée de vous interrompre, lui dis-je, mais pouvez-vous revenir plus tard pour terminer ? J'ai rendez-vous dans vingt minutes pour dîner et je dois me changer.

Elle marmonna des excuses, saisit son panier en plastique rempli de fournitures et sortit.

J'accrochai la pancarte NE PAS DÉRANGER SVP au bouton de porte extérieur, enfilai mes gants et procédai à une fouille en règle. Marty devait avoir son portefeuille, sa clé de chambre et d'autres articles sur lui quand ses agresseurs l'avaient enlevé. J'explorai la valise rigide qu'il avait laissée ouverte sur le porte-bagages. Sous-vêtements, chemises, chaussettes, quelques objets de toilette qu'il n'avait pas posés sur le meuble de la salle de bains. Ouvrant la penderie, je passai la main dans les poches du pantalon qu'il y avait laissé. Vides. J'effectuai une fouille systématique du porte-habits qui était suspendu, mais il ne renfermait que ce qu'on pouvait en attendre : costumes, pantalons, ceintures, chaussures. Hormis le peignoir de l'hôtel, il n'y avait pas d'autre vêtement dans la penderie ni trace du coffre-fort d'hôtel habituel, à combinaison à quatre chiffres.

Je fouillai la salle de bains, y compris le dessous du couvercle du réservoir des toilettes, et ne trouvai rien. J'ouvris les tiroirs de la commode et passai la main à l'intérieur. Vides. Je tirai chacun des tiroirs en entier, au cas où quelque chose aurait été caché au-dessous ou derrière. Passant à la table de chevet, je procédai de même. Je sortis la bible Gideon. À l'intérieur de la couverture, il y avait un billet de Delta Airlines, première classe, à destination de Zurich, libellé au nom de Garrisen, Randolph. La réservation était un aller simple et le vol partait à 9 h 30 le lendemain matin.

Replaçant le billet entre les pages, je remis la bible dans le tiroir et le refermai. Je ne croyais pas que Marty reviendrait, mais au cas, extrêmement peu probable, où il s'en sortirait, le billet serait là, à l'attendre. J'ôtai mes gants, récupérai la pancarte NE PAS DÉRANGER SVP à l'extérieur et l'accrochai à l'intérieur. Puis je pris l'ascenseur pour redescendre. J'allai au kiosque de presse et achetai pour trois dollars de timbres, que je collai sur le devant de la pochette d'expédition. Après avoir écrit mon adresse sous le nom de Marty, je pressai de nouveau le rabat adhésif pour la fermer. Après quoi je m'assis dans le champ visuel du concierge, tâchant de voir si Carl était encore de service. Dix minutes s'écoulèrent sans qu'il se montre. Une femme vêtue avec élégance, son badge nominal épinglé au revers, l'avait remplacé.

Je m'approchai du comptoir. La femme donnait une impression d'efficacité, arborant un sourire froid et professionnel.

— Oui, madame ?

Je posai l'enveloppe sur le comptoir.

— Je souhaiterais laisser ceci pour M. Blumberg, chambre 717, mais pourriez-vous y joindre une note ? S'il n'est pas passé la prendre d'ici demain après-midi, j'aimerais qu'on ait la gentillesse de la lui poster.

— Mais bien sûr.

Elle rédigea la note requise et la fixa avec un trombone à la partie supérieure de l'enveloppe.

— Oh... auriez-vous par hasard une agrafeuse ? Le rabat s'est décollé.

— Sans problème.

Elle chercha derrière le comptoir et en ramena l'objet demandé. Je la regardai larder la partie supérieure de l'enveloppe d'une série d'agrafes, la fermant hermétiquement. Puis elle la posa sur la console, à sa place initiale. Je la remerciai, adressant au ciel une prière silencieuse pour la survie de Marty.

À 19 h 15, je glissai vingt-cinq dollars au chef des chasseurs et récupérai ma Volkswagen. Je pris Sunset Boulevard à l'ouest jusqu'à la bretelle d'accès à la 405, direction nord, suivant la longue montée et redescendant de l'autre côté pour rejoindre la vallée. Quand je rattrapai la 101, je mis le cap sur la maison.

CHAPITRE 30

J'arrivai à Santa Teresa à 21 heures ce soir-là. La température estivale s'était rapidement rafraîchie au fur et à mesure que le soleil déclinait à l'horizon. Le long de Cabana Boulevard, les lampadaires s'étaient allumés et l'océan n'offrait plus au regard qu'une immense nappe blanche et argentée. Je m'arrêtai à mon appartement, où je déposai mes sacs et écrivis un mot rapide à Henry pour l'informer de mon retour. Je laissai un message de même nature sur le répondeur de Cheney, en lui disant que je ferais le point avec lui dès que possible.

À 21 h 20, je repris le volant vers le sud, en direction de Montebello et du manoir Lafferty. Je palpai gauchement ma bosse – toujours sensible, toujours aussi protubérante. Par bonheur, le mal de tête avait disparu et j'estimai pouvoir avancer que je me retapais. Inutile de songer à courir pendant un jour ou deux, mais au moins mes idées paraissaient claires.

Le trajet depuis Los Angeles m'avait donné l'occasion de réfléchir. Rien ne me permettait encore de dire comment les deux hommes de main nous avaient localisées à Reno. Si odieux qu'il fût, je n'imaginais pas Beck avec des truands à sa solde, donc ils avaient été dépêchés par Salustio Castillo. Je ne comprenais pas pourquoi ils avaient enlevé Marty. Le vol des vingt-cinq mille dollars faisait de Reba la cible logique. À moins que Marty n'ait fait quelque chose d'encore plus irréfléchi ? Mais quoi ? Planqué le reste de l'argent de Salustio dans le sac de voyage à roulettes ? Mais dans quel but ? À l'entendre, ce fameux soir au Dale's, il avait mis suffisamment d'argent de côté pour voir venir. Alors pourquoi aller en voler ? Et pourquoi le confier à Reba, quand le seul résultat aurait été de la mettre encore plus en danger qu'elle ne l'était déjà ? Et d'ailleurs, où se trouvait-elle ?

Mettons qu'elle ait passé commande à Misty d'un faux passeport et autres documents pour elle en même temps que pour Marty. Dans ce cas, elle s'apprêtait peut-être à quitter le pays, encore que je la voyais mal partir sans dire au revoir à son père. Peut-être ne lui confierait-elle pas son lieu de destination, mais elle trouverait sûrement une solution pour lui faire savoir qu'elle allait bien. Je pensai, et non pour la première fois, que c'en était fini de mes rapports avec Reba. Elle avait sabordé sa liberté conditionnelle et tenté sa chance en optant pour la fuite.

Quand j'arrivai à l'entrée du manoir Lafferty, le portail était fermé. Je m'arrêtai à l'interphone, baissai ma vitre et appuyai sur le bouton d'appel. J'entendis la ligne sonner à l'intérieur. Une fois. Deux fois. Freddy décrocha, la voix déformée par le grésillement du dispositif.

— Freddy ? C'est Kinsey. Pouvez-vous m'ouvrir, s'il vous plaît ?

J'entendis une série de bips, puis un bourdonnement amorti tandis que les deux battants s'ouvraient en grand. Allumant mes codes, je suivis l'allée. Les lumières de la maison scintillaient à travers les arbres. En prenant la dernière courbe, je constatai que le premier étage était obscur, mais la lumière brillait dans de nombreuses pièces du rez-de-chaussée, tout au long de la façade. La voiture de Lucinda occupait sa place habituelle et je me sentis loucher à l'idée d'avoir affaire à elle. En sortant de voiture, je perçus un mouvement sur ma droite. Chiffon s'avança avec nonchalance au bord de l'allée, à une allure parfaitement calculée pour m'intercepter. Quand il me rejoignit, je me penchai et le grattai entre les oreilles. Ses longs poils couleur citrouille avaient la douceur de la soie, et son ronronnement s'accentua comme il tendait sa grosse tête, la pressant avec insistance contre ma main.

— Écoute, Chiffon. Je serais ravie de te faire entrer, mais si Lucinda ouvre, inutile d'y compter.

Il remonta la fin de l'allée en ma compagnie, passant parfois devant moi pour susciter d'autres caresses et un supplément de conversation. Je comprenais comment la compagnie d'un chat finit par rendre un adulte complètement niais. Je tendis la main vers la sonnette, mais la porte s'ouvrit vivement avant que j'aie appuyé sur le bouton. En robe-manteau jaune à ligne épurée, collant rose et talons roses assortis, Lucinda s'encadrait dans l'ouverture, mise en évidence par l'éclairage extérieur. Elle semblait bronzée et tonique, ses mèches blondes donnant l'impression que le vent jouait en permanence dans ses cheveux.

— Oh ! Freddy m'a dit qu'on avait sonné au portail, mais je n'avais pas compris que c'était vous. Je vous croyais en déplacement.

— En effet, mais je viens de rentrer et il faut que je parle à M. Lafferty.

Elle prit le temps d'assimiler l'information.

— Vous pouvez aussi bien entrer, j'imagine.

S'écartant pour me laisser passer, elle eut l'air contrariée en apercevant Chiffon. Elle lui barra prestement la route du pied et le refoula dehors. Car elle était de ces gens qui prennent leur pied à shooter dans un chat. Quelle salope ! En m'avançant dans le hall d'entrée, j'avisai un petit nécessaire de voyage près de la porte. Elle avait posé son sac sur la console et s'arrêta pour vérifier son reflet dans la glace, rectifiant la position d'une boucle d'oreille et d'une fine mèche de cheveux volage. Ouvrant son sac, elle parut chercher ses clés.

— Nord n'est pas là. Il a perdu connaissance ce matin et j'ai dû appeler les urgences. Il a été admis à Saint-Terry's. Je pars lui apporter ses affaires de toilette et sa robe de chambre.

— Que lui est-il arrivé ?

— Voyons, il est très malade, me dit-elle, comme si j'étais une gourde finie pour poser pareille question. Toute cette agitation autour de Reba a fini par exiger son dû.

— Elle est ici ?

— Bien sûr que non. Elle ne l'est jamais quand il a besoin d'elle. C'est une tâche que nous devons assumer, Freddy ou moi. (Son sourire était suffisant et crispé, ses manières expéditives.) Bien. En quoi pouvons-nous vous être utiles ?

— Est-il autorisé à avoir des visiteurs ?

— Vous ne m'aurez pas écoutée. Il est malade. Il ne lui faut aucune émotion.

— Vous ne répondez pas à ma question. À quel étage est-il ?

— Il est en cardiologie. Si vous insistez, j'imagine que vous pourriez parler à son infirmière personnelle. Que lui voulez-vous ?

— Il m'a demandé d'effectuer un travail. J'aimerais lui faire le point.

— Je préférerais que vous vous en absteniez.

— Je ne travaille pas pour vous, mais pour lui, lui renvoyai-je.

— Elle a de nouveau des ennuis, n'est-ce pas ?

— Je pense qu'on peut le formuler ainsi.

— Vous ne comprenez pas le mal que ça lui a fait ?

Il a été obligé de voler à son secours sa vie durant ! Reba le met sans cesse dans une situation intenable. Elle fait en sorte que s'il n'intervient pas, elle coure à sa perte, ou s'arrange pour l'en persuader. Je suis sûre qu'elle le nie, mais elle refuse de grandir et fait n'importe quoi pour monopoliser l'attention de son père. Si jamais il lui arrivait quelque chose, Nord se le reprocherait jusqu'à son dernier jour.

— C'est son père. Il peut lui venir en aide s'il en a envie.

— Voyez-vous, j'ai peut-être mis fin à ce petit jeu.

— Comment ça ?

— J'ai téléphoné à Priscilla Holloway, le contrôle judiciaire de Reba. Selon moi, elle devait être informée de ce qui se passait. Je suis sûre que Reba s'est remise à boire, et probablement à jouer aussi. Quand j'ai appris à Mme Holloway que Reba avait quitté l'État, elle l'a très mal pris.

— En clair, vous la renvoyez en prison.

— Je l'espère bien. Nous nous en trouverions tous mieux, elle comprise.

— Bravo. C'est parfait. À qui d'autre avez-vous annoncé la bonne nouvelle ? (Ma question se voulait caustique, mais au silence qui suivit je compris que, bien involontairement, j'avais mis dans le mille. Je la fixai avec ahurissement.) C'est ainsi que Beck a appris où elle se trouvait ?

Elle baissa les yeux.

— Nous avons eu un entretien.

— Et vous lui avez dit ?

— C'est exact. Et je le referais au besoin.

— Quand était-ce ?

— Jeudi. Il est passé au manoir. Comme Nord dormait, c'est moi qui l'ai reçu. Il la cherchait et était très inquiet. Il m'a dit qu'il ne voulait pas causer de problème, mais il pensait qu'elle avait subtilisé quelque chose. Il était horriblement gêné et j'ai eu toutes les peines du monde à lui faire dire de quoi il s'agissait. Il a fini par m'avouer qu'elle avait volé vingt-cinq mille dollars. Il ne voulait pas lui créer d'ennuis, m'a-t-il répété, mais j'ai jugé cette attitude absurde et lui ai dit où il la trouverait.

— Comment avez-vous eu l'adresse de Misty ?

— Je n'avais pas son adresse, mais j'avais la vôtre. Nord l'avait notée le soir où vous avez appelé. Motel Paradis. Je l'ai vue sur un bloc à côté de son lit.

— Lucinda, Beck vous a manipulée ! Ça crève les yeux, non ?

— Pas du tout. C'est un garçon adorable. Après ce qu'elle lui a fait, je le lui aurais dit, même s'il ne me l'avait pas demandé.

— Vous rendez-vous compte de ce que vous avez fait ? Un homme a été enlevé à cause de vous !

Elle se mit à rire, coinçant son sac sous un bras en saisissant le nécessaire de voyage.

— Personne n'a été « enlevé », me dit-elle, comme si cette seule idée relevait de l'absurde. Un peu de bon sens. Vous êtes comme elle, à inventer des drames là où il n'y en a pas. Tout est une situation de crise, tout est la fin du monde ! Ce n'est jamais de sa faute ! Elle se pose toujours en victime, attend toujours que quelqu'un d'autre répare les dégâts derrière elle. Eh bien, cette fois, elle devra en assumer la responsabilité. Et maintenant vous voudrez bien m'excuser, mais j'aimerais aller à l'hôpital, déposer ces affaires pour Nord.

Elle ouvrit la porte et la claqua derrière elle. Elle était si convaincue d'avoir raison que je n'avais pas réussi à l'ébranler, ni même à exprimer l'ombre d'une protestation. Il y avait un élément de vérité dans ses propos, mais ce n'était pas toute la vérité.

— Mademoiselle Millhone ?

Je me retournai et vis Freddy debout dans le hall derrière moi.

— Vous l'avez entendue ? Cette femme est atroce ! lui dis-je.

— Maintenant qu'elle est partie, je voulais que vous sachiez. Reba est passée. Elle est arrivée peu de temps avant que Mlle Cunningham vienne prendre les affaires de Monsieur.

— Où aurait-elle pu aller ?

— Je l'ignore. Elle est arrivée en taxi et elle est restée juste le temps de prendre sa voiture et des vêtements de rechange. Elle a dit qu'elle irait à l'hôpital voir son père, mais en s'arrangeant pour ne pas croiser Mlle Cunningham. Elle va téléphoner au docteur de M. Lafferty et demander que seule la famille soit autorisée à le voir, moi compris, bien sûr. (Freddy se permit un petit sourire en coin.) C'est moi qui lui ai soufflé l'idée.

— Bien fait pour Lucinda ! Quelle est la gravité de son état ?

— Le docteur dit qu'il va s'en tirer. Il était déshydraté et ses systoles ne battaient pas en rythme. Je crois qu'il souffre aussi d'anémie. Le docteur pense le garder un jour ou deux.

— Tant mieux. C'est déjà un souci en moins, surtout si le personnel parvient à tenir Lucinda en respect. Reba n'a pas dit où elle allait ?

— Chez une amie.

— Elle n'en a pas. Ici ?

— Je crois. Une personne qu'elle avait rencontrée après son retour.

Je réfléchis brièvement.

— Peut-être quelqu'un des AA... quoique, en le disant, cela me paraisse peu vraisemblable. Je ne l'imagine pas à une réunion au stade où elle en est. Savez-vous comment on pourrait la joindre ? A-t-elle laissé un numéro ?

Freddy me fit non de la tête.

— Elle a dit qu'elle appellerait le manoir à 9 heures, mais elle craignait que M. Beckwith ne la retrouve.

— J'imagine. Lucinda a diffusé l'information sur tous les toits ! Écoutez, si vous avez de ses nouvelles, dites-lui qu'il faut absolument qu'on se parle. Aurait-elle laissé une valise, par hasard ?

— Non, mais elle avait un bagage avec elle. Elle l'a mis dans le coffre de sa voiture avant de partir.

— Eh bien, espérons qu'elle appellera. (Je jetai un coup d'œil à ma montre.) On me trouvera à mon bureau pendant les deux prochaines heures, après quoi je rentrerai chez moi.

Mon local professionnel me fait toujours une impression bizarre, le soir ; la lumière artificielle exagère ses imperfections et son côté mochard. Je m'assis à mon bureau, la fenêtre ne me renvoyant que la médiocrité des lieux, la poussière et d'anciennes traînées de pluie bloquant toute vue sur la rue. Le week-end, cette partie du centre-ville de Santa Teresa est morte après 18 heures, les bâtiments publics fermés pour la nuit, et la bibliothèque municipale plongée dans l'obscurité. Le bungalow que j'occupais était pris en sandwich entre deux autres unités identiques ; des constructions en stuc qui avaient été, en d'autres temps, des habitations modestes. Depuis que j'avais emménagé, les deux bungalows situés de part et d'autre du mien étaient restés vacants, ce qui m'offrait un calme que j'affectionne, tout en créant un sentiment inconfortable d'isolement.

Je triai le monticule de courrier que le facteur avait déversé dans ma boîte. Beaucoup de prospectus et quelques factures, que je me mis en devoir de régler. J'étais énervée, impatiente de rentrer chez moi, mais je me sentais tenue de rester au cas où Reba appellerait. Je mis de l'ordre dans quelques dossiers. Je rangeai mon tiroir à crayons, travail qui n'en avait que le nom, mais me donnait l'impression de faire quelque chose d'utile. Mon regard revenait sans cesse sur le téléphone. Je le suppliai si fort de sonner que lorsqu'on frappa à la fenêtre de côté, je fis un saut de carpe.

Reba était dehors, à peine visible dans l'espace obscur qui séparait mon bungalow de son jumeau. Elle avait troqué son short contre un jean, et son tee-shirt blanc ressemblait à celui qu'elle portait à sa sortie de prison. Je déverrouillai la fenêtre et soulevai le châssis.

— Mais bon sang, vous faites quoi ici ?

— Avez-vous accès aux garages de derrière ?

— Oui, à celui qui va avec ce local. Je ne l'ai jamais utilisé, mais le propriétaire m'a donné les clés.

— Prenez-les, on y va. Je ne peux pas laisser ma voiture dans la rue. J'ai ces tueurs aux fesses depuis que j'ai quitté la maison.

— Ceux que nous avons vus à Los Angeles ?

— Oui, seulement il y en a un qui a l'œil au beurre noir, à croire qu'il s'est payé une porte.

— Pas possible ? Un rapport avec ma petite chaise ? Comment les avez-vous semés ? lui demandai-je.

— Par chance, je connais infiniment mieux cette ville qu'eux. Je les ai fait tourner un moment, puis j'ai accéléré, éteins mes phares, tourné dans une petite route latérale, puis derrière une haie. Dès que j'ai vu leur voiture passer, j'ai fait demi-tour et je suis venue ici.

— Où étiez-vous pendant tout ce temps ?

Elle semblait nerveuse.

— Ne me le demandez pas. Une vraie petite abeille butineuse ! Allez, bougez-vous, j'ai froid.

— Je vous retrouve derrière.

Je fermai la fenêtre et la verrouillai. Dans le tiroir du bas de mon bureau, je soulevai l'annuaire du téléphone et pris deux clés argentées maintenues par un trombone. Je ramassai mon sac, récupérai ma fidèle torche-stylo, vérifiai les piles dans le couloir et sortis par la porte de service. Une petite plaque d'herbe séparait les bungalows des trois garages alignés le long de la ruelle. Reba avait garé sa voiture dans l'ombre d'un buisson de Moïse, qui avait sûrement éraflé une bonne partie de la peinture sur le flanc droit. Assise au volant, elle fumait une cigarette en m'attendant.

Une loupiote équipée d'une ampoule de quarante watts était fixée à la poutre en bois du garage du milieu, celui dont j'avais la jouissance. L'ampoule diffuse juste assez de lumière pour y voir si on a de bons yeux. Je tripotai le cadenas qui finit par s'ouvrir. Je l'ôtai du fermoir et remontai la porte roulante dans un grincement laborieux de bois et d'engrenages rouillés. Je promenai ma torche-stylo sur les murs et le sol, qui étaient nus et empestaient l'huile de vidange et la suie. Il y avait des toiles d'araignée partout.

Reba jeta sa cigarette par la vitre et mit sa voiture en marche. Je reculai pour la laisser pénétrer dans le garage. Elle sortit, ferma la portière à clé et fit le tour de la voiture. Ouvrant le capot du coffre, elle en retira un sac de voyage de la dimension des bagages cabine acceptés à bord d'un avion, encore qu'il faille s'y reprendre à deux fois pour les caser dans les compartiments de rangement. Le sac était pourvu d'une poignée rétractable et de roulettes. Elle semblait préoccupée, en proie à une humeur que je ne parvenais pas à définir.

— Ça va ? lui demandai-je.

— Très bien.

— Simple curiosité de ma part : allez-vous me dire ce qu'il y a là-dedans ?

— Vous voulez voir ?

— Oui.

Elle rentra la poignée et posa le sac à plat, défit la fermeture Éclair qui fermait le rabat, et ouvrit.

J'avais sous les yeux une boîte en métal, d'environ quarante-cinq centimètres de long sur trente-huit de large et vingt de profondeur.

— Qu'est-ce que c'est ?

— Vous blaguez ? Vous ne savez pas ?

— Si je le savais, je ne poserais pas la question, Reeb. Je pousserais des oh ! et des ah !

— C'est un ordinateur. Celui de Marty. Il l'a emporté en partant. Il s'est aussi arrêté à la banque et a pris toutes les disquettes du coffre. Vous avez sous les yeux les archives comptables de Beck – le deuxième jeu de livres. Reliez-le à un clavier et à un écran, et vous aurez accès à tout : comptes bancaires, dépôts, sociétés écran, pots-de-vin, absolument tout ce qu'il a blanchi pour Salustio, jusqu'au moindre cent.

— Vous le remettez aux fédéraux, c'est ça ?

— Probablement. Dès que j'en aurai fini... mais vous savez comme ils se crispent dès qu'il s'agit de biens volés.

— Mais vous ne pouvez même pas envisager de garder ça ! C'est pour cette raison que les deux types s'en sont pris à Marty... pour le récupérer, non ?

— Exactement. On va donc appeler Beck et lui proposer un marché. Nous récupérons Marty, il récupère son bien.

— Je croyais que vous veniez de dire que vous les remettriez aux fédéraux ?

— Vous n'avez pas écouté. J'ai dit « probablement ». Je ne suis pas sûre que leur enquête merdique mérite de sacrifier Marty.

— Vous n'êtes pas capable de gérer seule cette histoire. Négocier avec Beck ? Vous avez perdu la tête ? Il faut parler à Vince. Mettre la police dans le coup, ou le FBI.

— Pas question. C'est ma seule chance de rendre la monnaie de sa pièce à ce fils de pute.

— Oh, je vois. Il ne s'agit pas de Marty. Mais de Beck et vous.

— Bien sûr qu'il s'agit de Marty ! Mais aussi de régler ce compte. C'est comme un test. On va voir de quoi Beck est fait. Je ne pense pas que ce soit une si mauvaise transaction : Marty contre ça. C'est parce que les fédéraux sont après que c'est aussi précieux.

— Il y a des choses plus importantes dans la vie que de se venger, lui dis-je.

— Baratin fétide, me renvoya-t-elle. Quoi, par exemple ? Et puis... je ne parle pas de me venger, mais de lui rendre la monnaie de sa pièce. Ça fait deux.

— Pas du tout.

— Si. Se venger, c'est : tu m'as fait du mal, je t'en fais baver jusqu'à ce que tu regrettes d'être encore en vie. Lui rendre la monnaie de sa pièce, c'est rétablir l'équilibre dans l'univers. Tu le tues, je te tue. Maintenant nous sommes quittes. La peine capitale est-elle autre chose ? Œil pour œil, dent pour dent. Un prêté pour un rendu. Tu me fais du mal, je t'en fais autant. Les comptes sont apurés et le monde peut tourner.

— Pourquoi ne pas lui rendre la monnaie de sa pièce en le livrant à l'IRS ?

— Ça, ce sont les affaires. Ceci est personnel, entre lui et moi.

— Je ne comprends pas ce que vous voulez.

— Je veux qu'il dise qu'il regrette ce qu'il m'a fait. J'ai donné deux ans de ma vie pour lui. Maintenant, j'ai en ma possession quelque chose qu'il veut, alors qu'il le mendie à genoux !

— C'est idiot. Donc, il prend un air contrit et dit, désolé. Où est la différence ? Vous savez comment il est. On ne peut même pas traiter avec un type pareil. Vous allez vous faire avoir.

— Vous n'en savez rien.

— Si. Reba, voudriez-vous m'écouter ? Il vous tabassera à la première occasion.

Elle avait le visage figé.

— Si vous alliez chercher votre voiture ? Je vous attends ici.

Je la bouclai et fermai les yeux. Pourquoi discuter alors que sa décision était prise ?

— Vous avez besoin d'aide pour la porte du garage ?

— Je peux me débrouiller.

Je regagnai le bureau. Fermant la porte de service à clé derrière moi, je repris le couloir en éteignant tout au fur et à mesure. J'attrapai mon sac et sortis par la porte de devant, prenant le temps de la fermer à double tour. Je restai un moment sans bouger, à scruter la rue obscure. Toutes les voitures du périmètre appartenaient à des voisins, des véhicules que j'avais déjà vus et pouvais identifier au premier regard. Je me glissai dans ma voiture et mis le contact. J'allai jusqu'à l'angle et engageai ma Volkswagen dans la ruelle.

Reba avait fermé et cadenassé le garage. Elle ouvrit la portière du côté passager, posa le sac sur la banquette arrière et monta. Tendant le bras derrière moi, je pris mon blouson en jean.

— Tenez. Passez-le avant d'attraper froid.

— Merci.

Elle enfila le blouson et attacha sa ceinture de sécurité.

— Direction ?

— Le téléphone le plus proche.

— Pourquoi pas mon bureau, tant qu'on est là ?

— Je ne veux pas vous impliquer.

— M'impliquer dans quoi ?

— Trouvez juste un téléphone, me dit-elle.

CHAPITRE 31

Reba voulait que ce soit moi qui appelle Beck. Nous avisâmes une cabine à l'extérieur d'un supermarché. Le magasin formait un îlot brillamment éclairé, dont les lumières fluorescentes et glacées se reflétaient dans la peinture de finition luisante d'une dizaine de véhicules garés sur le parking de devant. C'était l'établissement où je faisais mes courses hebdomadaires, et j'aurais donné cher pour y acheter du lait et des œufs et regagner mes pénates.

Reba posa une poignée de pièces et un bout de papier avec les numéros de téléphone de Beck à son domicile et à son bureau sur la tablette en métal, sous l'appareil.

— Essayez d'abord chez lui. Si Tracy répond, elle croira peut-être qu'il a une copine, me dit-elle.

— Il en a une. Onni.

— Elle est sans doute au courant de son existence. Je parle d'une nouvelle. Autant la pousser à bout.

— Franchement pas sympa. Je croyais à la solidarité des femmes.

— À votre place, je ne compterais pas trop dessus.

Je décrochai le combiné.

— Et maintenant ? je suis censée lui dire quoi, à lui ?

— De nous retrouver sur le parking d'East Beach

dans un quart d'heure. Dès qu'il nous remet Marty, il récupère son ordinateur.

Je posai le combiné contre ma poitrine.

— Je vous en prie, ne faites pas ça. Je vous en supplie. Comment l'empêcherez-vous de vous arracher ce foutu machin ? Vous n'avez même pas d'arme !

— Évidemment que non ! Je suis une délinquante avérée. Je suis interdite de port d'arme, me rappela-t-elle, comme offensée à cette seule idée.

— Et si Beck en a une ?

— Il n'en possède même pas ! En plus, nous serons exposées à la vue de tous. N'importe qui roulant dans Cabana Boulevard peut nous voir. Allez, donnez-moi ça.

Elle s'empara du combiné et le plaqua contre mon oreille, prit quelques pièces et les inséra dans la fente. Outre la tonalité, j'aurais juré entendre la vibration électrique qui se propageait dans tout mon corps. Mon rythme cardiaque s'accélérait et mes intérieurs me donnaient l'impression d'être une boîte à fusibles dont tous les fils court-circuitaient. Elle composa elle-même le numéro du domicile de Beck, pour abréger. À la première sonnerie, Reba posa sa tête contre la mienne, inclinant le combiné de façon à entendre aussi.

— J'ai l'impression d'être au lycée, lui dis-je. C'est atroce.

— Vous la fermez, oui ? me lança-t-elle entre ses dents.

Au bout de trois sonneries, il décrocha.

— Oui ?

J'avais la bouche sèche.

— Beck, ici Kinsey.

— Bon Dieu ! Où est Reba ? Cette putain de garce. Je veux mon bien et elle a intérêt à faire vite.

Reba saisit le combiné, suave et rayonnante maintenant qu'elle le tenait à sa merci.

— Coucou, mon bijou ! Ça baigne ? Je suis là !

Je n'entendis pas la réponse de Beck ; il ne fit sûrement pas dans la dentelle car elle rit avec délectation.

— Écoutez-moi ça ! Inutile d'être grossier. Je me disais que nous devrions nous voir et bavarder un peu.

J'attendis, fixant le parking, pendant qu'elle lui détaillait sa proposition et la nature du marché. Après quoi ils se chamaillèrent sur le lieu du rendez-vous, décidés chacun à avoir le dernier mot. Les bains publics d'East Beach, à l'angle de Cabana et de Milagro, l'endroit où je faisais demi-tour quand je courais le matin. Même la nuit, le périmètre est exposé à tous les regards et bien éclairé, avec le Santa Teresa Inn juste en face de l'entrée du parking. Il y a un petit espace de stationnement séparé à l'autre bout de l'immeuble, mais elle opta pour le plus fréquenté des deux. Ce choix dénotait un grain de bon sens, inhabituel chez elle. Elle lui donna un quart d'heure pour s'y trouver, quand bien même il jurait qu'il ne pouvait pas, matériellement, y être avant une demi-heure. Elle finit par lui accorder le point. Quinze pour lui. Je m'inquiétai. Plus elle lui laissait de temps, plus il serait tenté de chercher du renfort. Elle dut y penser aussi.

— Une chose encore, Beck. Si tu amènes quelqu'un en plus de Marty, tu dégusteras, je te le garantis. Oui, d'accord, toi de même, connard ! (Elle raccrocha violemment, puis fourra les mains dans les poches de son blouson.) Seigneur, ce fumier, je le hais !

Je décrochai le combiné et cherchai des pièces.

— J'appelle Cheney.

Elle me l'ôta des mains et le remit en place.

— Je ne veux pas de Cheney. Je ne veux que nous.

— Je ne marche pas. Jouez à tout ce que vous voulez avec Beck, moi, je n'en suis pas, lui dis-je.

— D'accord, très bien, filez. Déposez-moi à ma voiture et vous serez tirée d'affaire.

Elle me tourna le dos et s'éloigna.

J'espérais seulement l'inciter à demander de l'aide, mais elle ne voulait rien entendre. J'hésitai, les yeux fixés sur la chaussée. Quelles étaient mes options ? La laisser faire ou risquer... quoi ? Qu'elle soit tuée ou qu'on lui fasse du mal ? Parce que Marty avait volé l'ordinateur, elle en avait conclu que Beck avait ordonné son enlèvement, mais si elle se trompait ? Si c'était Salustio Castillo, qui avait tout autant à perdre ? Et si Beck bluffait ? Rien ne prouvait qu'il savait où Marty était retenu, et alors quoi ? Il lui suffisait d'arracher le sac, et que pourrait-elle faire ? Et dans ce cas, que pourrais-je faire, moi ? Rien. En même temps, elle savait que je ne la quitterais pas. L'enjeu était trop considérable.

Je la suivis à contrecœur. Les portières étant verrouillées, elle attendit, le regard ailleurs. Je montai dans la voiture et jetai mon sac sur la banquette arrière. Je m'installai au volant et me penchai pour ouvrir la portière de son côté. Elle monta et nous restâmes là, sans rien dire. Les mains sur le volant, j'essayai de gagner du temps pendant que je cherchais désespérément une autre solution.

— Il y a sûrement une meilleure façon de jouer le coup.

— Bravo. Dites laquelle. Je vous écoute.

Je n'avais pas de réponse. Le rendez-vous était fixé à 23 heures, en gros dans vingt-cinq minutes. Matériellement, nous avions le temps d'aller à mon appartement prendre mon arme. Pour un peu, je me serais cogné la tête contre le volant. Je déraillais ou quoi ? Je n'allais quand même pas tirer sur quelqu'un ! À cause d'un ordinateur ? Absurde.

D'un autre côté... et merde... d'un autre côté... si le téléphone personnel de Marty était sur écoute, le FBI devait avoir branché une bretelle de raccordement sur les lignes de Beck aussi. Un de leurs agents aurait forcément entendu Beck et Reba se quereller, il l'aurait consigné et la cavalerie était déjà en route.

Du coin de l'œil, je vis Reba consulter sa montre.

— Tic-tac. Tic-tac. On perd du temps.

— Où était Marty pendant ce temps-là ?

— Il ne me l'a pas dit. Pas loin, à mon avis.

Je secouai la tête d'exaspération.

— Que je fasse une connerie pareille me dépasse ! (Je mis le contact et sortis en marche arrière.) Prenez au moins une minute pour reconnaître les lieux, ou bien l'avez-vous déjà fait ?

— Pas vraiment. À quoi bon ? C'est vous, l'expert.

Le trajet me parut interminable. Je coupai en direction de l'autoroute, pensant faire plus vite. Grosse erreur. La circulation était dense, les feux arrière se suivaient sans discontinuer, deux files de voitures ayant créé un bouchon à la suite d'un accident sur une des voies en direction du nord. La police de la route et les véhicules des urgences avaient convergé sur les lieux et je distinguais les éclairs des gyrophares. On n'avait pas interrompu la circulation de notre côté de l'autoroute, mais nous étions quand même au point mort, car les gens s'arrêtaient pour regarder.

Le temps d'atteindre la sortie de Cabana, nous n'avions plus une minute à perdre. J'avoue avoir dépassé la limitation de vitesse sur les deux derniers kilomètres, en espérant qu'un flic allait nous repérer et nous obliger à nous ranger sur le côté. Même pas cette chance ! L'océan se trouvait à notre droite, séparé de la route par la plage, une piste cyclable et une large bande d'herbe semée de palmiers. Sur notre gauche, nous longeâmes une série de motels et de restaurants. Les touristes se pressaient sur le trottoir, curieusement réconfortants à leur manière.

À Milagro, je tournai dans le parking en question. Aucune voiture n'était en vue, ce qui signifiait (peut-être) que si Beck amenait du renfort, au moins ils n'étaient pas arrivés avant nous. Reba me dit de faire demi-tour au bout de l'emplacement et de revenir en décrivant un arc de cercle jusqu'à l'entrée. Je suivis ses instructions, puis je m'insérai dans une place en marche arrière, ma voiture face à la rue au cas où nous serions obligées d'opérer un repli rapide. Nous descendîmes de voiture. Elle rabattit son siège et prit le sac. Elle dégagea la poignée et la tira, puis elle roula le sac jusqu'à l'avant de la voiture.

— Autant qu'il sache que nous ne plaisantons pas, me dit-elle.

Derrière nous, les vagues battaient la charge sur le sable dur, prenant leur élan avant de se briser sur le rivage et de reculer de nouveau. L'eau était d'un noir intense, souligné d'une touche de blanc luisante là où le clair de lune tombait sur la crête de chaque rouleau. Un petit vent mouillé d'embruns fouettait mes cheveux et plaquait mon jean sur mes jambes. Je me tournai et scrutai la plage derrière nous, sautillant d'un pied sur l'autre pour me réchauffer. Jusque-là, et selon toute apparence, nous étions seules.

Reba se pencha sur l'aile avant, alluma une cigarette et se mit à fumer. Dix minutes s'écoulèrent. Elle regarda sa montre.

— Ça veut dire quoi ? Il le veut, son putain de truc ?

De l'autre côté de la rue, des clients du Santa Teresa Inn s'arrêtèrent devant l'entrée de l'hôtel. Il y avait deux voituriers et quelques piétons. Au restaurant du premier étage, des tables suivaient la courbe de la grande baie. On distinguait les convives, mais il faisait sans doute trop nuit pour qu'ils nous aperçoivent. Une voiture de police noir et blanc approcha et tourna à droite, remontant rapidement Milagro. J'éprouvai une brusque flambée d'espoir, vite éteinte.

— Je pense qu'on devrait sortir d'ici. Ça ne me plaît pas, lui dis-je.

Elle consulta de nouveau sa montre.

— Pas encore. S'il ne s'est toujours pas montré à la demie, nous filerons.

À 23 h 19, deux voitures apparurent. Elles roulaient lentement et s'engagèrent dans le parking. Reba jeta sa cigarette et l'écrasa.

— Devant, c'est la voiture de Marty. La seconde est celle de Beck.

— C'est Marty au volant ?

— Impossible de dire. Ça lui ressemble.

— Alors, super. Pas de problème. Finissez-en, lui dis-je.

Reba croisa les bras. Le froid ou la tension, je n'aurais pas su le dire. Une fois dans le parking, la voiture de Marty tourna à gauche, décrivit un arc de cercle comme nous l'avions fait, et revint lentement. Il immobilisa son véhicule à dix mètres en retrait et ne bougea pas, laissant le moteur tourner, tandis que Beck s'arrêtait à cinq mètres de nous. Les deux jeux de phares formèrent une ligne de projecteurs aveuglants. Je levai une main pour m'abriter les yeux. Je voyais Beck au volant de sa voiture, mais je n'étais pas du tout convaincue que le deuxième conducteur fût Marty.

Une minute s'écoula.

Reba changea de position avec impatience.

— Qu'est-ce qu'il fout ?

— Reba, on s'en va. Il y a quelque chose de pas net.

Beck sortit de voiture. Il resta près de la portière ouverte, son attention fixée sur le sac de voyage. Il était vêtu d'un imperméable sombre, ouvert sur toute la longueur, les côtés battant dans le vent.

— C'est ça ?

— Non, Beck. Ce n'est pas ça. J'ai décidé de quitter la ville.

— Apporte-le ici, qu'on voie.

— Dis à Marty de sortir, que nous puissions voir que c'est lui.

— Marty ! cria Beck par-dessus son épaule. Dis bonjour à Reba ! Elle croit que tu es quelqu'un d'autre !

Le conducteur de la voiture de Marty agita le bras dans notre direction et fit cligner ses phares, puis emballa son moteur comme un pilote de stock-car au départ d'une course. Je touchai le bras de Reba.

— Courez... lui lançai-je d'une voix de fausset.

Je décollai du sol, plongeant à gauche au moment où la voiture de Marty bondissait dans un crissement de pneus, le véhicule accélérant droit sur nous. Reba agrippa la poignée du sac et courut derrière moi en se tordant les pieds. Les roulettes grippèrent sur la surface inégale du parking et le sac bascula sur le côté. Elle fonça vers la rue en le tirant derrière elle. J'entendis le sac racler la chaussée, aussi encombrant qu'une ancre si elle espérait prendre le large.

— Lâchez ça ! hurlai-je.

Le conducteur de la voiture de Marty écrasa ses freins et braqua. Son arrière vira brutalement, manquant ma voiture de quelques centimètres. Deux hommes en jaillirent, le conducteur et un autre type, qui était resté caché au fond jusqu'alors.

Beck ne bougea pas, les mains dans ses poches d'imperméable, regardant la scène avec indifférence. Reba abandonna le sac et piqua un sprint de la dernière chance. Les deux types étaient rapides. Elle avait à peine progressé qu'un des deux se jetait sur elle. Ils tombèrent.

Je fis demi-tour et fonçai vers elle. Je n'avais aucun plan. Je me foutais royalement du sac, mais pas question d'abandonner Reba. Elle se débattait comme une forcenée, expédiant des coups de pied au type qui l'avait plaquée. Il lui envoya son poing dans la figure. La tête de Reba partit en arrière et heurta le sol. J'arrivai sur lui au moment où il levait son poing pour la frapper à nouveau. Je nouai mes bras autour de son bras droit et m'y accrochai avec l'énergie du désespoir. Quelqu'un me saisit par-derrière. Me colla les bras contre le corps, me souleva du sol, puis m'arracha à son copain. Je tendis le cou pour apercevoir Reba, qui avait roulé sur le côté. Je la vis se redresser sur ses mains et ses genoux. Elle paraissait sonnée, le sang ruisselait de sa bouche et de son nez. Le type qui l'avait frappée se tourna vers moi. Il me prit par les pieds, et tous deux me transportèrent vers la voiture de Marty. Je me cambrai, tentai de me libérer, mais le type se contenta de resserrer sa prise, me réduisant à l'impuissance.

Beck s'approcha de la voiture de Marty et ouvrit les portes arrière. Le type qui m'enlaçait se laissa choir sur la banquette, m'attirant au-dessus de lui. Il me retourna comme une crêpe et je me retrouvai sous lui, la figure écrasée contre le tissu du siège. Il pesait un tel poids qu'il m'étouffait. Je crus que mes côtes allaient se replier et réduire mes poumons en bouillie. J'essayai de gémir, mais ne pus émettre qu'une sorte de chuintement à peine audible.

— Laisse tomber ! ordonna quelqu'un.

Le type enfonça un coude dans mon dos pour se redresser. En même temps, il saisit mon poignet droit et me tordit le bras dans le dos en poussant ma tête vers le plancher. Mon nez se retrouva à quinze centimètres des moutons du tapis de sol. Quelqu'un me replia les jambes et claqua la portière. Une demi-seconde après, j'entendis la portière de Beck claquer. Il mit son moteur en marche tandis que le conducteur de la voiture de Marty s'installait au volant, fermait sa portière et mettait le contact. Il démarra sans se presser. Nous ralentîmes à la sortie du parking. Pas de hurlement de freins, rien qui aurait pu attirer l'attention sur nous. À ce que j'en savais, Reba gisait sur l'asphalte, essayant d'éponger le sang qui ruisselait de son nez. J'avais entrevu mon compagnon de banquette arrière. Il arborait un carré de gaze scotché sur son œil gauche. Deux méchantes meurtrissures rouge et violet lui salissaient la joue comme des coulures de peinture. La chaise avait manqué de peu l'éborgner, ce qui expliquait la délectation avec laquelle il m'avait malmenée. Je me concentrai sur le trajet. Nous roulions probablement en cortège de deux véhicules. Je réfléchis aux enlèvements que j'avais vus au cinéma. L'héroïne se rappelait plus tard le lieu où on l'avait emmenée au bruit des pneus traversant une voie ferrée ou à la plainte d'une corne de brume dans le lointain. Moi, j'entendais surtout le halètement de mes compagnons. Aucun de ces deux bonshommes n'était en aussi bonne forme qu'ils en donnaient l'impression. À moins que, hypothèse plus flatteuse, Reba et moi ne leur ayons opposé une résistance inattendue.

Nous tournâmes à gauche dans Cabana Boulevard et roulâmes à une allure modérée pendant moins d'une minute avant de ralentir à un feu. Sans doute le carrefour de State et de Cabana. Le conducteur mit la radio, et la voiture se remplit de musique, un individu de sexe masculin qui roucoulait « Donne-moi ton sex... ».

— Éteins cette merde, dit mon meilleur ami.

— J'aime bien George Michael, lui renvoya le conducteur.

Mais la radio se tut.

— Baisse ta vitre et vois ce que veut Beck.

J'imaginais sans peine la voiture de Beck sur la voie voisine de la nôtre, intimant d'un geste au type de descendre la vitre, se penchant sur le siège avant pour lui donner une instruction.

— D'accord, d'accord, dit notre conducteur d'un ton agacé. Pigé. Ça marche ! (Et à l'intention du gars sur la banquette arrière :) C'est lui qui a la carte. Combien de fois il va nous le dire ?

Faiblement, au loin, j'entendis des sirènes à l'approche. Leur hurlement devint plus audible, le son se dédoublant. Deux voitures de flics, oh... je vous en prie !

J'essayai de tourner la tête en espérant apercevoir quelque chose par la vitre, mais tout ce que je récupérai fut une douleur fulgurante dans le bras. Les sirènes étaient presque au-dessus de nous. J'aperçus la pulsation des gyrophares de deux voitures de patrouille qui nous doublèrent l'une après l'autre, rapidement. Leur hurlement s'attarda dans Cabana Boulevard, leur volume faiblissant jusqu'au moment où il s'effaça. Et voilà pour les renforts...

Nous tournâmes à droite dans ce que j'estimai être Castle. Quand nous ralentîmes une deuxième fois, je visualisai les feux de Montebello Street. Nous redémarrâmes, progressant au bas mot à vingt à l'heure. Je perçus le bruit caverneux de la route quand elle passa sous l'autoroute. Nous remontâmes de l'autre côté, ce qui nous amena sans doute dans Granizo. Virage à gauche dans Chapel. Nous allions sûrement dans les bureaux de Beck, à deux rues de là seulement. Je savais que les magasins du centre commercial seraient fermés, de même que les immeubles de bureaux. La « carte » dont avait parlé le conducteur actionnait probablement la herse donnant accès au garage en sous-sol. Comme je m'y attendais, je sentis que nous ralentissions, puis tournions à droite, descendant une rampe. À cette heure-là, le garage serait vide. Nous fîmes la longueur de l'espace qui sonnait creux et nous nous insérâmes dans une place. Beck devait s'être garé juste devant car j'entendis sa portière claquer avant que notre conducteur ait eu le temps de couper le contact.

Je fus tirée sans cérémonie de la banquette arrière et remise en position verticale. J'avais espéré croiser les yeux de Beck, établir un contact, croyant avoir plus de chance de le séduire que les truands qui m'encadraient. Il évita mon regard, le visage de marbre. Nous attendîmes, le temps qu'il ouvre son coffre et en sorte le sac à roulettes. Les côtés du sac étaient gris et éraflés, incrustés du sable de la plage qui s'était accumulé à force d'avoir traîné par terre. La poignée avait lâché. Beck le retourna et s'agenouilla à côté. Il défit la fermeture Éclair et ouvrit en grand le rabat.

Vide.

Je fixai le bagage avec ahurissement, comme pour essayer de comprendre la technique d'un tour de passe-passe. Reba m'avait bel et bien montré l'ordinateur. Moins d'une heure avant, je l'avais vu, de mes yeux vus. Où était-il passé ? Je ne l'avais pas quittée d'une semelle, sauf quand je l'avais laissée dans la ruelle pour aller chercher ma voiture. Elle aurait profité de mon absence pour enlever l'ordinateur et l'enfermer dans le coffre de sa voiture ? Autrement dit, elle avait prévu que Beck ne jouerait pas franc-jeu et avait anticipé. De même, avait-il certainement su qu'elle allait l'arnaquer.

Beck se releva et repoussa le sac du pied, l'air songeur. Je m'attendais à une explosion de rage, mais il paraissait surtout sidéré. Peut-être aimait-il que Reba pousse le conflit à de tels extrêmes, n'en imaginant la victoire que plus exquise. Il tourna les talons et se dirigea vers les ascenseurs.

Nous le suivîmes tous les trois, nos pas résonnant comme le claquement de sabots d'une harde sauvage dans le vaste espace désert. Le type à moitié éborgné ne relâchait pas sa pression sur mon bras, qu'il avait tordu dans mon dos. Impossible de me dégager sans me le faire arracher comme un aileron de poulet rôti. Les portes de l'ascenseur s'ouvrirent et nous montâmes tous les quatre en bon ordre. Beck appuya sur le bouton. Les portes se fermèrent et la cabine entama son ascension.

— Pourquoi ici ? lui demandai-je.

— Parce que Reba saura où me trouver. Au cas où cela vous aurait échappé, entre elle et moi, c'est à qui jouera au plus fin.

— Difficile de ne pas le voir.

Beck m'adressa un sourire fugace.

Les portes s'ouvrirent au niveau des magasins. Nous sortîmes dans le Beckwith Building et traversâmes, toujours groupés, le hall en marbre jusqu'aux ascenseurs destinés au public qui nous conduiraient au troisième étage. Je me retournai pour jeter un coup d'œil à Willard, en faction à son bureau. Il nous regarda passer sans rien dire, son beau visage aussi vide d'expression que toujours. Je lui adressai ce que j'espérai être un regard implorant, mais me heurtai à un mur. Comment un si beau gosse pouvait-il avoir un regard si vide ? Il ne voyait donc pas ce qui se passait ? Beck était son patron. Peut-être était-il grassement payé pour regarder ailleurs.

Nous montâmes au troisième. Les portes de l'ascenseur s'ouvrirent sur des bureaux illuminés d'une lumière artificielle qui intensifiait les couleurs ; on se serait cru dans un dessin animé de Disney. Longues surfaces de moquette verte, tableaux abstraits à la palette éclatante alignés dans le couloir. Plantes vigoureuses, mobilier moderne. Je m'attendais à être conduite dans le bureau de Beck, mais il m'obligea à tourner et m'orienta vers le monte-charge. Il pressa le bouton d'appel, les portes s'ouvrirent. S'approchant de la paroi du fond, il écarta le rembourrage gris. Il composa le numéro du Digicode fixé à la paroi. La porte du local de comptage s'ouvrit. Appuyant sur le bouton STOP, il sortit et fit un pas de côté, se retournant pour me regarder. Il avait les mains dans ses poches d'imperméable.

Personne ne parla.

Ma vision périphérique enregistra les machines à compter les billets et à les mettre en liasses. Dans le même flash, je vis que tous les cartons avaient été vidés des coupures isolées, à présent emballées et empilées sur le comptoir.

Ce que je ne pus éviter fut la vision de Marty. Il avait été ligoté sur une chaise et battu presque au point de ne plus être reconnaissable. Sa tête pendait sur sa poitrine. Même sans voir pleinement son visage, je sus qu'il était mort. La courbe de sa joue était enflée et déchiquetée, le sang séché virant au noir à la naissance des cheveux. Du sang avait coulé de ses oreilles et s'était coagulé le long du col de sa chemise. J'émis un son et détournai violemment la tête, annulant son image. La douleur me vrilla, comme si j'avais été transpercée par une décharge de fusil à laser. Mes paumes se couvrirent de sueur et une onde de chaleur me submergea. Je sentis le sang se retirer de ma tête. Mes jambes lâchèrent. Le borgne me rattrapa et me soutint brièvement. Beck appuya sur un bouton et les portes d'accès à la pièce se refermèrent.

On me conduisit, les jambes en caoutchouc, dans le bureau de Beck, où je m'effondrai sur le canapé, la tête dans les mains. L'image persistante de Marty s'imposait en négatif, ombre et lumière inversées. Au-dessus de ma tête, on parlait – Beck, ordonnant aux deux types d'enlever le corps et de s'en débarrasser. Je savais qu'ils descendraient Marty dans l'ascenseur de service jusqu'au garage. Ils le jetteraient dans le coffre de sa voiture et se délesteraient de son corps au bord de la route. Étrange, si étrange. Cette fin, cette mort... je les avais vues dans ses yeux, mais j'avais été incapable d'intervenir.

Ma vision s'opacifia et menaça de lâcher. J'eus une curieuse sensation dans les oreilles – un bruit blanc m'alertant que j'allais m'évanouir. Je baissai la tête entre mes genoux. Respirer, il fallait respirer. En moins d'une minute, l'air parut se refroidir et je sentis les ténèbres se dissiper. Quand je relevai la tête, les types avaient disparu et Beck était assis à son bureau.

— Désolé pour cette histoire. Ce n'est pas ce que vous pensez. Il a eu une crise cardiaque.

— N'empêche qu'il est mort, et par votre faute, lui dis-je.

— Reba y était pour une part.

— Expliquez-vous ?

— Voyez plutôt ce qu'elle a fait. Nous étions censés avoir un accord et elle arrive avec un sac vide. Qu'est-ce qu'elle s'imagine ? Qu'elle peut me baiser et s'en tirer à bon compte ?

— Elle n'a pas volé l'ordinateur. Marty l'a emporté en partant.

— Je me fous de qui l'a pris. Elle l'aurait restitué qu'il serait peut-être encore en vie. C'est la tension nerveuse qui l'a tué. Deux coups de poing pas méchants et il a rendu l'âme.

Comment discuter avec cet individu ? Tellement sûr de lui, un raisonnement si biaisé. À quoi allait-on aboutir ? Leur règlement de comptes échappait désormais à tout contrôle et ne pouvait que s'intensifier. Beck avait le dessus. Pas compliqué : il me tenait.

Il eut un léger sourire.

— Vous espérez qu'elle va appeler la police, mais elle ne le fera pas. Vous savez pourquoi ? Parce que le jeu perdrait tout son charme. C'est une flambeuse. Elle aime parier contre la banque. Cette pauvre fille est loin d'être aussi maligne qu'elle le croit.

— Je ne veux pas écouter ces inepties. Rien ne vous empêche de discuter.

— Croyez-moi, on discutera.

Nous ne bougions pas, attendant que le téléphone sonne. J'avais renoncé à prévoir leur prochain coup, à l'un ou à l'autre. Mon boulot était de m'occuper de moi. Seulement, j'étais fatiguée et en proie à un sentiment de panique. La nervosité faisait trembler mes mains et j'avais du mal à mettre de l'ordre dans mes pensées. Beck se balançait dans son fauteuil pivotant, jouant avec un presse-papiers qu'il se lançait d'une main dans l'autre.

J'avisai une rangée de cartons alignés contre le mur, tous soigneusement fermés avec du ruban adhésif et prêt à être expédiés. Son bureau était sens dessus dessous – les étagères à moitié vides, une foule de dossiers bourrés à craquer sur son bureau. Apparemment, Beck avait fait ses bagages et était sur le départ. Pas étonnant qu'il ait tenu à tout prix à récupérer son ordinateur et ses disquettes. Ils contenaient toute son affaire, le moindre cent qu'il possédait, tout l'argent qu'il avait mis à gauche, ses sociétés écrans, ses comptes bancaires au Panamá. Il n'avait pas la mémoire des chiffres ni des dates. Il fallait que tout soit écrit, sinon il n'en gardait aucun souvenir. Il savait aussi bien que moi que ces données signifieraient sa perte si elles tombaient dans de mauvaises mains.

— J'ai besoin d'aller aux toilettes, dis-je.

— Non.

— Allons, Beck. Vous pouvez m'accompagner et écouter à la porte pendant que je fais pipi.

Il hocha la tête.

— Impossible. Je veux être à côté du téléphone quand elle appellera.

— Et si ça prend une heure ?

— Pas de pot.

Nous attendîmes en silence. Je regardai ma montre. Le verre était brisé, les aiguilles définitivement figées à 11 h 22. Impossible de voir une pendule d'où j'étais. Le temps n'en finissait pas de s'étirer. Quand Reba appellerait, si elle le faisait jamais, cela me donnerait une chance de plus d'attirer l'attention des agents qui écoutaient les appels de Beck. Je ne savais pas encore comment je m'y prendrais ni ce que je dirais, mais la possibilité existait.

Le silence dura si longtemps que lorsque le téléphone sonna enfin, je sursautai. Beck saisit le combiné et le porta à son oreille d'un geste nonchalant. Il sourit et se pencha en avant, les coudes appuyés sur son bureau.

— Hé, Reba. Brave petite. Je savais que tu te manifesterais. Tu es prête à traiter ? Oh, ne quitte pas, une seconde. J'ai une amie à toi ici et je me demandais si tu voulais lui parler.

Il appuya sur le bouton du haut-parleur et le son caverneux de la voix de Reba remplit la pièce.

— Kinsey ? Oh, Seigneur... ça va ?

— Un peu de renfort ne serait pas de trop ici, lui répondis-je. Si vous appeliez Cheney pour lui dire ce qui se passe ?

— Laissez-le là où il est. Passez-moi Beck, me renvoya-t-elle d'une voix irritée.

Maintenant qu'il avait les mains libres, Beck ouvrit son tiroir de bureau et en sortit un revolver. Il ôta la sécurité et le braqua sur moi.

— Tu es là, Reeb ? Navré de vous interrompre, mais venons-en à l'essentiel. Écoute ça.

Il visa le mur au-dessus de ma tête et tira. Un son s'échappa de ma gorge, mi-cri, mi-plainte. Les larmes me montèrent aux yeux.

— Hou-là, dit-il. Raté.

— Beck, non ! s'écria-t-elle.

— Le tir n'est pas mon fort. Willard a essayé de me montrer, mais je n'arrive pas à attraper le coup. Va peut-être falloir que je réessaye.

— Ohmondieu, ohmondieu ! Beck, je t'en prie, ne lui fais pas de mal !

— Je n'ai pas entendu ta réponse. Tu es prête à traiter ?

— Ne recommence pas ! Ne tire pas ! Ne fais pas ça ! Je te l'apporte. Je l'ai avec moi. Il est dans le coffre de ma voiture. Je l'ai mis dans un sac de voyage.

— Tu m'as déjà dit ça. Et je t'ai crue. Et regarde ce que tu as fait. Un grand tour de passe-passe.

— Je le jure, cette fois je ne tricherai pas. Je ne suis pas loin. Donne-moi deux minutes. Attends-moi. S'il te plaît.

— Franchement, je ne sais pas, Reeb, dit-il d'un ton sceptique. Je t'avais fait confiance. Je pensais que tu jouerais franc-jeu. Tu as mal agi. Très mal agi.

— Cette fois, je te l'apporte. Promis. Pas de coup tordu. Je jure !

Beck me surveillait tout en parlant. Il me fit un clin d'œil et sourit. Visiblement, il se délectait.

— Comment savoir si tu ne me ressortiras pas le même gag éculé ? Me donner un sac sans rien dedans ?

Je me levai et tendis le doigt vers la porte.

— J'ai besoin de faire pipi, articulai-je sans bruit.

Il me fit signe de me rasseoir.

— Écoute-moi, l'implorait Reba au même moment. J'arrive par le couloir de service. Tu peux descendre au bureau de Willard et surveiller l'écran. J'ouvrirai le sac et te montrerai l'ordinateur. Tu pourras le voir de tes propres yeux.

J'agrippai l'entrejambe de mon jean, puis joignis les mains en articulant : S'il vous plaît... et je tendis de nouveau le doigt vers le couloir.

Distrait, il agita le revolver dans ma direction, me faisant signe de me rasseoir. Je me rapprochais déjà de la porte. Je levai le doigt.

— Je reviens tout de suite, lui chuchotai-je.

Quittant la pièce, je parcourus rapidement la longueur du couloir, dont la moquette étouffait le bruit de mes pas. Au passage, je refermai brutalement des portes de bureaux restées ouvertes : bang, bang, bang ! Je l'entendis crier : « Hé ! » Il semblait moins fâché qu'énervé par mon indocilité.

J'accélérai et gagnai le vestibule. Par bonheur, les portes de l'ascenseur de service étaient toujours ouvertes. J'allai à la paroi du fond et composai le code du local de comptage. 15-5-1955. L'anniversaire de Reba. Les portes s'ouvrirent.

Dans le couloir, Beck criait mon nom, claquant les portes des bureaux en me cherchant. Il tira un coup de feu qui me fit sursauter, même à cette distance. Moi, je savais que je n'aurais jamais tiré sur lui, mais je n'étais pas du tout convaincue du contraire. Je pris une de mes chaussures et la coinçai dans la glissière de la porte d'ascenseur ouverte. Elle commença à se refermer, rencontra la chaussure et se rouvrit chaque fois qu'elle butait sur l'obstacle, comme affligée d'un tic. Me retournant, j'appuyai sur le bouton G sur la paroi opposée, envoyant le monte-charge au niveau du garage. Le temps que les portes se referment, je me précipitai vers les portes opposées, ôtai ma chaussure de la glissière et me glissai dans le local de comptage pendant que les portes donnant sur le couloir se refermaient. Celles du local en firent autant une fraction de seconde après : j'étais en sécurité. En tout cas, momentanément.

Le corps de Marty était toujours là.

Je déconnectai mes pensées et bloquai toute réaction émotionnelle. Ce n'était pas le moment. Je lâchai ma chaussure, n'osant pas perdre du temps à la réenfiler.

J'examinai l'un après l'autre les échelons encastrés dans le mur, jusqu'en haut. Je commençai à monter, chaussure à un pied, l'autre sans, clopin-clopant, mon enfant [1]. Je savais que la trappe du plafond s'ouvrait sur le toit. Une fois là-haut, je me cacherais ou me pencherais sur le parapet en hurlant pour ameuter la police. L'endroit grouillait peut-être déjà de policiers – agents municipaux, brigade de recherche et d'intervention, équipe de négociateurs – dûment équipés de gilets pare-balles.

Je jetai un coup d'œil à Marty, toujours ficelé à son siège. Pourquoi les types n'avaient-ils pas suivi les instructions de Beck ? Ils étaient censés l'évacuer, mais ils l'avaient laissé là, sans y toucher. Mes mains transpiraient, mais je risquai un autre regard rapide en bas, remarquant ce qui m'avait d'abord échappé. Les machines à compter et à empaqueter se trouvaient toujours sur le comptoir. L'argent avait disparu. Au lieu de s'inquiéter du cadavre, les truands avaient dû se charger des liquidités et filer.

J'atteignis le dernier échelon et tendis le bras vers la trappe juste au-dessus de ma tête. Pas le moindre verrou ni targette, ni rien permettant de l'ouvrir. Je passai la main sur toute la surface, cherchant un crochet ou une poignée, un ressort quelconque qui déclenche l'ouverture. Rien. Cramponnée au dernier échelon, j'essayai avec l'énergie du désespoir de glisser le bout des doigts dans les rainures. Je frappai la trappe de la paume, puis la poussai de toutes mes forces.

Au-dessous, j'entendis les portes de l'ascenseur qui s'ouvraient. Appuyant ma tête contre l'échelon, je retins mon souffle.

— Cette trappe est verrouillée, me dit Beck sur le ton de la conversation. Autant redescendre. Reba arrive.

1. Allusion à une comptine.

Dès que nous aurons réglé notre affaire, vous serez libre de partir.

J'abaissai mon regard sur lui. Il avait passé son imperméable, apparemment en prévision de son départ. Il avait le revolver dans une main et le braquait droit sur moi. N'ayant probablement aucune idée de la sensibilité de la détente. S'il m'explosait la tête, de toute façon je serais morte. Il se pencha et ramassa ma chaussure.

Je descendis sans hâte excessive, tâtonnant du pied pour m'assurer de la présence de chaque échelon, soudain sujette au vertige. Lâcher tout et plonger sur lui ? Je réussirais seulement à me blesser et risquais de ne lui faire aucun mal. Il m'observa patiemment jusqu'à ce que j'arrive en bas. Probable qu'il préférait ne pas me perdre de vue plutôt que de regarder Marty. Il n'avait pas paru remarquer que le corps n'avait pas été enlevé.

— Pas mal, me dit-il avec un léger sourire. Vous m'avez lancé sur une fausse piste. Je croyais que vous fileriez par l'autre côté...

Il me tendit ma chaussure. Je m'arrêtai et m'appuyai au mur pour la remettre.

Me saisissant par le coude, il me fit traverser l'ascenseur de service et m'entraîna dans le couloir. Il avait raison. On en avait presque fini, alors pourquoi risquer de me casser le cou ? Finalement, je n'avais rien à voir dans leur histoire. Je m'accroupis, prenant tout mon temps pour attacher ma chaussure. Beck donnait des signes d'impatience, mais je n'aime pas marcher les lacets dénoués. Il me prit de nouveau par le coude, m'obligea à tourner et me dirigea vers les ascenseurs publics. Il avait laissé son attaché-case dans le couloir. Il s'en saisit et appuya sur le bouton d'appel avec l'articulation de son doigt. L'ascenseur devait attendre à l'étage car les portes s'ouvrirent aussitôt. Nous entrâmes.

Beck appuya sur le bouton du rez-de-chaussée. Tels deux inconnus, nous restâmes appuyés contre la paroi du fond, les yeux fixés sur l'affichage digital tandis que les numéros des étages passaient de 3 à 2, puis à 1, puis à RC. J'eus l'espoir fugitif que les portes s'ouvrent sur des policiers, arme au poing, prêts à l'arrêter et à mettre fin à la plaisanterie.

Le hall d'entrée était vide à l'exception de Willard, assis à son bureau. La fontaine centrale crachait son jet avec un bruit de chasse d'eau. Ma vessie menaçait d'exploser ; j'aurais pu dessiner un croquis de sa forme et de sa dimension. De l'autre côté des portes de verre, la sortie de l'immeuble était noire, sans une âme en vue. Les magasins d'en face avaient leurs rideaux baissés. Willard s'était levé, concentrant son attention sur son panneau d'écrans. Il leva un bras et fit claquer vivement ses doigts. Beck et moi traversâmes le hall et contournâmes l'extrémité du comptoir. Willard tendit le doigt. L'image d'un des écrans en noir et blanc montrait le parking. Reba, au volant de ma Volkswagen, apparut sur la rampe et tourna à droite. La voiture disparut de l'écran. Trois minutes après, nous vîmes Reba entrer dans le couloir de service, au niveau inférieur. Il lui fallut ses deux mains pour sortir le sac de voyage, dont le poids ne faisait aucun doute. Elle le posa sur le sol et leva les yeux vers la caméra de sécurité fixée à l'angle.

— Beck ?

Le coup reçu lui avait laissé la joue bouffie, les lèvres gonflées et un œil au beurre noir. Son nez donnait l'impression d'avoir été aplati.

Elle attendit, le regard levé vers nous.

Willard tendit à Beck le combiné du téléphone placé sur son bureau. Il appuya sur un bouton et nous entendîmes le téléphone mural sonner dans le couloir de service. Reba décrocha, son regard fixé sur la caméra.

— Coucou, mon bijou ! Ça baigne ? lui dit Beck en lui relançant le salut moqueur qu'elle lui avait adressé un peu avant.

— Laisse tomber, Beck. Tu prends ou pas ?

— Je veux voir d'abord.

Elle lâcha le combiné qui cogna le mur, rebondissant au bout de son cordon en spirale. Beck rejeta vivement la tête en arrière.

— Merde ! lâcha-t-il entre ses dents.

Au-dessous, Reba se pencha et ouvrit le sac. L'ordinateur était clairement visible.

— Et les disquettes ?

Elle ouvrit une poche latérale et en sortit une poignée de disquettes, sans doute une vingtaine à première vue. Elle les montra à la caméra, en les présentant de face pour lui permettre de lire l'enchaînement des dates qu'il avait probablement inscrites lui-même.

— OK. C'est bon, dit-il.

Elle les remit dans la poche et referma le sac.

— Heureux, connard ?

— Tout à fait. Merci de me poser la question. Monte à la réception et tiens-toi bien. J'ai Kinsey juste là, au cas où tu voudrais jouer au plus malin.

Reba lui fit un doigt. Brave petite ! pensai-je. Ça lui apprendrait.

Je jetai un regard en coin à Willard.

— Vous allez rester là sans bouger ?

Pas de réponse. Willard avait peut-être passé l'arme à gauche sans que personne songe à le mentionner. Pour un peu, j'aurais agité ma main devant sa figure pour voir s'il clignerait des yeux.

L'ascenseur de service atteignit le niveau du rez-de-chaussée et les portes s'ouvrirent. Reba s'avança, aux prises avec le poids du sac. Beck, arme à la main, guettait le moindre signe de rébellion ou de perfidie. Elle posa le sac par terre devant lui.

— Ouvre-le, lui ordonna-t-il avec un geste de son arme.

— Bon sang, tu crois qu'il est piégé ou quoi ?

— Avec toi, c'est pas impossible.

Elle se pencha et ouvrit la fermeture Éclair, exhibant une fois de plus l'ordinateur. Sans qu'il ait à le demander, elle sortit les disquettes et les lui tendit.

— Maintenant, recule.

Elle recula de trois mètres, les mains en l'air.

— Qu'est-ce qu'il est inquiet ! lança-t-elle à la cantonade.

Beck passa son arme à Willard.

— Surveille les deux.

Il s'agenouilla et sortit l'ordinateur du sac. Plongeant sa main dans sa poche, il en retira un petit tournevis à tête cruciforme avec lequel il desserra les vis qui maintenaient le boîtier. Il jeta les vis, puis il ôta le panneau arrière. Je ne voyais absolument pas où il voulait en venir.

L'appareil était ouvert, exposant ses entrailles. Ne possédant pas d'ordinateur, j'ignorais ce qu'ils avaient dans le ventre. Un assortiment ahurissant de connecteurs multicolores, fils, circuits, transistors et autres, en tout cas une foule de petites choses minuscules. Willard tenait l'arme d'une main ferme, braquant le canon d'abord sur Reba, puis sur moi, mais l'esprit ailleurs, me parut-il. Beck ouvrit son attaché-case et en sortit un flacon à bec en verre, muni d'un bouchon également en verre. Il l'ouvrit et arrosa généreusement les circuits d'un liquide transparent, à la façon d'une vinaigrette. Ce devait être de l'acide, car un sifflement monta et une odeur de produits synthétiques en train de cramer emplit l'air. Les fils d'isolation fondirent, des composants minuscules se tordirent comme s'ils avaient été vivants, se plissant et se ratatinant sous l'effet de la substance caustique. Il prit un second flacon et versa de l'acide sur les disquettes qu'il avait déployées en éventail pour n'en omettre aucune. Des trous apparurent aussitôt, et de la fumée s'éleva pendant qu'elles se désintégraient.

— Tu es bien incapable de tout te rappeler ! lui lança Reba.

— Ne te fais pas de souci. J'ai des duplis à Panamá.

— Alors tant mieux pour toi, lui dit-elle d'une voix bizarre.

Je la regardai. Les coins de sa bouche tremblaient et des larmes brillaient dans ses yeux pendant qu'elle observait le carnage.

— Je t'aimais vraiment, dit-elle d'une voix rauque. Vraiment. Tu étais tout pour moi.

Je me surpris à la dévisager avec intérêt. Pourquoi cette impression qu'elle simulait ?

— Bon Dieu, Reba, tu n'apprendras jamais, hein ? Qu'est-ce qu'il faudra pour t'enfoncer ça dans la tête ? Une vraie gamine. On te dit que le père Noël existe et tu le crois.

— Mais tu disais que je pouvais te faire confiance ! Tu disais que tu m'aimais et que tu me protégerais ! Tu l'as dit !

— Je sais, mais j'ai menti.

— Sur tout ?

— Pratiquement, lui renvoya-t-il, pas tellement fier.

Je perçus un mouvement sur un des écrans. Dans le garage en sous-sol, deux voitures de la police de Santa Teresa descendaient la rampe. Deux voitures banalisées suivaient.

Beck, lui, se concentrait sur sa tâche. Il saisit le tournevis et s'acharna sur les mécanismes de l'ordinateur, tordant des parties métalliques et cassant des fils tout en veillant à éviter tout contact direct avec l'acide. Comme il tournait le dos aux grandes baies vitrées, il ne vit pas Cheney surgir de l'ombre, arme au poing.

Vince Turner apparut à sa suite, en compagnie de quatre agents en blousons du FBI.

Trop tard pour sauver les données, mais j'éprouvai quand même un sentiment de gratitude.

Reba les aperçut. Je vis son regard se poser rapidement sur la baie et revenir sur Beck.

— Pauvre Beck. Ce que tu es dans la merde maintenant ! lâcha-t-elle.

Il se releva et attrapa son attaché-case. Il la regarda, la mine aimable.

— Ah bon ? D'où sors-tu cette idée ?

Reba garda le silence un instant, un lent sourire éclairant sa figure meurtrie.

— À la minute où je suis rentrée, j'ai appelé un type qui travaille pour l'IRS. Je lui ai lâché le morceau, je lui ai tout dit – les noms, les numéros, les dates –, tout ce dont il avait besoin pour obtenir ses mandats. Il a été obligé d'appeler le juge chez lui, et ce juge a été ravi de lui apporter son concours.

— Seigneur, Reba, contrôle-toi ! lui renvoya Beck avec bonne humeur. Je sais depuis des mois qu'ils essaient de me coincer. C'était franchement la seule chose qui m'inquiétait, or maintenant tout est réglé. À ton avis, combien de preuves accablantes vont-ils récupérer dans ce foutoir ?

— Probablement aucune.

— Exact. Merci mille fois.

Beck vit que Reba détournait son attention. Il jeta un coup d'œil par-dessus son épaule et aperçut Cheney, Vince Turner, plus une brochette de policiers et d'agents fédéraux alignés dans le passage. Peut-être son sourire vira-t-il au jaune, mais il ne parut pas autrement inquiet. Il fit signe à Willard de les laisser entrer. Willard posa l'arme par terre, leva les mains en l'air pour montrer qu'il n'était pas armé et utilisa son trousseau de clés pour ouvrir les portes.

Reba n'en avait pas fini.

— Juste un petit problème, dit-elle.

Beck se tourna vers elle.

— À savoir ?

— Ce n'est pas celui de Marty.

Beck se mit à rire.

— N'importe quoi.

— Pas du tout, dit Reba, en faisant non avec la tête. Absolument pas. Comme les fédéraux n'appréciaient pas que l'ordinateur ait été volé, je l'ai remis à sa place.

— Comment es-tu entrée ?

— Il m'a ouvert, dit-elle en montrant Willard.

— Arrête, bébé. Le bonhomme travaille pour moi.

— Peut-être, mais c'est moi qui l'ai envoyé au septième ciel. Lui et moi, on est comme ça !

Elle leva sa main gauche et fit un cercle avec le pouce et l'index. Enfilant son index droit dans le trou, elle mima un mouvement de piston. Beck tiqua devant la grossièreté du geste, mais Reba éclata de rire.

Je regardai vivement Willard, qui baissa les yeux avec la modestie qui s'imposait. Policiers et agents du FBI envahissaient le hall d'entrée. Cheney ramassa l'arme de Beck et remit la sécurité avant de la tendre à Vince.

— Après que Willard m'a fait entrer, poursuivit Reba, j'ai pris l'ordinateur de Marty et l'ai apporté dans ton bureau. J'ai débranché le tien et mis celui de Marty à la place. Après quoi, j'ai mis ton ordinateur sous le bureau de Marty. Celui-ci, c'est celui d'Onni. Rien de bien intéressant dedans, à part son courrier personnel et une série de jeux idiots. C'est ahurissant que tu lui aies versé un salaire pareil alors qu'elle se contentait de perdre son temps.

Beck refusait toujours de la croire. Il hocha la tête, faisant glisser sa langue sur ses dents de devant tout en essayant de réprimer un sourire. Elle aurait aussi bien pu lui dire qu'elle avait été enlevée par les Martiens pour faire l'objet d'expérimentations sexuelles.

— Tu veux savoir ce que j'ai fait d'autre ? Je vais te le dire, Beck. La gamine n'a pas perdu son temps. Après avoir échangé les ordinateurs, je suis allée chez Salustio et je lui ai remboursé les vingt-cinq mille dollars que j'avais volés. Marty m'avait donné le liquide en échange de papiers d'identité qui lui auront été inutiles. La vérité, c'est que Salustio s'est toujours foutu de savoir d'où venait l'argent. Mais il y a un problème : je le rembourse et il est toujours fâché contre moi. Alors je me suis dit que, pour compenser, j'allais le prévenir de la descente de police. Ce qui lui a donné juste le temps de sortir son argent d'ici. Maintenant tout est pardonné, lui et moi, nous sommes quittes. C'est toi qui restes en rade, à te les geler.

L'expression de Beck restait impénétrable. Il n'allait pas lui donner la satisfaction de lui concéder la victoire, mais elle savait qu'elle avait gagné.

ÉPILOGUE

On ne s'en tint pas là, bien sûr.

Beck fut mis en examen pour meurtre, blanchiment de fonds illégaux, évasion fiscale, association de malfaiteurs pour fraude à l'encontre du gouvernement américain, falsification de preuves, entrave à l'action de la justice, dissimulation de transactions monétaires et corruption de fonctionnaires. Dans un premier temps, il ne se laissa pas intimider. Après tout, il savait qu'il avait mis assez d'argent à gauche pour entretenir une armée d'avocats aussi longtemps qu'il le faudrait. Reba avait néanmoins omis de mentionner un détail. Que j'avais deviné, mais sans réussir à l'amener à me le confirmer. Avant d'échanger les deux ordinateurs, elle avait puisé dans les comptes de Beck, consolidé tous ses fonds et sorti l'argent du pays, probablement pour les verser sur un autre compte à numéro de Salustio. Je suis certaine qu'elle a imaginé une solution pour le dédommager de garder cet argent jusqu'à ce qu'elle puisse faire valoir ses droits.

Les fédéraux le soupçonnaient aussi, car ces grincheux refusèrent toute transaction avec elle. Reba réintégra la maison d'arrêt avec le premier minibus du shérif en partance. Je ne m'inquiète pas pour elle. À la prison, elle a de solides amies, elle éprouve de l'affection pour le personnel et elle sait qu'elle n'a pas d'autre choix que de bien se comporter. En attendant, son père a retrouvé sa forme. Il n'entend pas trépasser tant que Reba aura besoin de lui.

Quant à Cheney et moi, tout est encore flou, mais j'éprouve un tout petit brin d'optimisme. Il serait temps, vous ne croyez pas ?

Ce que j'ai appris ? Ma foi, qu'au théâtre de la vie, je suis d'ordinaire l'héroïne, mais qu'il m'arrive parfois de jouer le rôle d'une simple comparse dans la pièce d'un autre auteur.

Respectueusement,
Kinsey Millhone

Achevé d'imprimer sur les presses de

BUSSIÈRE

GROUPE CPI

à Saint-Amand-Montrond (Cher)
en mars 2008

POCKET - 12, avenue d'Italie - 75627 Paris Cedex 13

— N° d'imp. : 80520. —
Dépôt légal : décembre 2007.

Imprimé en France